Rhys Bowen
Das Kind der Toskana

TINTE
&
FEDER

Das Buch

1944: Der britische Pilot Hugo Langley wird über der von deutschen Truppen besetzten Toskana abgeschossen. Schwer verletzt findet er Unterschlupf in einem zerstörten Kloster und Zuflucht in den Armen der jungen Sofia Bartoli. Sie rettet ihm das Leben.

Fast dreißig Jahre später findet Hugos Tochter Joanna im Nachlass ihres Vaters einen berührenden Brief an Sofia, aber sie kann sich nicht erinnern, dass er jemals von ihr gesprochen hätte. Auf der Suche nach Antworten reist Joanna nach Italien. Das abgelegene Bergdorf, in dem Sofia zu Hause war, empfängt sie mit italienischer Gastfreundschaft – doch Joanna stößt auf eine Mauer des Schweigens, als sie beginnt, Fragen zu stellen ...

Die Autorin

Rhys Bowen ist die Autorin des Bestsellers »Lord Westerhams Töchter«. Von ihr sind insgesamt bereits mehr als dreißig Romane erschienen, für die sie zahlreiche Preise erhalten hat. Ihre Bücher sind in viele Sprachen übersetzt worden. Die in Großbritannien geborene Autorin lebt in Kalifornien und Arizona.

Rhys Bowen

DAS KIND

DER

TOSKANA

Roman

Aus dem Amerikanischen von Peter Groth

Die amerikanische Ausgabe erschien 2018 unter dem Titel
»The Tuscan Child« bei Lake Union Publishing, Seattle.

Deutsche Erstveröffentlichung bei
Tinte & Feder, Amazon Media EU S.à r.l.
38, avenue John F. Kennedy, L-1855 Luxembourg
Juli 2021
Copyright © der Originalausgabe 2018
By Rhys Bowen
All rights reserved.
Copyright © der deutschsprachigen Ausgabe 2021
By Peter Groth

Die Übersetzung dieses Buches wurde durch Amazon Crossing ermöglicht.

Umschlaggestaltung: semper smile, München, www.sempersmile.de
Umschlagmotiv: © detchana wangkheeree / Shutterstock; © SJ Travel Photo
and Video / Shutterstock; © pixel creator / Shutterstock;
© Ildiko Neer / ArcAngel
Lektorat: Cathérine Fischer
Korrektorat: Manuela Tiller/DRSVS
Gedruckt durch:
Amazon Distribution GmbH, Amazonstraße 1, 04347 Leipzig /
Canon Deutschland Business Services GmbH, Ferdinand-Jühlke-Straße 7,
99095 Erfurt /
CPI books GmbH, Birkstraße 10, 25917 Leck

ISBN: 978-2-49670-793-9

www.tinte-feder.de

Dieses Buch ist Piero und Cajsa Baldini gewidmet, die mir die Zeit in der Toskana zu einem Erlebnis gemacht und mir Einblicke für dieses Buch vermittelt haben, wie sie nur von Einheimischen kommen können. Mein Dank geht wie üblich an meine hervorragenden Agentinnen Meg Ruley und Christina Hogrebe, an das Team bei Jane Rotrosen und vor allem an Danielle und die ganze Mannschaft bei Lake Union, die mir die Gelegenheit zu dem Buch gegeben haben, von dem ich schon immer geträumt habe! Und schließlich – wie immer – an John für seine Liebe und Unterstützung.

Eins

Hugo

Dezember 1944

Ihm war klar, dass er sterben würde. Hugo Langley versuchte sich dieser Tatsache ganz nüchtern zu stellen. Der linke Flügel seines Blenheim-Bombers brannte und die Flammen züngelten bereits an der Kabine. Sein hinter ihm sitzender Navigator, Leutnant Phipps, war über seinen Instrumenten zusammengesackt. Unter seinem Helm sickerte Blut hervor und lief ihm seitlich über das Gesicht. Der Schütze Blackburn war bereits bei der ersten Angriffswelle der Messerschmitt-Flugzeuge im hinteren Schützenstand erschossen worden. Hugo war sich nicht sicher, ob er auch etwas abbekommen hatte. Das Adrenalin strömte noch immer so intensiv durch seinen Körper, dass es schwer zu sagen war. Er blickte auf seine blutbespritzte Hose und fragte sich, ob es sein Blut war oder das von Phipps.

»Scheiße«, murmelte er. Er wollte nicht, dass es so schnell und auf diese Art zu Ende ging. Er hatte sich darauf gefreut, eines Tages Langley Hall und den dazugehörigen Titel zu erben und seine Position als Gutsherr Sir Hugo Langley zu genießen. Kurz dachte er auch an seine Frau und seinen Sohn und stellte fest, dass ihn der Gedanke nur wenig berührte. Sie würden auch ohne ihn gut zurechtkommen. Seine Frau konnte weiter in Langley Hall bei dem alten Herrn leben, bis sie jemand Neues gefunden hätte, was sicherlich bald geschehen würde. Und sein Sohn, jener fremde, stille kleine Junge, war noch viel zu jung, um sich an ihn zu erinnern. Sie würden ihn als Helden im Gedächtnis behalten, wo er doch in Wahrheit ein verdammter Narr gewesen war, eine leichte Beute. Diese Mission hätte niemals durchgeführt werden dürfen. Jeder wusste, dass die Blenheim-Flugzeuge veraltet und viel langsamer waren als die feindlichen Maschinen. Und um sein Einsatzgebiet am Bahnhof von Mailand zu erreichen, musste er von dem Stützpunkt bei Rom mehr als hundertfünfzig Kilometer nach Norden über Gebiete fliegen, die von den Deutschen besetzt waren.

Er versuchte, seine gegenwärtige Lage sachlich einzuschätzen. Mit der Blenheim würde er nicht bis zum Stützpunkt kommen, selbst wenn es ihm gelingen würde, die alte Kiste zu drehen. Das war ohnehin nicht sehr wahrscheinlich, da ein Triebwerk brannte und ein Flügel nutzlos war. Doch er wollte auch nicht darauf warten, bis er wie ein Brathähnchen vom Himmel fiel. Er spähte durch die Frontscheibe, um sich einen Eindruck von dem Gelände unter ihm zu verschaffen, konnte jedoch nichts erkennen. Die Nacht war pechschwarz, über ihm lag eine dichte Wolkendecke. Kein Mond, keine Sterne, kein Licht am Boden. Doch er sah auch keine Anzeichen von feindlichen Flugzeugen, solange sie nicht hinter ihm flogen. Sie hatten vermutlich geglaubt, er sei erledigt und eine weitere Verfolgung unnötig. Aufgrund der letzten sicheren Position ging er davon aus, dass er bereits ein ganzes Stück über die Toskana geflogen war. Vielleicht befand er sich sogar schon nördlich von Pisa über einem Gebiet, das noch immer von den Deutschen kontrolliert wurde. Dort war hügeliges, wildes Gelände, wo man sich verstecken konnte, um dann sicher an die Küste zu gelangen. Falls er es schaffen würde, mit dem Fallschirm abzuspringen, ohne dass der in Flammen aufging. Das Risiko war es auf jeden Fall wert. Er nestelte an der Glashaube des Cockpits, um sie zu öffnen. Die Verriegelung löste sich, doch die Haube ließ sich nicht anheben. Für einen Moment kam ein tiefes Gefühl des Entsetzens in ihm hoch – im Cockpit gefangen würde er langsam verbrennen oder als Feuerball vom Himmel stürzen, was eben zuerst kam. Er drückte mit aller Kraft gegen die Haube und spürte, wie sie endlich nachgab und nach hinten glitt. Sofort züngelten die Flammen an ihm.

»Los, mach schon«, ermahnte er sich. Er spähte nach hinten zu Phipps. »Tut mir leid, Kumpel«, sagte er, »ich kann dich nicht mitnehmen.« Seine Finger in den dicken Lederhandschuhen wollten ihm zunächst nicht gehorchen, als er sich den Helm mit der Sauerstoffzufuhr abnahm. Obwohl er nicht besonders hoch flog, fiel ihm sofort das Atmen schwer, was womöglich an seiner Panik lag. Er griff nach dem Fallschirm und kämpfte damit, ihn anzulegen. Es fühlte sich an, als liefe alles in Zeitlupe ab. Endlich spürte er, wie das Geschirr des Fallschirms einrastete. Er versuchte, nicht hektisch zu werden, und erhob sich langsam, dabei fuhr ihm ein Schmerz durch das linke Bein. Verdammt, offenbar war er doch angeschossen worden. Damit hatte er kaum eine Chance, davonzulaufen und sich zu verstecken. Doch immer noch besser, als lebend zu verbrennen oder mit dem Flugzeug abzustürzen. Mit etwas Glück würde er in einem Gebiet landen, das nicht mehr von den Deutschen kontrolliert wurde. Sie waren bis zur sogenannten Gotenlinie zurückgedrängt worden, die nördlich von Pisa quer über die italienische Halbinsel verlief, und die Italiener waren nicht länger Verbündete. Hugo hatte eine Zeit lang in Italien gelebt und bezweifelte, dass die einfachen Bürger enthusiastische Unterstützer der Deutschen oder des Krieges waren.

Er zog sich aus dem Cockpit heraus, bis er auf dem intakten Flügel war, weg von den Flammen. Er klammerte sich fest, während der Wind an ihm zerrte. Doch er zögerte einen Moment, als er sich vorstellte, wie plötzlich ein Messerschmitt-Jäger auftauchte und ihn anvisierte, während er mit dem Fallschirm nach unten segelte. Er horchte, konnte aber kein verräterisches Brummen eines feindlichen Jägers ausmachen, sondern nur das tiefe Röhren seines eigenen rechten Triebwerks – das linke war tot. Er versuchte, sich an jene ferne Unterrichtsstunde im Fallschirmsprung zu erinnern – wie man absprang und wie viele Sekunden man zählen musste, bevor man an der Leine zog, damit der Fallschirm nicht mit dem Flugzeug kollidierte. Doch in seinem Kopf herrschte heilloses Durcheinander.

Er holte tief Luft, dann stürzte er sich vom Flugzeug. Für ein paar Sekunden flog er in Richtung Erde. Dann zog er an der Leine und wurde nach oben gerissen, als sich der Fallschirm öffnete. Das Schweben schien ewig zu dauern. Irgendwo über sich hörte er das tiefe Donnern einer Explosion, als der Tank seines Flugzeugs hochging. Er sah die Blenheim an ihm vorbei nach unten trudeln. Den Aufprall des Flugzeugs konnte er nicht sehen, doch er hörte den Einschlag. Dann bemerkte er um sich herum die dunklen Umrisse von Hügeln – während der Boden näher kam. Erneut bemühte er sich, an die kurzen Momente seines Fallschirmtrainings zu denken. Zusammenkauern? Abrollen? Der Boden kam schrecklich schnell näher. Womöglich hatte sich der Fallschirm nicht richtig geöffnet. Oder er war vom Feuer beschädigt worden. Er spähte nach oben und erkannte undeutlich den weißlichen Kreis über sich schweben. Der Schirm schien intakt zu sein. Dann sah er nach unten und versuchte, die Beschaffenheit des Bodens auszumachen. Die Landschaft war nur undeutlich zu erkennen, die Umrisse von Hügeln, einige auf gleicher Höhe mit ihm. Und Bäume, viele Bäume.

Im Osten sah man das erste schwache Leuchten der Morgendämmerung, die die Umrisse der Hügel sichtbar machte. Keine Anzeichen von Dächern oder einer Ortschaft. Zumindest eine gute Nachricht, denn er würde wahrscheinlich nicht beobachtet und sofort gefangen genommen werden. Doch vielleicht würde er sich in den Ästen eines Baumes verfangen und dort hilflos hängen bleiben, bis man ihn fand. Er hörte sein Herz laut in der Brust schlagen. Die Nacht war so still, dass er fast annahm, das Pochen wäre kilometerweit zu hören und würde jeden in der Nähe alarmieren.

Während er tiefer sank, nahm er die Geräusche seiner Umgebung wahr: das Rascheln des Windes im trockenen Laub, das Knacken eines Zweiges, das Bellen eines Hundes in der Ferne. Es gab also Menschen in der Nähe. Und wenn es Bauern waren, dann würden sie mit der Morgendämmerung aufstehen. Die letzten Sekunden des Schwebens kamen ihm wie eine Ewigkeit vor. Er fühlte sich hilflos und schrecklich ausgeliefert, stellte sich deutsche Soldaten am Boden vor, die mit angelegten Gewehren bei ihren Fahrzeugen standen und darauf warteten, dass er in ihre Reichweite kam.

Jetzt konnte er auch Formen ausmachen: zu seiner Linken ein felsiger Steilhang, der sich über der sanft gewellten Landschaft erhob. Und Bäume – kahle Bäume auf den Hügeln und darunter mehr Bäume in regelmäßigen, ordentlichen Reihen. Doch kein freies Feld. Kein Platz für eine angenehme Landung. *Das spielt jetzt auch keine Rolle mehr,* dachte er ergeben. Ohnehin konnte er den Fallschirm nicht lenken.

Der Boden war jetzt bald erreicht. Er konnte Baumreihen ausmachen, die sich vor ihm über einen Hang erstreckten. Es waren kleine, gepflegte Bäume, die noch immer Laub trugen und eindeutig kultiviert waren. Eine Obstplantage mit freien Flächen zwischen den Baumreihen, um dort zu landen. Er atmete tief die kalte Luft ein. Äste schlugen nach ihm, lenkten ihn von der Richtung ab. Mit den Füßen berührte er den

Boden. Seine Beine gaben unter ihm nach, und er wurde weitergeschleudert und gezerrt.

»Mach den Fallschirm ab, du Idiot!«, schrie er sich zu. Er riss am Verschluss des Riemens, während er mit dem Gesicht gegen die gefrorene Erde stieß, dann verhakte sich der Fallschirm irgendwo. Still lag er da, roch die lehmige Erde unter seiner Wange. Er wollte aufstehen und sich bewegen, doch ihn durchfuhr ein schneidender Schmerz im Bein. Bevor er ohnmächtig wurde, hörte er als Letztes den Gesang eines Vogels, der die Morgendämmerung begrüßte.

ZWEI

JOANNA

Surrey, England, April 1973

Mein Vater war für mich immer ein alter Mann gewesen – alt und verbittert, zurückgezogen und resigniert, jemand, der schon lange nichts mehr von der Welt erwartete. In meiner Erinnerung war er immer schon grauhaarig. Sein Gesicht war von tiefen Falten durchfurcht, die ihm einen mürrischen Ausdruck gaben, selbst wenn er an schöne Dinge dachte, was sicherlich nicht sehr häufig vorkam. Außerdem humpelte er leicht. Es war für mich kein großer Schock, als ich das Telegramm mit der Nachricht seines Todes erhielt. Ich erschrak allerdings, als ich erfuhr, dass er erst vierundsechzig war.

Während ich dem Weg nach Langley Hall folgte, kämpfte ich mit widerstreitenden Empfindungen. Die Landschaft erstrahlte im Frühlingsglanz. Die Böschungen waren mit Primeln übersät. Im Wald dahinter tauchten die ersten Glockenblumen auf. An den Rosskastanien am Wegesrand sprossen ganz frische leuchtend grüne Blätter. Ich sah spontan nach oben und dachte an die Kastanien – jene glänzend braunen Früchte der Rosskastanie, die später im Jahr hervorkamen. Als ich ein junges Mädchen gewesen war, kamen die Dorfjungen mit Stöcken, um die größten und besten Kastanien mit ihren stachligen grünen Hüllen vom Baum zu holen. Dann zogen sie ein Band hindurch und trockneten sie für endlose Kämpfe. Ich half ihnen dabei, die Kastanien herunterzuholen, durfte aber bei den Kämpfen nicht mitmachen. Vater hatte nicht erlaubt, dass ich mit den Dorfkindern spielte, obwohl unsere Lebensweise nicht vornehmer gewesen war als ihre.

Über meinem Kopf sang eine Amsel und es kam mir vor, als hörte ich in der Ferne einen Kuckuck rufen. Ich erinnerte mich daran, wie wir jedes Jahr auf den ersten Kuckuck gehorcht hatten. Denn hieß es nicht in dem Lied »Und als ein Jahr vergangen war …«?

Abgesehen von dem Vogelgezwitscher war es fast vollkommen still. Ich konnte meine eigenen Schritte hören, die von den hohen Hecken am Wegesrand widerhallten. Nach dem ständigen Lärm und Gewimmel von London war es fast unheimlich, als wäre ich die einzige Person im Universum. Plötzlich wurde mir bewusst, wie lange ich schon nicht mehr zu Hause gewesen war. War wirklich mehr als ein Jahr vergangen? Nicht einmal zu Weihnachten war ich hier gewesen, denn Vater war mit Adrian nicht einverstanden gewesen und hatte deutlich gemacht, dass er nicht willkommen war. Und ich war zu dickköpfig, um ohne ihn zu kommen. Eigentlich war er gar nicht grundsätzlich gegen Adrian gewesen. Denn was konnte falsch sein an einem erfolgreichen Absolventen der Rechtsfakultät beim Londoner University College, der für die Ausbildung in einer der angesehensten Kanzleien in Temple Bar akzeptiert worden und auf dem besten Wege war, ein erfolgreicher Anwalt zu werden? Vater missbilligte nur die Tatsache, dass ich mit Adrian zusammenlebte. Vater war von der alten Schule und ihm war beigebracht worden, sich immer korrekt zu verhalten. Man wohnte einfach nicht mit einer Person des anderen Geschlechts zusammen. Man sollte so früh wie möglich heiraten und sich bis zur Hochzeitsnacht mit Sex zurückhalten. So verhielt sich der Sohn des Gutsherrn von Langley Hall, der den Bauern in der Umgebung ein Beispiel an Moral und makellosem Leben bot. Ziemlich bizarr und veraltet in einer Zeit, in der die restliche Welt eine fortwährende Orgie aus freier Rede, ungezwungener Kleidung und freier Liebe genoss.

»Einfach dumm«, murmelte ich laut und war mir gar nicht sicher, ob ich mich oder meinen Vater meinte. Ich war sicherlich auch dumm gewesen, und hätte ich auf Vaters Mahnungen gehört, dann wäre ich nicht in der Situation, in der ich mich jetzt befand. Es war zu schade, dass er gestorben war, bevor er die Gelegenheit hatte, mir sagen zu können: »Ich habe es dir ja gesagt.« Das hätte ihm gefallen.

Ein Taubenpaar flog vor mir aus dem Gras auf, dabei klangen ihre Flügelschläge wie Wäsche auf einer Leine, die im Wind flatterte. Sie holten mich aus meinen Gedanken. Jetzt fielen mir noch andere Geräusche auf: ein Traktor, der in der Ferne auf dem Feld arbeitete, das Summen von Bienen in den Apfelblüten auf der anderen Seite des Wegs und das rhythmische Klackern eines Rasenmähers. Das waren die Geräusche meiner Kindheit: sicher und beruhigend. Es schien schon so weit zurückzuliegen.

Es war ungewöhnlich warm und sonnig für April, und ich bereute es, meinen guten Wintermantel angezogen zu haben. Es war mein einziges schwarzes Kleidungsstück, und ich dachte, es wäre nur angemessen, in Trauerkleidung zu meinem Geburtsort zu kommen. Ich wischte mir einen Schweißtropfen von der Stirn. Ich hätte mir vom Bahnhof ein Taxi nehmen sollen. Früher kamen mir die drei Kilometer Fußweg nie zu weit vor. Bis zum Alter von elf Jahren war ich immer zu Fuß von der Dorfschule nach Hause gegangen, und die lag anderthalb Kilometer entfernt. Ich erinnerte mich, wie ich in den Ferien von der Universität nach Hause gekommen war und die Strecke mit meinem schweren Koffer zurückgelegt hatte. Ich spürte, dass ich noch etwas schwächlich war. Eigentlich verständlich, da meine Entlassung aus dem Krankenhaus noch nicht so lange her war. Sie hatten mir erklärt, dass meine gebrochenen Rippen Zeit zum Heilen brauchten. Sie hatten mir nicht gesagt, wie lange mein Herz dafür brauchen würde.

Die Bäume wichen zurück und machten der hohen Ziegelmauer um das Langley-Anwesen Platz, und ich beschleunigte unbewusst meine Schritte, angetrieben von den Erinnerungen des Heimkommens. Die letzten Meter war ich immer gerannt, wenn ich aus der Dorfschule nach Hause kam. Ich war in die Küche gestürmt und meine Mutter hatte vom Herd aufgeblickt, wo sie irgendwelche Speisen zubereitete. Der warme Backgeruch umfing mich. Sie trug eine große weiße Schürze, ihr Gesicht war gerötet, und sie war überall mit Mehl bestäubt. Sie breitete die Arme aus und umarmte mich liebevoll.

»Wie war die Schule?«, fragte sie mich. »Warst du ein braves Mädchen und hast getan, was dir der Lehrer gesagt hat?«

»Ich bin immer ein braves Mädchen. Und ich tue immer das, was mir gesagt wird«, antwortete ich und fügte irgendeinen kleinen Triumph hinzu. »Und rate mal! Ich war die Einzige, die heute im Rechnen die lange Dividier-Aufgabe konnte.«

»Gut gemacht.« Sie küsste mich auf die Stirn, dann schauten wir auf, als mein Vater eintrat.

»Sie war die Einzige, die heute in der Schule die arithmetische Aufgabe gelöst hat«, sagte meine Mutter stolz.

»Nun, das ist ganz normal«, erwiderte er. »Die anderen sind nur Dorfkinder.« Und er ging ins Wohnzimmer und setzte sich mit seiner Zeitung in den Sessel. Mom sah mich an und wir lächelten uns verschwörerisch zu.

Bei der Erinnerung an meine Mutter traten mir plötzlich Tränen in die Augen. So viele Jahre und ich vermisste sie noch immer. Wenn sie noch leben würde, wäre alles so anders. Sie hätte gewusst, was man zu tun und zu sagen hat. Sie wäre meine

Zuflucht gewesen. Hastig wischte ich mir die Tränen weg. Niemand sollte sehen, dass ich weinte.

Während ich mich noch an früher erinnerte, endete die Mauer und ich stand vor den massiven gusseisernen Toren an der Auffahrt nach Langley Hall. Auf der anderen Seite verlief der gewundene Weg zwischen gepflegten Blumenbeeten zum Haus. Die roten Ziegelsteine der Tudor-Fassade leuchteten in der Nachmittagssonne. Die Sonne blinzelte von den bleiverglasten Fensterscheiben. Der vordere Teil des Hauses war purer Tudor-Stil. Sir Edward Langley hatte das Anwesen von König Heinrich VIII. erhalten, weil er ihm dabei geholfen hatte, die Klöster auseinanderzunehmen und zu plündern. Tatsächlich war dieses Grundstück vormals der Sitz eines Klosters gewesen, bis mein Vorfahre es zerstörte, die Mönche vertrieb und sich an diesem Platz ein schönes neues Haus erbaute. Daraus hätte ich wahrscheinlich schließen müssen, dass uns irgendwann ein Fluch ereilen würde.

Das Haus war noch größer, als es von der Front her wirkte. Nachfolger von Langley hatten zwei feine georgianische Flügel und einen Hauch viktorianischer Monstrosität mit einem Eckturm und einem großen Wintergarten an der Rückseite hinzugefügt. Ich stand unbeweglich da und gaffte wie eine Touristin, die Hände um die Gitterstreben des Tors gelegt, als würde ich es zum ersten Mal sehen und seine Schönheit bewundern. Das Haus meiner Vorfahren. Seit vierhundert Jahren das Zuhause der Langleys. Und mir war die Ironie bewusst, dass ich niemals direkt im Haus gewohnt hatte – sondern im kleinen, düsteren und engen Pförtnerhaus.

Ein Schild an der Mauer neben dem Tor erklärte, dass hier die »Langley Hall Mädchenschule« war. Anstatt zu überprüfen, ob eins der Tore geöffnet war, ging ich direkt zu einer kleinen Tür in der Mauer und trat ein, wie ich es immer getan hatte. Ich bog auf den schmalen Weg zu dem Pförtnerhäuschen und versuchte, die Vordertür zu öffnen. Sie war abgeschlossen. Ich wusste auch nicht, wen ich dort anzutreffen hoffte. Mein Vater hatte allein gelebt, nachdem ich auf die Universität gegangen war. Seit dem Tod meiner Mutter, als ich elf war, hatten wir beide dort allein gelebt.

Ich stand an der Vordertür und bemerkte die abblätternde Farbe, die schmutzigen Fenster, das kleine Rasenstück, das dringend gemäht werden musste, die vernachlässigten Blumenbeete, aus denen nur ein paar tapfere Narzissen ragten. Auf einmal überkam mich eine Welle des Bedauerns. Ich hätte meinen dummen Stolz runterschlucken und zu Besuch kommen sollen. Stattdessen hatte ich ihn hier allein sterben lassen.

Ich zögerte, da ich mir nicht sicher war, was ich als Nächstes tun sollte. Die Schule war über die Osterfeiertage geschlossen, trotzdem sollte jemand dort sein, da das Telegramm von hier abgeschickt worden war und die Nachricht andeutete, dass Vater auf dem Schulgelände gefunden wurde. Ich nahm an, dass die Schulleiterin es geschickt hatte, Miss Honeywell. Sie hatte eine Zimmerflucht im Haus – wo laut Vater früher einmal das beste Schlafzimmer gewesen war. Ich drehte mich von dem Häuschen weg und überwand mich dazu, die Auffahrt hinaufzugehen und mich meinem ehemaligen Erzfeind aus jener Zeit zu stellen, als ich sieben elende Jahre in dieser Schule verbringen musste. Nachdem mein Vater gezwungen war, Langley Hall zu verkaufen, und es in ein Mädcheninternat verwandelt wurde, wurde ihm gestattet, als Zeichenlehrer zu bleiben und das Pförtnerhäuschen zu bewohnen. Als dann meine Mutter starb, wurde mir ein Stipendium angeboten, um die Schule als Tagesschülerin zu besuchen. Ich vermutete, dass es mit guter Absicht geschah – eine wohlgemeinte Geste. Mein Vater war entzückt, dass ich schließlich mit der richtigen Sorte Mädchen zu tun hatte und eine anständige Erziehung genießen würde. Ich wäre lieber mit den Klügsten meiner Klassenkameraden aus dem Dorf auf die örtliche Oberschule gegangen, doch man konnte mit meinem Vater nicht diskutieren, wenn er sich einmal entschieden hatte.

Und so erhielt ich eine grün-weiße Uniform mit gestreifter Krawatte, einen Panamahut für den Sommer und eine breitkrempige Kopfbedeckung aus Velours für den Winter, dazu einen Blazer mit dem Schulwappen – unser altes Familienwappen, das mit dem Gebäude verkauft worden war. Damit begann für mich eine schlimme Zeit. Langley Hall konnte nicht unbedingt als akademische Einrichtung bezeichnet werden. Stattdessen zog es die Töchter der Oberschicht und jene an, die dafür bezahlen konnten, als solche bezeichnet zu werden, und bereitete sie auf eine gute Ehe vor. Da es die Sechzigerjahre waren, posaunte man diese bizarre Vorstellung nicht unbedingt laut hinaus. Die Mädchen sollten sinnvolle Fähigkeiten lernen, damit sie in angemessenen Tätigkeiten arbeiten konnten – Öffentlichkeitsarbeit, Werbung, BBC, Kunstgalerie oder Modedesign –, bis sie den richtigen Ehemann mit einem ansehnlichen Vermögen heirateten.

Somit war ich von Anfang an eine Anomalie: Ich hatte zwar einen Vater mit einem Adelstitel, doch er war der Kunstlehrer der Schule. Ich lebte in dem Häuschen und besuchte die Schule mit einem Stipendium. Und was das Schlimmste war: Ich war klug und neugierig. Ich stellte den Lehrern Fragen und verlangte im Matheunterricht nach schwierigeren Aufgaben. Einige Lehrer mochten mich und förderten meinen lebhaften Verstand. Die fauleren und unqualifizierteren Kollegen fanden mich lästig und störend. Sie schickten mich zur Schulleiterin und ließen mich nachsitzen, wo ich hundertmal schreiben musste »Ich darf meinen Lehrer nicht unterbrechen« oder »Ich darf meinen Lehrer nicht kritisieren«.

Mir kam das totenschädelgleiche Gesicht von Miss Honeywell mit den hohen Wangenknochen und ihr vernichtendes Spotten in den Sinn. »Dann hältst du dich also für etwas Besseres als Miss Snode, ja, Joanna?«, oder: »Darf ich dich daran erinnern, dass du nur wegen meiner Großzügigkeit hier bist, weil dein Vater sich nicht anständig um dich kümmern kann?«

Letzteres war unzweifelhaft richtig. Mein Vater hatte in seinem Leben keine einzige Mahlzeit zubereitet oder ein Hemd gebügelt. Meine Mutter hatte sich perfekt um uns beide gekümmert. Und so gehörte zu meinem Schülerdasein in Langley Hall auch das Abendessen mit den Mädchen und das gemeinsame Hausaufgabenmachen in der Freistunde, und nur zum Schlafen ging ich nach Hause. Zumindest für dieses Entgegenkommen war ich dankbar. Auch noch den Schlafraum mit meinen Feindinnen teilen zu müssen, das hätte ich wohl nicht ertragen.

Dabei war es gar nicht so, dass alle Mädchen gegen mich waren. Ich hatte ein paar Freundinnen: stille, fleißige Mädchen wie ich. Wir lasen und tauschten Bücher und unterhielten uns darüber, während wir unsere Runden spazierten. Doch es war die Kerngruppe der beliebten Mädchen, die wie Wölfe im Rudel unterwegs waren und sich einen Spaß daraus machten, Schwächere zu schikanieren. Sie ließen mich besonders deutlich spüren, dass ich dort nicht hingehörte.

»Tut mir leid, an diesem Tisch ist kein Platz frei«, sagten sie, wenn ich mich mit meinem Essenstablett setzen wollte.

Dann verschwanden meine Turnschuhe auf geheimnisvolle Art. Das Wolfsrudel lachte sich natürlich ins Fäustchen, als ich deshalb Probleme bekam. Im Gegensatz zu ihnen erhielt ich keine privaten Tennisstunden, und sie machten sich über meine schwachen Versuche lächerlich, den Ball zu treffen. Sie unterhielten sich lautstark darüber, wohin sie zum Skilaufen fahren würden oder wenn sie zu einer Villa nach Frankreich reisten. Als wir älter wurden, hörten diese Streiche schließlich auf, zum Teil deshalb, weil ich diesen Mädchen niemals gezeigt hatte, wie sehr sie mich damit trafen, doch gewiss auch deshalb, weil Jungen und Partys wichtiger wurden. Dann unterhielten sie sich lautstark darüber, zu welchen Tanzveranstaltungen sie gehen würden und welche Jungen großartige Autos zu ihrem achtzehnten Geburtstag bekamen und vielleicht auf einen Besuch herfahren würden und den Mädchen einen Grund gaben, sich nachts nach draußen zu schleichen. Das Problem war, dass sie Teil desselben gesellschaftlichen Kreises waren – alle verbunden in einem riesigen Netz aus Familie oder Geschäft. Ich war eine der wenigen Außenstehenden.

Und so hatte ich es bis zur sechsten Klasse erduldet. Ich wurde von einer brennenden Leidenschaft und einem Lebensplan angetrieben. Ich wollte an die Uni gehen, Jura studieren, als Anwältin wahnsinnig erfolgreich werden, einen Haufen Geld verdienen und dann Langley Hall zurückkaufen. Ich stellte mir vor, wie ich meinen Vater am Arm nahm und die Auffahrt hinaufführte. »Das ist jetzt wieder unseres«, würde ich sagen. »Du bist wieder dort, wo du hingehörst – Herr des Anwesens.«

Und zu Miss Honeywell würde ich sagen: »Es tut mir so leid, doch Sie müssen zum Ende des Schuljahres hier verschwinden.« Und ich würde sie anlächeln.

Jetzt schmunzelte ich über meinen naiven Optimismus. Mein Vater war tot. Ich war die Letzte in der Reihe. Der Titel würde aussterben und es würde keinen Grund mehr geben, Langley Hall zu seinem ursprünglichen Glanz zu führen. Ich holte tief Luft, dann stieg ich die breiten Stufen zur Eingangstür hinauf und drückte auf den Klingelknopf.

DREI

JOANNA

April 1973

Ich hörte den Widerhall der Klingel im Foyer. Nach einer langen Pause öffnete sich die Tür und vor mir stand Miss Honeywell persönlich. Ich hatte den Pförtner oder ein Dienstmädchen erwartet und trat unwillkürlich einen Schritt zurück, als ich dieses Gesicht sah. Wie immer trug sie perfektes Make-up, die Augenbrauen waren gezupft und zu dünnen braunen Strichen gezogen, und ihr grauer gewordenes Haar lag in einer akkuraten Dauerwelle. Überrascht stellte ich fest, dass sie eine Hose und eine Bluse trug, die nicht hochgeschlossen war. Während des Schuljahrs hatte sie in meiner Erinnerung im Winter immer ein maßgeschneidertes Kostüm mit goldener Reversnadel und im Sommer ein frisches Leinenkleid mit Perlenkette getragen.

Für einen kurzen Moment wirkte sie auch überrascht, dann verzog sie das Gesicht zu einem Lächeln. »Joanna, Liebes. Ich hatte dich gar nicht so früh erwartet.«

»Ich habe mich sofort auf den Weg gemacht, als ich das Telegramm erhalten habe.«

»Ich war mir nicht sicher, ob wir es an die richtige Adresse geschickt haben. Dein Vater hatte verschiedene Anschriften von

22

dir, doch wir dachten, die Anwaltskanzlei würde dich schon finden.«

»Danke. Ja, sie haben angerufen, als das Telegramm eingetroffen ist.«

»Nun, das ist eine Erleichterung. Es tut mir leid, dass ich so eine traurige Nachricht überbringen muss. Komm doch rein.« Sie trat zurück, damit ich in die Eingangshalle mit ihren schwarz-weißen Marmorfliesen treten konnte. Im Innern fühlte es sich angenehm kühl an. Miss Honeywell schloss die Tür.

»Eigentlich sollte ich jetzt in Italien sein, doch ich hatte ein paar wichtige Treffen mit dem Verwaltungsrat und bin hier stecken geblieben«, sagte sie, als sie mit den Absätzen vor mir über den Marmorboden klapperte. »Doch es hätte schlimmer kommen können. Wir haben bestimmt bald angenehmes Frühlingswetter, oder?«

Typisch englisch. Wenn etwas Unangenehmes oder Emotionales im Raum stand, dann sprach man hier über das Wetter. Immer ein sicheres Thema.

»Hast du eigentlich vor, in diesem Jahr wegzufahren?«, fragte sie.

»Bisher noch keine Pläne«, entgegnete ich, da ich ihr sicherlich nichts von meiner gegenwärtigen mittellosen Lage verraten wollte.

Wir kamen zu ihrem Arbeitszimmer. Ich konnte mich gut daran erinnern, wie ich auf das Messingschild an ihrer Tür gestarrt – »Miss Honeywell, Schulleiterin« – und tief durchgeatmet hatte, bevor ich anklopfte und eintrat, um mich meinem Untergang zu stellen. Jetzt öffnete sie die Tür und lächelte mich wieder an. »Komm doch rein«, sagte sie. »Setz dich. Ich werde mal sehen, ob Alice uns einen Tee bringen kann. Wie du siehst, ist das Haus ziemlich verlassen. Nur eine Notbesetzung. Alle anderen sind in den Osterferien. Tatsächlich war es ein glücklicher Zufall, dass ich immer einen Morgenspaziergang mache, sonst wäre dein Vater wohl tagelang nicht gefunden worden.«

Sie griff zum Telefon auf ihrem Schreibtisch und wählte. Ich betrachtete ungeduldig ihre langen roten Fingernägel, bevor sie sprach: »Aha, Alice. Gut. Du bist noch da. Ich habe Miss Langley hier und wir hätten gern Tee. Ja, in meinem Büro. Großartig.« Sie legte den Hörer auf die Gabel und sah mit einem Lächeln zu mir auf, als hätte sie etwas ziemlich Kluges getan.

»Wo waren wir?«

»Mein Vater«, sagte ich. »Sie haben erzählt, Sie hätten ihn auf dem Boden liegend gefunden?«

»Das habe ich. Ein ziemlicher Schock, wie ich zugeben muss. Ich war mit Bertie draußen, meinem Cockerspaniel, und er lief voraus und begann zu bellen. Nun, er spürt oft Unappetitliches auf wie tote Vögel, deshalb habe ich ihm zugerufen, dass er es in Ruhe lassen soll. Als ich hinkam, habe ich gesehen, dass er einen Mann mit dem Gesicht im Gras anbellte. Ich drehte ihn vorsichtig um und es war dein Vater. Tot. Schon ganz kalt und steif. Deshalb lief ich zurück zum Haus und rief den Notruf an. Sie haben ihn zum Leichenschauhaus mitgenommen und ich denke, dass sie eine Autopsie vornehmen.«

»Also wissen Sie gar nicht, woran er gestorben ist?«, fragte ich zögernd. »Er wurde nicht … Ich meine …« Ich konnte nicht sagen »ermordet«.

Sie sah mich entsetzt an. »Oh nein. Nichts dergleichen, da bin ich mir sicher. Es gab keine Anzeichen auf Fremdeinwirkung. Natürliche Ursache, ganz bestimmt. Wenn er nicht so kalt und weiß gewesen wäre, dann hätte man denken können, dass er nur schlief. Das Herz, das muss es gewesen sein. Hatte er ein schwaches Herz, weißt du das?«

»Ich habe keine Ahnung«, sagte ich. »Sie wissen ja selbst, dass mein Vater ein sehr verschlossener Mensch war. Er redete nie über irgendwas, das auch nur im Geringsten persönlich war. Und ich muss zugeben, dass ich schon seit einiger Zeit nicht mehr mit ihm gesprochen habe. Wenn er in schlechter gesundheitlicher Verfassung war, dann hätte er das niemandem mitgeteilt.«

»Ich hatte bemerkt, dass er in letzter Zeit noch zurückgezogener war als gewöhnlich«, sagte Miss Honeywell. »Vielleicht sogar depressiv.« Sie hielt inne. »Mir war er schon immer unglücklich vorgekommen. Er ist nie über den Verlust seines Status und seines Eigentums hinweggekommen, oder?«

»Wären Sie das?«, fragte ich. Ich hatte das Bedürfnis, meinen Vater in Schutz zu nehmen. »Wie würden Sie sich fühlen, wenn Sie im Pförtnerhaus Ihres ehemaligen Zuhauses leben müssten und dabei zusehen, wie Schulmädchen durch die Räume schlendern, in denen Sie aufgewachsen sind?«

»Er hätte ja nicht bleiben müssen«, sagte sie. »Es gab viele Dinge, die er hätte tun können. Soweit ich verstanden habe, war er vor dem Krieg ein talentierter und vielversprechender Künstler.«

»Mein Vater? Ein vielversprechender Künstler?«

»Oh ja.« Sie nickte. »Man sagt, er hat sogar eine Ausstellung in der Royal Academy gehabt. Doch tatsächlich habe ich niemals eines seiner Bilder gesehen, abgesehen von den Postern für Schulveranstaltungen und Kulissen für die Theateraufführungen. Er war kompetent, ganz eindeutig ein erfahrener Künstler, doch sicherlich nicht außergewöhnlich.«

»Ich hatte gar keine Ahnung, dass er überhaupt gemalt hat«, sagte ich. »Ich wusste, dass er Kunst studiert hatte, doch ich habe nie mitbekommen, dass er ein echter Künstler war. Ich frage mich, warum …« Ich wollte hinzufügen, warum er aufgehört hatte, doch dann beantwortete ich mir die Frage selbst, bevor ich die Worte aussprach – weil die Welt um ihn herum zusammengebrochen war.

»Man sagt, Künstler sind temperamentvoll, oder nicht?«, sagte Miss Honeywell. »Hochsensibel. Und natürlich kam er auch aus einer angesehenen Familie. Inzucht unter den Aristokraten führt zu Unausgewogenheit.«

»Sie glauben doch nicht, dass er sich das Leben genommen hat?«, fragte ich scharf, wobei die Wut über ihre Andeutung, dass mein Vater womöglich mental labil war, mit meinen eigenen Schuldgefühlen kämpfte, die mich zu überwältigen drohten.

Sie lächelte mich kurz traurig an. »Wenn er sein Leben beenden wollte, dann hätte er keinen Grund gehabt, dafür in den Wald zu gehen. Er hätte es genauso gut zu Hause beenden können. Niemand wäre dort gewesen, um ihn davon abzuhalten. Außerdem gab es, wie ich bereits erwähnte, keine Anzeichen einer Notlage an ihm. Nichts wie Gift oder eine Schusswunde.« Sie hielt inne und blickte aus dem Fenster, wo ein Star auf einem Rosenbusch gelandet war. »Ich vermute auch, dass er in letzter Zeit stärker getrunken hat.« Sie wandte mir wieder ihre Aufmerksamkeit zu. »Oh, ich möchte nicht andeuten, dass er bei der Arbeit betrunken war oder etwas in der Art, doch der Hausmeister hat berichtet, dass mit dem Müll leere Flaschen rausgingen, und Miss Pritchard, die Geschichtslehrerin, ist ihm mal im Alkoholgeschäft begegnet, wo er Scotch gekauft hat.«

Ich war versucht zu fragen, was denn Miss Pritchard in dem Geschäft getan hatte, blieb aber klugerweise still. »Ich denke, wir werden die Ursache von dem Arzt erfahren, der die Autopsie durchführt«, sagte ich. »Wobei es auch keine große Rolle spielt, oder? Er ist tot. Nichts wird ihn zurückbringen.«

»Es tut mir so leid, Liebes«, sagte sie und klang fast menschlich. »Es muss ein großer Schock für dich gewesen sein. Er war ja noch nicht so alt.«

»Vierundsechzig«, sagte ich mechanisch. »Überhaupt nicht alt.«

»Er war übrigens sehr stolz auf dich, weißt du das?«

Darauf reagierte ich überrascht. »Stolz auf mich?«

»Aber ja. Er hat oft von dir gesprochen. Wie gut du dich auf der Universität gemacht hast und dass du bald deine Zulassung als Anwältin bekommen würdest.«

Das kam völlig unerwartet. Mein Vater hatte sich meinem Wunsch widersetzt, zur Universität zu gehen. Seine Einstellung gegenüber Frauen gehörte in die Vorkriegszeit, als er noch der Sohn von Sir Toby Langley von Langley Hall war und das Leben aus Feiern und Tänzen und Fuchsjagd bestand. Man suchte Mädchen eine gute Partie, und dann wurden sie die Herrin in ihren eigenen hübschen Landhäusern. Er weigerte sich anzuerkennen, dass Mädchen wie ich in der Nachkriegszeit ihren eigenen Weg gehen mussten und keine Hilfe von ihrer Familie erwarten konnten. Eine gute Karriere war entscheidend. Und so hatte ich ohne seine Unterstützung die Aufnahmeprüfungen für Oxford und Cambridge gemacht und – zur Sicherheit – auch am University College London. Ich war am Boden zerstört, als ich keinen Platz in Oxford oder Cambridge erhalten hatte, doch immerhin war ich von der UCL angenommen worden. Ein guter zweiter Platz, nehme ich an. Zu jener Zeit war mir nie in den Sinn gekommen, dass mir die Empfehlung einer Schulleiterin dabei hätte helfen können, auf das College in Oxford oder Cambridge zu kommen, und ich bin mir sicher, dass Miss Honeywell nicht sehr schmeichelhaft über mich geschrieben hätte, falls sie überhaupt einen solchen Brief verfasst hätte.

Ich erhielt ein Regierungsstipendium für die Ausbildung und arbeitete den ganzen Sommer in einem Küstenhotel als Zimmermädchen, um mir Unterkunft und Verpflegung leisten zu können. Während andere meiner Generation auf

Protestmärschen waren, bei Love-ins und Sit-ins, und »Make Peace Not War« sangen, hatte ich fleißig gearbeitet. Und schließlich hatte ich mein Studium mit einem guten Notendurchschnitt absolviert – nicht als die Beste, wie ich es mir gewünscht hatte, doch noch immer ziemlich gut. Dann hoffte ich, Anwältin zu werden.

Miss Honeywell musste meine Gedanken gelesen haben.

»Wahrscheinlich arbeitest du für die Kanzlei, der ich das Telegramm geschickt habe, oder?«

»Das ist richtig.« Ich wollte ihr nicht erzählen, dass ich zurzeit nicht dort arbeitete, und ihr auch nicht den Grund für die Freistellung nennen. »Ich war dort in der Ausbildung und hatte gehofft, in diesem Sommer die Zulassungsprüfung zur Anwaltschaft zu machen, doch jetzt wird es wohl auf den Winter verschoben werden. Sie haben mir noch nicht mitgeteilt, ob sie mich weiter haben wollen, wenn ich die Abschlussprüfung bestanden habe.«

»Ein interessanter Geschäftsbereich?«

»Nicht besonders. Eine Menge Eigentumsübertragungen und Testamente und andere Routineaufgaben, die man dem Nachwuchs gibt.«

»Ich hätte mir denken können, dass du einmal Anwältin werden willst«, sagte sie und sah mich aufmerksam mit ihren schwarzen Knopfaugen an. »Du hast es immer gemocht, für deine Sache zu streiten, und du konntest ganz schön überzeugend sein.«

Sie unterbrach sich, als eine ältliche Hausangestellte mit einem Teetablett hereinkam. Es war ordentlich beladen mit einer geblümten Porzellankanne, passendem Milchkännchen und Zuckerdose, zwei Tassen, zwei Untertellern und einem Teller mit Keksen.

»Soll ich einschenken, Miss Honeywell?«, fragte die Angestellte, doch ich bemerkte, wie sie mich ansah. Als sich unsere Blicke begegneten, errötete sie und wandte den Blick ab.

»Nein danke, Alice. Das schaffen wir allein«, sagte Miss Honeywell und entließ sie mit einer leichten Handbewegung. Dann nahm sie das silberne Sieb und hielt es über eine Tasse, um den Tee einzuschenken. »Oh, Lapsang Souchong«, sagte sie. »Sie kennt meine Vorlieben. Trinkst du ihn mit Zitrone oder mit Milch?«

Ich mochte chinesischen Tee überhaupt nicht, doch ich sagte: »Zitrone, bitte«, denn ich dachte, das sei die richtige Antwort. Ich hatte Erfahrung darin, genau das zu sagen, was die Leute hören wollten. Ich sah zu, wie sie die bernsteinfarbene Flüssigkeit in die zierlichen Porzellantassen goss. Wie zivilisiert alles war. Ein Leben, das sich so von meinem unterschied, mit den Fahrten in überfüllten U-Bahnen und dem Abendessen vom indischen Imbiss, wenn ich es mir leisten konnte. Und all das, während mein toter Vater in der Leichenhalle lag. Ich entschied, dass ich lange genug höfliche Konversation ertragen hatte. Ich tat eine Scheibe Zitrone in meinen Tee und nahm einen Schluck. Er war noch zu heiß zum Trinken, deshalb stellte ich die Tasse wieder ab.

»Im Hinblick auf meinen Vater weiß ich nicht genau, was als Nächstes geschieht«, sagte ich. »Muss ich den Vikar wegen der Beerdigung sprechen?«

»Wahrscheinlich solltest du zunächst einmal die Leichenhalle aufsuchen«, sagte sie. »Sie werden den Leichnam erst dann für die Beerdigung freigeben, wenn sie den Totenschein unterzeichnet haben, und falls es eine Autopsie gibt oder irgendwelche Fragen, dann könnte das ein paar Tage dauern.«

Sie hielt mir den Keksteller hin. Ich entschied mich gegen die Schokoladenkekse, die mir womöglich zwischen den Fingern schmelzen würden, und nahm stattdessen einen Doppelkeks mit Vanillefüllung. Ich knabberte daran, während ich nachdachte. Eigentlich hatte ich nicht vorgehabt, mehrere Tage zu bleiben. Ich hatte es mir nicht richtig überlegt, als ich losgeeilt war, um den nächsten Zug aus Waterloo zu nehmen, um schnellstmöglich an der Seite meines Vaters zu sein – auch wenn man ihm nicht mehr helfen konnte.

»Kann ich den Schlüssel für das Pförtnerhaus haben?«, fragte ich. »Es ist etwas zu weit, um immer nach London und zurück zu fahren.«

»Natürlich«, sagte sie. »Ohnehin wirst du die Dinge deines Vaters durchsehen wollen, und du könntest gleich damit anfangen.« Sie öffnete eine Schublade und zog einen großen, altmodischen Schlüssel heraus, reichte ihn mir dann feierlich, als würde sie jemandem die Stadtschlüssel übergeben. »Ach ja, und Joanna!«, fügte sie hinzu. »Ich will nicht drängen und du sollst dir die Zeit nehmen, die du benötigst, doch ich muss darauf hinweisen, dass deinem Vater die Nutzung des Hauses nur für die Dauer seiner Anstellung bei der Schule erlaubt war. Mit dem neuen Semester kommt ein neuer Sportlehrer und Tennistrainer. Er ist auch ein Mann und ich möchte ihn angemessen weit weg von den Mädchen unterbringen. Man soll sie nicht in Versuchung führen, und er ist recht attraktiv.« Sie erwiderte meinen Blick und lächelte. »Du weißt, wie es mit einer Schar Mädchen und einem attraktiven jungen Mann ist.«

Dem hatte ich nichts zu entgegnen. Ich wollte nur weg von diesem perfekt eingerichteten kleinen Raum und ihrem selbstgefälligen Grinsen.

»Hast du bereits Aussichten in dieser Richtung?«, fragte sie. »Hört man schon die Hochzeitsglocken läuten?« Ich bemerkte, wie sie auf meine linke Hand spähte.

»Nein«, entgegnete ich. »Keine Hochzeitsglocken.«

»Noch immer die ehrgeizige Karrierefrau, ich verstehe.« Sie lächelte mich wieder an. »Wenn du also die Habseligkeiten deines Vaters vor Beginn des Sommersemesters aus dem Pförtnerhaus entfernen könntest, dann würde ich das sehr begrüßen.«

Vier

Hugo

Dezember 1944

Als ihn etwas an der Wange kitzelte, kam er abrupt zu sich. Erschrocken strich er sich über das Gesicht und sah dann, dass es nur ein Grashalm war, der sich im Wind bewegte. Er richtete sich auf, betrachtete die kalte, feuchte Erde um sich herum, die ordentlich in Reihen stehenden Olivenbäume, die sich den Hang hinauf erstreckten. Es war noch immer nicht ganz hell, doch er konnte sehen, dass der Himmel bleigrau war und dunkel Regen ankündigte. Es fielen bereits feine, neblige Tröpfchen, die seine Kleider feucht machten. Er spürte ein Zerren, das ihn nach hinten riss, und hätte fast erschrocken aufgeschrien. Dann bemerkte er jedoch, dass er noch immer an seinem Fallschirm hing, der jetzt wie ein verletzter Vogel flatternd auf dem Boden lag. Er hantierte ungeschickt mit den behandschuhten Fingern an dem Verschluss, bis er schließlich spürte, wie er sich öffnete. Er zog die Riemen aus und wollte sich aufsetzen. Ihm wurde übel, als er den Kopf drehte und sich umblickte, dann einen klaren Gedanken zu fassen versuchte, um zu entscheiden, was er nun tun sollte.

Der Fallschirm blähte sich auf, als er von einer Böe erfasst und fast weggeblasen wurde. Das wäre nicht gut. Er griff nach den Riemen und versuchte, auf die Beine zu kommen, brach dann wieder unter Schmerzen zusammen. Sein Bein wollte ihn nicht tragen. Er zerrte den Fallschirm zu sich und kämpfte mit dem Wind, als er ihn einrollte. Er war überraschend leicht und es gelang ihm, ihn wieder in seinen Beutel zu stopfen.

Als der Fallschirm sicher verstaut war, hielt er ihn fest, während er sich aufsetzte und seine Lage einzuschätzen versuchte. Der Hang war mit Reihen von Olivenbäumen bepflanzt. Kleine runde Bäume mit federartigen Blättern. Kein gutes Versteck. Die ersten richtigen Bäume – um diese Jahreszeit fast völlig kahl – befanden sich ein paar Hundert Meter entfernt oben am Hügel, und er konnte nicht herausfinden, ob sie der Anfang eines richtigen Waldes waren oder nur ein dünner Baumstreifen an der Grenze zu einem anderen Hof. Die Wolken hingen tief über dem Hügel, doch er konnte zwischen den wabernden Schwaden eine hervorstehende Felsnase hinter den Bäumen erkennen, auf der sich die Überreste von etwas befanden, was nach einer alten Festung aussah. Womöglich war das ein vielversprechender Ort zum Verstecken, um zumindest seine Wunden untersuchen und entscheiden zu können, was als Nächstes zu tun war.

Er drehte sich, um den Hügel hinunterzublicken. Die Reihen der Olivenbäume endeten in einer kleinen Senke, und auf der anderen Seite erhob sich der Boden wieder, diesmal mit aufgereihten Weinstöcken, die zu dieser Jahreszeit jedoch aus toten verschlungenen Ästen bestanden. Dahinter auf dem Kamm verlief eine Reihe schwarzer Zypressen, die durch den Nebel am Hang wie Soldaten in Habachtstellung wirkten. *Eine Straße,* dachte er und erinnerte sich an eine Zeit, als er Landschaften wie diese gemalt hatte. Wo die Zypressen endeten, wurde die Hügelspitze von Wald gekrönt, und dahinter konnte er die Ziegeldächer eines kleinen Bergdorfes erkennen. Ein eckiger Kirchturm erhob sich über den Dächern, und während er hinsah, hörte er, wie eine Glocke sechsmal läutete.

Er betrachtete das Bergdorf und fragte sich, welchen Empfang sie ihm wohl bescheren würden, wenn er in diese Richtung ginge. Er hatte früher einmal in Italien gelebt und hoffte, dass die Einheimischen nicht zu begeistert von den Deutschen waren. Doch es konnte auch sein, dass das Dorf von den Deutschen besetzt war. Es war ein Risiko, das er nicht eingehen konnte – zumindest so lange nicht, bis er mehr wusste.

Plötzlich hörte man ein fürchterliches Krächzen und er fuhr zusammen, bis er erkannte, dass es ein Hahn war, der den Morgen begrüßte. Ein zweiter antwortete. Dann bellte ein Hund. Das Dorf wurde lebendig. Er musste los, bevor er entdeckt wurde. Langsam kroch er auf den Händen und seinem gesunden Bein vorwärts, wobei er den eingepackten Fallschirm neben sich mitzerrte. Er traute sich nicht, ihn zurückzulassen, da er ihn verraten würde. Und außerdem konnte ein Fallschirm nützlich sein, vielleicht als Schutz, wenn es regnete oder schneite? Er fragte sich, ob er schneller vorwärtskommen würde, wenn er aufstand und mit einem Ast als Stütze humpeln würde. *Eine Krücke,* dachte er. *Ich brauche einen Stock, um mir eine Krücke zu machen, oder vielleicht eine Schiene, falls der Knochen gebrochen ist.* Er kam nur quälend langsam vorwärts. Die Reihen mit Olivenbäumen schienen unendlich lang zu sein. Er drehte sich immer wieder um und sah nach, ob ihm jemand folgte. Das Schnauben eines Tieres ließ ihn zusammenzucken und sich zu Boden werfen. Als er den Horizont absuchte, entdeckte er ein Pferd und ein Fuhrwerk, die das Dorf über jene höher gelegene Straße verließen. Er hörte das Knarren der Räder und das Pferd schnaubte erneut. Er sah zu, wie es zwischen den Zypressen entlangfuhr, doch es entfernte sich von ihm und er seufzte erleichtert auf und kehrte zurück zu seiner mühevollen Aufgabe.

Eine steife Brise kam auf, ließ die Olivenbäume rascheln und strich durch das Gras, sodass entfernte Geräusche überlagert wurden. Er war schrecklich durstig, sein Mund ausgedörrt und trocken, und er wünschte sich, dass er seine Feldflasche mitgenommen hätte. Oder den Flachmann mit Brandy – den könnte er jetzt gebrauchen. Die Bäume waren nicht mehr weit, doch er musste anhalten. Seine Kraft ließ nach und er setzte sich hin, lehnte sich mit dem Rücken gegen einen kräftigen Olivenbaum, sodass er vom Dorf nicht gesehen wurde, und schloss die Augen. Er fühlte sich unglaublich schwach und merkte, dass er wahrscheinlich eine Menge Blut verloren hatte.

»Ich will hier nicht sterben«, flüsterte er. Er zwang sich, an sein Zuhause zu denken. An einem schönen Sommertag ritt er nach Langley Hall. Die Rosskastanien waren in voller Blüte. In der Luft roch es nach frisch gemähtem Gras und Rosen. Er zügelte das Pferd in den Trab, als ein Stallbursche auftauchte und ihm entgegenkam.

»Ein guter Ritt, Mr Hugo?«, fragte er, als Hugo sich leichtfüßig aus dem Sattel hob und ihm die Zügel überreichte.

»Fantastisch, danke, Josh.«

Die Stufen hinauf und zur Eingangstür ins Haus. Sein Vater mit der Zeitung im Frühstücksraum blickte stirnrunzelnd auf. »Du warst reiten, oder? Zu meiner Zeit hat man seine Reitsachen abgelegt, bevor man zum Frühstück kam.«

»Tut mir leid, Vater, aber ich bin am Verhungern. Wie geht es dir heute?«

»Nicht schlecht, wenn man die Umstände bedenkt. Noch immer kurzatmig beim Treppensteigen. Doch das war zu erwarten, nicht wahr? Wenn man was vom Gas abbekommen hat, müssen die Lungen darunter gelitten haben.«

»Bestialischer Krieg. Ergibt überhaupt keinen Sinn.«

»Ich bezweifle, dass Krieg das jemals tut, doch wir scheinen nichts daraus zu lernen, nicht wahr …?«

Hugo löste seine Gedanken von dieser Erinnerung, dem Gespräch und dem trockenen Husten seines immer hinfälliger werdenden Vaters. *Denk an deine Frau, Brenda. Denk an deinen*

Sohn. Er versuchte, sie sich vorzustellen, doch die Bilder waren verschwommen und undeutlich, wie bei alten Fotografien. Wie viele Jahre war es her, seit er sie das letzte Mal gesehen hatte? Vier. Fast die Hälfte von Teddys Leben. Als er fortging, war Teddy ein furchtsamer kleiner Junge gewesen, der sich ans Kleid des Kindermädchens klammerte. Jetzt war er neun. Hugo hatte keine Ahnung, wie er aussah oder was er so tat. Briefe kamen nur alle paar Monate an, die meisten von den Zensoren geschwärzt, sodass sie fast nichts aussagten – »Teddy geht es gut und er schickt seinem Vater liebe Grüße« –, und Hugo fragte sich, ob Teddy bereits auf der Privatschule war, ob er gern Cricket spielte, ob er zu einem guten Reiter geworden war …

Er öffnete die Augen und sah jemanden vor sich stehen. Mit einem Ruck setzte er sich auf, griff mit der behandschuhten Hand nach der Dienstwaffe, wobei er sich daran erinnerte, dass sie ohnehin nicht geladen war. Er erinnerte sich an das Messer in seinem Stiefel – an das er so schnell nicht herankommen würde. Warum hatte er nicht vorausgedacht und sich darauf vorbereitet, sich im Notfall verteidigen zu können?

Während er sein Gegenüber immer besser erkannte, wuchs sein Entsetzen. Eine hagere, gesichtslose Gestalt mit Kapuze über dem Kopf, ganz in Schwarz. Der Sensenmann. Der Tod war zu ihm gekommen. Während er aufzustehen versuchte, gab die Gestalt einen leisen Seufzer von sich und trat zurück. Da bemerkte Hugo, dass es eine schwarz gekleidete Frau war, Kopf und Schultern mit einem Tuch bedeckt. Sie trug einen Korb, den sie jetzt vor sich hielt, als wollte sie sich verteidigen.

»Bist du Deutscher?«, fragte sie auf Italienisch, ihrer Muttersprache, fügte dann auf Deutsch hinzu: »*Deutsch?*«

»Nein. Ich bin kein Deutscher. Ich bin Engländer«, erwiderte er auf Italienisch und war dankbar, dass er sich nach seinem Studienjahr in Florenz recht flüssig in dieser Sprache unterhalten konnte. »Mein Flugzeug ist gerade …« Er suchte nach den Worten für »abgestürzt« oder »abgeschossen«, doch es fiel ihm nicht ein. Das waren keine Vokabeln, die er vor dem Krieg benutzt hatte. »Mein Flugzeug ging runter.« Er unterstrich das mit der Geste eines abstürzenden Flugzeugs.

Die Frau nickte. »Das haben wir gehört«, sagte sie. »Die Explosion. Wir wussten nicht, was es war. Und wir hatten Angst, dass die Deutschen wieder irgendwas in die Luft jagen.«

Er hatte Schwierigkeiten, sie zu verstehen. Er befürchtete, dass er das ganze Italienisch vergessen hatte, das er einmal konnte, doch dann merkte er, dass sie in dem starken toskanischen Dialekt sprach, den er schon im Gespräch zwischen Menschen vom Land gehört hatte. Und ihre Gesten bestätigten, was sie sagte.

»Gibt es noch Deutsche in dieser Gegend?«, fragte er.

Sie nickte erneut, sah sich um, als würde sie damit rechnen, dass sie jeden Moment auftauchen könnten. »Aber ja. Sie haben sich wie Kaninchen Löcher in die Berge gegraben. Ich glaube nicht, dass es leicht für euch wird, sie zu vertreiben. Für dich ist es hier nicht sicher. Du musst in den Süden. In diese Richtung.« Sie zeigte dorthin. »Dort kommen die Alliierten voran. Wir haben gehört, dass sie bereits nah bei Lucca sind.«

»Ich kann nicht gehen«, sagte er. »Ich glaube, man hat mir ins Bein geschossen. Ich brauche ein Versteck, wo ich die Wunde behandeln kann. Dann kann ich mir überlegen, wie es für mich weitergehen soll.«

Sie sah wieder auf. »Ich kann dich nicht in mein Dorf bringen«, sagte sie. »Die Deutschen kommen manchmal durch. Sie verlangen eine Unterkunft und bedienen sich an unseren Lebensmitteln. Es würde sich herumsprechen und es gibt bei uns ein paar Leute, die für Essen oder Zigaretten bereitwillig Informationen preisgeben.«

»Ich würde nicht einmal davon träumen, dich in irgendeine Gefahr zu bringen«, sagte er. Tatsächlich war es das, was er sagen wollte, doch ihm gelang nur ein: »Ich werde es nicht gefährlich für dich machen.«

Sie breitete die Arme weit aus. »Wenn es nur um mich ginge, dann würde ich Ja sagen. Ich würde das Risiko auf mich nehmen. Doch ich habe meinen kleinen Sohn, und die Großmutter meines Mannes lebt bei uns. Ich muss sie beschützen.«

»Natürlich. Ich verstehe.«

Sie sah ihn skeptisch an. »Wie kommt es, dass du meine Sprache sprichst?«

»Ich habe einmal als junger Mann in Florenz gelebt. Ich war für ein Jahr dort, um Kunst zu studieren.«

»Du bist Künstler?«, fragte sie.

»Ich wollte vor dem Krieg Maler werden. Jetzt fliege ich schon seit fünf Jahren Flugzeuge.«

»Dieser Krieg hat uns alles genommen, was wir geliebt haben«, sagte sie und sah weg.

Er nickte. »Wenn du mir nur aufhelfen könntest, dann mache ich mich auf den Weg«, sagte er. »Ich könnte jeden Moment entdeckt werden und du würdest in Schwierigkeiten geraten, weil du mit mir redest.«

»Es wird schon keiner kommen.« Sie blickte sich vorsichtig beim Sprechen um, als würde sie ihren eigenen Worten nicht trauen. »Die Olivenernte ist schon vorbei. Ich bin hergekommen, um nachzusehen, ob noch ein paar Oliven zwischen den Bäumen liegen oder ob es vielleicht Pilze oder Kastanien im Wald gibt. Wir essen im Augenblick das, was wir finden können. Die Deutschen nehmen uns alles weg.«

Beim Erwähnen der Deutschen verzog sie verbittert und ängstlich das Gesicht. Sie zog sich das Tuch enger um den Hals. »Kannst du gar nicht gehen?«

»Ich kann es versuchen, wenn du mich stützt. Nur bis zu den Bäumen da oben. Da wäre ich versteckt.«

»Das Kloster«, sagte sie plötzlich mit Nachdruck. »Ich bringe dich zum Kloster. Da bist du in Sicherheit.«

»Kloster?« Hugo reagierte mit der protestantischen Skepsis gegenüber allem Katholischen, vor allem Mönchen. »Meinst du wirklich, dass das eine gute Idee ist?«

»Das ist eine Ruine«, sagte sie. »Niemand geht da jetzt hin. Es ist ein geeigneter Unterschlupf, wenn du es bis dort schaffst.«

»Dann lass es uns versuchen. Vielleicht könntest du mir beim Aufstehen helfen?«

Sie stellte ihren Korb ab, fasste ihn unter den Achseln und half ihm auf. Für ihre zierliche Erscheinung war sie bemerkenswert kräftig. Er stand da und schwitzte vor Schmerz, während sein verwundetes Bein damit kämpfte, sein Gewicht zu tragen.

»Komm«, sagte sie. »Leg den Arm um meine Schulter. Ich werde dich stützen.«

»Oh nein. Das kann ich nicht. Das ist gar nicht nötig«, sagte er, als er bemerkte, wie viel größer er neben ihr war, wo er jetzt vor ihr stand.

»Ohne Hilfe kannst du nicht gehen. Komm schon. Mach es jetzt.«

Er gehorchte, wobei er sich ihrer zarten, knochigen Schultern unter dem Tuch bewusst war und nicht wollte, dass so ein zerbrechliches kleines Geschöpf sein Gewicht trug.

»So ist es richtig«, sagte sie. »Lehn dich an mich.«

Er nahm den Fallschirmpacken in die andere Hand, als sie zwischen den Olivenbäumen losgingen. Der Wind zerrte an ihnen und schlug ihnen ihr Tuch ins Gesicht. Sie kamen nur schwer voran – der Boden war an manchen Stellen weich und schlammig, an anderen felsig und zum Teil gefroren. Hugo biss die Zähne zusammen und schob sich langsam vorwärts. Schließlich erreichten sie die Baumreihe. Einige Bäume waren kahl und nackt, während andere noch Blätter trugen – Steineichen und ein paar hohe, dunkle Kiefern. Hugo machte eine Pause und lehnte sich dankbar gegen einen stabilen Baumstamm.

»Ich muss Luft holen«, wollte er sagen. Tatsächlich sagte er aber: »Ich muss warten und besser atmen.« Sein Italienisch war nicht gut genug für eine bildliche Sprache.

»Lass uns etwas weiter in den Wald gehen. Hier kann man dich noch sehen. Wir wissen nie, wo die Deutschen lauern.« Sie drängte ihn weiter.

Sie taumelten zwischen den Bäumen hindurch, rutschten über feuchte Blätter, stolperten über Wurzeln. Hier roch es intensiv und feucht und die Welt war vollkommen still. Die Frau ließ ihn kurz stehen und eilte voraus, um nach einem baumelnden Ast zu greifen. »Oh, sieh nur, Kastanien«, sagte sie. »Das ist gut. Normalerweise sind um diese Zeit schon alle wilden Kastanien gesammelt. Und dort an dem Stamm sind ein paar Pilze. Ich werde sie auf dem Weg nach Hause pflücken.«

»Und da vorn, da liegt ein toter Ast«, sagte er. »Wenn du ihn für mich holen magst, dann kann ich ihn vielleicht als Krücke nutzen.«

»Gute Idee.« Sie nahm den schweren Ast und schüttelte trockenes Laub ab. »Wenn wir ihn ungefähr hier durchbrechen«, und sie machte es, wobei der Ast laut knackte, »dann müsste er genau richtig sein.«

Er schob sich das dicke Ende unter die Achsel. »Ja, ich denke, so könnte es gehen.«

Er lächelte sie hoffnungsvoll an und sie erwiderte sein Lächeln. »Das ist gut.« Er bemerkte, wie ihr ganzes Gesicht beim Lächeln erstrahlte. Versteckt unter jenem Tuch hätte sie eine Bauersfrau unbestimmten Alters sein können. Doch jetzt erkannte er, dass sie wenig älter als ein Mädchen war, mit einem offenen Lächeln und dunklen funkelnden Augen.

»Jetzt kommt der schwierige Teil«, sagte sie. »Ich hoffe, es ist nicht zu viel für dich.«

FÜNF

JOANNA

April 1973

Miss Honeywell und ich verabschiedeten uns höflich. Sie lud mich sogar dazu ein, mit ihr an diesem Abend ein Glas Sherry zu trinken, falls ich mich in dem Pförtnerhaus allein fühlen würde. Ich bedankte mich, doch am liebsten hätte ich laut ausgerufen: »Du alte Heuchlerin. Weißt du nicht mehr, wie mies du mich behandelt hast?« Ich hatte immer den Verdacht gehabt, dass sie sich darüber ärgerte, meinen Vater weiterhin Sir Hugo nennen zu müssen, obwohl ihm alles andere genommen worden war. Ich bin mir sicher, es hat all die Jahre an ihr genagt.

Langsam ging ich den Zufahrtsweg zurück, wobei mir der süße Duft der blühenden Hyazinthen und Narzissen zu beiden Seiten in die Nase stieg, der Geruch des frisch gemähten Grases. Ich zögerte vor der Tür zur Hütte, plötzlich wollte ich nicht hinein und sehen, was aus dem Leben meines Vaters geworden war. Nach dem Schulabschluss war ich nicht mehr regelmäßig vorbeigekommen. Vater und mir waren unsere Gespräche unangenehm und manchmal führten sie zu Streit oder arteten in Schreiduelle aus, weshalb wir uns lieber zum Mittagessen in irgendwelchen Pubs trafen. Für die Dauer einer Mahlzeit mit gutem Braten und Apfelkuchen konnten wir gut gelaunt miteinander umgehen.

Schließlich steckte ich den großen Schlüssel ins Schloss und drehte ihn. Die Tür öffnete sich mit einem Quietschen, wie man es bei Radiohörspielen vernahm, wenn jemand in ein Spukhaus ging. Ich trat ein und schreckte angesichts des schalen Geruchs zurück, der in der Luft hing – verfaulte Speisen, vermischt mit Zigarettenrauch und ungewaschenen Kleidern. Man konnte sehen, dass er das Haus direkt nach dem Frühstück verlassen hatte. Auf dem Tisch standen noch die Reste eines gekochten Eis, Toast im silbernen Toastständer, eine leere Teetasse und ein Milchkännchen. Der Anblick hatte etwas Beruhigendes, denn wenn er vorgehabt hatte, sich umzubringen, hätte er vorher bestimmt kein gekochtes Ei gefrühstückt. Die Milch hätte er auch nicht stehen und schlecht werden lassen. Mein Vater war immer sehr penibel gewesen. Am Zustand der Milch konnte ich außerdem erkennen, dass er nicht an diesem Morgen gestorben war, sondern mindestens vor einem Tag, nachdem Miss Honeywell gestern in der Früh mit ihrem Hund spazieren gegangen war. Beunruhigender fand ich die Fragen, die mir jetzt in den Sinn kamen: War er einfach umgekippt und gestorben? Hatte er im Gras gelegen und um Hilfe gerufen? Hätte man ihn retten können, wenn ihn jemand gehört hätte?

»Ach, Daddy«, flüsterte ich. »Es tut mir so leid.«

Ich merkte, dass ich meine Tränen zurückdrängte. Mein ganzes Leben hatte ich mich nach seiner Liebe gesehnt. Wahrscheinlich hatte er mich auch geliebt, auf seine eigene Art und nicht wie meine Mom. Ich konnte mich nicht daran erinnern, jemals von ihm umarmt worden zu sein. Als ich klein war, hatte er mich auf sein Knie gesetzt und mir Bücher vorgelesen, doch das war das Höchstmaß an Nähe. Ich glaube, er wusste gar nicht, wie man ein liebevoller Vater war. Wie alle

Jungen der Oberschicht wurde er mit sieben Jahren ins Internat gesteckt und musste lernen, seine Gefühle zu verdrängen.

»Daddy«, flüsterte ich erneut, als könnte er mich hören. »Ich habe dich geliebt. Wenn nur ...« Ich ließ den angefangenen Satz in der Luft hängen. Dann kümmerte ich mich mechanisch um die Frühstücksreste, warf die Eierschale und die Toastscheiben in den Mülleimer und machte mich daran, Teller und Tasse abzuspülen, als würde es die Gefühle im Zaum halten, wenn man sich mit etwas beschäftigte. Dann stellte ich den Toaster weg und wischte den Tisch ab. Als ich fertig war, wirkte die Küche sauber und ordentlich, wie es immer war, als meine Mutter noch gelebt hatte. Doch in jenen Tagen war sie auch warm und freundlich gewesen, mit sauberen Vorhängen am offenen Fenster und den appetitlichen Düften ihrer Kochkünste in der Luft: frisch gebackene Scones und Rindfleisch-Nieren-Pastete und Blätterteig mit Wurstfüllung und Victoria-Sponge-Kuchen ... bei der Erinnerung lief mir das Wasser im Mund zusammen. Meine Mutter hatte das Kochen geliebt. Sie hatte all ihre Energie darauf verwendet, mich und meinen Vater zu umsorgen. Ich blinzelte die Tränen zurück, schämte mich für mich selbst und meine Schwäche. Mit dem Tod meiner Mutter hatte ich mir das Weinen verboten. Es war egal, was sich die Mädchen in der Schule für gemeine Sachen ausdachten und wie schrecklich Miss Honeywell zu mir war, ich hatte sie immer mit einem Ausdruck von Trotz und Verachtung bedacht. Erst seit Kurzem war ich so angreifbar und empfindlich geworden.

Bei der Erinnerung an die Kochkünste meiner Mutter bemerkte ich, dass ich hungrig war. Ich hatte kein Mittagessen gehabt, und die paar Krümel von einem Doppelkeks füllten nicht den Magen. Ich sah in die Speisekammer und war entsetzt über den Mangel an Vorräten. Ein vertrocknetes Stück Käse, verdorrte Kartoffeln, ein paar Dosen gebackene Bohnen und Suppe. Ich erinnerte mich, dass Vater während der Schulzeit seine Mahlzeiten mit den anderen Mitarbeitern in der Schule einnahm. Während der Ferien hungerte er regelrecht. Ich schnitt mir eine Scheibe Brot ab und machte mir ein Käsesandwich. Beim Essen sah ich mich in der Küche um. Wie düster sie wirkte. Da war es kein Wunder, dass er depressiv geworden war.

Mit dem Essen im Bauch fühlte ich mich etwas besser und machte mich daran, das restliche Haus zu inspizieren. Abgesehen von der Küche gab es im Erdgeschoss noch ein Wohnzimmer und ein winziges Arbeitszimmer, das meinem Vater vorbehalten war. Oben befanden sich zwei kleine Schlafzimmer und ein Bad. Bei meinem Rundgang wurde mir bewusst, dass mir jetzt wahrscheinlich alles hier gehörte. Ich war das einzige Kind. Ich bezweifelte, dass Vater ein Testament hinterlassen hatte – schließlich hatte er auch nichts zu vererben, abgesehen von den paar Habseligkeiten im Haus. Der Titel würde mit ihm sterben, wenn nicht doch irgendwo ein Cousin dritten oder vierten Grades lauerte. Doch niemand würde einen Titel ohne Besitz, ohne Land und ohne Geld übernehmen wollen.

Ich brauchte nicht sehr lange, um durch die Räume zu gehen. Vor allem wunderte mich dabei, dass es im Haus überhaupt keine persönlichen Dinge gab. Jemand Fremdes hätte niemals erraten können, was für ein Mensch hier gewohnt hatte. Zu Lebzeiten meiner Mutter hatte es Schnittblumen und Frauenzeitschriften und aufgeschlagene Kochbücher auf den Tischen gegeben. An der Wand waren Fotos von mir als Baby gehangen, auf dem Sofa ein Pullover gelegen, an dem sie gerade strickte. Doch jetzt entdeckte ich hier kein einziges Foto oder eine Einladung oder Karte. Die Wohnung hätte genauso gut von einem Geist bewohnt sein können.

Ich ging in mein ehemaliges Zimmer. Doch auch hier war nichts von mir geblieben. Bei meinem Auszug hatte ich meine Sachen mitgenommen. Ich ließ mich aufs Bett sinken, fühlte mich plötzlich erschöpft. Dieser Raum war mein Heiligtum gewesen. Meine Mutter hatte mich jeden Abend ins Bett gebracht. Nach ihrem Tod kauerte ich mich mit der Decke über dem Kopf in diesem Bett zusammen und schloss die Welt mit ihren bösen Mädchen und die fehlende Liebe und das Wissen aus, dass mich niemals wieder jemand ins Bett bringen würde.

Ich sah mich im Zimmer um. Gab es irgendwas, das ich haben wollte? Ich glaubte nicht. Und im übrigen Haus? Ich machte noch eine schnelle Runde durch die Räume. Ich konnte sehen, dass mein Vater ein paar schöne Möbelstücke aus Langley Hall gerettet hatte: den Schreibtisch aus Seidenholz mit den Intarsien und kleinen Schubladen mit geschnitzten Elfenbeingriffen in seinem Arbeitszimmer, den ich immer bewundert hatte. Und die Standuhr, die angeblich über dreihundert Jahre alt war. Das durchgesessene Sofa und der abgewetzte Ledersessel, in dem er immer fernsah, gehörten sicherlich nicht dazu. In der oberen Etage gab es im Schlafzimmer eine elegante gewölbte Kommode und einen Kleiderschrank mit Schubladen an der einen Seite und einer Stange für Hemden und Hosen an der anderen. Es war ein schönes Möbelstück aus Mahagoni, doch der Kontrast zu den armselig wenigen Kleidungsstücken darin machte mich betroffen. Davon abgesehen gab es noch ein paar Gemälde an den Wänden: eine Jagdszene und ein gerahmter Druck von Langley Hall aus dem achtzehnten Jahrhundert mit eleganten Gestalten wie bei Jane Austen, die in der Gegend spazierten. *Wäre ich in einem anderen Jahrhundert geboren worden, dann hätte ich gut zu Mr Bingley gepasst,* dachte ich und musste grinsen.

Wahrscheinlich würde man ein paar Sachen bei einer Auktion verkaufen können. Für die Möbel hatte ich sicher keinen Platz und die Bilder gefielen mir nicht besonders. Ich musste nur herausfinden, ab wann sie mir rechtmäßig gehören würden. Von meiner Arbeit in der Kanzlei wusste ich ein wenig über Testamentsvollstreckungen. Wenn der Verstorbene kein

Eigentum oder Aktien oder andere konkrete Vermögenswerte hinterließ, dann war keine gerichtliche Testamentseröffnung notwendig. Doch ich würde einen Totenschein benötigen und musste abwarten, bis der Gerichtsmediziner die Leiche freigab. Ich fragte mich, ob Vater einen Anwalt hatte, der mich womöglich unterstützen konnte. Vermutlich war irgendeine Anwaltskanzlei für den Verkauf von Langley Hall und die Zahlung der Erbschaftssteuern zuständig gewesen. Ich sollte seinen Schreibtisch durchsehen, und wenn mich das nicht weiterbrachte, dann sollte ich überprüfen, ob er ein Schließfach bei der Bank hatte – was ich erst nach Ausstellung des Totenscheins würde öffnen können. Alles schien so überwältigend und kompliziert und ich hatte mich wohl noch nie so allein gefühlt. Die Erkenntnis, dass man niemanden auf der Welt hatte – das war ein ernüchternder Gedanke. Ich wusste, dass meine Mutter eine Waise war und mein Vater der einzige Sohn eines einzigen Sohns. Womöglich gab es irgendwo entfernte Cousins, doch ich war ihnen gewiss noch nie begegnet.

»Vom Trübsalblasen erreicht man auch nichts«, sagte ich mir. Da ich seine Sachen noch nicht zusammenpacken durfte, wollte ich ins Dorf gehen und wegen der Beerdigung mit dem Vikar sprechen. Vielleicht konnte er den Gerichtsmediziner anrufen und herausfinden, wann der Leichnam freigegeben wurde.

Da ich endlich etwas Handfestes zu erledigen hatte, machte ich mich schnell frisch und spazierte dann ins Dorf. Wie so oft im April hatte sich der sonnige Himmel bewölkt und es drohte, jeden Augenblick zu regnen. Von Westen war ein kalter Wind aufgekommen und mir wurde meine Dummheit bewusst, ohne Regenschirm losgegangen zu sein. Bis ich ins Dorf kam, würde ich bis auf die Knochen durchgeweicht sein. Der Weg schien ewig zu dauern. Ich ging dicht an der Hecke entlang, die den Weg säumte, bis ich plötzlich das Brummen eines näher kommenden Motors hörte und fast den Daumen für eine Mitfahrgelegenheit gehoben hätte. Doch wie sich herausstellte, war das gar nicht nötig. Das Auto war ein Lieferwagen und er blieb neben mir stehen. Der Fahrer beugte sich zur Seite und öffnete die Beifahrertür.

»Du bist doch Jo, oder?«, rief er. »Kann ich dich mitnehmen?«

Ich betrachtete den korpulenten Mann mit dem roten Gesicht und überlegte, wer das war. Als ich zögerte, fügte er hinzu: »Ich bin's, Billy. Billy Overton.«

Dann sah ich auch den Schriftzug an der Fahrzeugseite: Overtons Bäckerei. Frische Brot- und Backwaren. Ich lächelte dankbar und kletterte auf den Beifahrersitz neben ihm.

»Billy Overton«, sagte ich. »Ich habe dich gar nicht erkannt.«

Er grinste. »Na ja, ich muss zugeben, dass ich in letzter Zeit ein paar Pfund zugelegt habe. Als wir in der Schule nebeneinandergesessen haben, da war ich noch ein magerer kleiner Junge, oder?«

»Das warst du. Und so schüchtern, dass du kaum ein Wort rausgebracht hast.«

Darüber brach er in lautes Lachen aus. »Du hast recht. Ich bin erst jetzt aus meinem Schneckenhaus rausgekommen. Das musste ich auch, da ich die ganze Zeit mit Leuten zu tun habe.«

»Dann arbeitest du also jetzt für deinen Dad?«, fragte ich, als er den Gang einlegte und wir losfuhren.

»Ganz genau. Bin nach der Schule direkt ins Geschäft gegangen. Wir haben jetzt noch ein paar Läden eröffnet – einen in Whitley und einen in Hambledon – und es läuft ganz gut, seit sie diese große Siedlung gebaut haben. Dad konzentriert sich jetzt auf das Backen und ich kümmere mich um den Verkauf.«

»Schön für dich«, sagte ich.

»Und was ist mit dir?«, fragte er. »Was machst du so?«

»Ich bin Anwältin«, sagte ich. »Zumindest werde ich das sein, wenn ich in diesem Jahr die Anwaltsprüfung mache.«

»Eine Anwältin. Sieh mal einer an.« Er nickte anerkennend. »Nun, wir haben immer gedacht, dass du etwas aus dir machen würdest. Du warst immer die Klügste in der Klasse.«

»Du warst aber auch ziemlich clever«, sagte ich. »Ich kann mich noch erinnern, dass wir jede Woche einen Wettbewerb hatten, wer im Mathetest am besten war.«

»Beim Rechnen war ich immer begabt, das muss ich zugeben«, stimmte er zu. »Das kommt mir jetzt zugute, da ich mich um die Bücher kümmere. Dad backt das Brot und ich die Bücher, wie meine Frau sagt.« Und er lachte wieder herzlich und laut.

»Dann bist du verheiratet?«

»Ob ich verheiratet bin? Na hör mal, ich habe einen Dreijährigen und ein zweites Kind, das jeden Tag auf die Welt kommt. Wie ist es bei dir? Auch verheiratet?«

»Nein. Ich habe noch nicht den Richtigen gefunden«, sagte ich.

»Nun, das kann ich mir denken. Du warst mit deiner Ausbildung beschäftigt.«

»Hast du ein Mädchen von hier geheiratet?«, fragte ich und lenkte das Gespräch wieder in seine Richtung.

»Pauline Hodgkiss«, sagte er. »Erinnerst du dich an sie?«

»Aber wir haben sie immer gehasst!«, platzte ich heraus, bevor ich erkannte, dass es nicht besonders taktvoll war. »Sie war so hochnäsig, redete immer von der Gärtnerei ihres Vaters und dem tollen Auto, das sie hatten.«

»Sie hat sich mit dem Alter gebessert«, sagte er und drehte sich grinsend zu mir. »Außerdem ist es praktisch, wenn die Gärtnerei in der Familie ist. So bekommen wir immer frische Erdbeeren für unsere Törtchen.« Er machte eine Pause, dann wurde sein Ausdruck ernst. »Ich nehme an, du bist wegen deines Vaters runtergekommen, oder? Dann stimmt es also, dass er gestorben ist? Wir haben das Gerücht gehört, und meine Mom hat den Krankenwagen gesehen.«

»Es stimmt«, sagte ich. »Er wurde von der Schulleiterin draußen auf dem Schulgelände gefunden. Sie glaubt, dass es ein Herzinfarkt war.«

»Das ist schrecklich«, sagte er. »Es tut mir leid für dich. Nichts ist schlimmer, als die Eltern zu verlieren. Ich erinnere mich noch, als du deine Mom verloren hast und wie schwer es damals für dich war.«

Ich nickte und befürchtete, weinen zu müssen, wenn ich etwas sagte.

»Meinen Eltern tat dein Dad immer sehr leid«, fuhr er fort. »Sie fanden es nicht richtig, dass er sein Haus verkaufen musste, wo es doch seit Generationen zur Familie gehörte – und so lange den Menschen in der Nachbarschaft Arbeit und Anstellung gegeben hat.«

»Ich denke, das passiert überall«, sagte ich. »Niemand kann sich mehr diese großen Häuser leisten. Müssen ständig repariert werden und verursachen viel zu hohe Heizkosten, und niemand will mehr Diener sein. Sie erinnern mich an empfindliche weiße Elefanten.« Ich machte eine Pause und dachte nach. »Ich muss wohl froh darüber sein, dass ich Langley Hall nicht geerbt habe, sonst hätte ich mit den Erbschaftssteuern zu tun und der schmerzlichen Aufgabe, es verkaufen zu müssen.«

»Dann wirst du hier keine Verbindungen mehr haben«, sagte er, als wir auf die Hauptstraße des Dorfes bogen. »Kein Grund, noch einmal runterzukommen.«

Das traf mich wie ein Faustschlag im Magen. Keine Verbindungen zu dem Ort, an dem ich aufgewachsen war, wo meine Familie so lange gelebt hatte – kein Ort, wo ich noch hingehörte. Ich blickte aus dem Fenster, damit er nicht die Verzweiflung in meinem Gesicht sah.

»Also, wo kann ich dich rauslassen?«, fragte er.

»Am Vikariat, bitte. Ich muss mich um die Beerdigung kümmern.«

»Wenn du Kuchen oder Sandwiches brauchst, dann sag mir Bescheid und ich liefere sie dir. Aufs Haus.« Er lächelte.

»Danke schön. Das ist wirklich lieb von dir.« Ich hörte meine Stimme zittern, als ich das sagte.

Am Vikariat stieg er aus und kam an meine Seite, um mir aus dem Wagen zu helfen. »Bleibst du im Pförtnerhaus oder fährst du zurück nach London?«

»Nein, ich bleibe besser hier, während ich die Sachen aussortiere.«

»Dann lass mich wissen, wenn du wieder eine Mitfahrgelegenheit zurück nach Langley brauchst. Ich bin ungefähr noch eine Stunde hier.«

»Danke, Billy. Du warst schon immer ein guter Freund.«

Er wurde tatsächlich rot und brachte mich damit zum Lächeln.

Als ich losging, hielt ein Auto auf der anderen Straßenseite. Das Fenster wurde nach unten gekurbelt und jemand rief: »Miss Langley!«

Ich drehte mich um und sah Dr. Freeman. Ich ging zu ihm.

»Es tut mir so leid wegen Ihres Vaters«, sagte er. »Er war ein guter Mann.«

»Hat man Sie gestern zu ihm gerufen?«

»Ja, das war ich. Armer Kerl. Er muss schon eine Weile tot gewesen sein, als sie ihn gefunden haben. Ein schwerer Herzinfarkt, befürchte ich. Da hätte man nichts machen können, selbst wenn jemand bei ihm gewesen wäre.«

Als ich das hörte, fühlte ich mich etwas besser. Er hatte also nicht allein dort gelegen und um Hilfe gerufen.

»Wissen Sie, ob man eine Autopsie machen wird?«

»Nicht nötig«, sagte er. »Ich habe meinen Bericht eingereicht, dass die Todesursache ein Myokardinfarkt war – ein

Herzschlag. Es gab keine Anzeichen von Fremdeinwirkung. Kein Grund, um ihn der Demütigung einer Autopsie auszusetzen.«

»Vielen Dank, Doktor. Dann kann sein Leichnam für das Begräbnis freigegeben werden?«

»Ja.« Er stieg aus dem Wagen. »Wenn Sie mich jetzt bitte entschuldigen, ich bin bereits zwei Stunden zu spät zum Mittag und meine Frau wird nicht sehr erfreut sein.« Er nickte mir freundlich zu und ging zu seiner Haustür.

Ich machte mich auf den Weg zur St. Mary's Church. Die Kirche selbst war ein schönes Gebäude aus grauem Stein aus dem vierzehnten Jahrhundert. Das Vikariat war nicht so alt und weniger reizvoll: ein massiver roter Ziegelbau aus der viktorianischen Zeit. Ich wollte zum Vikariat hochgehen, wandte mich aber aus einem Impuls heraus in die andere Richtung, öffnete die schwere Eichentür und trat in die Kirche. Sofort umfing mich die kühle Stille des Gebäudes. Im Innern herrschte noch immer der wunderbare Geruch alter Kirchen aus Feuchtigkeit, alten Gesangbüchern und dem Rauch abgebrannter Kerzen. Ich stand da und blickte durch das Kirchenschiff zum Altarfenster mit seinem alten Fensterglas, auf dem die Jungfrau Maria und das Jesuskind zu sehen waren. Als Kind hatte ich dieses Fenster geliebt. Das Gewand der Jungfrau war aus dem schönsten Blau, und wenn die Sonne durch das Glas schien, schickte sie auf magische Weise blaue, weiße und goldene Strahlen zu den Chorgestühlen.

Ich betrachtete es jetzt und versuchte, jenes Gefühl von Frieden einzufangen, das mich in dieser Kirche schon immer erfasst hatte, doch die Jungfrau sah an mir vorbei, das pummelige Baby sicher in den Armen. Mir kam es vor, als wollte sie mich mit ihrem gelassenen Lächeln verspotten. »Sieh nur, was ich hier habe«, schien sie zu sagen. »Ist er nicht perfekt?« Ich schloss die Augen und wandte mich ab.

Ich ging herum und blickte auf die Wände, betrachtete eingehend die Grabmale und Gedenktafeln von Generationen toter Langleys. Als Kind hatte ich sie alle auswendig gekannt. Edward Langley, Ritter Josiah Langley. Eleanor Langley, zweiundzwanzig Jahre. Und jetzt war es, als würde ich ihre Anwesenheit spüren. »Mach dir keine Sorgen«, sagten sie. »Du wirst es durchstehen. Du bist eine Langley. Wir sind stark.«

Ihr habt leicht reden, dachte ich. *Ihr hattet ein Zuhause, zu dem ihr zurückkehren konntet.*

Ein Geräusch hinter mir ließ mich auffahren.

»Mir war so, als hätte ich jemanden in die Kirche gehen sehen«, sagte der Vikar. »Joanna, meine Liebe. Es freut mich zu sehen, dass du Trost beim Herrn suchst.«

Tatsächlich hatte ich Trost bei meinen Vorfahren gesucht, doch ich ließ ihn mit mir beten, bevor er mich zum Vikariat führte, wo seine Frau mir Tee und ein großes Stück Obstkuchen servierte.

Sechs

Hugo

Dezember 1944

Sie traten aus dem Wald heraus und sahen vor sich im Nebel den steil aufragenden Hügel – zunächst eine grasbedeckte Anhöhe und dann eine felsige Spitze mit dem alten, zerstörten Gebäude. Eine Flucht abgenutzter Steinstufen war in den Boden geschnitten worden, daran schloss sich eine steilere Treppe über den Fels hinweg zu den Überresten einiger Gebäude. So schien es ursprünglich gewesen zu sein, doch ein Teil des Felsens war zerstört und die Stufen hingen gefährlich nah am steilen Abhang. Am Fuß der Treppe befand sich ein Schild mit der Aufschrift: »*Pericolo. Ingresso Vietato.*« Gefahr, Zutritt verboten.

»Es sieht so aus, als wären die Mönche schon lange nicht mehr hier gewesen«, sagte Hugo.

»Zwei Jahre jetzt.«

Hugo hatte angenommen, dass es eine alte Ruine war. »Zwei Jahre?«

»Es ist von den Alliierten bombardiert worden.«

Er reagierte entsetzt. »Wir haben ein Kloster bombardiert?«

Sie nickte. »Das war notwendig. Die Deutschen hatten es übernommen und als Aussichtspunkt genutzt. Sie hatten große

Kanonen hergebracht, um auf vorbeifliegende Flugzeuge zu schießen und um die Straße im Tal zu kontrollieren.«

»Ach so. Dann waren die Mönche schon weg gewesen?«

»Ja, sie wurden von den Deutschen vertrieben. Es gab dort eine berühmte Kapelle mit schönen Gemälden. Die Deutschen haben alle Kunstwerke mitgenommen, mögen sie dafür in der Hölle schmoren. Man kann die Gebäude nicht mehr renovieren und uns ist es verboten, dorthin zu gehen.«

»Dann lass mich jetzt allein. Ich will nicht, dass du in Schwierigkeiten gerätst.«

»Hier sieht mich doch keiner.« Sie spreizte die Hände. Er hatte schon oft bemerkt, wie ausdrucksstark die Italiener mit ihren Händen waren. »Der einzige Grund, weshalb jemand um diese Zeit herkäme, wäre zum Pilzesammeln, so wie ich, oder um eine Kaninchenfalle aufzustellen.« Sie tätschelte seinen Arm. »Mach dir keine Sorgen. Ich werde vorsichtig sein. Wenn der Ort voller Deutscher ist, dann lernt man, sich wie ein Schatten zu bewegen. Komm, lass uns versuchen, diese Stufen hochzuklettern!«

»Wenn du nichts dagegen hast, dann gehe ich auf allen vieren, wie ein Baby«, sagte er. »So hab ich mehr Halt.«

»Dann gib mir den Stock und deine Tasche.«

»Das ist mein Fallschirm«, sagte er.

»Ein Fallschirm? Oh, der ist aus guter Seide.« Ihre Augen leuchteten auf. »Wenn du ihn nicht mehr brauchst, dann kann ich daraus Unterwäsche machen. Wir haben schon seit Jahren keine neue Kleidung mehr bekommen.«

Das amüsierte ihn. »Na gut. Abgemacht.«

»Geh vor«, sagte sie. »Ich werde aufpassen, dass du nicht fällst.«

Als ob sie mich halten könnte, das magere kleine Ding, dachte er. Er ging auf die Knie und kroch langsam die Treppe hoch. Bei jeder Stufe musste er sein verwundetes Bein belasten, was sehr schmerzhaft war. Einmal glaubte er sogar, sich übergeben zu müssen, deshalb hielt er einen Moment inne und rang nach Luft.

Er schaffte es bis zum Absatz der ersten Treppe. Inzwischen hatte es kräftig zu regnen begonnen, dicke Tropfen klatschten auf seine lederne Bomberjacke. Vor ihm erhoben sich die beschädigten Stufen, unmöglich steil, zerbrochen und gefährlich. Er zwang sich weiter, überwand eine Stufe nach der anderen, wobei er sich immer des Abhangs an der Seite bewusst war. Die Stufen waren feucht und glatt, und er sah sich schon abrutschen, ohne sich irgendwo festhalten zu können. An einer Seite befand sich ein Metallgeländer, doch er war durch seine Haltung zu weit unten, um es nutzen zu können. Endlich war er oben und legte sich keuchend auf den feuchten Stein.

Sie kam hinterher und stellte sich neben ihn. »Gut gemacht, Signor. Komm, jetzt sind es nur noch ein paar Stufen und wir finden einen Platz, wo es trocken und sicher ist.«

Sie half ihm auf die Beine und legte sich wieder seinen Arm über die Schulter. Das Missverhältnis wurde ihm bewusst – der ehrenwerte Engländer, der immer Abstand zu den Frauen hielt und ihnen mit höflicher Kälte begegnete, lag jetzt fast auf einer fremden italienischen Frau, die er gerade erst kennengelernt hatte. Sie bewegten sich vorsichtig über das rutschige Pflaster des Vorhofs, das an vielen Stellen gebrochen und uneben war, ein kleiner Schritt nach dem anderen. Sie hielt ihn fest und stützte ihn. Er konnte jetzt sehen, dass die niedrigeren Gebäude zur Linken nur noch Trümmer waren und man nicht erkennen konnte, was sie einmal gewesen waren. Tatsächlich wirkten sie fast schon wie Felsteile. Zwischen den herabgefallenen Steinen waren Pflanzen gewachsen, ein kleiner Baum blühte zwischen zerbrochenen Steinplatten, und irgendeine Rankenpflanze hatte sich über einem Haufen Trümmer ausgebreitet. Doch an dem Gebäude direkt vor ihnen, wohin sie ihn führte, standen noch die Grundmauern, auch wenn das Dach verschwunden war. Es gab drei breite, geschwungene Stufen zu einer Kirchentür, wie es schien, wobei die Tür in einem schiefen Winkel hing und im Wind schwang. Sie schob sie beiseite und trat in den Bereich dahinter.

»Nun, es ist nicht gerade einladend, aber besser als nichts.« Sie drehte sich zu ihm. »Zumindest ist es hier windgeschützt. Und aus dem herabgefallenen Holz können wir dir einen Unterschlupf bauen.«

Er hatte sich die letzten paar Schritte in die vormalige Kapelle geschleppt. Trotz der völligen Zerstörung konnte man noch erkennen, dass es einmal ein Gotteshaus gewesen war. Die Wände waren mit Fresken bemalt, die jetzt pockennarbig und von Regen und Wind verwaschen waren. In einer Ecke stand eine kopflose Heiligenstatue. Zwischen den Trümmern und dem Staub konnte man ein wenig von dem schwarz-weißen Marmorboden erkennen. Er sah, dass es sich bei dem von ihr erwähnten Holz um große Balken handelte, die von der herabgefallenen Decke stammten. *Sie ist ziemlich optimistisch,* dachte Hugo. Er glaubte nicht, dass sie diese Balken bewegen konnten, selbst wenn er fit und beweglich gewesen wäre. Doch er bemerkte die Kirchenbänke, die verstreut herumlagen, und den zerbrochenen Schrank in einer Ecke. Vermutlich könnte er mit der Zeit die herabgefallenen Steinblöcke aufstellen, wenn er länger bleiben würde. Was er sich eigentlich nicht vorstellen konnte. Wie sollte er zum Beispiel an etwas zu essen kommen? Andererseits konnte er sich auch nicht vorstellen, in seinem gegenwärtigen Zustand das Land zu durchqueren.

Als hätte sie seine Gedanken gelesen, half sie ihm zu einem großen Stein, damit er sich hinsetzen konnte. Dann zog sie ein paar stachlige Schalen aus der Tasche. »Hier, nimm die Kastanien. Iss sie. Das ist besser als nichts. Ich werde versuchen, dir richtiges Essen zu bringen.«

»Nein, du darfst nicht wieder hierherkommen. Das ist viel zu gefährlich. Ich will deine Familie nicht in Gefahr bringen. Du warst sehr freundlich und ich danke dir dafür.«

»Das ist doch gar nichts.« Sie schenkte ihm ein liebes, trauriges Lächeln. »Mein Mann wird seit drei Jahren vermisst. Ich hoffe und bete, wenn er Hilfe braucht, so wie du, dass jemand das Beste für ihn tut.«

»Darf ich deinen Namen erfahren?«, fragte er.

»Sofia. Sofia Bartoli. Und deiner?«

»Ich heiße Hugo. Hugo Langley.«

»Ugo? Das ist ein italienischer Name. Hast du italienische Vorfahren?«

»Nicht, dass ich wüsste.« Er zuckte vor Schmerz zusammen, als er sich bewegte.

»Zeig mir dein Bein«, sagte sie, als sie sein schmerzverzerrtes Gesicht bemerkte. »Lass uns mal nachsehen, wie schlimm es ist.«

»Oh nein. Bitte mach dir keine Sorgen. Ich kann mich schon selbst darum kümmern.«

»Ich bestehe darauf. Wo ist denn die Wunde? Kannst du deine Hose hochkrempeln?«

»Es ist direkt über meinem Knie. Wirklich, ich sehe es mir an, wenn du weg bist. Ich glaube, ich habe Verbandszeug im Fallschirmbeutel.« Er hoffte, sie verstand den Kern dessen, was er sagen wollte. Er hatte stockend gesprochen, während er nach unvertrauten Worten gesucht hatte. Tatsächlich sagte er: »Dinge zum Helfen für Saubermachen in meinem Sack von Fallschirm.«

»*Allora*. Zeig es mir jetzt. Ich glaube, wir müssen die Hose ausziehen.«

Es war ihm unangenehm, vor einer fremden Frau die Hose auszuziehen, doch sie hob bereits seine Lederjacke und löste den Gürtel.

»Signora, nein.« Er versuchte, ihre Hände wegzuschieben.

Sie lachte. »Ein typischer Engländer. Lieber verblutet er, als dass er sich einer Frau in Unterwäsche zeigt.«

»Hast du schon andere Engländer getroffen?«, fragte er, amüsiert über ihren Heiterkeitsausbruch.

»Nein, aber man hört, dass sie kalt sind wie ein Fisch. Nicht leidenschaftlich wie unsere Männer.«

»Wir sind nicht kalt wie Fische, das kann ich sagen«, sagte er. »Doch wir werden dazu erzogen, uns immer gut zu benehmen.«

Sie blickte zu ihm auf und lächelte. »In diesem Moment kann ich mir nicht vorstellen, dass du irgendwelche unangemessenen Gedanken hast, wenn ich dich ohne Hose sehe. Komm schon, bringen wir es hinter uns. Ich muss bald nach Hause oder sie werden sich Sorgen machen, dass mir etwas passiert ist.«

Sie half ihm beim Herunterziehen der Hose und sah dann die lange Unterhose darunter. An der Stelle über dem Knie klebte sie vom getrockneten Blut an seiner Haut.

»*Gesù Maria!*«, rief sie aus. Sie kniete sich neben ihn und versuchte behutsam, den Stoff zu lösen. Von dem plötzlichen Schmerz rang er nach Luft.

»Es tut mir leid, aber das muss gemacht werden«, sagte sie. »Hast du ein Messer? Wir müssen die Unterhose aufschneiden, befürchte ich.«

Er zog das Messer aus dem Stiefel und half dabei, die Unterhose oberhalb der Wunde abzuschneiden.

»Wasser«, sagte sie. »Ich brauche Wasser, um den Stoff abzulösen und dann deine Wunde zu waschen, um zu sehen, wie schlimm es ist.« Und bevor er noch antworten konnte, war sie aus der Kirche geeilt und ließ ihn allein zurück. Er humpelte zu einer umgekippten Kirchenbank, richtete sie mit großer Mühe auf und setzte sich darauf, wobei er das Bein vor sich ausstreckte. In der Halbdämmerung war es schwer zu erkennen, wie schlimm die Wunde an seinem Bein war. Er suchte in dem Fallschirmbeutel und fand in der Haupttasche ein kleines Sanitätspack. Es enthielt Wundverband, eine Rolle Verbandsmull, ein Stauband, Jod und zu seiner großen Freude eine Ampulle Morphium und eine Spritze. Er hatte gerade einen Wundverband geöffnet, als Sofia zurückkehrte.

»Ich habe Wasser gefunden«, sagte sie triumphierend. »Das Regenfass lief über und ich habe etwas in dieser Blechtasse gesammelt.« Als sie seinen misstrauischen Ausdruck bemerkte, fügte sie hinzu: »Keine Sorge. Ich habe sie ausgewaschen, so gut es ging, und mit meinem Unterrock abgewischt.« Sie sah, was er auf der Bank ausgebreitet hatte. »Oh, du hast da gute Sachen. Wenn du es mir erlaubst, dann würde ich jetzt versuchen, dir die Wunde zu reinigen.«

Sie begann, den Bereich zu säubern, wobei sie vorsichtig an dem festgeklebten Stoff zupfte, bis er abging. Das Blut tränkte den Verband, bevor der Bereich frei war. »Ich befürchte, dass deine Wunde noch immer blutet. Wir müssen Druck anwenden, um es zu stoppen.«

»Was machen wir, wenn die Kugel noch drin ist? Sollten wir nicht zuerst versuchen, sie zu lokalisieren?«

Sie zuckte auf wunderbar ausdrucksvolle Weise ihre Schultern. »Eine Kugel wird keine Rolle spielen, wenn du vorher verblutest.« Sie nahm den Verband, rollte ihn ab, bauschte ihn zusammen und presste damit auf die Wunde. Er schrie vor Schmerz auf.

»Natürlich, das habe ich vergessen. Der Knochen ist vielleicht gebrochen. Hier, halte das, ohne zu fest zu drücken.«

Er tat wie ihm geheißen, doch er sagte: »Ich habe hier auch Morphium. Damit kann ich den Schmerz lindern.«

Sie sah zu, wie er es injizierte, und nickte zustimmend.

»Wenn ich zurückkehre, dann bringe ich Verband und ein Holzstück als Schiene.« Sie sah ihn an. »Sei vorsichtig, wenn du dir die Hose wieder hochziehst. Es wäre nicht gut, wenn dieser Wollstoff an der Wunde klebt. Vielleicht solltest du sie lieber nicht wieder anziehen. Vielleicht kann dich der Fallschirm warm halten. Ich werde versuchen, dir auch eine Decke zu bringen.«

Er griff nach ihrer Hand. »Signora Bartoli, nein. Ich will nicht, dass du irgendwas nimmst, was deine Familie gebrauchen kann. Und ich will auch nicht, dass du irgendwelche Risiken für mich eingehst. Ich würde sicher etwas Essen und eine Schiene zu schätzen wissen, doch dann werde ich versuchen, mich auf den Weg zu machen. Selbst wenn ich auf Deutsche treffen werde, ich bin immer noch ein Pilot. Ich wäre ein Kriegsgefangener und würde anständig behandelt werden.«

Sie sah ihn an, dann schüttelte sie den Kopf und lachte. »Du glaubst, diese Tiere werden dich anständig behandeln? In einem Dorf in der Nähe haben sie die Leute in einer Reihe aufgestellt und erschossen, weil sie den Partisanen geholfen haben. Alle. Babys und Kinder und alte Frauen. Peng, peng, peng. Alle tot. Und die Deutschen haben jetzt Angst. Sie wissen, dass sie verlieren. Ihre Front hält nicht länger. Jeden Tag werden sie ein Stück weiter nach Norden gedrängt. Du wärst für sie nur eine Belastung. Nein, ich glaube nicht, dass sie dich anständig behandeln würden. Wir müssen nur beten, dass die Alliierten bald hier sind.«

Sie legte ihm die Hand auf die Schulter. »Sei tapfer. Ich werde zurückkehren, sobald ich kann. Du solltest kein Feuer anzünden. Der Rauch kann gesehen werden.«

Sie blieb in der Tür stehen und sah ihn an. »Gott behüte dich.« Und damit war sie verschwunden.

SIEBEN

JOANNA

April 1973

Die Beerdigung fand an einem regnerischen Dienstag statt. Am Wochenende hatte das Wetter noch vielversprechend ausgesehen, doch am Montagnachmittag hatte es wieder zugezogen und mit Einbruch der Nacht hatte der Regen begonnen. Bei der Beerdigung war das Wetter düster und trostlos. Ich hatte nicht erwartet, dass irgendwer zur Trauerfeier kommen würde, und war deshalb überrascht von den vielen Einheimischen, die die Kirchenbänke füllten und später mit mir am Grab standen, während der Regen von den Schirmen und auf den Sarg tropfte. Es schien ein passender Abschied für meinen Vater, dass der Himmel um ihn weinte.

Im Anschluss daran hatten die Frau des Vikars und Billy Overtons Bäckerei einen feinen Imbiss im Gemeinderaum vorbereitet. Einer nach dem anderen kam zu mir und sprach sein Beileid aus. Manche von ihnen kannte ich, andere waren mir völlig fremd, doch sie alle hatten irgendeine Verbindung zu Langley Hall und meiner Familie. »Und meine Mutter war als Dienstmädchen in Hall und hat mir immer erzählt, wie gütig der alte Gutsherr zu ihr war, als sie Scharlach bekam.« Die

Geschichten ähnelten sich alle, und ich erkannte auf einmal, dass alle Anwesenden den Verlust von Langley Hall genauso bedauerten, wie mein Vater es getan hatte. Es repräsentierte das Verschwinden einer alten Lebensweise und der Sicherheit, seinen Platz in der Welt zu kennen. Das fand ich sehr berührend.

Als die Menge kleiner wurde, trat ein junger Mann zu mir. Ich hatte ihn schon auf dem Friedhof bemerkt. Er hatte einen Burberry-Regenmantel getragen und sein Gesicht war unter einem großen schwarzen Regenschirm verborgen gewesen. Jetzt sah ich seinen gut geschnittenen schwarzen Anzug. »Miss Langley?« Er hatte rote Haare und Sommersprossen auf der Nase und wirkte absurd jung. »Ich bin Nigel Barton. Sie wissen schon, Barton und Holcroft, Ihre Familienanwälte, oder?«

»Oh, Mr Barton.« Ich schüttelte ihm die ausgestreckte Hand. »Wie geht es Ihnen? Es freut mich, Sie zu treffen. Ich hatte mich schon gefragt, wen ich bezüglich der formalen Seite kontaktieren muss und ob mein Vater irgendein Testament hinterlassen hat.«

»Wir haben kein Testament, Miss Langley. Sind Sie seine Unterlagen durchgegangen?«

»Ich habe einen Blick auf seinen Schreibtisch geworfen, doch dann war es mir unangenehm, seine Sachen durchzugehen, da ich mir nicht sicher war, ob ich das darf.«

»Sie sind seine Tochter.« Er lächelte mich an. »Ich denke, das gibt Ihnen jedes Recht. Vielleicht kommen Sie morgen in unser Büro in Godalming und wir schauen mal, wie ich Ihnen helfen kann?« Er reichte mir seine Karte.

»Sie sehen schrecklich jung aus, um Partner in einer Anwaltskanzlei zu sein«, sagte ich, bevor mir bewusst wurde, dass ich nicht besonders taktvoll war.

Er lachte. »Ich bin noch kein Partner, muss ich leider sagen. Das Barton im Firmennamen stammt von meinem Urgroßvater. Wir sind schon seit ein paar Hundert Jahren Ihre

Familienanwälte. Ich bin erst ein paar Jahre qualifiziert und so ziemlich der Junior unter den Junioren.«

»Ich werde in diesem Jahr auch mein Anwaltsexamen machen«, sagte ich.

»Natürlich. Ich habe gehört, dass Sie Jura studieren. Da haben wir eine Menge zu reden. Vielleicht kann ich Sie morgen zum Lunch einladen? Im Boar's Head in derselben Straße wie unsere Kanzlei isst man sehr gut.«

Ich zögerte. Ein Mann lud mich zum Essen ein? Ich wusste nicht genau, ob ich für so etwas bereit war. »Das ist doch nicht nötig und wohl auch nicht Teil Ihrer üblichen Dienstleistungen«, sagte ich und bemerkte seine Enttäuschung.

»Das ist es tatsächlich nicht, es wäre aber eine sehr gute Ausrede, damit ich endlich einmal wieder etwas richtig Gutes zu essen bekomme anstatt des üblichen Sandwiches«, sagte er. Dabei warf er mir ein hoffnungsvolles Lächeln zu.

Warum nicht?, flüsterte eine Stimme in meinem Kopf. *Er wirkt harmlos. Er lädt dich ja nicht in einen Nachtklub ein. Kein Date. Rein geschäftlich.*

Ich lächelte ebenfalls. »Danke, Mr Barton. Das ist sehr nett von Ihnen.«

Er strahlte, als hätte ich ihm ein Geschenk überreicht. »Ich werde Sie jetzt nicht weiter aufhalten. Ich bin mir sicher, alle diese Leute warten darauf, mit Ihnen zu reden. Sagen wir dann morgen so gegen halb zwölf?«

Billy Overton und Dr. Freeman boten sich an, mich nach Hause zu fahren, doch Miss Honeywell tauchte aus dem Nichts auf und ich fuhr mit ihr mit.

»Es war doch eine gelungene Trauerfeier«, sagte sie, als wir die Dorfstraße verließen und auf den belaubten Weg bogen. »Du musst dich davon getröstet fühlen, wie viele Menschen gekommen sind und in welcher Erinnerung sie die Langleys halten.«

»Ich bin wirklich gerührt und überrascht«, sagte ich. »Ich wünschte nur, mein Vater würde noch leben, um all die netten Dinge zu hören, die sie gesagt haben.«

»Es tut mir leid, dass ich mich etwas verspätet habe«, sagte sie. »Im letzten Moment gab es noch ein Telefonat mit Eltern aus dem Mittleren Osten. Ich musste sie beruhigen, dass ihre Tochter von Gärtnern und Bediensteten ferngehalten wird.«

Ich kicherte. »Und haben Sie das Mädchen auch beruhigt?«

»Ich bin mir nicht sicher. Diese ausländischen Mädchen wachsen so behütet auf, dass sie sich sofort auf jeden Mann stürzen.« Es folgte eine unangenehme Stille. »Ich nehme an, du fährst wieder zurück nach London, nicht wahr?«

»Ich bleibe noch ein paar Tage«, sagte ich. »Sie haben mich gebeten, das Pförtnerhaus auszuräumen, und ich habe bisher kein Testament gefunden, weshalb es mir unangenehm ist, die Dinge meines Vaters zu entsorgen.«

»Ich glaube nicht, dass er sehr viel hinterlassen hat, oder?«, sagte sie. »Ich weiß, dass er ein paar gute Möbel aus dem Haus aufbewahrt hat, doch abgesehen davon … Oh, und ich glaube, dass es noch ein paar Truhen mit persönlichen Gegenständen gibt, die er auf dem Dachboden abgestellt hat. Du solltest einen Blick darauf werfen, wenn du die Zeit dafür hast. Hauptsächlich alte Trophäen und Fotoalben, wie ich glaube. Und einige Familienporträts. Vielleicht möchtest du ja ein paar davon behalten.«

»Danke, ja, die würde ich gern durchsehen.«

»Komm rüber, wann immer du willst. Die Eingangstür ist tagsüber geöffnet.«

»Allerdings weiß ich gar nicht, wie man auf den Dachboden kommt«, sagte ich.

Sie lachte. »Natürlich. Ich denke einfach immer, dass du einmal auf Langley Hall gewohnt hast.«

»Ich bin im Pförtnerhaus geboren«, sagte ich.

»Mach dir keine Sorgen. Ich werde einen der Gärtner bitten, die Sachen deines Vaters rüberzubringen, wenn ich ihn sehe.«

Wir erreichten die Schultore. Sie hielt den Wagen an, damit ich am Pförtnerhaus aussteigen konnte. »Hat dein Arbeitgeber nichts dagegen, dass du dir so lange freinimmst?«, fragte sie.

»Sie waren sehr verständnisvoll« sagte ich und wollte nicht die Wahrheit sagen. Ich dankte ihr und ging ins Haus. Erneut war ich betroffen von dem Gefühl der Kälte und der Feuchtigkeit, als würde die Hütte die Traurigkeit und Verzweiflung meines Vaters reflektieren. Ich sagte mir, dass ich mir einen Überblick über alle Gegenstände verschaffen sollte, doch auf einmal fühlte ich mich von der Beerdigung erschöpft. Mir wurde bewusst, dass ich überhaupt nichts von den Gurkensandwiches, den Wurstbrötchen oder dem Gebäck gegessen hatte, und wünschte mir jetzt, dass ich etwas davon mitgenommen hätte. Ich machte mir eine Tasse Tee und eine Scheibe Toast, dann beschloss ich, Scarlet anzurufen. Sie war meine ehemalige Mitbewohnerin vom College. Zurzeit schlief ich auf dem Sofa in ihrer Wohnung, nachdem ich übereilt aus meiner letzten Bleibe ausziehen musste. Sie war vollkommen anders als ich: Vor allem war sie eine echte Londonerin, deren Vater einen Pub betrieb. Ihr Name war eigentlich auch nicht Scarlet – er lautete Beryl und sie hasste ihn. Sie fand, Scarlet würde besser zu ihrer Persönlichkeit passen. Sie hatte alles übernommen, was typisch für die Siebzigerjahre war: Sie trug lange Batikröcke, ließ sich das widerspenstige Haar halb ins Gesicht hängen, rauchte Marihuana und ging auf Demonstrationen gegen Krieg und für Frauenrechte. Ich war immer die Brave, die studierte und sich auf ihren Abschluss konzentrierte, anstatt den Krieg in Vietnam beenden zu wollen. Doch überraschenderweise kamen wir gut miteinander aus. Sie war herzlich und entspannt und hatte mich sofort mit offenen Armen aufgenommen, als ich nicht wusste, wohin. Sie arbeitete jetzt als Assistentin des Bühnenmanagers am Royal Court Theatre, das berühmt war für seine modernen Inszenierungen.

Ich war mir nicht sicher, ob ich sie mitten am Nachmittag zu Hause erwischen würde, doch nachdem das Telefon siebenmal geläutet hatte, wurde abgenommen.

»Ja? Was wollen Sie?«, sagte sie mürrisch. Es klang mehr nach »Waswollnse?«.

»Tut mir leid«, sagte ich. »Habe ich dich geweckt?«

»Oh, Jo, du bist es, meine Süße! Mach dir keine Sorgen. Ich muss ohnehin in zehn Minuten aufstehen. Kostümprobe heute Abend. Neues Stück. Zehn Frauen im Zug nach Sibirien. Verdammt deprimierend, wenn du mich fragst. Alle begehen Selbstmord. Und wo wir gerade bei deprimierend sind, wie war die Beerdigung?«

»Sehr nett, wie Beerdigungen eben so sind.«

»Und wie kommst du zurecht?«

»Ich halte den Kopf über Wasser, so kann man es wohl am besten beschreiben. Das Pförtnerhaus ist bestimmt der düsterste Ort der Welt. Aber ich muss die Dinge meines Vaters durchsehen und die Hütte für den nächsten Pächter freimachen, deshalb werde ich eine Zeit hierbleiben.«

»Kein Problem. Ich habe nicht vor, dein Bett zu vermieten. Auch habe ich nicht vor, jemanden in meins einzuladen. Ich habe von Männern genug.«

»Der neue Schauspieler hat sich nicht als das herausgestellt, was du dir erhofft hast? Ich dachte, er hätte dich zum Abendessen eingeladen.«

»Er hat sich als verdammt noch mal gar nichts herausgestellt. Wir waren zusammen essen. Dann hab ich ihn in die Wohnung eingeladen und er hat mir Bilder von seinem Partner Dennis gezeigt.«

Ich lachte auf. »Oh, Scarlet, glaubst du, wir sind beide verflucht?«

»Es ist zu dumm, dass wir nicht aufeinander stehen, oder? Meinst du, man kann das lernen, lesbisch zu sein?«

»Ich glaube nicht.« Ich lachte noch immer. »Es ist schön, deine Stimme zu hören. Ich musste den ganzen Tag höflich zu Leuten sein, die ich gar nicht kenne. Und morgen werde ich mit einem sehr ernsten jungen Anwalt zu Mittag essen.«

»Na also, ist doch ganz dein Typ.«

»Keine Anwälte mehr, danke. Eigentlich überhaupt keine Männer mehr. Ich habe meine Lektion gelernt. Von jetzt an führe ich ein ruhiges Leben. Keine Männer. Kein Sex. Lernen und Bücher und gelegentlich ein einsames Mahl in einem guten Restaurant.«

»Und Katzen. Vergiss nicht die Katzen.«

Da musste ich wieder lachen. »Ich muss wirklich so schnell wie möglich zurück nach London. Wenn der Anwalt mir sagt, dass ich frei über die Sachen in der Hütte verfügen kann, dann bestelle ich einen Auktionator und er soll alles mitnehmen, was sich verkaufen lässt. Der Rest geht an einen Gebrauchtwarenladen und Bye-bye, Langley Hall.«

Als ich aufgelegt hatte, merkte ich, wie anstrengend es war, fröhlich und heiter zu klingen. *Beschäftige dich,* sagte ich mir. Genau das musste ich machen. Also nahm ich einen großen Müllbeutel und packte die Kleidung meines Vaters hinein. Ich war mir nicht sicher, ob irgendwer Taschentücher mit einem Monogramm haben wollte, doch man konnte nie wissen. Dann füllte ich einen Karton mit Büchern, abgesehen von ein paar Exemplaren, die in meiner Kindheit zu meinen Lieblingsbüchern gehörten – die mein Vater mir vorgelesen hatte. Am Ende des Tages hatte ich das Schlafzimmer und den Wäscheschrank ausgeräumt. Danach sah ich noch einmal den Schreibtisch meines Vaters durch, diesmal sorgfältig, falls dort ein Testament oder irgendeine andere Überraschung in einer versteckten Schublade steckte. Es gab ein Postsparbuch mit fünfhundert Pfund auf dem Konto, einen Beleg für ein paar Anteile an einer Baugenossenschaft, ein Sparbuch und das war es auch schon. Offenbar besaß mein Vater etwas mehr als eintausend Pfund. Besser als nichts.

Ich öffnete mir für mein Abendessen eine Suppendose. Als ich rührend am Herd stand, wurde ich plötzlich von einer Erinnerung an meine Mutter überwältigt, die am selben Herd stand und in einem großen Topf rührte. »Hühnereintopf mit Klößen«, sagte sie und strahlte mich an. »Das Lieblingsessen deines Vaters. Das heitert ihn auf, wenn gar nichts mehr hilft.«

Die Erinnerung an jene warme, freundliche Küche mit den guten Gerüchen und netten Worten war zu viel für mich. Ich stellte den Herd aus, ließ die Suppe stehen und ging ins Bett.

ACHT

JOANNA

April 1973

Am nächsten Tag wollte ich mich gerade aufmachen, um den Zug nach Godalming zu bekommen, als es an der Tür klopfte. Zwei kräftige Männer standen am Eingang und hielten eine Truhe zwischen sich.

»Wohin möchten Sie sie haben, Miss?«, fragte einer der beiden.

Als er meine Überraschung bemerkte, fügte der andere hinzu: »Sie ist vom Dachboden. Miss Honeywell hat uns gesagt, dass wir Ihre Sachen bringen sollen.«

»Ach so, ja. Danke. Hier entlang, bitte«, stammelte ich und führte sie zum Wohnzimmer.

»Da sind auch ein paar Bilder. Wir kommen gleich zurück«, sagte derjenige, der zuerst gesprochen hatte.

»Ich muss leider los, um einen Zug zu erwischen«, sagte ich. »Stellen Sie sie einfach ins Wohnzimmer zu der Truhe, in Ordnung?«

Und damit ging ich. Die Kanzlei Barton & Holcroft befand sich in einem eleganten georgianischen Haus am Ende der

Godalming High Street. Nigel Barton tauchte aus einem Büro auf, bevor ich mich anmelden konnte.

»Wir sind in einer Stunde zurück, Sandra«, sagte er zu der Empfangsdame. Er geleitete mich zur Tür hinaus, die Straße entlang und in den Boar's Head. Es war einer dieser idyllischen alten Pubs mit Bleiglasscheiben und dem leisen Gesumme von den Gesprächen der wenigen Gäste an der Bar. Es roch gut aus der Küche. Nigel führte uns in eine abgeschiedene Sitzecke und ging dann zur Theke, um unsere Getränke zu bestellen. Er kam zurück und sagte, dass es Lammbraten oder Fischpastete gab. Normalerweise hätte ich zur Mittagszeit etwas Leichteres bestellt, doch ich stellte fest, dass ich am Verhungern war, und entschied mich bereitwillig für den Lammbraten. Wie er vorhergesagt hatte, schmeckte es großartig. Plötzlich merkte ich, wie lange ich schon kein richtig gut gekochtes Essen mehr zu mir genommen hatte – eigentlich seit dem Tod meiner Mutter – und wie sehr ich es genoss.

Als unsere Teller leer waren, stellte Nigel sie übereinander an die Seite. »Jetzt zum Geschäftlichen«, sagte er. »Ich nehme an, dass Sie kein Testament gefunden haben.«

Ich schüttelte den Kopf. »Es gibt ein Sparbuch, eine Quittung von einer Wohnungsgenossenschaft über ein paar Aktien und sein Kontobuch. Aber insgesamt nicht mehr als tausend Pfund.«

Er nickte. »Sie werden den Totenschein brauchen, bevor man Ihnen irgendwas von dem Geld aushändigt. Und ich muss einen Anwaltsbrief schreiben. Abgesehen davon gibt es kein Vermögen?«

»Ein paar schöne Möbelstücke, die ich vielleicht zur Versteigerung gebe. Ich glaube, den Schreibtisch würde ich gern behalten, wobei ich noch gar nicht weiß, wohin ich ihn stellen soll.«

»Bevor Sie etwas tun, werde ich Ihren Bruder ausfindig machen müssen«, sagte er.

Ich glaubte, ihn nicht richtig verstanden zu haben. »Meinen Bruder? Ich bin ein Einzelkind.«

»Ihr Halbbruder. Aus der ersten Ehe Ihres Vaters.« Er bemerkte mein erstauntes Gesicht. »Sie wussten nicht, dass Ihr Vater schon einmal verheiratet war?«

»Nein, das hat man mir nie gesagt. Ich wusste, dass meine Eltern spät geheiratet haben und dass ich eine große Überraschung für sie war, doch ich hatte keine Ahnung ...« Ich ließ den restlichen Satz abdriften, während ich versuchte, diese Neuigkeit zu verarbeiten. »Wann war das?«

»Ihr Vater war vor dem Krieg verheiratet und hatte einen Sohn. Die Ehe wurde aufgelöst, als er nach Kriegsende zurückkehrte. Seine Frau heiratete erneut und nahm das Kind mit nach Amerika. Keine Ahnung, wie ich ihn jetzt finden soll. Ich glaube, der Stiefvater hat ihn adoptiert, ich nehme aber an, dass er trotzdem den Titel geerbt hat, falls er das in Amerika wollte.«

Ich stand noch immer unter Schock. Wie konnte mein Vater all die Jahre mit mir gelebt haben, ohne jemals seinen Sohn zu erwähnen? Und noch wichtiger, warum hatte sein Sohn nach Kriegsende keinen Kontakt mehr zu ihm gehabt?

»Ich werde die amerikanische Botschaft kontaktieren«, sagte Nigel. »Doch ich würde mir keine Sorgen machen. Ich glaube, es ist recht eindeutig, dass Ihr Vater gewollt hat, dass Sie erben, was übrig ist.«

Und wenn es nicht ganz eindeutig war?, fragte ich mich. *Wenn das Gesetz entschied, dass ein ältester Sohn alles erben sollte?* Tausend Pfund wären eine ganze Menge Geld für mich, vor allem in dieser schwierigen Zeit. Wenn meine Anwaltskanzlei mich nicht übernehmen würde, dann könnte ich mit diesem Geld eine Weile überleben.

»Wenn dieser Stiefvater ihn rechtmäßig adoptiert hat, dann wird er voraussichtlich keinen Anspruch darauf haben«, sagte ich. »Er ist nicht länger ein Langley.«

»Komplizierter Sachverhalt, wenn amerikanisches Recht einbezogen ist«, sagte er. »Doch interessanter als die meisten Fälle, die ich bekomme. Ist Ihre Kanzlei aufregender als die eines Anwalts auf der Hauptstraße?«

»Überhaupt nicht«, sagte ich. »Ich nehme an, dass es ziemlich ähnlich ist. Viele Eigentumsübertragungen.«

»Haben Sie sich bewusst dazu entschieden, nicht Prozessanwältin zu werden?«, fragte er. »Sie wollten das sichere, ruhige Leben und nicht die Aufregung?«

Ich blickte auf den abgenutzten Eichentisch. »Tatsächlich wäre ich sehr gern Prozessanwältin geworden«, sagte ich. »Ich hatte einen guten Abschluss, doch es gab mehr als ein Argument gegen mich. Vor allem Geld. Die Kanzleien, bei denen ich mich vorgestellt hatte, waren sehr interessiert an mir, als sie hörten, dass ich die Tochter von Sir Hugo Langley bin. Anscheinend nahmen sie an, dass ich in der Gesellschaft etabliert sei und über gute Kontakte verfügte. Als sie ihren Irrtum bemerkten und feststellten, dass wir mittellos waren, verloren sie schnell das Interesse. Und dann war da noch die Tatsache, dass ich eine Frau bin. Der ältere Kammervorsitzende sagte mir geradeheraus, dass ich nur meine Zeit verschwenden würde. Als Prozessanwältin würde ich keinen der interessanten Fälle bekommen. Kein Notar, der etwas taugte, würde seinen Fall in die Hände einer Frau geben, wo doch fast alle Richter und die meisten Jurys männlich sind und keiner von ihnen eine Frau ernst nehmen würde.«

»Das ist doch absurd«, sagte Nigel.

»Aber die Wahrheit.«

Er nickte. »Wahrscheinlich ist es wirklich so. Dennoch gibt es eine Menge interessanter Bereiche: Unternehmensrecht, internationales Recht und auch Strafrecht.«

»Ja.« Ich warf ihm ein freundliches Lächeln zu. »Ich habe mich noch nicht genau entschieden, was ich tun möchte. Vielleicht zuerst mal dieses leidige Examen bestehen, oder?«

»Das machen Sie bestimmt ganz wunderbar.« Sein Lächeln schien mir ein wenig zu freundlich.

»Also, was kommt als Nächstes?«, fragte ich. »Was meinen Vater angeht, meine ich.«

»Ich werde mich um den Totenschein kümmern, kontaktiere Ihren Bruder, und wenn Sie möchten, dann könnte ich einen Sachverständigen anfragen, der sich Ihre Sachen einmal ansieht, ob etwas davon für eine Auktion geeignet ist.«

»Danke, Sie sind wirklich eine große Hilfe.«

»Nein, mein Großvater würde mich umbringen, wenn ich mich nicht anständig um einen Langley kümmerte.« Er grinste, wodurch er wieder absurd jung wirkte. Ein netter, angenehmer, harmloser junger Mann. Und doch war Adrian genauso gewesen ... Man sollte aus seinen Fehlern lernen.

Nigel begleitete mich zum Bahnhof und ich kehrte mit dem Taxi zurück nach Langley Hall. Fast wäre ich über die zwei Truhen und das große Paket in braunem Packpapier gestolpert, die im Wohnzimmer aufgestellt waren. Ich war ziemlich neugierig auf den Inhalt, wie ich mir eingestehen musste. Vermutlich gab es in meinem Hinterkopf noch immer den Gedanken, dass irgendwo darin die verlorenen Langley-Juwelen stecken mussten! Ich riss das braune Packpapier auf und blickte in mein eigenes Gesicht. Es war so überraschend, dass ich das Gemälde fast hätte fallen lassen. Noch erschreckender war es, als ich die Inschrift las: »Joanna Langley. 1749–1823.«

Mein Herz raste so schnell, dass ich mich hinsetzen musste. Ich betrachtete das Porträt erneut und bemerkte feine

Unterschiede. Sie hatte braun-grüne Augen und meine waren blau. Sie hatte auch ein Muttermal an der linken Wange und eine etwas längere Nase. Ich blickte auf eine Vorfahrin. Doch es fühlte sich ganz besonders an, jetzt zu wissen, dass ich eine Namensverwandte hatte, der ich sehr stark ähnelte. Es bestätigte auch zum ersten Mal, dass ich tatsächlich eine echte Langley war und ein Geburtsrecht auf das hübsche Haus an der Zufahrt hatte.

Die übrigen Bilder waren Porträts verschiedener Langleys. Die meisten wirkten düster und trostlos, und ich war mir nicht sicher, ob ich viele davon behalten wollte. Ich dachte, dass ich es tun sollte, da sie meine einzige Verbindung in die Vergangenheit waren. Eines Tages würde ich mein eigenes Zuhause haben, wenn ich eine erfolgreiche Unternehmensanwältin wäre – eine Wohnung mit Blick über die Themse, mit viel Glas und modernen Möbeln, und ich würde diese Bilder an die Wand hängen, um meine Klienten zu beeindrucken. Doch zunächst müssten sie gereinigt werden. Sie waren schrecklich verschmutzt von Jahrzehnten voller Kerzenrauch und Vernachlässigung.

Ich fühlte mich recht gut, als ich die erste Truhe öffnete und feststellte, dass sie weitere Bilder enthielt, diesmal allerdings heitere, moderne. Ich blickte auf Impressionen mit italienischer Sonne, alten Steinhäusern, schwarzen Zypressen und sah die Signatur in der Ecke eines Bildes: Hugo Langley. Dann war mein Vater tatsächlich Maler gewesen. Und vor allem hatte er auch Talent gehabt. Was im Himmel hatte ihn dazu gebracht, mit dem Malen aufzuhören?

Ich legte die Bilder beiseite, wollte sie Nigel zeigen. Vielleicht würden sie bei einer Auktion richtiges Geld bringen, wenn ich es schaffen würde, mich von ihnen zu trennen. Dann öffnete ich die zweite Truhe. Darin waren alte Fotoalben mit Ledereinbänden und beeindruckenden Verschlüssen. Fotos verstorbener Langleys in langen Gewändern und mit lächerlichen

Hüten, erstarrt in der Zeit, während sie für die Kamera posierten oder in Gruppen außerhalb von Langley Hall standen und Tennisschläger hielten oder auf dem Rasen Tee tranken. Ich wurde Zeugin einer Lebensweise, die ich nie kennengelernt hatte. Ich legte die Alben beiseite und suchte weiter. Ein Silberpokal für Sir Robert Langley als Hundeführer. Ein kleinerer für Hugo, der während des Sportfestes in Eton beim Hochsprung gewonnen hatte. Dann kam ich zu einer kleinen Lederschachtel, hübsch verziert und mit Goldprägung. Ich öffnete sie, rechnete schon mit den seit Langem verlorenen Juwelen und hätte sie fast wieder geschlossen, als ich feststellte, dass sie nur einen kleinen geschnitzten Holzengel an einem Band enthielt, der wie ein Medaillon aussah, dazu eine Zigarettenpackung, eine Vogelfeder und einen gefalteten Umschlag. Ich verstand nicht, warum diese banalen Gegenstände in so einer schönen Schachtel aufbewahrt worden waren. Vielleicht war es auch nur das Fantasiespiel irgendeines Langleys in der Vergangenheit, so wie ich als Kind gespielt hatte.

Ich zog die Zigarettenschachtel heraus, um sie wegzuwerfen, da bemerkte ich, dass sie geöffnet war. Auf der Innenseite der Schachtel befand sich die Zeichnung einer schönen Frau. Es war nur ein kleines Bild, hastig skizziert und keineswegs beendet, trotzdem vermittelte es die Persönlichkeit der Frau. Ich konnte sehen, wie ihre Augen vor Belustigung funkelten, während sie den Zeichner ansah, und ein Lächeln umspielte ihren Mund. Ich strich das Papier glatt und legte es auf den Tisch. Dann faltete ich den Umschlag auseinander. Ich erkannte die elegante Handschrift meines Vaters. Auf dem Umschlag klebte eine Luftpostmarke, und er war adressiert an eine Signora Sofia Bartoli in einem Ort namens San Salvatore in der Toskana. Das Datum neben der Briefmarke war April 1945, doch der Brief war nie geöffnet worden. Neben der Adresse befand sich ein weiterer Stempel auf Italienisch, doch ich konnte den Sinn erfassen. »Empfänger unbekannt. Zurück an Absender.«

Da ich neugierig geworden war, riss ich vorsichtig den Umschlag auf. Zu meiner Überraschung war der Brief auf Italienisch. Ich konnte den Anfang lesen: »*Mia carissima Sofia.*« Ich starrte ungläubig darauf. Ich konnte mir nicht vorstellen, wie mein kühler und distanzierter Vater jemanden *meine Geliebte* nannte. Gegenüber meiner Mutter oder mir hatte er niemals eine so intensive Zuneigung zum Ausdruck gebracht. Ich wollte weiterlesen, doch der Rest überstieg meine Kenntnisse. Dann erinnerte ich mich an ein italienisches Wörterbuch unter den Büchern, die ich in den Karton zur Weitergabe getan hatte. Ich holte es hervor und setzte mich an den Küchentisch, dann machte ich mich konzentriert daran, den Inhalt des Briefes zu verstehen. Zum Glück hatte ich jahrelang Unterricht in Latein und Französisch gehabt, das machte es einfacher. Als ich fertig war, konnte ich nicht glauben, was ich übersetzt hatte. Bestimmt hatte ich es falsch verstanden. Ich ging den Brief noch einmal durch.

Meine geliebte Sofia,

wie sehr vermisse ich Dich jeden Tag. Wie lange ist es schon her, seit ich bei Dir war? Die ganze Zeit im Krankenhaus wusste ich nicht, ob Du in Sicherheit bist, und ich wollte Dir schreiben, habe es aber nicht gewagt. Doch ich habe gute Neuigkeiten. Wenn Dein Mann wirklich tot ist, dann sind wir frei und können heiraten. Als ich nach England zurückkehren durfte, habe ich erfahren, dass meine Frau jemand anderes kennengelernt und mich für ein besseres Leben in Amerika verlassen hat. Sobald dieser schreckliche

Krieg vorbei ist, komme ich zu Dir, meine Liebe.
Du sollst aber wissen, dass unser schöner Junge in
Sicherheit ist. Er ist dort versteckt, wo nur Du
ihn finden kannst.

Ich brach verwundert ab. Mein Vater – mein distanzierter, leidenschaftsloser Vater – hatte ein Kind in Italien. Ein Kind mit einer italienischen Frau namens Sofia. Und es war dort versteckt, wo nur Sofia es finden konnte? Ein Schauer durchfuhr mich. Der Brief war niemals ausgeliefert worden. Ein Kind, das versteckt und niemals entdeckt worden war? Nachdem achtundzwanzig Jahre vergangen waren, musste ich einfach hoffen, dass Sofia das Kind gefunden hatte und alles gut war.

Neun

Joanna

April 1973

Ich weiß nicht, wie lange ich dasaß und auf das dünne Luftpostpapier starrte. Ich war als Einzelkind aufgewachsen und musste an einem einzigen Tag erfahren, dass ich womöglich zwei Brüder in anderen Teilen der Welt hatte. *Falls dieser eine überlebt hat,* dachte ich. Vielleicht war er bei einer freundlichen Familie in den Bergen aufgenommen worden, um mit seiner Mutter vereinigt zu werden, wenn die Feindseligkeiten aufhörten. Das versuchte ich zu glauben. Doch jetzt wollte ich mehr erfahren. Mein Vater hatte nie über seine Kriegserfahrungen gesprochen, doch ich wusste von meiner Mutter, dass er Pilot bei der britischen Luftwaffe und schrecklich mutig gewesen war, Missionen über dem besetzten Europa geflogen ist, abgeschossen wurde und fast gestorben wäre. Ich hatte nicht einmal gewusst, dass das in Italien passiert war. Bei einem Schauplatz für Bombardierungen dachte man einfach nicht an Italien.

Frustriert wandte ich mich ab. Hätte ich nur davon erfahren, bevor er starb, dann hätte ich ihn fragen und die Wahrheit herausfinden können. Jetzt würde ich sie mir selbst zusammensuchen müssen.

Ich beendete die Durchsicht der zwei Truhen und fand nichts mehr, was für irgendwen außer einem Langley von Bedeutung war. Kein einziges Bild von der ersten Ehefrau oder meinem Halbbruder, doch es gab ein paar Schnappschüsse von einer jüngeren, gesunden Version meines Vaters, wie er lachend mit Freunden in einem Café saß. Auf der Rückseite stand »Florenz, 1935«. Ich schob die Truhen an die Seite und machte mich wieder daran, die Wäscheschränke zu leeren, die Speisekammer, den Badezimmerschrank. Dabei schichtete ich einen ansehnlichen Haufen zum Spenden auf und einen ähnlich großen für den Müll. Ich merkte, dass ich mich ganz unsentimental von den Gegenständen aus meiner Kindheit trennen konnte und nur daran interessiert war, diese Aufgabe schnell zu erledigen und mich auf die weitere Suche zu machen.

Am nächsten Tag schleppte ich gerade die Säcke und Kartons für den Müllmann nach draußen, als ein Auto angefahren kam und Nigel ausstieg, begleitet von einem älteren Herrn.

»Das ist Mr Aston-Smith«, sagte Nigel. »Er ist Sachverständiger. Ich dachte, wir sehen uns die Sache mal an und lassen die Möbel schätzen.« Ich begleitete sie ins Haus und entschuldigte mich für das Durcheinander. Ich zeigte ihm die Familienporträts und die wenigen guten Möbelstücke. Ich war auch kurz davor, Nigel den Brief zu zeigen. Ich musste einfach mit jemandem darüber reden, doch dann brachte ich es nicht über mich. Mr Aston-Smith war schnell fertig. Er ging herum, murmelte dabei vor sich hin und kritzelte in ein Notizbuch. Nach kurzer Zeit kehrte er zu mir zurück.

»Da ist nicht viel, tut mir leid«, sagte er. »Der Schreibtisch ist ein schönes Teil. Bei einer Auktion würden Sie damit wahrscheinlich gute fünfhundert Pfund erzielen. Die Truhe vielleicht etwas weniger. Die Standuhr – die könnte ebenfalls richtig Geld bringen. Der Kleiderschrank – nun, das ist gutes Holz, aber heutzutage will niemand mehr große Möbel haben.«

»Und die Bilder?«

»An den Wänden? Drucke. Vielleicht hundert pro Stück.«

»Ich meinte die anderen Bilder. Die Arbeiten meines Vaters.«

»Sie sind gut, das muss ich gestehen«, sagte er. »Doch sein Name ist nicht bekannt, oder? Und bei den großen Auktionen geht es bei moderner Kunst immer um Namen. Eher etwas für Großtuer, als dass es um Qualität geht, befürchte ich. Auch die bringen also wahrscheinlich eher hundert als tausend.«

»Und die Familienporträts?«

»Dazu kann ich Ihnen nicht viel sagen. Sie müssen alle gesäubert werden, wie Sie sicherlich bemerkt haben. Wenn Sie wollen, dann kann ich sie zu einem Restaurator für Gemälde bringen, mit dem ich arbeite, und wir können sie dann bewerten.«

»Wäre das sehr teuer?« Mir war bewusst, dass die zu erbende Summe kaum ein Vermögen sein würde, vor allem, wenn ich das Geld mit einem frisch entdeckten Bruder teilen musste.

»Nicht übermäßig, was aber davon abhängt, wie viel getan werden muss. Für den Anfang reicht wohl nur ein einfaches Säubern, und dann können wir eine Entscheidung darüber treffen, ob wir fortfahren sollen.«

Ich spähte zu Nigel. Er warf mir ein typisch hoffnungsvolles Lächeln zu. »Na gut«, sagte ich. »Dann nehmen Sie sie bitte mit.«

Als sie zur Tür gingen, traf ich eine Entscheidung.

»Und ich möchte den Schreibtisch behalten«, sagte ich, »ich habe allerdings im Augenblick keinen Platz, wo ich ihn hinstellen kann.«

»Vielleicht können Sie ihn auf dem Dachboden der Schule lagern«, schlug Nigel vor, »mit den anderen kleinen Dingen, die Sie behalten wollen.«

»Großartige Idee.« Ich lächelte ihn an. »Miss Honeywell hat bestimmt nichts dagegen, wenn so die Hütte schnell frei wird. Ich werde sie fragen.«

»Wie lange, denken Sie, werden Sie noch hier sein?«, fragte Nigel.

»Ich hoffe, bis Ende der Woche weg zu sein.«

Ich bemerkte die Enttäuschung in seinem Gesicht. »Ich verstehe. Wahrscheinlich müssen Sie auch zurück zur Arbeit.«

Natürlich musste ich zurück zur Arbeit, allerdings war ich mir nicht sicher, ob ich überhaupt noch eine Arbeitsstelle hatte. Doch ich lächelte und nickte.

»Ich halte Sie auf dem Laufenden«, sagte er, »und ich werde Sie wissen lassen, wann die Beträge von den verschiedenen Konten an Sie überwiesen werden.«

Ich blickte zu Mr Aston-Smith. »Vielleicht sollte Ihre Bekanntschaft mit der Restaurierung der Bilder warten, bis ich weiß, dass ich das Geld rechtmäßig geerbt habe.«

»Einverstanden«, sagte er. »Ich nehme sie mit, erwarte aber Ihre Anweisungen. Und wahrscheinlich sollte ich dasselbe mit den Möbeln tun, die Sie zur Auktion geben wollen. Wir wollen nichts verkaufen, worauf Sie noch kein Anrecht haben.«

»Keine Sorge«, sagte Nigel. »Ich werde mich darum kümmern. Fahren Sie nur zurück nach London. Ich werde Sie bei Neuigkeiten anrufen.«

Und so gingen sie mit meinen Familienporträts davon. Ich fuhr mit dem Aufräumen fort. Später wollte ich mich gerade hinsetzen und eine Tasse Tee trinken, als es erneut an der Eingangstür klopfte. Diesmal stand dort ein großer, rotgesichtiger Mann. Er runzelte die Stirn, als er mich sah.

»Also, was ist das für eine Mädchenschule?«, fragte er mit tiefer Stimme und eindeutig transatlantischem Akzent. »Wann wurde Langley Hall verkauft?«

»Direkt nach dem Krieg«, sagte ich.

»Zu dumm. Ich hatte gehofft, mir das alte Haus mal ansehen zu können. Sind Sie die Tochter des Pförtners?«

»Ich bin Joanna Langley«, sagte ich reserviert. »Die Tochter von Sir Hugo Langley.«

Seine Augenbrauen schossen hoch. »Wirklich? Dann hat der alte Herr wieder geheiratet? Sieh mal einer an.«

Mir dämmerte langsam, wen ich vor mir hatte. Ich blickte in sein Gesicht und fand keine Ähnlichkeit mit meinem Vater, der immer das schlanke Aussehen eines Dichters der Romantik gehabt hatte. Dieser Mann war gut genährt und pummelig auf eine nicht besonders attraktive Weise.

»Bist du Hugos Sohn?«, fragte ich.

»Ganz genau. Teddy Langley. Das war ich einmal. Jetzt heiße ich Teddy Schulz. Aus Cleveland, Ohio.«

Ich zwang mich dazu, die Hand auszustrecken. »Freut mich, dich kennenzulernen, Teddy. Bis vor ein paar Tagen wusste ich gar nicht, dass ich einen Bruder habe. Das war ein ziemlicher Schock.«

»Ja. Ich war auch schockiert. Über den Tod des alten Herrn, meine ich. Ein Klient kam aus England zurück und zeigte mir die Zeitung mit der Todesanzeige. ›Irgendein Verwandter von dir?‹, fragte er. Deshalb dachte ich, dass ich besser über den Großen Teich flitze, so als Sohn und Erbe, du weißt schon. Ich habe angenommen, dass ich das Anwesen erhalten würde. Ist das nicht so im englischen Recht? Ältester Sohn bekommt alles?«

Ich wusste nicht, was ich darauf antworten sollte. Tatsächlich fühlte ich mich ein wenig wie Alice, die ins Kaninchenloch fällt, wo sie eine unangenehme Überraschung nach der anderen entdeckt. Teddy hatte sich beim Sprechen umgesehen. »Also, wer hat die Moneten vom Hausverkauf gekriegt?«

»Die Moneten?« Ich starrte ihn an. »Mit dem Geld von dem Verkauf des Anwesens wurden die Erbschaftssteuern bezahlt, als mein Großvater starb und mein Vater es erbte. Seitdem haben wir im Pförtnerhaus gelebt und mein Vater war der Kunstlehrer der Schule.«

»Kein Geld? Das ist aber schade. Und ich habe mir immer vorgestellt, dass mein Pa luxuriös in dem großen Haus meiner Kindheit gelebt hat.« Er sah sich in der Hütte um. »Dem war wohl nicht so. Aber was ist mit den Möbeln und dem ganzen Zeug? All diese gruseligen Antiquitäten, an die ich mich erinnere. Davon steht mir doch die Hälfte zu als sein Sohn, oder?«

Inzwischen hatte ich eine spontane Abneigung gegen ihn entwickelt. »Du hast den Titel geerbt, wie man mir gesagt hat. Doch ich denke, dass du dann wieder Teddy Langley heißen musst.«

»Sir Teddy. Na, klingt das nicht scharf? Gibt es dazu irgendwelche Zuschläge?«

»Dazu gibt es gar nichts.« Ich zwang mich, höflich und britisch zu sein. »Ich habe die Habseligkeiten meines Vaters durchgesehen, und du bist herzlich eingeladen, dir alte Fotoalben anzusehen und zu entscheiden, ob du irgendwelche Fotos davon haben willst. Oder Möbelstücke.«

»Na klar, in Ordnung.« Ein Leuchten war in seine Augen gekommen. Ich führte ihn hinein. Er sah sich die traurigen Haufen an, die auf den Transporter des Gebrauchtwarenladens warteten. »Das hier ist es?«, fragte er. »So habt ihr gelebt?«

»Das ist es.«

»Und kein Geld?«

Erneut musste ich mit mir ringen, um ehrlich zu sein. »Ich glaube, er hatte um die eintausend Pfund auf verschiedenen Sparkonten.«

Er sah mich ungläubig an. »Eintausend Pfund? Das ist alles? Das behältst du lieber. Da habe ich es ganz gut getroffen. Mein alter Herr – Daddy Schulz – hat nach dem Krieg ein Immobiliengeschäft aufgemacht, und ich habe direkt nach dem College mitgemacht. Hauptsächlich Shopping Malls. Da verdiene ich in einer Woche mehr als das. Du wirst es sicherlich besser gebrauchen können als ich.«

»Danke«, sagte ich. »Tatsächlich brauche ich es. Ich habe im Augenblick keinen Platz, wo ich wohnen kann.«

»Bist du nicht verheiratet?«

»Ich bin erst fünfundzwanzig«, sagte ich. »Da habe ich noch ausreichend Zeit, wenn ich den Abschluss habe.«

»Als was?«

»Als Anwältin. Ich mache in diesem Jahr die Abschlussprüfung.«

»Anwältin, was? Da verdient man gutes Geld.«

»Falls ich den Abschluss schaffe«, sagte ich. »Hör mal, möchtest du eine Tasse Tee? Ich habe gerade eine Kanne gemacht.«

»Klar. Warum nicht?«, sagte er. »Eine Tasse Tee. Während des Krieges haben das alle getrunken. Da fiel eine Bombe und alle sagten: ›Es ist schon in Ordnung. Trinken wir eine Tasse Tee.‹« Und er lachte.

Ich servierte ihm einen Tee und leicht muffige Kekse. Wahrscheinlich schmeckte ihm weder das eine noch das andere.

»Ich werde dir den Namen des Anwalts nennen, der sich um den Besitz von Vater kümmert«, sagte ich. »Er wollte die amerikanische Botschaft anschreiben, um dich zu finden. Diese Aufgabe hast du ihm jetzt erspart. Er kann dir bestimmt alle Einzelheiten wegen des Titels erklären.«

Er stand auf und schüttelte den Kopf. »Ich kann mir nicht vorstellen, wozu ein Titel gut sein soll, wenn er ohne das Anwesen kommt.«

»Er kann dir womöglich dabei helfen, mehr Immobilien zu verkaufen«, sagte ich milde. Ich hatte es sarkastisch gemeint, doch er nahm es ernst, brach in Lachen aus und klatschte in die Hände. »Da hast du vielleicht eine gute Idee, Schwesterherz. Dem Geschäft ein wenig Stil hinzufügen.«

Er hielt inne und trank einen Schluck Tee. »Weißt du, ich hatte geplant, rüberzukommen und den alten Herrn zu überraschen. Ich wollte meine Frau und die Kinder mitbringen und ihm zeigen, wie ich mich gemacht habe. Er hat nie geglaubt, dass einmal etwas aus mir wird. Zu dumm, dass er gestorben ist, ohne es zu erfahren.«

Ich glaubte nicht, dass mein Vater so begeistert gewesen wäre, wie es sich Teddy vorstellte. Ich wusste nicht genau, was Shopping Malls waren, doch es klang nicht sehr respektabel. Teddy suchte in seinem Portemonnaie. »Hier ist meine Karte. Wenn du jemals in den Staaten bist, dann komm vorbei und besuch mich. Meine Ma wäre bestimmt daran interessiert, dich kennenzulernen. Und die Kids wären von einer englischen Tante mit britischem Akzent begeistert.«

»Vielen Dank, sehr freundlich von dir«, sagte ich. Er stand auf und ging zur Tür. »Und du bist dir sicher, dass du nichts von dem hier willst, bevor ich es spende?«, fragte ich und zeigte durch den Raum.

Er grinste noch immer. »Dieses alte Zeug? Teufel nein. Du kannst gern alles behalten.«

Wir trennten uns. Ich sah ihm hinterher, wie er ins Auto stieg und davonfuhr, und fragte mich, wie er wohl als kleiner Junge gewesen war, als er auf Langley Hall gelebt hatte. Ich war froh darüber, dass mein Vater nicht mehr mitbekommen musste, wie sein Sohn sich entwickelt hatte. Denn ich glaubte nicht, dass er sich über die Entwicklung von Teddy Schulz gefreut hätte.

Am Ende des nächsten Tages war ich fertig. Miss Honeywell hatte zugestimmt, den Schreibtisch und die Truhe wieder auf den Dachboden zu stellen. Ich versprach ihr, mich darum zu kümmern, sobald ich eine neue Wohnung hätte. Und sie bot mir großzügig an, ihre Dienstmädchen zu schicken, damit sie die Hütte für den neuen Pächter reinigten. Sie schüttelte mir sogar warmherzig die Hand. »Ich wünsche dir nur das Allerbeste, Joanna. Ich bin mir sicher, dass du eine großartige Anwältin wirst und deinem Familiennamen alle Ehre machst.«

Ich stand an der Eingangstür und warf einen letzten Blick auf das, was einmal mein Zuhause gewesen war, als ein Auto ankam und Nigel Barton ausstieg.

»Sie haben mich gerade noch erwischt«, sagte ich. »Ich wollte jetzt los.«

Er sah auf meine zwei Koffer. »Dann möchte ich Sie zum Bahnhof bringen. Oder haben Sie schon ein Taxi gerufen?«

»Nein, ich wollte eigentlich zu Fuß gehen, vielen Dank«, sagte ich erfreut.

Ich spähte zurück zu Langley Hall, als wir davonfuhren.

»Ihr Bruder war bei mir«, sagte er. »Das war eine ganz schöne Überraschung.«

»Das war es auch für mich«, stimmte ich ihm zu. »Ich glaube, er war schrecklich enttäuscht über sein Erbe.«

»Ja, er hat mich regelrecht ausgefragt. Er hatte wohl den Eindruck, Sie würden ihm etwas verschweigen oder den Inhalt des Testaments nicht kennen. Als ich ihm versicherte, dass es nichts als den Titel gibt, ist er gegangen. Nicht gerade einer der sympathischsten Zeitgenossen.«

»Daddy wäre entsetzt gewesen«, sagte ich.

Wir hielten am Bahnhof. »Wir bleiben in Kontakt«, sagte er. »Ich glaube, die verschiedenen Beträge werden im Laufe der nächsten Woche überwiesen. Und die Gegenstände sollten bald zur Auktion können.«

»Vielen Dank. Sie waren sehr nett«, sagte ich.

»Es war mir ein Vergnügen.« Er machte eine Pause. »Joanna – ich darf Sie Joanna nennen, oder? Ich komme gelegentlich in die Stadt. Vielleicht kann ich Sie mal ins Theater oder so ausführen.«

Scarlet hatte etwas davon erzählt, dass man gleich wieder aufspringen sollte, wenn man einmal vom Pferd gefallen war. Doch mein Fall war so tief und verletzend gewesen, dass ich mir nicht sicher war, ob ich jemals wieder reiten wollte. *Es ist nur eine Theateraufführung,* sagte meine innere Stimme. *Mehr nicht.*

»Danke«, sagte ich. »Das würde mir gefallen.«

Er strahlte.

Doch wir gingen niemals zusammen ins Theater, denn einen knappen Monat später fuhr ich nach Italien.

Zehn

Hugo

Dezember 1944

Als Sofia gegangen war, saß Hugo noch lange da und hielt den Verband auf seine Wunde, bis er langsam spürte, wie das Morphium zu wirken begann. In der angeschlagenen Blechtasse war noch etwas Wasser und er trank es dankbar, dann erinnerte er sich an die Kastanien, die sie ihm dagelassen hatte. Er pellte die stachlige Schale ab und aß den Inhalt. Sie waren nicht so gut wie die gerösteten Maronen zu Hause, doch man konnte sie essen.

Der Regen tröpfelte auf ihn herunter und Hugo merkte, dass er sich ein Dach bauen musste, bevor der Regen schlimmer wurde. Er formte aus dem restlichen Verbandsstoff ein kleines Kissen, das er auf seine Wunde hielt, dann zog er sich trotz Sofias Ermahnung die Hose wieder hoch. Er wollte sich nicht mit heruntergelassener Hose von den Deutschen erwischen lassen. Dann stand er auf und griff nach dem Stock, der ihm als Krücke diente. Das Morphium wirkte jetzt und er spürte nur schwache Schmerzen, als er sich vorsichtig bewegte. Zunächst erleichterte er sich. Danach fühlte er sich gut genug, um in seiner Bomberjacke nach der Zigarettenschachtel und dem Feuerzeug zu suchen. Er setzte sich auf die zerbrochene Kirchenbank, rauchte in tiefen Zügen und seufzte behaglich. Die Packung war noch fast voll. Wenn er es sich gut einteilte, dann hatte er für ein paar Tage genug.

Er rauchte die Zigarette ganz herunter, dann drückte er sie aus. Jetzt war er dafür bereit, sich um das zu kümmern, was zu erledigen war. Er stellte sich in die Mitte der Kapelle und verschaffte sich einen Eindruck von seiner Situation. Baumaterial gab es genug. Das ganze Dach war eingestürzt, doch in der hinteren Ecke befand sich in einer Nische eine Art Nebenkapelle, deren Altar noch stand. Er humpelte herum und zerrte Holzstücke in die Ecke. Er legte ein größeres Stück Holz auf den Boden, das wohl einmal eine Schranktür gewesen war, dann lehnte er ein paar Holzplanken an den Altar, um sich einen zeltartigen Unterschlupf zu schaffen. Danach zog er seinen Fallschirm aus dem Beutel. Er konnte sich nicht entscheiden, ob er ihn als wasserdichtes Zelt über die ganze Konstruktion legen oder ihn als Decke für sich im Innern nutzen sollte. Er entschied sich für Letzteres – zumindest würde er so unter den Holzbrettern keine Aufmerksamkeit auf sich ziehen – und breitete ihn auf dem Boden aus. Dann kroch er durch die Lücke, legte sich hin und wickelte sich in den Fallschirmstoff.

Der Boden war schrecklich hart, doch die feine Fallschirmseide schien seine Körperwärme zu halten. Er wünschte, er hätte sich die Zeit genommen, seinen üblichen Fliegeranzug aus Leinen anzuziehen. Er hätte ihn über seiner Kleidung tragen sollen, doch die Piloten fanden ihn unhandlich. Auf Missionen wie dieser flog er gar nicht hoch oder lange genug, dass ihm richtig kalt wurde. Er zog seinen Dienstrevolver heraus und lud ihn, nahm sein Messer und legte beides in Reichweite ab. Dann stopfte er sich den Beutel, in dem sein Fallschirm und das Verbandszeug gewesen waren, unter den

Kopf und lehnte sich zurück. Jetzt konnte er nichts anderes tun, als zu warten.

Er musste eingeschlafen sein. Von dem Morphium hatte er seltsame Träume. Er befand sich auf einem hohen Berg mit Wolken, die tiefer herumwirbelten, und Engel und Teufel rangen um seine Seele. Die Teufel hatten tätowierte Hakenkreuze auf der Stirn und versuchten, ihn zu einem Ort unterhalb der Wolken zu zerren. Dann nahm ihn einer der Engel am Arm und hob ihn hoch, und jetzt flog er.

»Lass mich nicht fallen!«, schrie er und blickte zu dem Engel.

»Natürlich nicht. Du bist sicher bei mir«, sagte der Engel, und sein Gesicht verwandelte sich in das von Sofia Bartoli. Hugo öffnete die Augen und bemerkte, dass er lächelte. Dann erschrak er, als er ein Frauengesicht entdeckte, das ihn durch eine Lücke zwischen den Holzplanken betrachtete. Es war nicht Sofia, sondern eine Frau mit hellem Haar und einer Krone. Er setzte sich auf, schlug dabei mit dem Kopf gegen den Altar und fluchte. Er blickte nach draußen.

Während er schlief, hatte der Regen aufgehört, und jetzt strahlte Sonnenlicht in die Kapelle. Das Licht der schrägen Wintersonne fiel direkt auf ein Fresko an der gegenüberliegenden Wand. Teile des Freskos waren pockennarbig und beschädigt, doch dieser Teil war noch intakt. Er zeigte ein Bild der Jungfrau Maria. Er konnte nicht erkennen, ob sie das Jesuskind im Arm hielt, da jener Teil des Wandgemäldes fehlte. Nur ihr Gesicht lächelte auf ihn herab, und er fand es beruhigend – fast wie ein Zeichen, dass ihn der Himmel beschützte.

Der Durst war zurückgekehrt, und er war noch benommen von dem Morphium. Er blickte auf seine Uhr. Erst elf Uhr. Er hatte noch einen langen Tag vor sich. Vorsichtig kroch er aus seinem Unterschlupf und erhob sich langsam. Die Wirkung des Morphiums ließ nach, denn der Schmerz durchfuhr ihn wieder heftig, sodass er aufschrie. Ein lautes Geräusch in der Nähe erschreckte ihn, dann sah er, dass es nur eine Taube war, die von der zerbrochenen Mauer über ihm wegflatterte. *Tauben,* dachte er. *Zukünftiges Essen, wenn ich länger hierbleiben muss. Doch ich kann sie hier nicht braten. Vielleicht könnte Sofia sie nach Hause nehmen, braten und … Stopp!,* sagte er sich. *Ich darf sie und ihre Familie nicht in Gefahr bringen.* Sie hatte ihm bereits erzählt, dass die Bevölkerung eines ganzen Dorfes erschossen worden war, weil sie den Partisanen geholfen hatten. Sie würde zweifellos dasselbe Schicksal erleiden, weil sie einem britischen Piloten half.

Ich muss weg von hier, beschloss er. *Vielleicht ein paar Tage verstecken, bis die Wunde verheilt ist und ich mir eine Krücke gemacht habe. Dann gehe ich in Richtung Süden.*

Er nahm die verbeulte Blechtasse, schleppte sich dann an der Wand entlang zur Tür.

Als er nach draußen blickte, staunte er. In alle Richtungen erstreckte sich eine beeindruckende Aussicht: ein Hügel hinter dem anderen, bedeckt von dichten Wäldern im blauen Dunst, und in der Ferne höhere Berge, deren Spitzen bereits schneebedeckt waren. Kein Anzeichen einer großen Stadt, doch ein paar Hügel waren mit Dörfern gekrönt, so wie der Hügel vor ihm. Dieser Hügel war jetzt in der klaren Luft nach dem Regen deutlich zu erkennen. Die Häuser klammerten sich aneinander, als würden sie befürchten, den Hang hinabzufallen. Er betrachtete sie eingehend, bewunderte die ausgebleichten ockerfarbenen und grünen Fensterläden der Häuser, den anmutigen Glockenturm über den Terrakottaziegeln der Dächer, die bröckelnden Mauern, die Eindringlinge fernhalten sollten. Dünner Rauch ringelte sich von den Schornsteinen in die stille Luft.

Die Hügel in der Nähe zeigten eine Mischung aus Anbauflächen und ordentlichen Reihen mit Olivenbäumen oder Weinstöcken, die aus dem dichten Waldland herausgeschnitten waren. *Wild und zugleich gezähmt,* dachte er. Das fasste es gut zusammen. Dann wanderte sein Blick hinüber nach Westen. Wo Teile des Felsens weggebombt waren, konnte er die Reste eines Weges erkennen, der sich den Hang hinauf zum Kloster schlängelte. Er konnte ihn zwischen den Bäumen verfolgen, bis er auf eine Straße weit unten im Tal traf. Dabei bemerkte er drei Armeelaster auf dem Weg nach Norden. Auf einem war das Hakenkreuz zu sehen.

Eine Flucht ist jetzt überhaupt nicht möglich, dachte er. Er war froh, dass der Weg in der Nähe der Hügelkuppe weggebombt war. Kein deutscher Laster würde versuchen, an diese Stelle zu gelangen. Beruhigt trat er durch den Türrahmen und humpelte vorsichtig über die zerbrochenen schiefen Fliesen des Vorhofs. Er fand Sofias volles Regenfass und wagte es, einen großen Schluck zu trinken, wobei er betete, dass der Regen nichts von dem aufgewühlt hatte, was womöglich darin brütete. Dann sah er sich zwischen den Trümmerhaufen um, ob er dort irgendwas Nützliches finden konnte.

Neben ihm war eindeutig einmal eine Küche gewesen. Tonscherben lagen verstreut herum, ein Tassenhenkel und die Form einzelner Scherben deuteten darauf hin, was es einmal für Gegenstände gewesen waren. Doch es gab nichts, was noch intakt war. In seinem gegenwärtigen Zustand wagte er sich nicht weiter, um zwischen den Trümmern zu graben und zu wühlen, doch dann entdeckte er ein angebranntes Kissen, aus dem die Füllung quoll. Natürlich war es triefnass, doch er trug es triumphierend zurück und hoffte, dass es bald trocknen würde.

Als er wieder im Innern der Kapelle war, wurde er von Erschöpfung überwältigt und schaffte es kaum, die Kissenfüllung auf einem der gefallenen Balken auszubreiten, bevor er sich sofort hinsetzen musste, um nicht ohnmächtig zu werden. Unter Flüchen kroch er wieder in seinen kleinen Unterschlupf, legte sich hin und driftete weg.

Als er die Augen wieder öffnete, war es dunkel – eine völlige Dunkelheit, wie man sie nur weit entfernt von jeder Zivilisation antraf. Er konnte nicht einmal die Hand vor Augen erkennen. *Jetzt würde sie nicht kommen,* dachte er. Es war unmöglich, in dieser Finsternis den Weg durch den Wald zu finden. Er verspürte ein absurdes Gefühl der Enttäuschung. Natürlich konnte sie ihre Familie nicht zweimal an einem Tag verlassen. Es würde verdächtig wirken. Dann kamen ihm Zweifel. Wenn man sie gesehen hatte? Wenn jemand im Dorf ein Fernglas besaß und sie beobachtet hatte? Wenn sie den Deutschen übergeben worden war und sie bereits auf dem Weg zu ihm waren?

Kalter Angstschweiß brach ihm aus. Er musste sich gut zureden, um seine Angst in den Griff zu bekommen. Natürlich hatte sie niemand aus dem Dorf gesehen. Als sie gemeinsam zu der Ruine gegangen waren, hatten die Wolken noch über den Hügeln gehangen. Er hatte nur mit Mühe das Dorf erkennen können. Nicht unbedingt ein Tag, an dem jemand sein Fernglas nahm und beschloss, sich die Landschaft anzusehen … wenn man nicht ein deutscher Wachtposten war, der zur Beobachtung auf einem Hügel stand. Seine Angst kehrte zurück. Er merkte, dass er sich niemals auch nur für eine Minute sicher fühlen würde, und verspürte tiefes Mitgefühl für die Bewohner jenes Dorfes, die nicht wussten, wann die Deutschen kommen und behaupten würden, dass sie einem Partisanen geholfen hätten, um dann alle auf dem Dorfplatz aufzureihen und zu erschießen.

Ich sollte mir selbst eine Schiene bauen, dachte er, konnte aber nichts tun, bis es wieder hell war. Sein kostbares Feuerzeug würde er sicherlich nicht dafür nutzen, sondern nur für Notfälle. Und so lag er da, horchte auf die Geräusche der Nacht – das Quietschen und Knacken der Äste im Wald unter ihm, das Heulen einer Eule, das ferne Jaulen eines Hundes. Es würde eine lange Nacht werden.

Er musste eingedöst sein, denn als er aufwachte, sah er in der Nähe ein Licht flackern.

»Signor Ugo?«

Er hörte das Flüstern und die Furcht in ihrer Stimme.

»Hier drüben, Signora. In der Ecke.«

Er sah, wie das Licht näher hüpfte, während er sich aufsetzte und eine der Planken an die Seite schob. Sie war wie vorher in ein großes schwarzes Tuch gewickelt, und er konnte so gerade ihre Augen im Licht der Kerzenlampe sehen, die sie bei sich trug.

»Oh, du hast dir ein Haus gebaut«, sagte sie und lächelte ihn an. »Wie klug. Als ich dich nicht gesehen habe und du mich beim ersten Rufen nicht gehört hast, da hatte ich Angst, dass du womöglich …« Sie beendete den Satz nicht. Sie ließ das Tuch vom Kopf auf die Schultern fallen.

»Noch nicht ganz tot«, sagte er und versuchte, leichtfertig zu klingen.

Sie lachte. »Das ist gut zu hören, denn ich habe dir etwas mitgebracht. Damit kannst du dich stärken.«

Er zog sich aus seinem Unterschlupf, knurrte dabei vor Schmerzen. Sie kam zu ihm, stellte die Lampe auf einen Balken und hockte sich neben ihn. »Sieh mal, ich habe dir Essen gebracht.«

Sie öffnete einen Stoffbeutel und holte etwas heraus, das wie ein Handtuch aussah. Sie wickelte es auseinander und enthüllte eine Schüssel.

»Suppe«, sagte sie. »Ich hoffe, sie ist noch heiß. Sie ist gut. Mit Bohnen und Makkaroni und Gemüse.« Sie reichte sie ihm. Die Schüssel fühlte sich noch immer heiß an.

»Es ist sehr warm. Du musst schnell gegangen sein.«

»Oh ja. Ich mag es nicht, allein in den Olivenhainen zu sein. Man weiß im Augenblick nicht, wer da womöglich ist. Wenn sich die Partisanen treffen, dann möchten sie nicht von einer Frau entdeckt werden. Bei ihnen wäre ich gleichermaßen in Gefahr wie bei den Deutschen.«

»Dann komm bitte nicht wieder«, sagte er. »Ich will dich nicht mit reinziehen.«

»Keine Sorge. Ich bin vorsichtig«, sagte sie. »Ich habe das Licht erst angemacht, als ich weit weg vom Dorf war. Hier, das wirst du brauchen.« Sie reichte ihm einen Löffel und sah zu, wie er aß.

»Es ist sehr gut«, sagte er. »Ich sollte es mir für morgen aufbewahren, außer du brauchst die Schüssel sofort zurück.«

»Es schmeckt nicht so gut, wenn es kalt ist«, sagte sie. »Außerdem habe ich dir noch etwas für morgen mitgebracht. Nicht viel, leider, aber immerhin.« Sie griff wieder in ihre Tasche. »Etwas Polenta. Ein wenig Hartkäse. Eine Zwiebel. Polenta haben wir noch. Die Deutschen mögen kein Maismehl.«

»Ich kann dir gar nicht genug danken.«

»Das ist doch gar nichts.« Sie warf ihm ein süßes Lächeln zu. »Wenn die Welt verrücktspielt, dann müssen wir einander helfen, wo wir können. Die meisten meiner Nachbarn sind gut und teilen das bisschen, was sie haben. Als Benito ein Kaninchen gefangen hat, gab er uns etwas davon, um die gute Brühe zu machen, die du jetzt isst. Und als ich heute Morgen nach Hause kam, da bin ich an Signora Gucci vorbeigekommen und sie hat die Pilze gesehen, die ich gefunden hatte. ›*Funghi di bosco!*‹, schrie sie. ›Ich liebe *funghi di bosco*. Wenn du mir welche findest, dann backe ich Brot und Biscotti für deine Familie.‹ – ›Hier, nimm sie jetzt‹, habe ich ihr gesagt und ihr den Großteil davon gegeben. ›Ich werde jeden Tag losgehen und noch mehr für dich sammeln.‹« Sofia blickte zu Hugo. Er sah ihre Augen, die im Licht der Lampe glänzten. »Sie ist ziemlich reich und sie hat einen Sohn, der ihr Sachen vom Schwarzmarkt bringt. Wenn ich für sie Pilze auftreiben kann, dann gibt sie uns vielleicht andere Dinge dafür. Und … und ich habe jetzt eine

Entschuldigung, um hochzukommen. Sie ist eine Tratschtante. Sie wird jedem erzählen, wie fleißig ich für sie suche.«

Er erwiderte ihr Lächeln. »Und wie hast du es dann heute Abend geschafft, wegzugehen? Wollte die Großmutter deines Mannes nicht wissen, wohin du gehst? Wie spät ist es eigentlich?«

»Es ist nach neun«, sagte sie. »Die alte Dame und mein Sohn schlafen. Sie denken, ich wäre in meinem Zimmer, ich bin aber aus dem Hinterfenster herausgeklettert, wo man mich nicht sehen kann.«

»Wie alt ist dein Sohn?«

»Er ist drei.« Sie machte eine Pause. »Mein Mann hat ihn nie gesehen. Er wurde eingezogen und nach Afrika geschickt, bevor Renzo auf die Welt kam.«

»Und du weißt nicht, ob er noch lebt?«

»So ist es.« Sie blickte auf ihre Hände. »Ich habe nie einen Bescheid über seinen Tod bekommen, wahrscheinlich ist er irgendwo in einem Gefangenenlager. Ich muss weiter hoffen.«

Er beugte sich vor und bedeckte ihre Hand mit seiner, eine Geste, die er zu Hause niemals gemacht hätte. »Es tut mir so leid. Es muss schrecklich sein, so im Ungewissen zu leben. Meine Frau hört auch nicht oft von mir und weiß, dass ich Bombenmissionen fliege. Sie muss sich auch sorgen.«

»Hast du Kinder?«

»Einen Sohn. Er ist jetzt neun, ich habe ihn aber nicht mehr gesehen, seit er fünf war. Ich versuche mir vorzustellen, wie er jetzt aussieht, doch es gelingt mir nicht. Ich sehe nur einen kleinen Jungen, der seinen Teddybären überall mitnimmt. Ein furchtsamer kleiner Kerl, der zu seiner Nanny rennt.«

»Nanny? Wohnt deine Großmutter bei dir?«

»Nein, sein Kindermädchen.«

»Ein Kindermädchen? Dann bist du reich?«

Er zögerte. »Wir haben ein großes Haus. Nicht viel Geld, aber viel Land und Bedienstete.«

»Bist du ein Mylord?« Sie sah ihn jetzt mit Erstaunen an.

»Mein Vater ist es. Ich werde es sein, wenn er stirbt. Kein Lord, nicht direkt. Ein Baron. Ein Sir.«

»Sir Ugo. Stell dir vor, was sie in dem Dorf sagen würden, wenn sie wüssten, dass ich mit einem Mylord rede.« Sie sagte es mit großer Dramatik, sodass er lachen musste.

»Das scheint jetzt alles so unwichtig, oder? Lords und Schornsteinfeger kämpfen Seite an Seite und sterben Seite an Seite, und niemand kümmert es, was sie einmal waren.«

»Das ist wohl wahr. Du musst deine arme Frau sehr vermissen.«

Er zögerte bei diesem Gedanken. Vermisste er sie? »Ich bin mir nicht sicher, wie sehr. Wir standen uns nie sehr nah. Doch ich vermisse mein früheres Leben. Wie einfach es war, jemanden zu haben, der mir das Essen zubereitet, mir die Kleider wäscht, mein Pferd für mich sattelt. Und ich habe das alles als selbstverständlich angesehen. Doch du vermisst sicher deinen Ehemann.«

»Oh ja. Ich vermisse meinen Guido schrecklich. Ich war erst achtzehn, als ich ihn kennengelernt habe. Ich bin in einem Waisenhaus in Lucca aufgewachsen. Ohne Liebe aufgezogen, weißt du. Und als ich achtzehn war, hat man mich als Dienstmädchen auf einen großen Bauernhof geschickt. Guido hat als Hilfskraft auf den Feldern gearbeitet. *Gesù Maria!* Er war so hübsch. Und wie er mich angelächelt hat – ich fühlte mich, als würde ich wie Kerzenwachs schmelzen. Wir verliebten uns sofort, und als sein Vater starb, heirateten wir, und er brachte mich in sein Haus in San Salvatore. Sein Vater besaß ein wenig Land – nicht viel, verstehst du, doch genug: die Olivenbäume, an denen wir vorbeigegangen sind, und Weiden für die Ziegen. Wir hatten eine kleine Herde, und wir haben Ziegenkäse für den Markt hergestellt. Wir waren erst ein Jahr dort, als der Krieg zu uns kam und Guido wegmusste.«

»Und du hast ein Kind erwartet.«

»Ja. Das war der schlimmste Tag meines Lebens, als ich sah, wie er mit den anderen Männern in den Lastwagen stieg und weggebracht wurde. Er winkte mir zu und das war das Letzte, was ich von ihm gesehen habe.«

»Das tut mir leid.«

Sie nickte, und er konnte sehen, wie sie mit den Tränen kämpfte. »Doch ich muss für meinen Sohn weitermachen. Es ist nicht leicht. Wir pflücken die Oliven, dann kommen die Deutschen und nehmen das meiste Olivenöl. Wir pflanzen etwas Gemüse und sie kommen und nehmen uns auch das.«

»Und die Ziegen?«

»Die sind uns schon vor Langem weggenommen worden. Ich habe sie angebettelt, mir wenigstens eine zu lassen, damit ich Milch für das Kind hatte, dem es zu der Zeit nicht so gut ging. Doch sie sprachen kein Italienisch und ich konnte ihre Sprache nicht, deshalb musste ich zusehen, wie meine Ziegen in einen Laster gepackt wurden.« Sie zog das Tuch gegen den kalten Wind enger, der durch die Türöffnung blies. »Ich darf mich nicht beschweren. Es ist für alle das Gleiche. Sie nehmen uns das, was wir haben – Kühe, Hühner, sogar Gemüse. Alles nehmen sie uns weg.«

»Ich habe vorhin einen Hahn in deinem Dorf krähen gehört, dann muss noch jemand Hühner haben«, sagte er.

»Unser Bürgermeister hat welche, Signor Pucci. Er tut so, als sei er freundlich und hilfsbereit, deshalb haben sie ihm ein paar Hühner gelassen. Und einer der Bauern hat noch ein paar Schafe. Die Deutschen mögen kein Lammfleisch.« Sie warf ihm ein schiefes Lächeln zu. »Und so überleben wir. Mir geht es noch besser als manchen anderen. Ich pflanze Mais und Gemüse an. Ich trockne die Bohnen von der Sommerernte. Ich mache

Maismehl für Polenta. Wir werden nicht verhungern, und du auch nicht, solange ich hier bin.«

Hugo hatte die Suppe aufgegessen. Er spürte, wie sich die Wärme in seinem Körper ausbreitete.

»Ich kann dir gar nicht genug danken.« Er reichte ihr die leere Schüssel zurück.

»Das ist doch nichts. Und sieh nur, ich habe noch etwas mitgebracht.« Sie griff nach dem Beutel und zog wie eine Zauberin Gegenstände heraus. »Eine Decke! Gegen die Kälte. Und ein altes Laken – es ist sauber. Du kannst es zerreißen, um dir Verbände für deine Wunde zu machen.« Sie hielt eine kleine Flasche hoch. »Das ist Grappa. Der kann dich von innen wärmen. Und das hier habe ich noch gefunden.« Sie hielt etwas hoch, das wie die Sprosse einer Stuhllehne aussah. »Das kann als Schiene dienen, während dein Knochen verheilt.«

»Du bist unglaublich«, sagte Hugo. »Aber werden diese Dinge nicht von wem anders gebraucht?«

»Ich erzähle dir jetzt ein Geheimnis.« Sie legte den Finger an die Lippen, obwohl sie allein in der Dunkelheit waren. »Die Familie meines Mannes lebt schon seit vielen Generationen in diesem Haus. Der Dachboden ist voller unbenutzter Dinge. Wenn ich mehr Zeit habe, dann werde ich sehen, was ich noch finden kann.«

»Du musst jetzt gehen«, sagte er. »Ich bin satt und aufgewärmt und habe eine Decke. Morgen fühle ich mich bestimmt schon besser.«

»Lass uns zur Mutter Gottes dafür beten. Den Heiligen der gebrochenen Beine oder Wunden kenne ich leider nicht. Ich müsste Vater Filippo fragen. Er wird es wissen.«

»Vater Filippo?«

»Unser Ortspfarrer. Er ist sehr weise. Er weiß alles.«

»Erzähl ihm nichts von mir!«, sagte er eindringlich.

»Das muss ich wohl, bei der Beichte. Doch das Beichtgeheimnis ist heilig. Er wird es niemandem sagen. Er hat Gott dieses Versprechen gegeben. Also mach dir keine Sorgen.«

Sie tätschelte ihm die Hand, verstaute die Schüssel in ihrem Beutel und wickelte sich das Tuch wieder um den Kopf und die Schultern.

»Möge *la Madonna* auf dich achtgeben, bis ich wieder zu dir komme, Mylord Ugo!«

Er sah zu, wie ihr Laternenlicht durch die Dunkelheit der Kapelle hüpfte. In der Tür drehte sie sich noch einmal um und lächelte ihn an. Er hatte das absurde Bedürfnis, ihr eine Kusshand zuzuwerfen. Dann hörte er ihre Schritte auf den Stufen, bis sie sich in der Stille der Nacht verloren.

ELF

JOANNA

Juni 1973

Anfang Juni stieg ich in Florenz aus dem Zug. Daheim in England war es tagelang trübe gewesen und hatte genieselt. Die Leute hatten darüber gemurrt, wie spät der Sommer in diesem Jahr kam, und es gab Nachrichten darüber, dass die frühe Ernte durch Hagelstürme dem Erdboden gleichgemacht worden war. Hier war der Himmel strahlend blau – wie es mein Vater vor Jahren gemalt hatte. Das Ocker und Terrakotta der Häuser mit ihren kräftig roten Ziegeln leuchteten in dem hellen Licht. Ich stand da und sah mich um, nahm die Menschen wahr, wie lebendig und bewegt ihre Gesichter waren, ganz anders als die Menschen in London, die mit gesenktem Kopf gegen den Wind trotteten. Da war die Kuppel der Kathedrale, die alle anderen Gebäude überragte. Und dahinter erhoben sich die waldigen Hügel. Es war so schön, dass es mir fast den Atem verschlug.

Ich fühlte mich unglaublich frei, wie ein Schmetterling, der sich gerade aus seinem Kokon entpuppt hatte. Man musste es Scarlet hoch anrechnen, dass sie mich nicht für vollkommen verrückt erklärt hatte, als ich verkündete, nach Italien zu fahren, um herauszufinden, was meinem Vater während des Krieges passiert war.

»Ja. Gute Idee. Weg von all der Gehässigkeit und diesem Mistkerl Adrian. Nutz die Gelegenheit, das alles hinter dir zu lassen.« Sie sagte nicht: »Was ist mit deinen Artikeln? Glaubst du, dein Arbeitgeber nimmt dich nachher wieder auf? Und was ist mit deiner Anwaltsprüfung? Wann gedenkst du die zu machen?«

Ich selbst hatte mir diese Fragen gestellt, doch dann die zweifelnde Stimme zum Schweigen gebracht. Ich war immer das brave Kind gewesen, wollte gefallen, nachgeben, das Richtige tun. Und wohin hatte mich das gebracht? Jetzt hatte ich ein wenig Geld in der Tasche (genug für eine Anzahlung auf eine Wohnung, wie ich mich erinnerte), und ich würde etwas ziemlich Leichtsinniges und Ungewöhnliches tun. Es fühlte sich wunderbar an.

Ich hatte mich erneut mit Nigel Barton in London getroffen, wo er mir mitteilte, dass ich mir das Geld von den Konten meines Vaters nehmen konnte und dass die Person, die die Gemälde oberflächlich gereinigt hatte, der Überzeugung war, dass sich eine gründlichere Säuberung lohnen würde.

»Ich lasse Sie wissen, wenn die Gegenstände zur Auktion gehen«, sagte Nigel. »Und wenn wir mehr über die Bilder herausgefunden haben, dann können Sie entscheiden, ob Sie sie behalten oder ebenfalls versteigern lassen wollen.«

»Vielen Dank für Ihre Unterstützung«, sagte ich.

»Ich mache nur meinen Job, wie mein Vater zu sagen pflegte.« Er lächelte. »Dann gehen Sie also jetzt wieder zur Arbeit? Wissen Sie, bestimmt wird der Trauerprozess noch eine Weile anhalten. So ist es immer.«

Ich spürte Tränen in meinen Augen brennen. »Ich glaube nicht, dass ich überhaupt getrauert habe«, sagte ich. »Mein Vater war kein einfacher Mensch. Er war sehr kritisch und hat niemals Nähe gesucht. Doch jetzt vermisse ich ihn wirklich und ich wünschte, ich hätte mir die Mühe gemacht, ihn besser kennenzulernen.« Ich wägte ab, ob ich ihm den Brief zeigen und ihm von meinen Plänen erzählen sollte. »Tatsächlich habe ich gerade erst herausgefunden, dass er während des Krieges in Italien war«, sagte ich. »Ich wusste zwar schon vorher, dass er einen Flugzeugabsturz überlebt hat, doch ich wusste nicht, wo. Ich habe überlegt, hinzufahren und mir den Ort anzusehen – und vielleicht herauszufinden, ob die Bauern im Dorf etwas über ihn wissen.«

»Oh, das ist eine gute Idee, jetzt haben Sie ja eine kleine Geldsumme zur Verfügung«, sagte er. »Wo in Italien liegt das?«

»In der Toskana«, sagte ich. »Das Dorf heißt San Salvatore. Ich bin mir nicht ganz sicher, wo das genau ist.«

Er runzelte die Stirn. »San Salvatore? Das sagt mir auch nichts. Ich habe die wichtigsten Tourismusorte besucht: Siena, Cortona, Florenz natürlich. Kennen Sie die Gegend?«

»Ich bin zuvor niemals im Ausland gewesen, wenn man von einer zweitägigen Schulfahrt nach Paris absieht«, gestand ich.

Sein Gesicht erhellte sich, und das stand ihm gut. »Sie werden es lieben. Und erst das Essen!«

»Ist das Essen so gut? «

»Das Essen ist unglaublich. All diese reichhaltigen, würzigen Soßen für die Pasta. Sie werden zunehmen, das kann ich Ihnen versprechen, aber mit Ihrer Figur müssen Sie sich ja keine Sorgen machen. So schlank, wie Sie sind.«

»Schlank« war nicht das richtige Wort – »mager« traf es wohl besser. Ich hatte in den letzten Monaten an Gewicht verloren. »Dann freue ich mich«, sagte ich. »Meine Mutter war eine großartige Köchin, und mir fehlt richtig gutes Essen.«

»Und die Weine dort«, sagte er. »Ich wünschte, ich hätte einen Feiertag vor mir. Ich würde vorbeikommen und mich Ihnen anschließen.«

»Ich denke, dass ich nur für ein paar Tage hinfahre«, sagte ich zögernd, denn er kam mir wieder ein wenig zu eifrig daher.

»Nehmen Sie sich Zeit. Genießen Sie es«, sagte er.

Während der letzten Wochen hatte ich in London einen Crashkurs in Italienisch absolviert. Natürlich konnte ich die Sprache noch nicht fließend, doch ich war mir sicher, dass ich zurechtkommen würde. Ich hatte in der Handtasche ein kleines italienisches Wörterbuch und ein Buch mit Redewendungen, nur für den Fall, außerdem Vaters kleine Schachtel. Diese hatte ich die ganze Zeit wie einen Talisman mit mir herumgetragen.

Erst als ich im rüttelnden Nachtzug durch Frankreich und über die Alpen saß und nicht schlafen konnte, befielen mich neue Zweifel. Was tat ich da überhaupt? Was wollte ich erreichen? Die Frau, der mein Vater geschrieben hatte, war unter ihrer letzten bekannten Adresse nicht erreichbar gewesen. Sie war also weggezogen oder verstorben. Wenn es ein Kind gegeben hatte, das man irgendwo versteckt hatte, wo es niemand finden konnte, dann wäre es ebenfalls schon lange tot. Selbst wenn ich Sofia durch irgendein Wunder finden würde, so würde ich damit nur eine alte Trauer aufleben lassen und ihr womöglich sogar Probleme bereiten, wenn sie einen Mann oder eine Familie hatte. Doch ich musste es einfach wissen. Ich war natürlich neugierig, gleichzeitig hatte ich das Gefühl, dass ich es für meinen Vater tun musste. Ich würde die Lücken in seinem Lebenspuzzle ausfüllen. Vielleicht fand ich eine Antwort auf die Frage, warum ein brillanter junger Maler plötzlich mit dem Malen aufhört und warum er für den Rest seines Lebens ein dumpfer, zurückgezogener und depressiver Mann war.

Als der Zug sich Florenz näherte, nahm ich eine positivere Haltung ein. Ich war auf einer Abenteuerreise. Was auch immer geschah, ich hatte das Gefühl, das Richtige zu tun. Dabei hatte ich keine Ahnung, wie ich das Dorf San Salvatore finden sollte. Ich hatte es auf einer Karte gesucht, konnte es aber nicht ausmachen. Natürlich war es durchaus möglich, dass es gar nicht mehr existierte. Während des Krieges waren ganze Ortschaften dem Erdboden gleichgemacht worden, das wusste ich. Doch ich wollte nicht aufgeben. Bevor ich mich an die nächste Phase meiner Reise machte, suchte ich eine Bank und tauschte britische Pfund in Lira. Es schien unglaublich viel zu sein, und ich fragte mich, wie ich mit den ganzen Tausendern zurechtkommen würde. Dann gönnte ich mir in einem Straßencafé einen Cappuccino und ein sündhaftes Gebäck mit Honig und Mandeln, bevor ich zum Bahnhof zurückkehrte, um mich zu orientieren.

Selbst der Mann am Fahrkartenschalter des Bahnhofs musste das Dorf auf der Karte suchen. »San Salvatore«, sagte er. »Der Name klingt vertraut, aber …« Dann legte er den Finger darauf. »Aha, deshalb habe ich es nicht gefunden. Ich habe unten in der Region Chianti gesucht, doch es liegt in der nördlichen Toskana. In den Hügeln oberhalb von Lucca. Sehen Sie?« Ich spähte ihm über die Schulter und nickte. Ein winziger Punkt inmitten einer Menge Grün.

»Und wie komme ich dorthin? Ich nehme an, dass es keinen Zug gibt?«

»Für den ersten Teil Ihrer Reise gibt es eine Verbindung«, sagte er. Dann betrachtete er wieder die Karte. »Sie müssen den Zug nach Lucca nehmen«, sagte er, »dann umsteigen auf die Nebenstrecke, auf der Sie durch das Serchio-Tal nach Ponte a Moriano kommen. Und danach vielleicht einen Bus in die Hügel, zu der Ortschaft Orzala?« Er brach ab und zuckte sehr italienisch mit den Schultern. Dann fügte er hinzu: »Vielleicht ist es einfacher, ein Auto zu mieten.«

Ich wollte nicht zugeben, dass ich noch immer keinen Führerschein hatte. »Ich glaube nicht, dass ich damit zurechtkommen würde, auf der falschen Straßenseite zu fahren«, sagte ich, »oder auf Bergstraßen.« Ich dankte ihm, kaufte mir eine

Fahrkarte und ging zu dem richtigen Bahnsteig. Kurz darauf saß ich im Zug und ließ die Stadt hinter mir. Wir fuhren durch eine Mischung aus Kleinstädten, Industriegebieten und Ackerland, bevor wir in der alten Stadt Lucca ankamen. Ich stieg aus und musste zunächst in Erfahrung bringen, welcher Zug mich nach Ponte a Moriano brachte. Mein Anschlusszug fuhr erst in einer Stunde ab, doch ich wollte nicht die ganze Zeit auf dem heißen Bahnsteig warten. Deshalb verließ ich den Bahnhof und sah mich um, doch dort war nur Rasen, der zu einer beeindruckenden Stadtmauer führte. Von der Stadt war nichts zu sehen, abgesehen von ein paar Türmchen und roten Dächern, die über jene Mauer ragten. Ich war versucht, die Stadt zu erkunden, es war aber eine lange Strecke und ich wollte meinen Koffer an so einem warmen Tag nicht durch die Gegend schleppen.

Schließlich wurde der Zug angekündigt. Zwischen den vielen anderen Leuten musste ich mir den Weg in den Waggon erkämpfen. Dieser Zug sah aus, als hätte er eine Aufbesserung bitter nötig. Die Sitzbänke waren ungepolstert und aus Holz. Die Fenster waren schrecklich schmutzig und der ganze Waggon war voller Menschen, die ganz eindeutig vom Land kamen. Einige Frauen trugen Kopftücher. Die älteren Frauen waren in Schwarz gekleidet, ihr Haar verborgen unter schwarzen Tüchern. Eine trug ein lebendiges Huhn in einem Korb. Lärmende Kinder liefen durch den Gang. Babys schrien. Ein Priester mit breitem schwarzem Hut sah mich missbilligend an, als könnte er meine vergangenen Sünden erkennen. Unter seinen Blicken wandte ich mich unbehaglich ab.

Die Strecke führte durch Felder und vorbei an alten Bauernhöfen. Gelegentlich erhaschte ich einen Blick auf einen breiten Fluss. Beim Blick nach vorn sah ich den ersten der waldbedeckten Hügel, die sich zu beiden Seiten eines Tals erhoben. Jetzt verliefen die Schienen näher am Fluss, und ich sah, dass das Wasser schnell dahinfloss. Gelegentlich spannte sich eine alte Brücke darüber. Wir hielten an ein paar kleinen Bahnhöfen, die mitten im Nirgendwo gebaut schienen. An den Hängen gab es jetzt Weinstöcke und Olivenhaine. Schneller als erwartet erreichten wir Ponte a Moriano.

Außer mir stieg nur ein weiteres Paar aus. Sie wurden von einer Gruppe herzlich in Empfang genommen und mit vielen Umarmungen und Küssen auf beide Wangen begrüßt. Der Bahnhof war ein einfaches quadratisches Gebäude, gelb mit grünen Blendläden, die Farbe blätterte ab und war pockennarbig. Ich trat aus dem Bahnhof und stand auf einer leeren Straße, auf der es keinen Hinweis gab, in welcher Richtung das Stadtzentrum lag. Fliegen summten. Es war heiß und ich war durstig und hatte Hunger. Ich kehrte zurück ins Bahnhofsgebäude und fragte in meinem holprigen Italienisch, wo ich den Bus nach San Salvatore finden konnte. Der Mann am Fahrkartenschalter ließ eine Salve Italienisch auf mich einprasseln, von der ich kein Wort verstand. Schließlich glaubte ich mithilfe seiner Gesten zu verstehen, wo ich den Bus finden konnte, der mich in die Berge brachte. Es lag auf der anderen Seite des Flusses. Ich nahm meinen Koffer und ging eine lange, baumgesäumte Straße entlang. Zu beiden Seiten standen Häuser mit Gärten. Doch noch immer hatte ich keine Ahnung, wo sich die Stadtmitte befand. Die Straße endete an der Brücke über den Fluss. Ich fragte eine schwarz gekleidete Frau, die in ihrem Garten arbeitete, wo ich einen Bus finden würde, und sie zeigte zur Brücke. Ich trottete auf die andere Seite, zu müde und verstimmt, um den Anblick der Berge zu bewundern, die sich über das Tal erhoben. Gegenüber befand sich eindeutig das Zentrum der alten Stadt. Dort gab es Geschäfte, die jetzt für die Mittagssiesta geschlossen waren, und alte, bröckelnde Häuser. Und auf einem kleinen zentralen Platz – oh Wunder – standen zwei Busse. An dem einen lehnte ein Mann und rauchte eine

Zigarette. In meinem besten Italienisch fragte ich ihn, wo ich einen Bus nach San Salvatore finden würde.

»*Domani*«, sagte er. »*Domani e sabato.*«

Für einen Augenblick dachte ich, dass ich ihn falsch verstanden hätte. »Morgen?«, fragte ich. »Morgen und Samstag?«

Er nickte.

Also stand ich vor der Möglichkeit, die Nacht an einem Ort verbringen zu müssen, wo ich gar nicht sein wollte, oder einen anderen Weg zum Dorf zu finden. »Und wenn es heute keinen Bus gibt«, fuhr ich in meinem gewissenhaft korrekten Italienisch fort, »wie erreiche ich dann San Salvatore?«

»Warum wollen Sie denn dahin?«, fragte er. »Lucca, Pisa, Florenz ... das gefällt den Touristen. Es gibt nichts Sehenswertes in San Salvatore. Keine alten Gebäude. Kein Schloss.«

»Ich weiß«, sagte ich und kämpfte gegen meine Ungeduld. »Ich besuche dort Freunde.«

»Aha, Freunde.« Er nickte, als wäre er damit einverstanden. »Sie haben Freunde in Italien. Das ist schön. Also – Sie können den Bus nach Orzala nehmen und dann sind es vielleicht noch fünf Kilometer, vielleicht kann Sie ja jemand mitnehmen.«

»Okay«, sagte ich. »Und wann fährt der Bus nach Orzala?«

»Wenn ich den Motor anmache«, sagte er und grinste mich an.

Andere Passagiere kamen und schlossen sich uns an. Dann fuhren wir aus dem kleinen Ort und die Straße wurde direkt steiler, wand sich in einer Reihe von Serpentinen den Hügel hinauf. Zu dieser Jahreszeit war alles leuchtend grün – das Gras neben der Straße, die Blätter an den Weinstöcken und die Eichen im Wald. Und versprenkelt zwischen dem Grün leuchteten rote Flocken. Überall waren Mohnblumen – zwischen den Weinstöcken und den Olivenbäumen. Inmitten dieser Farborgie standen alte Bauernhäuser, entweder aus unbehandeltem Stein oder verblasstem rotem Gipsputz, die Fensterläden leuchtend grün, die Dächer geziegelt. Gelegentlich konnte ich einen Blick auf einen Turm werfen, entweder ein Kirchenturm oder von einer Burg. Wir hielten in einem kleinen Ort, dann führte die Straße weiter steil nach oben, bis sie an einem Kamm entlang verlief. Zu beiden Seiten fiel das Land ab in tiefe Täler und erhob sich zu noch höheren Gipfeln. Die Berge schienen unendlich weiter zu verlaufen, bis sie in der blauen Ferne verschwanden.

Wir blieben in einem Dorf stehen, das wenig mehr war als eine Reihe von Häusern und ein paar Höfen. Der Busfahrer drehte sich zu mir und sagte, dass ich hier aussteigen sollte. Dann stand ich allein auf der Straße, während in der Ferne eine Kirchenglocke die Mittagsstunde anzeigte. Niemand war draußen unterwegs, mit Ausnahme einer schwarzen Katze, die ausgestreckt auf dem gelben Kies vor den Häusern lag. Die Sonne war jetzt heiß und es schien kein Café oder irgendwelchen Schatten zu geben. Die Glocke läutete weiter und ich fragte mich, ob jemand beerdigt wurde.

Ich stand eine Weile da, während ich mir überlegte, was ich tun sollte. Offenbar war es mein Schicksal, die letzten fünf Kilometer zu Fuß zurücklegen zu müssen, doch ich hatte keine Ahnung, in welche Richtung ich gehen sollte. Aus einem der Häuser hörte ich ein Radio, deshalb holte ich tief Luft und klopfte an die Tür. Eine Frau in schwarzem Kleid – offenbar die obligatorische Uniform der Frauen ab einem gewissen Alter – öffnete die Tür und starrte mich an.

»*Buongiorno*«, sagte ich in meinem besten Italienisch. »Wo ist der Weg nach San Salvatore?«

Sie nahm meine ausländische Erscheinung in sich auf, betrachtete meine Jeans, die Reisetasche an meiner Schulter. »*A destra*«, sagte sie. »Nach rechts. Den Berg hoch.« Dann schloss sie die Tür.

»Sehr freundlich«, murmelte ich. Würden die anderen Menschen hier ähnlich reagieren? In dem Fall würde ich wohl nicht sehr viel über meinen Vater erfahren können. Ich stand da und blickte mich um. Es kam mir vor, als wäre ich auf dem Dach der Welt mit freier Sicht in alle Richtungen, doch im Norden und Westen gab es noch höhere Berge, die mit dichtem Wald bedeckt waren. Nirgendwo ein Hinweis auf ein Dorf. Ich seufzte und ging die Straße weiter, dann entdeckte ich eine schmale Nebenstraße, die zwischen Weinstöcken den Hügel hinaufführte und dann im Wald verschwand. Der Hügel erhob sich steil vor mir und wirkte entmutigend auf mich. Ich war ungefähr einen halben Kilometer weit gegangen, als ich das Geräusch eines näher kommenden Autos hörte. Ich blieb stehen und tat das, was ich erst einmal zuvor getan hatte: Ich streckte den Daumen aus.

Ein Laster kam schnell angefahren. Als mich der Fahrer erblickte, blieb er quietschend stehen. Ich eilte zu ihm. »Fahren Sie nach San Salvatore?«, fragte ich.

»Ja, sonst wäre es auch eine ziemliche Zeitverschwendung, diese Straße entlangzufahren«, sagte er. »Denn sie führt nirgendwo anders hin. Springen Sie rein.«

Der Fahrer war ein korpulenter mittelalter Mann und wirkte recht harmlos. Ich stieg ein und setzte mich neben ihn, wobei ich die Tasche auf den Schoß legte, denn es gab keinen freien Platz. Das Innere des Wagens war vollgestopft mit allen möglichen Werkzeugen. Entweder war er Klempner oder sonst irgendein Handwerker. Er trug einen Overall, der nicht besonders sauber war, und warf mir ein freundliches Lächeln zu. »Deutsch?«, fragte er, wahrscheinlich, weil ich helle Haare hatte und ziemlich groß war.

»Englisch«, erwiderte ich.

»Aha, Englisch.« Er nickte zustimmend. »Und Sie sprechen Italienisch.«

»Nur ein wenig«, antwortete ich. »Ich lerne es gerade.«

»Und warum wollen Sie nach San Salvatore?«, fragte er. »Da gibt es nicht viel. Keine historischen Gebäude. Keine Türme wie in San Gimignano.«

»Mein Vater war während des Krieges hier«, sagte ich. »Ich wollte es selbst sehen.«

Darauf reagierte er mit Erstaunen. »In San Salvatore? Ich dachte immer, es waren die Amerikaner, die diesen Teil des Landes befreit hatten. Die Engländer waren drüben an der Küste.«

»Sein Flugzeug ist abgestürzt, soweit ich weiß.«

»Ach so.« Wir fuhren eine Weile schweigend weiter. Die Straße war jetzt nicht viel mehr als ein Feldweg. Zuerst stieg sie durch dichten Wald, dann führte sie auf einen Höhenrücken mit Zypressen. Die Aussicht war spektakulär. Vor uns konnte ich eine Ansammlung von Häusern erkennen, die dicht gedrängt an der Spitze eines Hügels standen. Zu allen Seiten fielen Weinberge und Olivenhaine hinab in kleine Täler, um auf der anderen Seite auf Waldgebiet zu treffen. Die Spitze des gegenüberliegenden Hügels war dicht mit Laubbäumen bedeckt, zwischen denen sich eine Felsnase erhob, auf der eine alte Ruine stand. Es war die Art von Szenerie, wie man sie bei den Malern der Romantik anzutreffen pflegte. Es fehlten nur noch ein paar fröhliche Bauern, die mit Rechen über den Schultern nach Hause gingen.

Wir kamen in die kleine Ortschaft und fuhren eine schmale Straße hinauf, die von alten Steinhäusern gesäumt wurde, die meisten wegen der Mittagssonne mit geschlossenen Fensterläden. Im Erdgeschoss waren zur Straße hin offene Geschäfte: ein Metzger oder Delikatessenladen mit Bergen von Salami im Fenster, ein Schuhgeschäft, ein Weinhändler mit Fässern vor der Tür. Unglaublich enge Gässchen führten von der Hauptstraße weg, manche mit Wäsche behängt, andere mit Weinfässern vor den Türen. Und überall gab es leuchtende Blumenkästen voller Geranien. Wir rumpelten über das Kopfsteinpflaster der Straße und gelangten zur zentralen Piazza. Auf einer Seite stand eine imposante Kirche aus grauem Stein. Ihr gegenüber befand sich offenbar das Rathaus mit Wappen über den Türen. An der einen Seite war eine kleine Trattoria mit Tischen vor dem Haus. Eine Gruppe Männer saß an einem der Tische im Schatten eines Ahornbaumes, Rotweingläser und Teller mit Brot und Oliven vor sich.

Mein Fahrer hielt an. »Bitte schön!«, sagte er. »Das ist San Salvatore. Hier müssen Sie aussteigen. Ich fahre zu dem Bauernhaus außerhalb des Dorfes.«

Ich dankte ihm und kletterte aus dem Fahrzeug. Der Lieferwagen fuhr davon und ich stand da und sah mich um, wobei ich mir der Blicke jener Männer bewusst war. Es schien niemand anderes da zu sein, den ich fragen konnte, deshalb nahm ich meinen Mut zusammen und wandte mich an die Männer, ob sie mir sagen konnten, wo es ein Hotel im Dorf gab.

Darauf sahen sie mich amüsiert an.

»Kein Hotel, Signorina. Vielleicht gibt es eine Pension unten im Tal in Borgo a Mozzano. Ansonsten«, fuhr der Sprecher fort und spreizte dramatisch die Hände, »gibt es noch gute Hotels in Lucca.«

Ich verdrängte meine Müdigkeit und Frustration. Ich hatte die Nacht im Zug nicht richtig geschlafen. Jetzt war mir sehr heiß und ich war hungrig. »Gibt es denn niemanden in diesem Ort, der Zimmer an Fremde vermietet?«, fragte ich.

Sie blickten einander an, murmelten und berieten sich. Dann sagte einer von ihnen: »Paola. Sie hat ihren alten Stall umgebaut, um ihn an Besucher zu vermieten, oder nicht?«

»Ach ja, Paola. Ja, natürlich.«

Sie nickten einander zu. Dann wandte sich einer an mich. »Sie sollten zu Signora Rossini gehen. Sie hat vielleicht ein Zimmer für Sie.«

»Danke schön«, sagte ich, obwohl die Erwähnung ihres alten Stalls nicht sehr einladend klang. »Und wie finde ich diese Signora Rossini?«

Einer der Männer stand auf. Für einen Moment dachte ich, er würde mich begleiten, vielleicht anbieten, meinen Koffer zu tragen, der inzwischen eine Tonne zu wiegen schien. Stattdessen kam er zu mir und zeigte den Weg. »Sehen Sie den Torbogen? Gehen Sie da durch. Dann halten Sie sich geradeaus, verstehen Sie? Immer geradeaus. Und nach dem Ende des Dorfes ist es das erste Haus links.«

Ich dankte ihnen erneut und ging beklommen los. *Ich werde heute Nacht bleiben,* dachte ich, *und dann nehme ich vielleicht morgen den Bus zurück ins Tal und gehe dort in eine richtige Pension.*

Zwölf

Joanna

Juni 1973

Zwischen einem Gemüsehändler mit seiner reichhaltigen Auslage an Obst und Gemüse und einem Laden, der offenbar eine Weinhandlung war, führte vom Rande der Piazza eine enge Gasse ein Stück nach unten zu einem Tunnel. Ich zögerte und fragte mich, ob das womöglich eine Art Lokalscherz sei und ich am anderen Ende des Tunnels auf irgendeinen Blödsinn stoßen oder einfach vor einer Mauer stehen würde. War das der Weg in ein Verlies? Oder in einen Keller?

Da ich noch immer die Blicke der Männer aus der Trattoria auf mir spürte, wollte ich ihnen nicht die Genugtuung geben und meine Besorgnis zeigen. Deshalb schritt ich tapfer voran. Der Boden des Tunnels war aus großen Pflastersteinen, die Wände aus dem Fels gehauen. Nachdem der Tunnel um eine Ecke bog, sah ich, dass an der einen Seite Öffnungen mit freiem Blick waren, während sich an der anderen Seite offenbar Weinkeller befanden. Ohne Zwischenfälle passierte ich den Tunnel und folgte dem Weg, der steil ins Tal hinabführte. Nach wenigen Häuserreihen war der Dorfrand erreicht und ich ging weiter den Hügel hinunter. Der Weg bestand aus zwei Spuren zerfurchten

Bodens von den Rädern der Fuhrwerke und Traktoren. Zwischen den zwei Fahrrinnen erhoben Mohnblumen ihre Köpfe über das Gras. Nach den Häusern verlief der Weg zwischen belaubten Weinstöcken auf der einen Seite und Küchengärten auf der anderen, in denen Stangenbohnen übersät mit roten Blüten über Tomaten und anderen Gemüsesorten rankten, die ich nicht kannte. Nach einem kurzen Stück befand sich links vor mir eines der alten Bauernhäuser, die ich auf der Fahrt bewundert hatte. Es war aus verwittertem rosafarbenem Stein und sein Terrakottadach glühte in einem intensiven warmen Rot gegen den beeindruckend blauen Himmel. Über dem Eingang bildete eine alte knorrige Weinranke das Dach für die schattige Veranda, daneben stand ein großer Tonkrug mit überquellendem Rosmarin. Die Tür war geöffnet. Ich ging hin und suchte nach einer Klingel. Dann klopfte ich zögernd, erhielt aber keine Reaktion.

»Hallo! *Buongiorno!*«, rief ich. Keine Antwort.

Aus dem Innern des Hauses konnte ich Frauenstimmen hören. Ich ging langsam durch den gefliesten Flur, der sich zu einer großen sonnigen Küche öffnete, aus der wunderbare Gerüche drangen – gebackenes Brot und Gewürze, die ich nicht einordnen konnte. Zahlreiche Kupfertöpfe hingen an Haken, daneben Knoblauchzöpfe und getrocknete Kräuter. In der Mitte stand ein gebürsteter Holztisch, darauf verschiedene gehackte Gemüsesorten und Kräuter, und an der rechten Wand befand sich ein riesiger alter offener Ziegelofen, in dem man wohl ein Dutzend Brotlaibe auf einmal backen konnte. An dem modernen Gasherd daneben stand eine Frau mit dem Rücken zu mir. Als ich sie sah, blieb mir kurz die Luft weg und ich erstarrte. Es fühlte sich an, als wäre ich in der Zeit zurückgereist. Sie sah aus wie meine Mutter – die gleiche kräftige Statur, die gleichen zum Knoten aufgedrehten Haare –, die etwas Magisches auf dem Herd verrührte, während ich von der Schule kam.

Jeden Moment würde sie sich umdrehen und mich sehen, breit lächeln und ihre Arme ausbreiten, um mich zu umarmen. Stattdessen erhob sich jedoch ein Hund unter dem Kieferntisch und kam knurrend auf mich zu. Die Frau wandte sich um und schrie erschrocken auf.

»Still, Bruno«, sagte sie dann. »Leg dich wieder hin.« Der Hund gehorchte, wobei er mich weiter misstrauisch beäugte.

»*Scusi,* Signora«, sagte ich schnell. »Ich habe angeklopft, doch Sie haben mich nicht gehört.« Tatsächlich hatte ich wohl gesagt, dass ich die Tür berührt hatte, da mir in meinem kümmerlichen Wortschatz der Begriff für »anklopfen« fehlte.

»Macht nichts«, sagte sie. »Jetzt sind Sie ja hier. Wie kann ich Ihnen helfen?«

»Ich brauche ein Zimmer für die Nacht«, sagte ich. »Die Männer sagten mir, Sie hätten eine Unterkunft?« Ich hatte diese Sätze auf dem Hinweg geübt, und sie kamen recht flüssig heraus.

Sie nickte und strahlte jetzt. »Ja, natürlich. Mein kleines Haus im Garten. Es war einmal für Tiere gedacht, jetzt bringe ich Menschen darin unter. Gut, oder?«

Ich erwiderte ihr Lächeln. Es war schwer zu sagen, wie alt sie war – wahrscheinlich über vierzig, doch ihr Gesicht war bemerkenswert faltenfrei und in ihrem Haar fanden sich nur vereinzelte graue Strähnen. Sie trug eine weite blau-gelbe Schürze über ihrer weißen Bluse, deren Ärmel sie über die Ellbogen gerollt hatte.

Sie wischte sich die Hände an der Schürze ab und kam zu mir. »Ich bin Paola Rossini«, sagte sie. »Herzlich willkommen.«

Ich schüttelte die ausgestreckte Hand. »Freut mich, Sie kennenzulernen, Signora Rossini. Ich heiße Joanna Langley«, sagte ich.

»Aus England?«

»Ja.«

Sie nickte zustimmend. »Sie sehen wie ein englisches Mädchen aus. Die sind immer groß und elegant. Studieren Sie Italienisch?«

»Nein, ich suche nach Orten, an denen mein Vater sich aufgehalten hat, als er in Italien war.«

»Wirklich? Und er ist einmal in San Salvatore gewesen?«

»Ich glaube schon«, sagte ich, da ich das Thema jetzt nicht vertiefen wollte.

In dem Moment gab es einen lauten und durchdringenden Schrei und ich erinnerte mich, dass wir nicht allein im Raum waren. Als ich durch den Flur gekommen war, hatte ich ein Gespräch gehört. Auf einem Stuhl in der Ecke saß eine junge Frau. Ihr dunkles Haar fiel ihr über die Schultern und sie beobachtete mich neugierig. Sie hatte ein noch ganz kleines Baby auf dem Schoß.

»Meine Tochter Angelina«, sagte Signora Rossini stolz. »Und meine Enkeltochter Marcella. Sie ist erst drei Wochen alt. Sie kam zu früh auf die Welt, und für eine Weile hatten wir befürchtet, sie zu verlieren, doch mit guter Pflege und der nahrhaften Milch ihrer Mama geht es ihr jetzt besser, oder, Angelina?«

Das Mädchen in der Ecke nickte und lächelte mich schüchtern an. »Angelinas Mann ist Steward auf einem Schiff«, sagte Signora Rossini. »Er ist unterwegs auf dem Meer und hat seine Tochter noch nicht gesehen. Also kommt sie zu ihrer alten Mutter und weiß, dass ich mich gut um sie kümmere.«

Ich konnte den Blick nicht von diesem perfekten Menschlein lösen und mein Gehirn nicht davon abhalten, an Orte zu wandern, die es nicht aufsuchen sollte. *Drei Monate weiter ... Stopp!*, befahl ich mir selbst.

»Herzlichen Glückwunsch zu Ihrer Tochter«, sagte ich, was einer der Sätze war, die wir im Italienisch-Unterricht gelernt hatten.

Angelina strahlte. »Sind Sie verheiratet?«, fragte sie. »Haben Sie Kinder?«

Ich versuchte, weiterzulächeln. »Noch nicht«, sagte ich. »Ich studiere, um Anwältin zu werden.«

»Oh, Anwältin.« Sie sahen einander an und nickten beeindruckt.

Paola schnüffelte in der Luft und merkte, dass sie sich nicht um ihr Essen gekümmert hatte. »*Un momento*«, sagte sie und eilte zurück an den Herd, um kräftig umzurühren.

»Was kochen Sie da?«, fragte ich. »Es duftet wundervoll.«

Sie drehte sich wieder zu mir und zuckte bescheiden mit den Schultern. »Nichts Besonderes. Ein einfaches Gericht, das wir hier in der Toskana gern essen. Wir nennen es *Pappa al pomodoro*. Sie können sich uns anschließen. Es ist genügend da.«

»Das würde ich liebend gern, wenn es für Sie in Ordnung ist.«

»Natürlich.« Sie drehte sich zu ihrer Tochter. »Leg das Baby schlafen, Angelina, und rühr noch einmal um, während ich der jungen englischen Dame ihr Zimmer zeige. Ich bin mir sicher, dass sie sich vorher kurz frisch machen möchte, bevor sie etwas isst.«

Angelina stand auf und legte das kleine Bündel in eine Wiege an der Wand. Das Baby gab ein protestierendes Wimmern von sich.

»Lass sie weinen«, sagte Paola. »Das ist gut für die Lungen.« Sie wandte sich wieder zu mir. »Kommen Sie. Ich zeig es Ihnen.«

Ich nahm meine Tasche vom Boden und folgte ihr durch die Hintertür hinaus. Der Hund Bruno trottete neben mir her und hatte offenbar beschlossen, dass ich in Ordnung sein musste, wenn mich sein Frauchen mochte. Ein Plattenweg führte den Hügel hinab durch einen Garten, der einem wilden Ozean aus Blumen und Gemüse glich. Zwischen Bohnenstangen und Tomaten wuchsen Rosen, es gab Lavendelbüsche und Rosmarin, die himmlisch dufteten, als ich sie streifte. Zwischen den Pflanzen standen verschiedene alte Obstbäume – Kirsche und Aprikosen –, die fast reif zum Pflücken waren, dazu Apfelbäume, die noch immer kleine grüne Knospen hatten. Der Pfad endete an einem alten Steingebäude mit Gitterstäben am Fenster. Nicht gerade einnehmend. Paola ging an die Seite des Häuschens und öffnete mit einem großen Schlüssel die Tür.

»Gehen Sie nur hinein, bitte«, sagte sie und trat zurück. Der Raum war äußerst schlicht: ein eisernes Bettgestell, eine weiße Kommode, ein paar Kleiderhaken an der Wand, dazu ein kleiner Tisch unter dem Fenster. Der Boden war aus den gleichen roten Fliesen wie die Küche und der Weg. An den Fenstern hingen frische weiße Gardinen, das Bett war mit weißen Leinen bezogen, darauf lag eine selbst gemachte Steppdecke.

»*Va bene?*«, fragte sie. »Ist es in Ordnung?«

»*Si.*« Ich nickte enthusiastisch. »Und wo kann ich mich frisch machen?«

»Ah«, sagte sie und öffnete eine alte Tür zu einem winzigen Badezimmer. »Sie haben Ihr eigenes Wasser. Es kommt vom Brunnen draußen, deshalb sollten Sie es lieber nicht trinken. Es gibt einen Erhitzer für die Dusche. Sehen Sie, so stellt man es an. Man muss darauf achten, dass der Hebel so angehoben ist.« Und sie zeigte es mir. »Vorsicht! Das Wasser wird sehr heiß.«

Ich sah auf die bedrohlich wirkende Vorrichtung an der Wand und beschloss, ihre Warnung zu beherzigen. Im Badezimmer gab es ein Spülbecken, eine Toilette und eine sehr kleine Dusche. Doch es war ebenfalls makellos sauber. Ich wäre nie draufgekommen, dass hier einmal Tiere untergebracht worden waren. Das Fenster im Badezimmer war geöffnet und von der alten Mauer kam der Duft von Geißblatt hereingeweht. Ich merkte sofort, dass ich mich hier wohlfühlen konnte.

»Danke. Es ist schön«, sagte ich. »Wie viel kostet es?«

Sie nannte den Preis. Schnell rechnete ich im Kopf die tausende Lira in Pfund und Penny um und stellte fest, dass es sehr preiswert war.

»Und Sie können mit uns im großen Haus frühstücken«, sagte sie. »Wenn Sie mit uns zu Abend essen wollen, dann kostet es ein wenig mehr. Wenn Sie mir in der Früh Bescheid sagen, dann mache ich uns etwas Besonderes zum Abendessen.«

»Vielen Dank. Ich würde auf jeden Fall gern mit Ihnen zu Abend essen, wenn das in Ordnung ist.« Plötzlich fühlte ich mich überwältigt, als wäre diese ganze Freundlichkeit zu viel für mich, nachdem ich mich in den Monaten zuvor so allein gefühlt hatte.

»Dann lasse ich Sie jetzt in Ruhe, damit Sie sich einrichten können«, sagte sie. »Und ich bereite das Essen vor. Kommen Sie einfach hoch, wenn Sie fertig sind.«

Sie ließ die Tür offen, sodass eine duftende Brise hereinwehte. Ich war versucht, nach meiner Nacht im Zug die bedrohlich wirkende Dusche auszuprobieren, doch ich wollte nicht, dass Paola zu lange warten musste. Ich packte ein paar Sachen aus, wusch mir Gesicht und Hände, zog eine frische Bluse an und kämmte mich. Dann schloss ich die Tür und ging den Pfad wieder hinauf. Der Tisch war jetzt mit Keramikgeschirr und Schüsseln in leuchtenden Farben gedeckt. In der Mitte stand ein großer Teller mit Tomaten, einer Scheibe weißem Käse und ein paar Salamistücken, daneben eine Schüssel Oliven und ein großer Laib Krustenbrot. Paola machte eine Handbewegung, dass ich mich setzte, dann servierte sie mir eine Schüssel Suppe. Sie war fast zu sämig, als dass man sie noch Suppe nennen konnte, und sie roch nach Knoblauch und Gewürzen, die ich nicht kannte. Ich nahm vorsichtig einen Löffel und spürte eine Geschmacksexplosion in meinem Mund. Wie konnte man Tomaten und Zwiebeln so großartig schmecken lassen?

»Es ist köstlich«, sagte ich, wobei ich hoffte, dass »*delizioso*« ein Wort war. »Sehr gut.«

Paola blieb hinter mir, dann zog sie sich am Tischende einen Stuhl hervor. Angelina kam und setzte sich zu uns. Sie hatte das Baby wieder hochgenommen und öffnete zu meinem Schrecken ihre Bluse, um das Baby an ihre große runde Brust zu legen, bevor sie sich einen Löffel nahm.

»Dann hat jetzt jeder etwas zu essen«, sagte Paola zufrieden.

»Wie machen Sie diese Suppe?«, fragte ich.

Sie lachte. »Sie geht ganz einfach. Das ist ein Teil unserer *Cucina povera* – einfaches Essen für die Bauern. Und eine gute Möglichkeit, um das alte Brot vom Vortag aufzubrauchen. Es ist einfach altes Brot in Brühe eingeweicht, dann kochen wir Knoblauch, Tomaten, ein paar Karotten und Sellerie und fügen es hinzu, servieren es dann mit Olivenöl. Das ist alles.«

Ich aß, bis ich die Schüssel mit dem noch warmen frischen Brot sauber gewischt hatte. Paola nahm einen Krug und fragte, ob sie mir etwas in mein Glas gießen solle. Ich nickte zustimmend und war überrascht, als ich sah, dass sie Rotwein einschenkte und kein Wasser, wie ich erwartet hatte.

»Nicht zu viel Wein für mich«, sagte ich. »Ich bin nicht daran gewöhnt, mitten am Tag zu trinken.«

»Aber das ist einfacher Hauswein. Überhaupt nicht stark. Wir geben ihn sogar unseren Kindern. Macht sie kräftig. Wenn Sie wollen, dann kann ich den Wein mit Wasser vermischen.« Sie reichte mir eine Karaffe Wasser und ich goss mir etwas ein.

Dann wurde mir gesagt, dass ich mich bei den Speisen auf dem Tisch selbst bedienen sollte. Ich probierte etwas von der Salami und dem Käse, und die Tomaten waren süßer als alle, die ich zuvor gekostet hatte.

»Wie heißt dieser Käse?«, fragte ich. »So einen habe ich noch nie probiert.«

»Das ist Schafskäse – Sie kennen wahrscheinlich nur Käse aus Kuhmilch? Mein Mann und ich haben ihn selbst hergestellt. Pecorino nennen wir ihn. Er ist gut, oder? Pikant und voll Aroma.«

»Das ist er.« Ich nickte.

»Nehmen Sie noch mehr. Und versuchen Sie diesen Prosciutto.« Sie tat mehr Essen auf meinen Teller, und während ich aß, stellte Paola viele Fragen. Wo habe ich gelebt? Was war mit meinen Eltern?

Ich erzählte ihr, dass ich in London lebte und meine beiden Eltern tot waren. Sie nickte traurig. »Es ist tragisch, wenn man jemanden verliert, den man geliebt hat. Eine Wunde, von der man sich niemals erholt, wie ich befürchte. Mein eigener lieber Gianfranco starb letztes Jahr.«

»Das tut mir leid«, sagte ich. »War er krank?«

Sie schüttelte verärgert den Kopf. »Nein. Auf dem Weg zum Markt kam sein Lastwagen von der Straße ab und überschlug sich. Es war schlechtes Wetter. Viel Regen und Wind. Doch Gianfranco war ein guter Fahrer. Manchmal frage ich mich ...«

»Mamma, du darfst solche Dinge nicht sagen«, unterbrach sie Angelina. Ich sah sie fragend an. »Meine Mutter denkt, dass jemand nachgeholfen haben könnte. Nicht jeder hier mochte ihn. Er war zu ehrlich. Er wollte kein Schutzgeld zahlen und auch sein Land nicht verkaufen.«

»Das stimmt. Ich frage mich das oft. Ich weiß nur, dass mir mein Mann genommen wurde. Zu jung. Viel zu jung.«

»Also müssen Sie den Hof jetzt allein führen?«, fragte ich.

»Es war zu viel für eine Frau allein«, sagte sie. »Wir hatten Schafe und Ziegen für den Käse, doch jetzt sind sie alle weg. Ich musste sie verkaufen, und jetzt übernachten Sie in ihrem ehemaligen Stall. Meinen Weinberg habe ich auch an andere verpachtet. Ich habe nur ein paar Olivenbäume für das Öl behalten, und ich habe Gemüse in meinem Garten, wie Sie sehen. Einmal die Woche verkaufe ich es auf dem Markt, und das Obst mache ich ein. Es reicht, um über die Runden zu kommen.«

Wir aßen eine Weile schweigend. Ich spürte den Wein im Kopf, und die Hitze des Nachmittags machte mich schläfrig. »Wenn Sie nichts dagegen haben, dann würde ich mich gern für ein Nickerchen zurückziehen«, sagte ich. »Ich war die ganze Nacht im Zug.«

»Natürlich.« Paola erhob sich ebenfalls.

»Und vielleicht verraten Sie mir später ein paar Ihrer Rezepte?«, fragte ich.

»Das wäre mir ein Vergnügen. Kochen Sie gern?«

»Ich möchte es lernen«, sagte ich. »Meine Mutter war eine gute Köchin, ich bekomme allerdings gerade mal ein Spiegelei hin.«

»Sie hat es Ihnen nie beigebracht?«, fragte Paola.

»Nein. Sie starb, als ich elf war.«

Paola kam mit ausgestreckten Armen zu mir und zog mich in eine Umarmung. Ich roch Knoblauch und Schweiß und den schwachen Duft eines Rosenwasser-Parfüms, doch die Mischung war nicht unangenehm. »Kein Kind sollte ohne Mutter aufwachsen«, sagte sie.

Ich drängte meine Tränen zurück.

Die Kombination aus Wein und Müdigkeit führte dazu, dass ich mehr als eine Stunde schlief. Ich wachte mit schwerem Kopf auf und musste mir erst Wasser ins Gesicht spritzen, um mich wieder halbwegs normal zu fühlen. Als ich in die Küche zurückkehrte, sah ich Paola an dem großen Tisch arbeiten. Sie begrüßte mich mit einem Lächeln. »Ah, die Kleine, die kochen lernen möchte. Sie kommen gerade recht. Sehen Sie, ich mache Pici. Das ist eine Pasta aus dieser Region, die nur aus Mehl und Wasser hergestellt wird. Keine Eier. Wollen Sie mitmachen?«

»Oh ja, danke. Sehr gern«, sagte ich. Ich wusch mir die Hände in der Spüle, dann zeigte sie mir den Ablauf. »Also, wir fangen an mit einem Haufen aus zwei Sorten Mehl. Ich nutze gern Grieß und auch das Mehl, das wir *Tipo 00* nennen. Sehr fein, oder? Und dann machen wir in der Mitte eine kleine Vertiefung und gießen Wasser hinein, nur ein wenig, ganz vorsichtig, und wir vermischen es. Dann kneten wir es.«

Ich versuchte, mit meinem Mehlhaufen zu folgen. Es war nicht so einfach, wie es bei ihr aussah. Das Mehl klebte mir an den Fingern. Es wurde zu einer klebrigen Masse.

»Etwas mehr Mehl«, sagte Paola freundlich, machte weiter, bis ich einen glatten Teig vor mir hatte. »Jetzt kommt die richtige Arbeit. Wir kneten und kneten. Mindestens für zehn Minuten.«

Erneut folgte ich ihren Anweisungen. Es war anstrengend, doch es fühlte sich gut an, mit den Händen zu arbeiten und etwas zu schaffen. Ich spürte, wie ich mich entspannte – wie ich lächelte. Ich sah mich in der Küche um, während ich arbeitete. Kräuterbündel trockneten in einer Ecke, an ein Regal gebunden, und an einer Wand standen große Krüge aus Terrakotta voll mit Olivenöl und anderen Dingen, die ich von meinem Standort nicht erkennen konnte.

»Jetzt müssen wir es ruhen lassen«, sagte Paola. »Kommen Sie, wir nehmen uns Kaffee und Biscotti, während wir warten.«

Sie goss zwei Tassen dickflüssigen schwarzen Kaffee ein und schob einen Teller mit Hartkeksen vor mich. Ich setzte mich zu ihr und knabberte an den Keksen. »Gut, nicht?«, fragte sie. »Und die Biscotti sind noch besser, wenn man sie in den Vin Santo eintaucht. Ich zeige es Ihnen später.«

»Sie schmecken auch so sehr gut«, sagte ich, obwohl ich nicht an so starken Kaffee gewöhnt war.

»Und jetzt machen wir die Pici fertig.« Paola stand auf und nahm das Tuch von unserem Teig. »Ich zeige Ihnen, wie man sie ausrollt.«

Sie trennte ein Stück ab und legte es auf den mit Mehl bestäubten Tisch. Dann rollte sie den Teig mit den Händen, wie ich als kleines Mädchen aus Modellierknete Schlangen geformt hatte. Hin und her rollte sie, bis es ein einheitlich dünner langer Strang war. Dann reichte sie mir ein Stück. Mein Strang war nicht so gleichmäßig, doch das Rollen machte mir Spaß.

»Wir essen es mit Kaninchenragout«, sagte Paola, während wir arbeiteten. »Diese Kaninchen sind eine Plage für mein Gemüse geworden, deshalb lade ich die Jungen aus dem Dorf ein, um sie hier zu schießen. Sie schießen gern, und ich esse gern Kaninchen. Ich gebe ihnen eins mit, das sie zu ihrer Mutter nach Hause nehmen, und so sind alle glücklich.«

Ich musste mich sehr konzentrieren, um sie zu verstehen, da ich das Wort für »Kaninchen« nicht gelernt hatte, doch als sie erwähnte, dass sie ihr Gemüse im Garten fraßen, konnte ich erraten, was sie meinte. »Wie machen Sie ein Kaninchenragout?«

»Auch nicht schwierig. Man beginnt mit Pancetta und Zwiebeln und Salbei und Rosmarin, und natürlich Tomaten und Knoblauch, und es kocht für eine lange Zeit auf kleiner Flamme. Ich habe es heute früh schon vorbereitet.«

Ich beschloss, dass es an der Zeit war, meinen Vater zu erwähnen. »Signora Rossini, ich hatte Ihnen erzählt, dass ich hergekommen bin, weil mein Vater während des Krieges hier war.« Ich machte eine Pause. »Er war britischer Pilot. Sein Flugzeug wurde abgeschossen. Erinnern Sie sich an irgendwas davon? Einen britischen Piloten? Ein Flugzeug, das in der Nähe abgestürzt ist?«

Sie warf mir ein entschuldigendes Lächeln zu. »Ich war im Krieg nicht hier«, sagte sie. »Meine Mutter hat mich zu meiner Tante hoch in die Berge geschickt, wegen der Deutschen. Ich war ein junges Mädchen und die Deutschen ... sie dachten, es sei ihr Recht, jedes junge Mädchen zu nehmen, das ihnen gefiel. Wie sie es auch für ihr Recht hielten zu töten, wen sie wollten. Sie waren wie Tiere. Ich kann gar nicht sagen, wie sehr wir gelitten haben.«

Ich nickte verständnisvoll. Dann fragte ich: »Erinnern Sie sich an eine Frau namens Sofia Bartoli aus diesem Dorf?«

»Sofia Bartoli? Oh ja, natürlich erinnere ich mich an sie. Ich weiß noch, wie ihr Mann Guido sie direkt vor dem Krieg nach Hause gebracht hat. Sie war nicht von hier, wissen Sie, deshalb waren die Einheimischen ihr nicht gerade freundlich gesinnt. Sie mögen keine Auswärtigen. Und sie war eine Waise, wenn ich mich recht erinnere, ohne Familie. Ich war noch klein, aber ich glaube, dass sie sehr hübsch war und auch ein gutes Herz hatte. Ich habe gehört, dass sie ihren Mann im Krieg in Nordafrika verloren hat.«

»Und wissen Sie, was mit ihr geschehen ist?«

»Als ich in das Dorf zurückkehrte, nachdem der Krieg vorbei war, war sie weg. Niemand sprach viel darüber, und das Wenige, das man hörte, war schlimm. Sie ging weg und ließ ihren kleinen Jungen zurück.«

DREIZEHN

HUGO

Dezember 1944

Hugo verbrachte eine kalte und unangenehme Nacht. Sein Bein pochte und er spürte jedes Mal starke Schmerzen, wenn er sich zu bewegen versuchte. Die Decke schützte ihn nur wenig vor der feuchten Kälte, die von dem Steinboden ausging. Er trank einen kleinen Schluck Grappa, der sich für einen Moment wie Feuer in seinen Adern ausbreitete. Er suchte in seiner Brusttasche und zog dann Zigaretten und Feuerzeug heraus. Anschließend legte er sich zurück und rauchte eine Zigarette, wobei er darauf achtete, dass der winzige Kreis glühenden Tabaks die Dunkelheit um ihn herum nicht durchdrang. Doch der inhalierte Rauch beruhigte seine Nerven. Er war froh, als er die ersten Lichtstrahlen des Tages bemerkte und hörte, wie der ferne Hahn die Morgendämmerung begrüßte. Er knabberte ein wenig an der Polenta und dem Käse, behielt die Zwiebel für später. Dann zwang er sich, nach draußen zu gehen und eine Stelle zu finden, um dem Ruf der Natur zu folgen. Es war ein klarer, frischer Tag mit vereinzelten weißen Wolken, die von Westen her über den Himmel zogen. Er schaffte es humpelnd zum Regenfass, wobei er bei jedem Schritt zusammenzuckte. Er trank etwas und wusch sich Gesicht und Hände, füllte dann die Blechtasse mit Wasser. Er nahm sich auch noch mehr Füllung von dem Kissen und fand einen Löffel, der zwischen den Trümmern lag. Dieser kleine Erfolg munterte ihn auf. Wenn er sich etwas stärker fühlte, dann wollte er weitersuchen. Vielleicht lag sogar eine Matratze unter den herabgefallenen Dachziegeln.

Er schaffte es, die Tasse Wasser zurück zur Kapelle zu bringen, ohne allzu viel davon zu verschütten, dann zog er die Hose aus und riss etwas von Sofias Laken ab, um die Wunde wieder zu säubern. Es sah noch immer ziemlich abstoßend aus mit dem sickernden dunklen Blut, doch er träufelte etwas Jod auf sein selbst gemachtes Tuch und wischte so viel davon ab, wie er konnte. Es brannte schrecklich und er fluchte leise, als er an die Jungfrau Maria und die paar angeschlagenen Heiligen dachte, die ihn beobachteten. Dann verband er die Wunde und machte sich aus Sofias Holzstück eine Schiene für sein Bein. Er war sich nicht sicher, ob es half, denn es stützte ihn eindeutig nicht ausreichend, dass er Gewicht auf das Bein legen konnte. Auf diese Weise war es völlig unmöglich, in den Süden zu flüchten. *Ich muss einfach geduldig sein,* sagte er sich und schämte sich dafür, als er ein kleines Glücksgefühl darüber verspürte, Sofia noch ein paar weitere Tage sehen zu können.

An jenem Nachmittag kam sie erneut.

»Ich habe so ein Glück«, sagte sie und warf sich das Tuch vom Kopf, als sie in die Kapelle trat. »Signora Gucci hat allen erzählt, dass ich ihr gestern *funghi di bosco* gebracht und versprochen habe, ihr noch mehr Pilze zu finden. Wenn man mich jetzt den Hügel hinauf in den Wald gehen sieht, dann wird man sagen: ›Ah, Sofia. Sie geht Pilze suchen. Was ist das doch für eine gute und hilfsbereite Frau.‹«

»Ich hoffe, du findest auch welche, sonst wird sie misstrauisch.«

»Das hoffe ich auch. Doch es war in letzter Zeit feucht. Gutes Wetter für Pilze. Und ich glaube, ich habe noch mehr Kastanien gesehen. Das ist auch gut. Wir backen in dieser Region mit Kastanienmehl, vor allem dann, wenn es kein richtiges Mehl mehr gibt.« Sie hatte heute ihren großen Korb am Arm. »Schau, was ich dir mitgebracht habe: Das ist *fagioli al fiasco sotto la cenere.*« Sie reichte ihm eine Schüssel mit etwas, das nach weißer Creme aussah.

Er verstand die italienischen Worte in ihrem Dialekt nicht, doch er wusste, dass *»fagioli«* Bohnen bedeutete, doch das hier sah nicht nach Bohnen aus – eher nach Haferflocken. Er konnte sich nicht daran erinnern, in Florenz jemals Hafer gesehen zu haben, und ganz sicher niemanden, der Haferflocken zum Frühstück aß.

»Was ist das?«, fragte er.

»Es wird aus weißen Bohnen gemacht, die zuerst in Wasser gekocht werden und dann noch einmal die ganze Nacht mit Olivenöl, Rosmarin, Salbei und Knoblauch in den glühenden Kohlen liegen. Wir geben es in eine Chiantiflasche und kochen es langsam in der Glut. Dann zerdrücken wir es. Es ist sehr gut und nahrhaft. Im Augenblick essen wir das ständig, wenn es kein Fleisch oder keine Eier gibt.« Sie griff noch einmal in den Korb. »Und diesmal noch etwas Brot. Signora Gucci hat uns schon einen Laib gebacken.«

Er nahm den krustigen Kanten, den sie ihm reichte, und schöpfte sich damit etwas von dem Bohnenpüree. Das *fagioli* war wirklich gut – so sämig, dass er den Eindruck hatte, man habe Milch oder Sahne hinzugefügt. Sie sah ihm beim Essen zu, ihr Gesicht wie das einer Mutter, die weiß, dass sie ihrem Kind die beste Nahrung zubereitet hat. Als er fertig war, nickte sie zufrieden. »Das wird dich eine Weile sättigen. Und ich habe dir noch andere Sachen gebracht. Hier – das ist eins von Guidos

Hemden, das er im Winter zur Arbeit auf dem Feld getragen hat. Es ist aus Wolle und wird dich warm halten.«

»Ich kann Guidos Hemd nicht anziehen«, sagte er und wollte es ihr nicht aus der ausgestreckten Hand nehmen.

»Nimm es, bitte. Er ist nicht hier und hat nichts davon, und wer weiß, womöglich setzen sich die Motten rein und dann ist es ganz nutzlos. Und wenn er zu mir zurückkehrt, dann mache ich ihm gern ein neues Hemd aus dem besten Stoff am Markt.«

»Danke.« Er nahm es respektvoll entgegen.

»Und ich denke auch, dass es schwer sein muss, so bei Nacht in der Dunkelheit. Deshalb habe ich dir eine Kerze mitgebracht. Bitte nutze sie sparsam. Ich habe nicht viele und wir sind im Moment häufig ohne Elektrizität. Brauchst du Streichhölzer?«

»Ich habe mein Feuerzeug für die Zigaretten.« Er tippte an die Brusttasche.

»Du hast Zigaretten?«

»Ja. Möchtest du eine?« Er angelte nach der Packung.

Sie schüttelte den Kopf. »Ich rauche nicht, danke. Doch es ist eine Schande, dass ich niemandem von dir erzählen kann. Zigaretten sind das Beste zum Tauschen. Die Männer hier würden mir für eine Packung Zigaretten einen Fasan oder ein Kaninchen tauschen.« Sie machte eine Pause, dann schüttelte sie den Kopf. »Leider sollte man englische Zigaretten allerdings lieber keinem zeigen.«

»Du solltest jetzt gehen und Pilze suchen«, sagte er.

Sie stand auf. »Du hast recht. Ich darf nicht zu lange wegbleiben. Mein Sohn hat heute Morgen geweint, weil er mitkommen und mir beim Pilzesuchen helfen wollte. Ich musste ihm sagen, dass der Weg zu Fuß für ihn zu weit war. Er hat jedes Mal Angst, wenn ich weggehe, der arme Kleine. Er hat beobachtet, wie die Männer aus unserem Dorf abgeholt wurden. Und er denkt an den Vater, den er nie gesehen hat.«

»Sei bitte vorsichtig, Sofia«, sagte er. Er merkte nicht sofort, dass er sie mit ihrem Vornamen angesprochen hatte.

Ihre Blicke begegneten sich. »Mach dir um mich keine Sorgen. Ich bin immer vorsichtig.«

»Sind jetzt Deutsche in deinem Dorf?«

Sie schüttelte den Kopf. Es folgte eine lange Pause, dann sagte sie: »Ein deutsches Fahrzeug kam heute früh, weil jemand gemeldet hat, er habe einen Flugzeugabsturz gesehen. Wir sagten ihnen, dass wir das Geräusch eines Absturzes gehört hätten, doch es war mitten in der Nacht und wir haben nichts gesehen. Dann sind sie wieder gegangen.«

Hugo seufzte erleichtert. »Sind sie häufig in deinem Dorf?«

Sie schüttelte den Kopf. »Sie kommen nicht mehr so oft, denn sie haben das meiste von dem genommen, was wir hatten. Und unser Dorf liegt zu weit von einer guten Straße entfernt. Doch man weiß nie. Ich bete jede Nacht zu *la Madonna*, dass die Amerikaner kommen und sie nach Norden vertreiben. *Arrivederci,* Ugo. Gott behüte dich.«

In der Tür blieb sie stehen, zog sich das Tuch um den Kopf und über die Schultern, blickte zu ihm zurück und lächelte. Er saß still wie eine Statue da und sah ihr hinterher, als sie ging. *Sie ist noch so jung,* dachte er. Wenn sie mit achtzehn geheiratet hatte, dann war sie gerade Anfang zwanzig, und dennoch trug sie all die Sorgen und Entbehrungen mit solcher Anmut und Tapferkeit. Gab Gott keine Schuld oder jammerte um ihren Mann. Machte einfach weiter, so wie auch Hugo erzogen worden war.

»Noch so jung«, wiederholte er seine Gedanken. Viel zu jung, um das Herz eines Mannes zu berühren, der fünfunddreißig war.

Die Tauben erschreckten ihn, als sie zur Landung auf einen der heruntergefallenen Balken flatterten. *Eine Falle,* dachte er. *Ich sollte eine Falle bauen.* Und er dachte zurück an seine

Kindheit. In jenen Tagen gab es Wilderer in den Wäldern von Langley. Der Jagdaufseher veranstaltete mit ihnen ein endloses Katz-und-Maus-Spiel. Eine richtige Zeitverschwendung, hatte Hugo gedacht, da sie hauptsächlich hinter Kaninchen her waren. Doch die Fasane des Gutsherrn mussten beschützt werden. Hugo erinnerte sich, wie er mit Ellison, dem knurrigen alten Wildhüter, um das Grundstück gegangen war, während der alte Mann unentwegt über die Rüpel und Gauner schimpfte und darüber, was er gern mit ihnen machen würde, und nur kurz innehielt, um die paar Fallen zu zerstören, die er fand. Manche davon waren bösartige Gerätschaften mit Stahlzähnen, kräftig genug, um sich tief in das Bein eines Tiers zu graben. Andere, wahrscheinlich von einheimischen Jungen gemacht, waren einfache Fallen – Drahtschlingen, die sich festzogen, wenn ein Tier sie berührte. Hugo versuchte, sich daran zu erinnern, wie sie aussahen und funktionierten. Was eigentlich sinnlos war, da er keinen Draht hatte, doch es war etwas, mit dem er sich beschäftigen konnte. Er stellte sich vor, wie erfreut Sofia sein würde, wenn er ihr ein paar Tauben überreichen könnte.

Er stand auf – was mit der Schiene gar nicht so einfach war –, nahm seinen improvisierten Stock und humpelte zur Tür. Die hellen Wolken des Morgens hatten sich in schwere graue verwandelt, die vom Westen her näher kamen. Der Wind hatte auch zugenommen und zerrte beim Gehen an ihm. Bald würde es regnen, das war sicher. Er trank aus dem Regenfass und wollte dann weiter zwischen den Trümmern suchen, doch er war unfähig, über die losen Steine und Ziegel zu klettern, und konnte sich auch nicht bücken, um Trümmerstücke anzuheben und darunter zu blicken. Er fand keinen Draht und keine Schnur, doch er entdeckte eine alte Küchenschublade. *Das könnte klappen,* dachte er und trug sie zur Kapelle, als die ersten Regentropfen auf die Felsen klatschten.

Er war erst halb an seinem Unterschlupf, als der Sturm richtig losging. Es fühlte sich an, als wären die Himmelsschleusen geöffnet worden. Die Regentropfen hüpften von seiner Lederjacke. Er versuchte, sich schneller zu bewegen, und spürte, dass er ausrutschte. Er griff nach einem Balken und konnte ein Fallen verhindern. Auf seinem Gesicht vermischte sich der Schweiß mit dem Regen. Als er in seinen Unterschlupf gekrochen war und den Fallschirm übergezogen hatte, war er triefnass. Er lag zitternd da, während der Wind die Regentropfen durch die Lücken zwischen den Balken trieb. Die Fallschirmseide war nicht so wasserdicht, wie er gehofft hatte, und klebte feucht an ihm. Dann gab es einen starken Blitz, fast unmittelbar gefolgt von einem Donnerschlag. Sein erster Gedanke galt Sofia. War sie sicher in ihrem Dorf angekommen? Er lag zusammengekauert unter dem Fallschirm und sorgte sich, dass sie vom Blitz getroffen wurde oder sich zumindest erkältete. Und er verfluchte seine eigene Unfähigkeit. Er war der Mann. Er sollte sie retten, sie und ihren Sohn an einen sicheren Ort weit weg von diesem Krieg führen.

»Verdammtes Bein«, sagte er laut.

Der Sturm tobte fast den ganzen Tag. Gegen Abend gab es ruhige Phasen zwischen Böen mit starkem Regen. Hugo wollte seine Kerze nicht verschwenden. Im letzten Tageslicht breitete er seinen Fallschirm zum Trocknen aus, drapierte ihn über die Außenseite seines Unterschlupfes. Dabei fiel sein Blick auf die Schnüre des Fallschirms. »Idiot«, sagte er zu sich. »Du hast genügend Bänder, um eine Falle zu bauen.« Am Morgen würde er eine perfekte Falle aufstellen und eine Taube fangen.

Er aß das restliche Brot mit der Zwiebel, die überraschend gut schmeckte, dann machte er sich bereit für die vor ihm liegende Nacht. Die Decke war nicht zu feucht und er wickelte sich hinein. *Morgen mache ich mich an die Arbeit,* sagte er sich.

Er hatte keine Ahnung, wie dramatisch sich die Dinge am Morgen geändert haben würden.

VIERZEHN

JOANNA

Juni 1973

Mein Herz schlug schneller. Sie hatte also ihren kleinen Jungen zurückgelassen. Der schöne Junge. Vielleicht war er sogar noch hier.

Ich holte tief Luft und formte den Satz in meinem Kopf, bevor ich fragte: »Also, dieser Sohn von Sofia, lebt er noch immer hier im Dorf?«

Paola nickte und lächelte. »Ja, natürlich. Er wurde von Cosimo aufgenommen und als sein eigener Sohn aufgezogen.«

»Cosimo?«

Das Lächeln verschwand aus ihrem Gesicht. »Cosimo di Georgio, der reichste Mann unserer Gemeinde. Er besitzt hier viel Land. Er würde gern meinen Olivenhain kaufen. Sein Ziel ist es, alle Olivenbäume zu besitzen, doch ich möchte nicht verkaufen. Hier wird er sowohl respektiert als auch gefürchtet. Im Krieg war er ein Held, ein Partisan – der Einzige, der ein Massaker der Deutschen überlebt hat. Er musste dort zwischen den Leichen liegen und sich totstellen, während die Soldaten mit Bajonetten herumgegangen sind. Können Sie sich das vorstellen?«

»Dann hat er Sofias Kind adoptiert?«, fragte ich.

Sie nickte. »Ja, und was war das für ein Glück für den Jungen. Guido und Sofia, sie waren so arm wie wir alle, doch jetzt ist Renzo der Erbe von Cosimo. Er wird eines Tages reich sein. Reich und mächtig.«

Erneut legte ich mir sorgfältig zurecht, was ich fragen wollte. »Wenn ich diesen Mann treffen wollte, diesen Renzo, wie könnte ich das tun?«

»Wenn du gegen sechs oder sieben ins Dorf hochgehst, dann findest du die meisten Männer zusammen auf der Piazza. Sie treffen sich abends, während ihre Frauen das Essen vorbereiten. Ich bin mir sicher, sie werden wissen, wo man Cosimo und Renzo finden kann. Cosimo hatte leider vor ein paar Jahren einen Schlag bekommen.«

»Einen Schlag?« Dieses italienische Wort sagte mir nichts.

»Wenn das Blut blockiert wird und die linke Seite nicht mehr richtig funktioniert«, erklärte sie. »Jetzt geht er mit einem Stock und Renzo bleibt an der Seite seines Vaters, um ihm zu helfen.«

Sie griff nach einem Handtuch und bedeckte die Schüssel, wischte sich dann die Hände an der Schürze ab.

»Sind wir fertig mit den Pici?«, fragte ich. »Brauchen Sie noch mehr Hilfe?«

»Erst wieder, wenn wir sie kochen. Gehen Sie und entspannen Sie sich ein wenig, meine Liebe.«

Ich lächelte und nickte. »Dann sollte ich vielleicht eine Runde machen und den Ort erkunden. Ich würde gern das Haus von Sofia Bartoli sehen.«

»Sie können es sich allein ansehen. Wenn Sie die Straße hochgehen, biegen Sie in die letzte kleine Gasse zur Rechten. Sofias Haus steht ganz am Ende.«

»Lebt ihre Familie noch darin?«

»Oh nein. Ihr Mann ist vom Krieg in Afrika nicht zurückgekehrt, wie gesagt. Es gab nur eine alte Großmutter, und die ist kurz nach meiner Rückkehr nach San Salvatore gestorben.«

Ich nickte. »Und ich würde auch gern herausfinden, ob ich mit den Männern auf der Piazza reden kann«, sagte ich. »Ich weiß nicht, ob sie mir irgendwas erzählen können, doch vielleicht haben sie meinen Vater getroffen.«

»Vielleicht.« Sie klang jedoch nicht sehr zuversichtlich.

»Und wenn es geht, dann würde ich anschließend gern zurückkehren und mit Ihnen zu Abend essen. Ich freue mich wirklich darauf, die Pici und das Kaninchen zu kosten.«

»Gut.« Sie nickte zustimmend. »Natürlich sind Sie herzlich willkommen, mit uns zu essen. Angelina wird sich freuen, mal mit jemandem in ihrem Alter zu reden. Sie langweilt sich bei ihrer alten Mutter. Sie würde gern etwas über englische Mode erfahren, da bin ich sicher. Und Musik. In ihrem Herzen ist sie noch ein Teenager!« Sie kicherte.

»Wie alt ist sie denn?«, fragte ich.

»Jetzt fast zwanzig«, sagte Paola. »Es wird Zeit, ruhiger zu werden und eine ernsthafte Mutter und Frau zu sein, und nicht Popmusik zu hören und tanzen gehen zu wollen.«

Fast zwanzig, dachte ich. *Und hier bin ich mit meinen fünfundzwanzig und glaube noch immer, ich sei jung und habe noch viel Zeit, um mir zu überlegen, was ich mit meinem Leben anfangen soll.*

Ich ging auf mein Zimmer und holte Kamera und Portemonnaie. Außerdem setzte ich mir einen Hut auf, da die Sonne am späten Nachmittag kräftig brannte. Dann folgte ich dem schmalen Pfad hoch zu der kleinen Ortschaft. Der Tunnel und die Gasse waren angenehm kühl nach dem steilen Weg mit der Sonne im Nacken. Ich blieb im Tunnel stehen und blickte durch die Öffnung auf die Landschaft darunter. Überall waren Olivenbäume. Wenn dieser Cosimo all das besaß, dann war er tatsächlich ein reicher Mann. Und diese alte Ruine, die ich hinter den Bäumen sehen konnte – war das womöglich eine Burg? Ich dachte, es wäre eine Erkundung wert, wenn mir der Weg hinauf durch die Olivenhaine nichts ausmachte. Da hielt ich inne und überlegte: Wie lange wollte ich eigentlich bleiben? Wenn im Dorf niemand etwas über meinen Vater wusste, welchen Sinn würde es dann machen, noch länger zu bleiben? Doch ich dachte an Paola und ihre helle, warme Küche, und mir wurde bewusst, dass es womöglich der richtige Ort wäre, um endlich wieder zu genesen.

Die Piazza war um diese Zeit am Nachmittag verlassen, die Sonne brannte auf die Pflastersteine und strahlte von dem verblichenen gelben Stuck des Rathauses. In der Hitze wirkten die Ahornbäume verstaubt und schlaff. Ich ging die Stufen hinauf und trat in die Kirche. Der Geruch von Weihrauch lag schwer in der Luft und Staubkörner tanzten in den Lichtstrahlen, die durch hohe, schmale Fenster hereindrangen. An den Wänden waren alte Gemälde und Heiligenstatuen. Ich schrak zurück, als ich zu einem Altar kam und darunter einen verglasten Schrein entdeckte, in dem ein Skelett in Bischofsrobe mit einer Krone auf dem Schädel lag. War das ein örtlicher Heiliger? Da ich nur mit einem Minimum an anglikanischer Kirche in Berührung gekommen war, hatte ich katholische Kirchen immer als gruselige Orte angesehen – nur einen Schritt entfernt von schwarzer Magie. Als ein Priester hinter dem Hochaltar auftauchte, verließ ich schnell das Gebäude.

Ich folgte der Straße, die von der Piazza hinaufführte. Dort gab es noch ein paar Geschäfte und ein Gewirr von Häusern, die dicht beieinander am Hang lagen. Hier und da ging eine Gasse ab, einige davon so eng, dass ich mit ausgestreckten Armen beide Seiten berühren konnte. Die Fensterläden waren wegen der Nachmittagshitze geschlossen. Einige Häuser hatten Holzbalkone, auf denen noch mehr Geranien wuchsen. Andere hatten große Tongefäße und Krüge wie der vor Paolas Haus, alle mit Blumen und sprießenden Kräutern. Hier und da nahm eine Katze ein Sonnenbad. Ansonsten war die Straße verlassen. Aus dem Innern der Häuser hörte man Töpfe und Pfannen klirren, während das Abendessen zubereitet wurde, Babys schrien und ein Radio spielte ein schwermütiges Lied.

Vor mir sah ich den Himmel und Vegetation, wo keine Häuser mehr standen. Ich bog in die letzte Gasse zur Rechten und blickte auf Sofias Haus. Es war größer als die Häuser daneben und gelb gestrichen, die Farbe war verwittert und blätterte ab. Es war zwei Etagen hoch mit einem Balkon an der Vorderseite und von der Rückseite musste es eine schöne Aussicht auf die umgebende Landschaft haben. Ich fragte mich, wer jetzt darin lebte, doch es wirkte verlassen. Keine Geranien, keine Blumenkästen. Ein trauriges Haus, wie mir schien, und ich wandte mich ab.

Als ich die höchste Stelle von San Salvatore erreichte, endete die Straße plötzlich in einem kleinen Park mit ein paar hohen alten Bäumen und Bänken darunter. Auf einer Bank im Schatten saß ein älteres Paar. Sie war von Kopf bis Fuß schwarz gekleidet, genau wie die alte Frau im Zug. Er wirkte eher elegant in seinem gestärkten weißen Hemd, sein großer Bart war fleckig vom Nikotin. Ich war gerührt, als ich sah, dass sie sich an den Händen hielten. Sie sahen mich interessiert an. Ich nickte und sagte: »*Buongiorno.*«

»*Buonasera*«, erwiderten sie, ein behutsamer Tadel, dass der Tag jetzt offiziell in den Abend übergegangen war.

Ich ging weiter zu einer Stelle, wo eine Mauer um die Brüstung verlief und daneben ein großes Kreuz errichtet war. Ich las die Inschrift: »Für unsere tapferen Söhne, die im Krieg 1939–45 gefallen sind.« Dahinter erstreckte sich eine großartige Aussicht: bewaldete Hügel, so weit das Auge reichte, manche mit Dörfern wie diesem. Direkt hinter der Mauer ging es steil hinab in ein tiefes Tal, wo ich eine Straße erkennen konnte. Doch es gab keinen Weg vom Dorf hinunter zur Straße. Eindeutig ein Platz, der in den alten Zeiten zur Verteidigung erbaut worden war!

Ich stand da und fotografierte die Landschaft. Als ich zurückblickte, war das alte Paar verschwunden, und ich fragte mich, ob ich sie mir nur eingebildet hatte. Tatsächlich hatte das ganze Dorf etwas Unwirkliches für mich, als wäre alles ein schöner, aber beunruhigender Traum. War es wirklich erst gestern, dass ich noch im regnerischen London war? War erst ein Jahr vergangen, seit ich mit Adrian zusammengezogen war? Und mein Vater hatte mir unmissverständlich zu verstehen gegeben, wie sehr ihm das missfiel ... Und dann ... Ich schloss die Augen, als könnte ich die schmerzhaften Erinnerungen aussperren. *Wie viel in so kurzer Zeit geschehen kann,* dachte ich. Wie schnell sich das Leben ändert. Nun, vielleicht war es an der Zeit, dass es sich erneut änderte. Ich war an einem schönen Ort, wohnte bei einer netten Frau, und ich würde es genießen, was auch immer dabei herauskommen würde.

Nachdem ich diese Entscheidung getroffen hatte, ging ich zurück durch das Dorf. In der knappen halben Stunde hatten sich die Dinge verändert. Das Dorf war wieder lebendig geworden. Kleine Jungen spielten auf der Straße Fußball, während ein kleines Mädchen auf einer Stufe saß und ihnen zusah. Der Gemüsehändler trug Kisten voller Gemüse, um den Laden für die Nacht zu schließen. Eine Gruppe Frauen stand beisammen und unterhielt sich, wobei sie expressiv die Hände bewegten, wie es nur die Italiener machten. Aus geöffneten Vordertüren drangen verlockende Aromen und die Geräusche von Radios oder Fernsehern. Und als ich wieder auf die Piazza kam, war sie in tiefe Schatten getaucht und angenehm kühl. Ich sah, dass die Männer an ihren Tisch vor der Trattoria zurückgekehrt waren und sich so laut und leidenschaftlich unterhielten, dass ich jeden Moment mit einer Schlägerei rechnete.

Ich wich zurück in den Schatten einer Seitenstraße, wollte sie nicht wissen lassen, dass ich in so einem Moment dort war. Dann warf einer von ihnen die Hände mit einer wegwerfenden Geste in die Luft, ein anderer lachte, und der Moment war entschärft. Aus einer Karaffe vom Tisch wurde Wein ausgeschenkt und es schien so, als wären alle wieder zufrieden. Ich hatte mir den ganzen Weg durch das Dorf die Zeilen für meine kommende Ansprache zurechtgelegt. Einiges davon hatte ich sogar bereits im Zug bei meiner Ankunft aufgeschrieben, um es mir einzuprägen, falls mich mein frisch angeeignetes Italienisch in einem Moment des Stresses im Stich lassen würde.

Ich brauchte ein paar Sekunden, um tief Luft zu holen und den Mut aufzubringen, die Piazza zu überqueren. Beim Klang meiner Schritte blickten sie auf.

»Ah, die Signorina«, sagte einer. »Haben Sie Paola gefunden? Wohnen Sie in ihrem Stall?«

»Ja, danke«, sagte ich. »Es ist sehr schön und sie ist sehr freundlich.«

»Paola ist eine gute Seele«, stimmte einer der Männer zu. »Sie wird gut für Sie kochen. Sie müssen mal was essen. Haben ja gar kein Fleisch auf den Rippen.«

Ich verstand das nicht ganz, sah aber, wie sie mich kritisch betrachteten. Nicht üppig genug wie die italienischen Mädchen.

»Ich bin hergekommen, um etwas über meinen Vater herauszufinden«, sagte ich. »Er war britischer Pilot. Sein Flugzeug ist in der Nähe dieses Dorfes im Krieg abgestürzt, doch er hat überlebt. Ich frage mich, ob einer von Ihnen von ihm gehört oder ihn vielleicht sogar getroffen hat.«

Sie waren alle mittleren Alters oder sogar älter. Einige von ihnen mussten zu jener Zeit im Dorf gewesen sein. Doch sie sahen mich nur ausdruckslos an.

Dann sagte ein älterer, faltiger Mann: »Da ist ein Flugzeug in Paolas Feldern abgestürzt, erinnert ihr euch? Die Deutschen kamen und fragten uns danach, aber wir wussten nichts.«

»Ich erinnere mich, dass Marco wütend war, weil das Flugzeug zwei gute Olivenbäume zerstört hat«, sagte ein anderer. »Doch in diesem Flugzeug gab es keine Überlebenden, da bin ich mir sicher. Es ist vollständig ausgebrannt.«

Ich hatte den Eindruck, als würden sie nicht über das Flugzeug meines Vaters sprechen. Vielleicht war seine Maschine nicht genau in dieser Gegend abgestürzt, und er hatte sich nach Süden aufgemacht, um aus dem Gebiet zu entkommen, das von den Deutschen besetzt war, als er nach San Salvatore kam. Keiner dieser Männer wusste offenbar etwas von einem britischen Piloten in ihrem Dorf. Ich beschloss, das Thema zu wechseln. »Erinnert sich einer von Ihnen an eine Frau namens Sofia Bartoli?«

Das führte zu einer unmittelbaren Reaktion. Sie sahen mich feindselig an. Einer drehte sich um und spuckte auf den Boden.

»Hat diese Frau etwas Schlechtes getan?«, fragte ich.

»Sie ist mit einem Deutschen davongelaufen«, sagte einer der Männer schließlich. »Kurz bevor die Alliierten die verdammten Deutschen nach Norden vertrieben hatten. Sie wurde gesehen, wie sie mitten in der Nacht mit ihm davonging und in einem Armeefahrzeug flüchtete.«

»Sie ist freiwillig mit ihm gegangen?«, fragte ich. »Sind Sie sich da sicher?«

»Natürlich. Es war doch derjenige, der in ihrem Haus wohnte. Ein gut aussehender Mann. Ein Offizier. Die Großmutter von Sofias Mann hat meiner Frau erzählt, dass sie gemerkt hat, wie nett sie zu dem Deutschen war. Nun, das merkt man, oder, wenn eine Frau Gefühle für jemanden hat?«

»Offenbar dachte sie, sie würde in Deutschland ein besseres Leben haben als hier, wo man tagtäglich auf den Feldern arbeitet«, murmelte ein Mann am Ende des Tisches. »Vor allem, wenn der Ehemann bereits tot ist.« Es folgte zustimmendes Murmeln.

»Und sie hat ein Kind zurückgelassen?«, fragte ich. »Einen kleinen Jungen?«

Am Tisch wurde genickt. »Ja, Renzo. Ihr Sohn. Sie hat ihn im Stich gelassen.«

»Und dieser Renzo lebt noch immer hier im Dorf?«

Einer von ihnen blickte auf. »Da kommt er gerade, mit seinem Vater.«

FÜNFZEHN

JOANNA

Juni 1973

Zwei Männer kamen zusammen auf die Piazza. Der eine war ein Bulle von einem Mann mittleren Alters, kräftig gebaut und mit den grau gelockten Haaren und dem Profil der römischen Kaiser. Trotz seiner kraftvollen Erscheinung ging er jedoch am Stock. Der andere war groß, muskulös und bemerkenswert attraktiv. Er hatte ein ähnlich markantes Kinn, braune Augen und wilde, dunkle Locken. Er trug ein weißes Hemd, an dem ein paar Knöpfe offen standen und seine gebräunte Brust enthüllten, dazu eine dunkle, maßgeschneiderte Hose. Er wirkte wie ein romantischer Dichter, obwohl er gesünder aussah. Mir kam der flüchtige Gedanke, dass es äußerst ungerecht wäre, wenn sich der attraktivste Mann, den ich je gesehen hatte, als mein Halbbruder herausstellen würde – bis ich mich daran erinnerte, dass ich den Männern abgeschworen hatte.

Ich starrte ihn weiter an und versuchte, an ihm irgendeinen Hinweis auf meinen Vater zu entdecken. Doch er war nicht wie mein schlanker und blonder Vater.

Ich fragte mich, was ich sagen sollte, als einer der Männer rief: »Diese junge englische Dame fragt nach Sofia Bartolis Sohn.«

Der jüngere Mann, von dem ich annahm, dass er Renzo sei, warf mir einen kalten Blick zu. »Das bin ich. Leider«, sagte er in bemerkenswert gutem Englisch. »Allerdings kann ich mich kaum an sie erinnern. Was möchten Sie wissen?«

»Sie sprechen Englisch?« Ich war überrascht und beeindruckt.

Der Mann nickte. »Ich habe ein Jahr in London gearbeitet. In einem Restaurant.«

»Waren Sie Kellner?« Ich hoffte, die offensichtliche Feindseligkeit zu überwinden, die ich spüren konnte.

»Ich wollte Koch werden«, sagte er. »Doch dann hatte mein Vater einen Schlaganfall. Ich musste nach Hause zurückkehren, um ihm mit den Ländereien und seinen Geschäften zu helfen.« Er drehte sich um und nickte respektvoll zu dem älteren Mann.

Einer der Männer war aufgestanden und zog ihm einen Stuhl näher. »Hier, Cosimo. Nimm meinen Platz«, sagte er.

»Nicht nötig«, sagte der Ältere. »Wir gehen zum Essen hinein. Unser Tisch erwartet uns.« Also war das Cosimo, der reichste Mann in der Ortschaft, derjenige, dem alle Olivenhaine außer Paolas gehörten.

Er berührte Renzos Arm und gab eine Salve italienischer Worte von sich.

Renzo drehte sich wieder zu mir. »Mein Vater möchte wissen, warum Sie sich für Sofia Bartoli interessieren.«

Ich zögerte. »Ich glaube, dass mein Vater sie gekannt hat.«

Erneut sagte der ältere Mann etwas in schnellem Italienisch und die Männer grinsten. Renzo fühlte sich sichtlich unbehaglich, als er sagte: »Mein Vater glaubt, dass ein paar Männer sie womöglich gekannt haben.«

Der ältere Mann starrte mich weiter an. »Du bist Deutsche, glaube ich«, sagte er auf Englisch mit Akzent.

»Nein, ich bin Engländerin.«

»Ich glaube Deutsche«, wiederholte er. »Ich glaube, du bist Sofia Bartolis Kind mit diesem deutschen Abschaum, und jetzt bist du gekommen, um ihr Land und ihren Olivenhain zurückzufordern.«

»Absolut nicht«, sagte ich. »Mein Vater war ein britischer Pilot. Sein Flugzeug wurde abgeschossen. Er wurde schwer verletzt.«

Ich beobachtete noch immer Renzo und fragte mich, ob er jener schöne Junge sein konnte, der versteckt wurde, wo nur Sofia und mein Vater ihn finden konnten. Doch mein Vater hatte »unser schöner Junge« geschrieben, nicht »dein«. Das bedeutete, dass er ihr gemeinsames Kind war und nicht nur ihres. Vielleicht hatte er den Jungen ins Herz geschlossen. »Sagen Sie mir«, fuhr ich fort, »wurden Sie jemals während des Krieges versteckt?«

»Versteckt? Wie meinen Sie das?«

»Versteckt, wo niemand Sie finden konnte, damit Sie sicher waren?«

»Vor den Deutschen?« Er runzelte die Stirn und schüttelte den Kopf. »Nicht, dass ich wüsste. Nein, das kann nicht sein. Ich erinnere mich, dass wir einen deutschen Offizier in unserem Haus hatten. Er war freundlich zu mir, ich habe keine schlechte Erinnerung an ihn. Er gab mir immer Süßigkeiten.«

»Wie alt sind Sie?«, fragte ich und merkte, dass ich mich wohl ziemlich unhöflich anhörte.

»Sie stellen viele Fragen für eine Frau und eine Fremde in diesem Ort«, sagte Renzo. »Ich verstehe nicht, was das mit Ihnen zu tun hat, aber wenn es Sie so interessiert: Ich bin zweiunddreißig. Und falls Sie es wissen wollen, ich bin nicht verheiratet. Und Sie?«

Ich spürte, wie ich errötete. »Ich bin auch nicht verheiratet.« Also war er zu alt, um das Kind meines Vaters zu sein. Ich wusste, dass mein Vater gegen Ende des Krieges abgestürzt war, und dieser Mann war 1940 oder 1941 geboren.

»Und hatten Sie jemals einen kleinen Bruder?«, fragte ich.

»Das war nicht möglich.« Er warf mir einen vernichtenden Blick zu. »Mein richtiger Vater wurde nach Afrika geschickt, bevor ich geboren wurde, und er kehrte niemals zurück. Wenn Cosimo nicht gewesen wäre, dann wäre ich jetzt eine bettelarme Waise. Ich verdanke ihm alles.« Er legte eine Hand auf Cosimos Arm. »Wenn Sie uns jetzt entschuldigen, mein Vater möchte an seinem Lieblingstisch etwas trinken.«

Und sie traten zusammen in die Trattoria. Als sie im Haus waren, sagte der Mann, der mir am nächsten saß: »Das war Cosimo. Legen Sie sich lieber nicht mit ihm an. Er ist mächtig. Er besitzt viel Land hier und auch die Olivenpresse.«

Ein jüngerer Mann stand auf und machte ein Zeichen, dass ich mich zu ihnen an den Tisch setzen konnte. »Kommen Sie. Bleiben Sie auf ein Getränk bei uns«, sagte er. »Setzen Sie sich. Bring ihr ein Glas, Massimo. Und kosten Sie von unseren einheimischen Oliven. Das sind die besten.«

Ich zögerte und überlegte, wie ich ablehnen konnte und ob es möglich war, dass ich noch irgendwas von ihnen erfuhr. Der Mann bestand darauf und ich setzte mich. Ein Glas wurde vor mich gestellt und mit dunkelrotem Wein gefüllt. Eine Schüssel Oliven wurde über den Tisch geschoben, dazu eine Scheibe grobkörniges Brot und ein Krug Olivenöl. Der Mann, der mich eingeladen hatte, ein hagerer Kerl mit gegelten Haaren und einem etwas draufgängerischen Aussehen, riss mir ein Stück Brot ab und goss ein wenig Öl auf meinen Teller.

»Das ist Öl aus den Oliven von unseren Bäumen«, sagte er. »Gutes Toskana-Öl. *Extra vergine,* was? Jungfräulich, verstehen Sie?«

Wie er das Wort »jungfräulich« aussprach und mich dabei eindringlich ansah, gab mir ein unbehagliches Gefühl, doch dann lachte er und ich merkte, dass er nur gescherzt hatte.

»Sehen Sie die Farbe unseres Olivenöls?«, fragte ein breitschultriger Mann, der mir gegenübersaß. »Leuchtend grün. Das Grün des Frühlings. Das ist die Farbe des toskanischen Olivenöls. Des besten. Natürlich muss es von den Oliven meiner Bäume kommen.«

»Deiner Bäume?«, wiederholte einer der Männer am anderen Ende des Tisches. »Du hast die meisten Bäume an Cosimo verkauft. Jetzt kommt es von den Oliven seiner Bäume.«

»Das ist nicht wahr. Die besten Bäume habe ich für mich behalten.«

»Ich habe gehört, dass er dir ein Angebot gemacht hat, das zu gut war, um es abzulehnen. Oder er hatte etwas gegen dich in der Hand.«

»Das stimmt nicht. Du lügst!«

Die Stimmen wurden wieder lauter und ich dachte, sie würden gleich mit den Fäusten aufeinander losgehen. Doch dann sagte ein älterer Mann: »Die Signorina wird noch denken, sie sei unter wilde Tiere geraten. Benehmt euch! Essen Sie, Signorina. Essen Sie. Trinken Sie. Genießen Sie es.«

Sie sahen mir zu, wie ich das Brot in das Öl tauchte und es dann mit einem Ausdruck der Genugtuung aß.

»Gut, oder?«, fragten sie. »Aus den besten Oliven der Gegend!«

»Und es könnte sogar noch besser sein«, sagte der junge Rassige und hatte einen Ausdruck im Gesicht, den ich nicht ganz zu deuten wusste.

Einer der Männer legte einen Finger an die Lippen. »Rede lieber nicht darüber, Gianni, vor allem nicht, wenn uns jemand zuhören könnte. Behalt das für dich, sonst wird es dir noch leidtun.«

Der alte Mann mit dem weißen Haarschopf übernahm das Gespräch. »Sagen Sie uns, Signorina, Ihr Vater, der britische Pilot, lebt er noch? Hat er Sie hergeschickt, um Sofia Bartoli zu finden?«

»Nein, Signor«, sagte ich. »Er ist vor einem Monat gestorben. Ich bin hierher aufgebrochen, nachdem ich ihren Namen in seinen Habseligkeiten entdeckt habe. Er hat sie niemals gegenüber mir oder meiner Mutter erwähnt, deshalb war ich neugierig. Langsam habe ich aber das Gefühl, dass es falsch war, in der Vergangenheit zu wühlen. Mein Vater wäre erschrocken über ihr Verhalten gewesen. Aber zumindest habe ich mal diese schöne Gegend gesehen, und allein dafür hat sich die Reise gelohnt.«

»Fahren Sie jetzt zurück nach England?«, fragte der ältere Mann.

»Vielleicht bleibe ich noch ein paar Tage. Ich fühle mich sehr wohl in dem kleinen Zimmer in Signora Rossinis Haus. Ich werde Spaziergänge machen und Ihre schöne Landschaft genießen.«

Das wurde von allen wohlwollend aufgenommen. »Sie müssen mir erlauben, Ihnen meine Schafe zu zeigen«, sagte der Rassige. »Ich halte sie oben auf dem Berg, wo das Gras am besten ist. Und ich mache dort oben meinen Pecorino-Käse. Ich werde Ihnen auch zeigen, wie ich den Käse mache.«

»Bei dem da sollten Sie aufpassen, Signorina«, sagte der Ältere. »Er hat einen gewissen Ruf bei den Damen. Man kann ihm nicht weiter trauen, als man ihn werfen kann.«

»Wem, mir?«, fragte der Mann, den sie vorher Gianni genannt hatten, und legte die Hand an sein Herz. »Ich zeige reine Gastfreundschaft gegenüber einer jungen Fremden. Ich bin ein braver verheirateter Mann.«

»Verheiratet ja, brav nein«, kommentierte einer am anderen Ende und die anderen lachten laut.

Gianni schaute verlegen. »Wir sollten der jungen Dame etwas zu essen organisieren. Brot und Oliven sind nicht genug. Bestellen wir Bruschetta.«

»Oh nein, das ist nicht nötig.« Ich hob abwehrend die Hand. »Ich gehe gleich zurück und esse bei Signora Rossini.«

»Sie wird noch lange kein Essen servieren«, sagte Gianni. »Erst wenn die Sonne untergegangen ist. Da werden Sie vorher vor Hunger umfallen.« Er stand auf und trat in die Dunkelheit der Trattoria. Dann kehrte er zurück und wirkte zufrieden. »Sie bringen uns ein Tablett. Man isst sehr gut hier, Sie werden sehen.«

Ich hatte keine Ahnung, was Bruschetta war. Meine Kenntnis von italienischem Essen beschränkte sich auf Spaghetti Bolognese oder Ravioli aus der Dose. Bald darauf wurde von einem dünnen jungen Mann mit Schürze eine Platte zu unserem Tisch getragen. Darauf befanden sich dicke Scheiben Weißbrot mit verschiedenen Belägen. Gianni sah mich neugierig an und sagte leise etwas zu einem der Männer. Dieser antwortete. Sie tauschten ein Lächeln. Eine Übersetzung wurde mir nicht geboten.

»Dann probieren Sie jetzt die Bruschetta«, sagte der vornehme ältere Mann. »Jede ist mit anderen Dingen belegt, die wir in dieser Gegend mögen. Das eine hat Hühnerleber mit Anchovis, das hier Tapenade und dies Fenchelscheiben mit Ziegenkäse. Essen Sie nur. Sie sind alle gut.«

Mir war nur zu bewusst, dass mich später bei Paola noch eine üppige Mahlzeit erwarten würde, doch ich konnte schwerlich ablehnen. Sie bestanden darauf, dass ich jede Geschmacksrichtung kostete, wobei sie erwartungsvoll auf mein Gesicht blickten, sodass ich nach jedem Bissen breit lächeln und befriedigt nicken musste. Das war nicht schwer, da jedes Stück köstlich schmeckte. Ich war mit einfacher englischer Küche aufgewachsen – Rindfleisch-Nieren-Pastete, Shepherd's

Pie, Fish and Chips, Lammkoteletts –, und dann als Studentin waren meine gewagten Experimente in kulinarischer Hinsicht durch mein Budget begrenzt gewesen und beinhalteten chinesisches und indisches Essen – oder vielmehr die englischen Versionen der beiden Küchen. Deshalb war ich nicht vertraut mit Knoblauch oder Basilikum oder irgendeinem der anderen Aromen, die ich jetzt erlebte. Schließlich, voll mit Essen und Wein, konnte ich anbringen, dass Paola auf mich warten würde und es sehr unhöflich wäre, wenn ich zu spät zum Essen käme.

Gianni, der vorgeschlagen hatte, mir seine Schaffarm zu zeigen und auf die Bruschetta bestanden hatte, stand sofort auf. »Ich begleite Sie«, sagte er.

»Oh nein, danke. Es ist ja nicht weit und ich kenne den Weg, und es ist noch immer nicht sehr dunkel«, sagte ich, wobei ich nach dem vielen Wein Schwierigkeiten hatte, meine Worte zu finden.

»Das ist gar kein Problem«, sagte Gianni. »Ich muss ebenfalls durch den Tunnel nach Hause. Kommen Sie.«

Er legte die Hand an meinen Ellbogen und half mir auf die Beine. Mir gefiel die Vorstellung nicht gerade, zusammen mit ihm durch den langen und dunklen Tunnel zu gehen, auch wenn ich nicht dachte, dass er irgendwas in Hörweite der Männer am Tisch versuchen würde. Zum Glück wurde mir die Entscheidung abgenommen, bevor mir noch eine Idee einfiel, um sein Angebot abzulehnen.

»Lass nur, Gianni«, sagte eine Stimme am Ende des Tisches. Ich blickte hinüber zu einem großen Mann in einem abgetragenen Unterhemd. »Ich muss an Paolas Haus vorbei und es ist ohnehin langsam an der Zeit, dass ich nach Hause gehe, wenn ich keine spitzen Kommentare von meiner Frau bekommen will. Kommen Sie, Signorina, bei mir sind Sie sicher. Ich habe zehn Kinder und stehe unter der Fuchtel meiner Frau.«

Am Tisch gab es gutmütiges Gelächter, doch der Weißhaarige sagte: »Ja, Signorina, bei Alberto haben Sie nichts zu befürchten.«

Ich dankte ihnen übermäßig für ihre Gastfreundschaft und vergaß auch nicht, noch einmal die Qualität ihres Olivenöls zu loben. Das wurde mit breitem Lächeln honoriert. So hatte ich wenigstens eine Sache richtig gemacht.

»Dann bis morgen, Signorina.« Gianni blieb immer noch neben mir. »Wann immer Sie meine Schafe und meine Käseherstellung sehen wollen, kommen Sie und besuchen Sie mich, einverstanden? Ich kann Ihnen viele interessante Dinge erzählen, auch über den Krieg.«

»Was weißt du denn vom Krieg?«, blaffte einer von ihnen. »Du warst nur ein Kind. Wir waren weg und haben gekämpft. Wir können ihr erzählen, wie der Krieg wirklich war.«

»Ich war ein Kind, das stimmt, doch ich habe Besorgungen gemacht. Ich habe Nachrichten zu den Partisanen gebracht. Ich habe vieles gesehen«, sagte Gianni. »Das würde Sie auch interessieren, glaube ich, Signorina.«

»Du und deine wilden Geschichten.« Alberto schob ihn beiseite und nahm meinen Arm, um mich von der Gruppe wegzuführen.

»Dieser Gianni, der schwingt doch nur große Reden«, sagte Alberto zu mir. »Sie müssen alles, was er erzählt, mit Vorsicht genießen, Signorina. Im Krieg hat er Nachrichten überbracht, doch sie waren eher für die Schwarzmarkthändler als für die Partisanen. Kein Partisan hätte ihm eine wichtige Nachricht anvertraut. Er hätte darüber mit den falschen Leuten geplappert und es den Deutschen verraten, wenn sie ihn befragt hätten.«

Dann gingen wir schweigend über die Piazza und durch den Tunnel. Ich nahm an, dass er jetzt mundfaul war und sich womöglich schon überlegte, was seine zänkische Frau darüber sagen würde, dass er mit einer jungen Touristin unterwegs war.

Auf der anderen Seite des Tunnels traten wir hinaus in das letzte rosafarbene Zwielicht. Fledermäuse flatterten und schossen stumm über unseren Weg und fingen die Mücken, die jetzt um uns herumsummten. Wir erreichten den Weg zu Paolas Eingangstür.

»Da wären wir, Signorina«, sagte Alberto. »Ich wünsche Ihnen guten Appetit für Ihr Abendessen und einen angenehmen Schlaf.« Er machte eine wunderlich altmodische Verbeugung und ging dann weiter den Pfad entlang, der ins Tal führte.

SECHZEHN

HUGO

Dezember 1944

Mitten in der Nacht wachte Hugo zähneklappernd auf. Er zitterte und bebte am ganzen Körper. Er setzte sich auf und suchte tastend nach Guidos Hemd, das er in den Fallschirmbeutel unter seinem Kopf gestopft hatte. Er brauchte eine Weile, um es aus dem Beutel zu bekommen, seine Bomberjacke auszuziehen und dann das Hemd überzustreifen. Es roch nach feuchtem Schaf, war aber angenehm trocken. Als er die Jacke wieder übergezogen hatte, konnte er sein Zittern nicht mehr kontrollieren. Er versuchte, sich zu einer Kugel zusammenzukauern, was mit dem geschienten Bein nicht ging.

Schließlich hörte das Zittern auf und er lag erschöpft und schweißgebadet da. Nur mit Mühe schaffte er es, sich nicht die Lederjacke vom Leib zu reißen. Er fiel in düstere Träume. Darin flog er und war umgeben von Mücken, die ihn stechen wollten. Dann verwandelten sich die Mücken in deutsche Flugzeuge, winzige bösartige Flugzeuge, die ihm um den Kopf schwirrten, während er ziellos nach ihnen schlug.

»Geht weg!«, rief er in die Dunkelheit. »Lasst mich in Ruhe.«

Dann verwandelten sich die Flugzeuge in verschwommene, fliegende Geschöpfe und ließen ihn allein, schwirrten über einen roten Himmel, wo Sofia durch die Olivenhaine ging. Und sie stürzten auf sie herab, griffen nach ihrem Tuch und ihrem Kleid, versuchten sie hochzuheben.

»Nein! Nicht Sofia!« Er schrie jetzt, mühte sich aufzustehen und zu ihr zu laufen. Doch seine Beine hatten sich in Gummi verwandelt und gaben unter ihm nach. Er sah hilflos zu, wie sie hochgehoben und von den Geschöpfen in die Dunkelheit getragen wurde.

»Sofia!«, schrie er verzweifelt. »Geh nicht weg. Lass mich nicht allein.«

»*Sono qui.* Ich bin hier«, sagte eine leise Stimme neben ihm. Jemand strich ihm über das Haar.

Er hatte Schwierigkeiten, die Augen zu öffnen. Es war Tag und eine schummrige Sonne spähte über die gezackte Kante der Kapellenmauer. Sein Kopf pochte noch immer und er konnte nur mit Mühe den Blick fokussieren, doch langsam erkannte er Sofias niedliches kleines Elfengesicht, das besorgt auf ihn herabblickte.

»Du hast geschrien«, sagte sie.

»Habe ich? Ich glaube, ich habe geträumt.«

Sie kniete neben ihm. »Und deine Stirn ist ganz heiß. Du hast starkes Fieber. Ich habe Angst, dass sich deine Wunde entzündet hat. Lass mich sehen.«

Er war zu schwach, um sie davon abzuhalten, seinen Gürtel zu öffnen und ihm die Hose nach unten zu ziehen.

»Deine Kleidung ist ganz nass geschwitzt«, sagte sie und schüttelte den Kopf. Vorsichtig löste sie seinen improvisierten Verband, dann schüttelte sie den Kopf noch mehr. »Du brauchst einen Arzt. Das sieht übel aus.« Sie starrte auf sein Bein und kaute wie ein nervöses Kind auf der Lippe, während sie nach einer Entscheidung suchte.

»Ich glaube, Dr. Martini ist ein guter Mann ... Er war auch gut zu Renzo, als der die Masern bekam.«

»Kein Doktor«, sagte Hugo. »Das ist ein Risiko, das wir nicht eingehen sollten. Auch wenn von ihm keine Gefahr ausginge, so könnte man ihn doch sehen, wenn er herkommt.«

»Das stimmt.« Sie nickte. »Aber wenn wir jetzt keinen Arzt holen, könntest du sterben!«

»Dann sei es so«, sagte er. »Ich würde lieber sterben, als dein Leben noch mehr in Gefahr zu bringen.«

Sie nahm seine Hand. »Du bist ein tapferer Mann, Ugo. Ich hoffe, deine Frau weiß zu schätzen, was du für ein guter und lieber Mann bist.«

Trotz seines Fiebers musste er lächeln. Er glaubte nicht, dass Brenda ihn jemals als tapfer, gut oder liebenswürdig bezeichnet hätte. Doch zu Hause war er auch ein anderer Mensch gewesen: arrogant und selbstsüchtig und hatte Gutsherr gespielt.

»Ich werde mein Bestes für dich versuchen«, sagte sie. »Lass uns sehen, ob man damit die Wunde desinfizieren kann.« Sie nahm die kleine Flasche Grappa. »Gut. Du hast nicht alles ausgetrunken.«

Sie riss einen Streifen von dem alten Laken, dann tränkte sie es in dem Grappa. Er schrie vor Schmerz, als sie die Wunde auswusch, dann schämte er sich dafür und biss sich auf die Lippen, damit er nicht wieder schrie.

»So, es scheint sauber zu sein. Natürlich weiß ich nicht, wie es drinnen aussieht oder ob die Kugel irgendwelche Blutgefäße beschädigt hat. Wir können nur hoffen.«

Er sah zu, wie sie ein Polster aus sauberem Leinen machte und es dann an sein Bein legte.

»Du hast kein Morphium mehr?«, fragte sie.

»Ich fürchte nein. Ich hatte nur die eine Spritze und die habe ich schon benutzt.«

»Keine anderen Medikamente?«

Er durchsuchte den Verbandskasten. Darin waren ein paar kleine Pflaster, groß genug für einen Schnitt am Finger, und ein Streifen mit Aspirin.

»Die hier habe ich.«

»Aspirin. Sie helfen dabei, das Fieber zu senken. Das ist gut. Aber du solltest nicht zu sehr auskühlen.« Sie griff hoch in seine Jacke. »Dein Hemd ist auch ziemlich feucht, behalte es aber trotzdem lieber an. Lass uns schnell deine Hose hochziehen und dann wickle ich dich in deine Decke und den Fallschirm.«

Sie zog die Hose behutsam über die Wunde, dann über seine Hüfte, alles auf nüchterne, fast geschäftsmäßige Weise. Danach ging sie und holte Wasser, hielt dann seinen Kopf, als er es schlürfte und vier Aspirin schluckte.

»Und ich habe dir noch von der Bohnensuppe mitgebracht«, sagte sie. »Du brauchst Nahrung. Kannst du ein wenig essen?«

Sie nahm die Abdeckung von der Schüssel und hielt ihn gegen sich gelehnt, während sie ihn fütterte. Er versuchte ein paar Löffel, dann fiel er erschöpft gegen sie zurück.

»Du musst essen. Du musst stark bleiben«, sagte sie.

»Ich kann nicht. Es tut mir leid.«

Da stand sie auf und ließ ihn vorsichtig auf das Kissen zurück. »Ich gehe wieder ins Dorf und sehe nach, was sie für Medizin in der Apotheke haben, die ich bekommen kann, ohne Verdacht zu erregen. Alkohol für deine Wunde, das wird kein Problem sein. Ich habe den ganzen Grappa benutzt. Ich glaube nicht, dass sie mir ohne Rezept ein entzündungshemmendes Mittel geben werden, doch ich kann es versuchen. Ich werde ihnen sagen, dass Renzo eine Halsentzündung hat. Es stimmt sogar, doch nur von einer Erkältung. Nichts Ernstes. Dann komme ich heute Abend zurück.«

»Du bist so gut zu mir«, sagte er. »Wenn dieser dumme Krieg endlich vorbei ist und ich nach Hause komme, dann will ich mich revanchieren. Ich werde deinen Sohn auf eine gute Schule schicken. Dir mehr Ziegen kaufen. Was auch immer du willst.«

»Lass uns nicht über die Zukunft reden«, sagte sie und lächelte traurig. »Wer weiß, was sie uns bringt. Wir sind alle in der Hand Gottes und der Heiligen.«

Dann wickelte sie ihn ein, als wäre er ein Baby, zog den Fallschirm eng um ihn. »Ruh dich jetzt aus.« Sie stand auf. »Siehst du. Ich habe dir Wasser zum Trinken dagelassen, dazu die restliche Suppe, wenn du etwas essen kannst. Du solltest es versuchen.« Sie drohte ihm scherzhaft mit dem Finger und brachte ihn zum Schmunzeln.

»Sehr gut. Ich versuche es.«

Als sie davonging, fragte er sich, ob er sie wohl zum letzten Mal sah.

SIEBZEHN

JOANNA

Juni 1973

Es war offensichtlich, dass Paola auf mich gewartet hatte. Sie wirkte erleichtert, als sie die Haustür öffnete. »Oh, Signorina Langley, *mia cara.* Da sind Sie ja. Ich habe mir schon Sorgen gemacht, dass Ihnen womöglich etwas passiert ist. Zu Angelina meinte ich, dass Sie doch besser nicht so allein draußen im Dunkeln unterwegs sein sollen. Wo waren Sie denn?«

»Es tut mir leid, Signora«, sagte ich. »Ich habe mit den Männern auf der Piazza gesprochen, und sie haben darauf bestanden, dass ich mit ihnen ein Glas Wein trinke. Dann haben sie Bruschetta bestellt und es wäre unhöflich gewesen, das abzulehnen. Ich habe ihnen immer wieder gesagt, dass ich bei Ihnen zu Abend esse, doch sie meinten, dass Sie erst später abends essen würden.«

Paola lachte. »Das ist doch kein Problem, meine Kleine. Ich war nur wegen Ihrer Sicherheit besorgt. Ich glaube zwar nicht, dass Sie in diesem Dorf in Gefahr geraten können, doch die Gassen sind dunkel und man kann leicht stolpern und sich verletzen. Jetzt kommen Sie und setzen sich. Das Abendessen steht schon bereit.«

Ich folgte ihr den Flur entlang und wurde in den Speiseraum geführt, wo der Tisch elegant gedeckt und mit Kerzen erleuchtet war. Angelina saß bereits dort, das Baby schlief in seiner Wiege zu ihren Füßen.

»Siehst du, Mamma, ich habe dir ja gesagt, dass ihr nichts geschieht«, sagte Angelina. »Sie ist ein Mädchen aus London, aus einer großen Stadt. Sie weiß, wie man auf sich achtgibt und Gefahr vermeidet.«

Ich lachte. »Ich musste allerdings ablehnen, als ein Mann namens Gianni anbot, mich nach Hause zu bringen«, sagte ich. »Ich fand, er war ein wenig zu freundlich.«

Paola zuckte mit den Schultern. »Er redet aber nur. Er ist keine echte Gefahr, zumindest nicht für die Damen. Wenn du darauf angesprungen wärst, dann wäre er davongelaufen.«

Angelina lachte ebenfalls. »Bei seinen Geschäften, na ja, da spielt er manchmal schon ganz gern mit dem Feuer«, sagte sie.

»Das wissen wir nicht«, sagte Paola. »Es sind nur Gerüchte.«

»Das erzählt man sich aber im Dorf«, erwiderte Angelina. »Sie sagen, dass er den sogenannten *Mafiosi* nicht abgeneigt ist. Sie sagen, er verkauft gestohlene Waren. Und dann ist da noch die Olivenpresse …«

»Die Olivenpresse?«, fragte ich.

Angelina nickte. »Die einzige Olivenpresse für die ganze Gemeinde gehört Cosimo. Haben Sie Cosimo getroffen?«

»Das habe ich. Er wirkt ziemlich …« Mir fehlte das italienische Wort für »beeindruckend«.

»Er ist mächtig«, sagte Paola. »Reich und mächtig. Ein gefährlicher Mann, wenn man sich mit ihm anlegt. Ihm gehört die einzige Olivenpresse und er lässt diejenigen, die er mag oder denen er einen Gefallen schuldet, zu den besten Zeiten an die Presse. Wenn er dich nicht mag – wenn du dich weigerst, ihm deine Bäume zu verkaufen, so wie ich –, dann merkst du auf einmal, dass deine Zeit zum Olivenpressen morgens um zwei Uhr ist.«

»Läuft die Presse denn Tag und Nacht?«

»Das tut sie. In der Pflücksaison ist es besser, wenn die Oliven sofort gepresst werden. Also will jeder an Cosimos Presse.«

»Aber was hat Gianni getan, das Cosimo verärgert haben könnte?«, fragte ich.

»Er hat noch immer Olivenbäume, drüben hinter dem alten Kloster. Und Cosimo hat ihn noch nie gemocht, deshalb gibt er Gianni immer die schlechtesten Zeiten. Manchmal lässt er ihn tagelang warten. Also hat Gianni versucht, sich mit ein paar einheimischen Bauern zusammenzutun, um eine Genossenschaft zu gründen und eine eigene Olivenpresse zu bauen. Ich weiß nicht, wie weit er mit dieser Idee gekommen ist, doch natürlich wäre Cosimo wütend, wenn jemand etwas gegen ihn unternehmen würde.«

»Gianni ist ein Dummkopf«, sagte Angelina. »Er tönt gern laut. Doch wenn es zu einer Auseinandersetzung mit Cosimo käme, dann würde er mit eingezogenem Schwanz davonlaufen.«

Während wir uns unterhielten, brachte Paola das Essen und stellte es vor uns. »Spargel aus dem Garten«, sagte sie. »Es ist Spargelzeit. Das ist so eine kurze Zeit, dass wir das Beste draus machen und bei fast jeder Mahlzeit Spargel essen.«

Sie stellte einen Teller mit weißen Stängeln vor mich, dann goss sie etwas Olivenöl darüber und rieb darauf Parmesan von einem großen Stück. Ich hatte schon Spargel gegessen – sicherlich nicht häufig, da es eine Delikatesse in England war –, doch er hatte nicht so wie dieser geschmeckt. Jeder Bissen war himmlisch, die Schärfe des Käses kontrastierte mit der Süße des Gemüses.

Nachdem wir den Gang beendet hatten, räumte Angelina die Teller ab und kehrte mit einer großen Terrine zurück. Als

Paola den Deckel abnahm, erfüllte der würzige Geruch den Raum. Sie servierte mir eine große Portion, viel größer, als von mir gewollt, ich ließ sie aber gewähren. »Da wären sie – die heute Nachmittag von uns gemachten Pici mit dem Kaninchenragout. Guten Appetit.«

Und es schmeckte. Irgendwie fand ich doch noch Platz in meinem Magen, um den ganzen Teller zu leeren. Es war gerade so viel von dem Kaninchen in der Soße, um sie zu würzen, doch es waren vor allem die Kräuter und die Tomaten, die es so köstlich machten. Ich beschloss, mehr von Paola über diese Gewürze in Erfahrung zu bringen, bevor ich abfuhr, und wenn ich jemals einen Garten hätte, dann würde ich sie selbst anbauen.

Nachdem der Hauptgang beendet war, wurden Biscotti auf den Tisch gestellt, dazu kleine Gläser mit einer dicken bernsteinfarbenen Flüssigkeit. »Das ist der Vin Santo, von dem ich erzählt habe«, sagte Paola. »Der heilige Wein.«

Ich sah sie überrascht an. »Ist das echter geweihter Wein aus der Kirche?«

Sie lachte. »So nennen wir ihn. Nein, er kommt jetzt nicht aus der Kirche. Es gibt viele Geschichten über den Namen. Manche sagen, es war die Weinsorte aus getrockneten Trauben, die für die Messe genommen wurde. Doch andere meinen, es gab einen heiligen Mönch, der den übrigen Wein von der Eucharistie genutzt hatte, um herumzugehen und damit die Kranken zu heilen. Heutzutage schmeckt er einfach gut zum Nachtisch. So isst du die Biscotti. Du tauchst sie ein und isst sie dann.«

Angelina stand auf. »Ich gehe schlafen, Mamma. Ich bin müde. Die Kleine hat mich die ganze Nacht wachgehalten. Bete für mich, dass sie jetzt eine Weile schläft.«

Paola umarmte sie und küsste sie auf beide Wangen. Angelina schüttelte mir die Hand und lächelte scheu. »Morgen müssen Sie mir vom Leben in London erzählen«, sagte sie,

»über die Mode und die Musik und die Filmstars. Ich will alles wissen.«

»Einverstanden.« Ich erwiderte ihr Lächeln.

Sie nahm die kleine Wiege und trug sie aus dem Zimmer. Nachdem sie gegangen war, beugte sich Paola etwas näher zu mir. »Es ist gut, sie wieder so lebhaft zu sehen«, sagte sie. »Für eine Weile hatte sie nach der Geburt überhaupt kein Interesse an irgendwas. Sie war sehr krank, wissen Sie? Sie mussten das Baby früher holen, sonst wäre sie gestorben. Ich dachte schon, ich würde sie verlieren, mein einziges Kind. Doch jetzt ist sie dank Gott und der Heiligen Jungfrau auf dem Weg der Genesung.«

Sie legte mir eine Hand auf die Schulter. »Sie haben Ihre arme Mamma verloren, deshalb wissen Sie, wie es ist, wenn man jemanden verliert, den man liebt. Nach meinem lieben Mann hätte ich das nicht auch noch ertragen können. Es ist das Schlimmste auf der Welt für eine Mutter, ihr Kind zu verlieren.«

Ich spürte, wie mir die Tränen kamen, und versuchte, ein Schluchzen zu verdrängen. Der Wein hatte meinen Schutzpanzer durchlässig gemacht. Ich wollte es ihr erzählen. Ich wollte es rauslassen und mich von ihr umarmen lassen, während sie mir sagte, dass sie mich verstand. Doch ich hielt mich im letzten Augenblick zurück. Ich konnte selbst dieser warmherzigen Frau nicht erzählen, wie es sich anfühlte, dass ich mein Baby verloren hatte.

»Gucken Sie nicht so traurig«, sagte sie und berührte meine Wange. »Alles in Ordnung. Wir wurden geprüft und haben überlebt, und das Leben wird wieder gut sein.«

Mit diesen tröstenden Worten wünschte ich ihr eine angenehme Nacht und ging ins Bett.

Erst als ich mich im Bett zusammengerollt hatte und die kühle Berührung der weichen Laken an meiner Wange spürte, ließ ich den Tränen freien Lauf. Ich hatte sie vielleicht bis jetzt zurückgehalten, doch nun konnte ich nicht mehr. Ich durchlebte jeden Augenblick noch einmal aufs Neue. Ich erinnerte mich an meine Überraschung, als mir der Arzt mitgeteilt hatte, dass ich schwanger sei. Wie sich meine anfängliche Furcht in Zuversicht verwandelte. Die Schwangerschaft war nicht geplant gewesen und kam schneller als erhofft, doch Adrian würde das Richtige tun und mich heiraten. Ich würde einfach mein Referendariat bei dem Anwalt pausieren, das wäre alles. Doch das war nicht geschehen. Adrian war zunächst erschrocken, dann verärgert.

»Bist du dir sicher? Das hätte zu keiner schlechteren Zeit kommen können, oder? Wir stehen beide so kurz vor unserem Jura-Examen. Das ist sicherlich keine gute Position, um eine Familie zu gründen.« Er machte eine Pause und ein düsterer Ausdruck verzerrte sein makellos hübsches Gesicht. Dann entspannte er sich und lächelte mich an. »Mach dir keine Sorgen«, sagte er. »Alles wird gut. Ich kenne jemanden, der sich darum kümmert.«

Ich brauchte eine Weile, um zu begreifen, dass er eine Abtreibung wollte. Schreck, Entsetzen, Abscheu.

»Eine Abtreibung? Ist es das, was du da vorschlägst?«

Adrian blieb ganz ruhig. »Er ist ein guter Kerl. Weiß genau, was er macht.«

»Adrian, das ist unser Baby. Wie kannst du nur so denken?«

»Ach, komm schon, Joanna. Das sind die Siebzigerjahre. Frauen treiben ständig ab. Das ist keine große Sache mehr.«

»Für das Baby ist es das«, sagte ich. »Und das wäre es auch für mich. Mein Vater würde es mir niemals verzeihen, wenn er es herausfände.«

»Dein Vater war auch nicht gerade der hilfreichste Mensch im Universum, oder?«, fragte Adrian. »Und er ist hoffnungslos altmodisch. Er kann ja nicht einmal akzeptieren, dass wir zusammenleben, verdammt.«

»Na gut«, sagte ich und holte tief Luft, »ich könnte mir das selbst nie verzeihen. So, da hast du es. Ich habe es gesagt. Und wenn ich dir so unwichtig bin …«

»Natürlich bist du mir wichtig«, sagte Adrian. »Es ist nur so, dass ich nicht dafür bereit bin, zwei Leben für ein Baby zu ruinieren, das keiner von uns will.« Dann legte er mir eine Hand an die Schulter. »Du stehst noch unter Schock. Denke darüber nach und ich bin mir sicher, du wirst auch merken, dass es so am besten ist.«

Ich dachte darüber nach. Ich sagte mir, dass es in Wahrheit keine andere Lösung gab. Adrian würde mich weiter bedrängen, wenn ich bei ihm bleiben würde. Er würde sicherlich seine Wohnung nicht mit einem ungewollten Baby teilen, das seinen kostbaren Ruf ruinieren könnte. Und wenn ich auszog? Ich hatte keine Garantie dafür, dass mein Vater mich aufnehmen würde, und abgesehen von ihm hatte ich niemanden. Ich glaube, der größte Schock bestand darin zu erkennen, dass Adrian – mein Adrian –, den ich als Seelengefährten angesehen hatte, als meinen Geliebten, meinen besten Freund, nichts von all dem war. Er war jemand, auf den ich mich nicht länger verlassen konnte. Ich sagte mir, dass er recht hatte. Wir waren nicht in der Position, um eine Familie zu gründen. Zu diesem Zeitpunkt war es nur ein Stück Gewebe, noch kein Baby. Doch ich konnte es einfach nicht tun.

Seltsam genug war es der liberale Freigeist Scarlet, der auf meiner Seite stand. »Mach es nicht, wenn es sich für dich falsch anfühlt«, sagte sie. »Und bleib nicht bei diesem Widerling Adrian, wenn er dich so behandelt. Du hast mich. Ich helfe dir, darüber hinwegzukommen. Und ich wette, dein Dad wird es auch tun, wenn er die Neuigkeit erst mal hat sacken lassen. Geh zu ihm und sag es ihm. Er wird sich erst aufregen, dann aber damit klarkommen.«

»Ich bin mir da nicht so sicher«, sagte ich. »Du weißt, was er für einen Ärger gemacht hat, als ich mit Adrian zusammengezogen bin.«

»Es geht hier um dich, seine einzige Tochter, die in Schwierigkeiten steckt. Ich wette, dass er dich nicht hängen lässt. Er wird sich um dich kümmern wollen.«

Darüber zerbrach ich mir den Kopf. Selbst wenn mein Vater mir vergab, könnte ich niemals mit ihm leben. Ich stellte mir die entsetzten Blicke von Miss Honeywell vor und das Kichern der Schulmädchen. Es schien keinen anderen Ausweg zu geben. Fast hätte ich nachgegeben und Adrian gesagt, dass er recht hatte. Doch das konnte ich nicht.

Ich irrte ziellos durch London und haderte mit mir, ob ich nach Surrey fahren und meinen Vater besuchen sollte, ich versuchte, irgendeine Lösung zu finden … Und ich bemerkte das Taxi nicht, das um die Ecke gerast kam, als ich die King's Road in Chelsea überqueren wollte. Ich erinnerte mich an das Gefühl von Fliegen und dann, wie ich auf dem Asphalt lag und Gesichter auf mich heruntersahen und ein freundlicher Mann mich mit seiner Jacke bedeckte, und dann kam ein Krankenwagen. Danach für ein paar Tage nicht viel mehr. Scarlet kam zu Besuch ins Krankenhaus. Sie fragte, ob sie meinen Vater anrufen sollte, doch das wollte ich nicht. Ich fühlte mich zu schwach, um mich ihm zu stellen. Erst ein paar Tage später erfuhr ich, dass ich neben meinen Verletzungen – gebrochene Rippen, gebrochenes Schlüsselbein, eine ernsthafte Gehirnerschütterung – auch eine Fehlgeburt erlitten und das Baby verloren hatte. Ich hätte erleichtert reagieren sollen, doch stattdessen weinte ich.

Adrian kam auch, um mich zu besuchen, und saß an meiner Bettkante, hielt unbeholfen meine Hand und murmelte Höflichkeiten, dass es nur zum Besten sei, oder etwa nicht?, und dass ich im Nullkommanichts wieder auf den Beinen sei. Tatsächlich dauerte es eine ganze Weile, bis ich wieder gesund war. Ich hatte Schwindelanfälle. Schreckliche Kopfschmerzen. Das Atmen tat mir weh. Adrian kam zunächst täglich, dann wurden seine Besuche seltener. Als ich aus dem Krankenhaus entlassen werden sollte, kam er und setzte sich an meine Bettkante, um mir zu erklären, dass er es besser fände, wenn ich nach Hause zu meinem Vater gehen würde, um mich auszukurieren. Da war etwas, was er mir schon seit einiger Zeit sagen wollte, doch er hatte damit gewartet, bis ich wieder kräftig genug war. Er hatte sich in jemand anderes verliebt. Er würde heiraten – die Tochter des Seniorpartners seiner Anwaltskanzlei.

Und das war es dann. Ich nahm meine Sachen und flüchtete an den einzigen sicheren Ort, der mir einfiel: Scarlets Wohnung. Sie empfing mich mit offenen Armen, die Gute. Sie ließ mich auf dem Sofa schlafen und genesen. Doch ich war noch immer zu angeschlagen, um wieder zu arbeiten. Meine Arbeitgeber waren zunächst verständnisvoll angesichts des Unfalls. Schließlich machten sie mir aber klar, dass sie nicht ewig warten würden.

Die körperlichen Wunden waren verheilt, doch ich spürte noch immer eine große Leere in mir. Es fühlte sich an, als wäre ich nur noch ein Schatten meines alten Selbst, wie eine leere Person ohne klares Ziel und viel Hoffnung. Ich wünschte mir meine Mutter zurück. Mein Vater hatte mich nie richtig trauern lassen, als sie starb. Wir mussten das Beste aus der Situation machen und uns zusammennehmen, um unsere Familienehre zu wahren. Das war mir damals gesagt worden, sodass ich erst jetzt um sie trauerte. In dem Moment wünschte ich mir die Liebe und den Trost von jemandem wie Paola.

Schließlich weinte ich mich in den Schlaf. Am nächsten Morgen wachte ich zu den Geräuschen des Landlebens auf: Ein Hahn krähte und es ertönte ein Morgenchor an Vogelstimmen. Das Sonnenlicht strahlte durch die Lamellen der Fensterläden. Ich stand auf und fühlte mich seltsam energiegeladen und erholt, blickte in den Badezimmerspiegel und war entsetzt angesichts des aufgedunsenen, verzerrten Gesichts, das mir entgegenstarrte. Ich musste unbedingt duschen, bevor ich Paola unter die Augen trat.

Ich zog an dem Duschgriff. Ein kleines Wasserrinnsal kam heraus und versiegte. Ich dachte, dass ich den Mechanismus womöglich falsch verstanden hatte, und versuchte, in die andere Richtung zu drehen. Doch was ich auch tat, es kam kein Wasser.

Frustriert zog ich die Kleider vom Vortag an, kämmte mir das Haar, versuchte, mein fleckiges Gesicht zu überpudern, und trat aus der Hütte, um nach dem Brunnen zu sehen. Funktionierte die Pumpe nicht mehr? Der Brunnen war von einem Holzgerüst umgeben, sein Deckel mit einem großen Stein bedeckt. Ich entfernte den Stein und versuchte, den Deckel zu heben. Er war zu schwer für eine Person, zumindest für mich. Ich versuchte es ein paar Mal, gab mich schließlich geschlagen und ging hoch zum Bauernhaus. Ich fragte mich, ob Paola schon so früh auf sei, doch als ich mich der Küche näherte, hörte ich sie singen. Ich sah durch das offene Fenster, dass sie am Tisch Teig knetete. Es war eine schöne und beruhigende Szene. Ich klopfte an die Hintertür, damit sie nicht erschrak, dann trat ich ein. Sie drehte sich zu mir, ein breites, freundliches Lächeln im Gesicht. »Ah, meine Kleine, Sie sind mit der Sonne auf. Haben Sie gut geschlafen?«

Falls sie bemerkt hatte, wie mitgenommen ich aussah, ließ sie es sich nicht anmerken.

»Es tut mir leid, Sie belästigen zu müssen«, sagte ich, »aber ich habe ein Problem mit der Dusche. Da kommt kein Wasser. Ich habe den Hebel in die eine Richtung und in die andere gedreht – nichts. Ich habe nachsehen wollen, ob es am Brunnen liegt, doch ich konnte den Deckel nicht allein anheben.«

Sie wirkte verwundert. »Das ist seltsam. Vielleicht ist da etwas mit der Pumpe im Brunnen nicht in Ordnung, sie hat aber noch funktioniert, als ich es vor ein paar Tagen versucht habe. Kommen Sie, wir sehen es uns noch einmal an.«

Ich folgte ihr durch den Garten zu dem kleinen Holzgerüst hinter meiner Hütte. »Los, wir heben den Deckel gemeinsam hoch«, sagte sie. Ich nahm die eine Seite und sie die andere und wir hoben ihn an.

»Sehen wir mal, was das Problem ist«, sagte sie.

Wir spähten beide hinein. Ich bin mir nicht sicher, wer von uns geschrien hatte. Ich hörte das durchdringende Geräusch und weiß, dass mein Mund offen war. Ein Mann war in den Brunnen geworfen worden.

ACHTZEHN

HUGO

Dezember 1944

Auf wundersame Weise schien das Aspirin Hugos Fieber zu senken. Er fühlte sich wie ein schlaffer Sack, doch dann erinnerte er sich an Sofias ernste Ermahnung und zwang sich dazu, von der Suppe zu essen. Anschließend legte er sich keuchend wieder zurück, die Stirn schweißüberströmt. *Was wird jetzt geschehen?*, sorgte er sich. Wenn nun Wundbrand eingesetzt hatte und man sein Bein amputieren musste? Es war offensichtlich, dass er es niemals an den Deutschen vorbei zu den Alliierten schaffen würde, und Sofia hatte recht – wenn ihn die Deutschen in diesem Zustand erwischen würden, dann wäre er für sie nur eine Belastung und ein Hindernis und sie würden sich sofort seiner entledigen. Er erkannte, dass es nur wenig Hoffnung auf Überleben gab. Er fragte sich, ob er das Richtige tun und versuchen sollte, allein zu jener Straße dort unten zu gelangen und auf sein Schicksal zu warten, anstatt weitere Besuche von Sofia zu riskieren.

Er versuchte aufzustehen und wurde sofort von Schwindel und Übelkeit übermannt. Schnell erkannte er, dass er in diesem Zustand nicht weit kommen würde. Das war der Moment, als er seinen Revolver zog, ihn betrachtete und in seiner Hand drehte. Er konnte sein Leben sofort beenden, was wohl das Beste wäre, ein nobler Ausweg. Er spürte das Gewicht des Revolvers und stellte sich vor, wie er ihn an die Schläfe hielt und abdrückte. Alles vorbei. Doch er zögerte. Nicht aus Angst, sein Leben zu beenden, sondern weil er nicht wollte, dass Sofia seinen zerschossenen Kopf finden würde. Außerdem wollte er nicht gehen, ohne sich von ihr zu verabschieden.

»Wenn das Bein schlimmer wird«, sagte er sich, »wenn es tatsächlich zu Wundbrand kommt, dann mache ich es. Doch ich werde ihr sagen, was ich tun will und warum das die einzige Lösung ist.«

Dann legte er sich zurück und fiel in ruhelosen, fiebrigen Schlaf.

Er war sich nicht sicher, wie viele Tage auf diese Art vergingen. Vage war er sich bewusst, dass sie zurückgekehrt war und seine Wunde mit einer Flüssigkeit gereinigt hatte, die so sehr brannte, dass er laut aufschrie. Er erinnerte sich auch daran, wie sie seinen Kopf gehalten und ihm irgendwelche Medikamente zu schlucken gegeben hatte, wie sie ihm den Schweiß von der Stirn gewischt und versucht hatte, ihm etwas warme Suppe einzuflößen. Doch er erinnerte sich an diese Dinge als Teil unruhiger Träume, wobei er sich nicht sicher war, ob sie tatsächlich geschehen waren.

Deshalb war es für ihn eine Überraschung, als er eines hellen Morgens die Augen öffnete und feststellte, dass er sich angenehm warm fühlte und das Fieber verschwunden war. Als er ganz zu sich gekommen war, merkte er, dass er ein echtes Kissen unter dem Kopf hatte, ein Schaffell über sich und dass etwas an sein Handgelenk gebunden war. Er hob den Arm und sah, dass es ein Amulett war. Ein religiöses Amulett für irgendeinen Heiligen. *Wer auch immer das ist, es hat auf jeden Fall gewirkt,* dachte er.

Er versuchte, sich aus dem Kokon zu ziehen, der um ihn gewickelt war. Doch selbst diese kleine Aufgabe überforderte ihn und er legte sich wieder zurück, bevor er es aufs Neue versuchte. Diesmal war er erfolgreich. Er befreite sich, krabbelte aus seinem Unterschlupf und spürte die Kälte des Steinbodens an seinem Körper. Er versuchte aufzustehen, gab es aber schnell wieder auf, als sich der Raum um ihn drehte und ihm schrecklich übel wurde. Er trank ein wenig Wasser und nahm ein paar Bissen von dem Brot, das auf der Bank neben ihm lag. Als er den Mut aufbrachte, seine Wunde zu untersuchen, machte er sich daran, die Hose auszuziehen, und stellte überrascht fest, dass es nicht seine eigene war. Diese war aus grober schwarzer Wolle. Und er trug auch eine andere Unterhose. Offenbar hatte sie ihm die Kleider gewechselt, während er wie ein Baby geschlafen hatte. Er drehte sein Gesicht zur Wand, seine Wangen brannten, da er sich schrecklich schämte, auch wenn er daran keine Schuld hatte.

Vorsichtig zog er das Hosenbein hinunter, bis er an den Verband kam. Er war nicht länger blutgetränkt, was ein gutes Zeichen war. Und die Wunde verströmte keinen üblen Geruch, was noch besser war. Er wickelte den Verband auf und zog die Vorlage zurück. Es war kein schöner Anblick, da ein Teil des Fleisches abgerissen war, doch es war auch nicht mehr zu schrecklich. Es heilte eindeutig. Er wusch es mit dem restlichen Wasser, dann legte er ein sauberes Polster darauf und wickelte den Verband wieder fest.

Anschließend richtete er sich wieder in seinem Unterschlupf ein und wartete auf Sofia. Er sah auf seine Armbanduhr, doch sie war stehen geblieben. Natürlich, denn er hatte sie tagelang nicht mehr aufgezogen. Von der Position der Schatten an der Wand konnte er erkennen, dass es noch früh am Morgen war.

In der Ferne hörte er eine Kirchenglocke läuten, fast unmittelbar darauf eine andere, die näher war. Diesmal war es mehr als nur eine Zeitanzeige. Die Glocken läuteten immer weiter, bis die Luft fast vibrierte. *Sonntag,* dachte er, *es muss Sonntag sein,* und er fühlte sich getröstet, dass ringsumher die Menschen zum Beten in die Kirche gingen. Er selbst war nie sehr für Gott gewesen. Mitglieder der britischen Aristokratie gingen als Zeichen der Solidarität mit den niederen Klassen in die Kirche, doch sie glaubten nicht richtig. Zumindest sein Vater tat es nicht. Er hatte einmal zu Hugo gesagt: »Wenn du im Schützengraben warst und gesehen hast, wie Menschen in die Luft flogen oder im Schlamm erstickten, dann kannst du nicht mehr glauben, dass irgendein Gott solche Dinge geschehen lassen würde, ohne einzugreifen.«

Doch Sofia hatte ihm das Heiligenamulett ans Handgelenk gebunden und es schien funktioniert zu haben. Er versuchte zögernd ein Gebet. »Lieber Gott, wenn du da bist und mich hören kannst, dann halte sie in Sicherheit. Lass mich irgendwie nach Hause kommen. Behüte Langley Hall und jene darin. Und lieber Gott, behüte Sofia und ihre Familie!« Er wollte noch hinzufügen: »Lass ihren Mann am Leben sein und zu ihr zurückkehren«, doch er brachte die Worte nicht über die Lippen.

Die Glocken verstummten. Er suchte nach seiner Zigarettenpackung. Von den zwanzig waren noch zwölf übrig. Er zündete eine an, legte sich zurück und rauchte, dabei sah er zu, wie der Rauch in der frostigen Luft hing. Der Tag war ruhig. Kein Vogelgezwitscher, kein Wind, keine bellenden Hunde. Äußerste Stille. Es fühlte sich an, als wäre er der einzige Mensch auf der ganzen Welt.

Er fragte sich, wann sie kommen würde. Wahrscheinlich würde sie an einem Sonntag nicht nach Pilzen suchen. Er erinnerte sich aus seiner Zeit in Italien, dass der Sonntag die Zeit für Kirche und große Familienmahlzeiten war. Sie hatte zwar nicht viel Essen oder Familie, doch wahrscheinlich wäre sie verpflichtet, bei ihnen zu bleiben. Er fühlte sich leer und hungrig, deshalb aß er das Brot auf, das bereits hart wurde. Eine Taube flatterte über den Rand der Mauer, und er wünschte, er hätte die Kraft, um aufzustehen und wie geplant eine Falle zu bauen. Doch das hatte er nicht.

Die Sonne wirkte wie flüssig und stieg immer höher. Der Tag verging. Die Sonne sank und sie kam noch immer nicht. Er kämpfte mit seiner Enttäuschung. Natürlich konnte sie an einem Sonntag nicht kommen. Das hatte er bereits erkannt. Vielleicht würde sie sich wieder in der Dunkelheit davonschleichen, obwohl ihm der Gedanke nicht gefiel, dass sie allein durch die Olivenhaine ging, wenn dort Deutsche oder Partisanen oder Schwarzhändler herumliefen. Er zündete seine Kerze an und blies sie dann wieder aus, da er sie nicht verschwenden wollte. Er lag wach da, horchte auf die Geräusche der Nacht, das Heulen einer Eule, das Seufzen des Windes. *Sie wird jetzt nicht kommen,* sagte er sich. Und dann kamen die Sorgen. War ihr etwas zugestoßen? Jemand hatte sie durch den Olivenhain gehen gesehen und sie verraten … Er versuchte, diese düsteren Gedanken zu verdrängen, doch sie verschwanden nicht.

Er war wohl eingenickt, denn er schreckte von einem lauten Geräusch in der Nähe auf und griff nach seiner Waffe.

»Ich bin es nur, Ugo«, sagte eine freundliche Stimme. »Hab keine Angst.« Und er sah, wie ihre Lampe in seine Richtung über den Boden hüpfte.

Sie stellte die Lampe auf die Bank und ließ sich neben ihm auf die Knie nieder. Dabei strahlte ihr Gesicht vor Freude im Kerzenschein. »Du bist wach und du sitzt aufrecht. Wie erleichternd. Ich war sehr besorgt. Jedes Mal, wenn ich zurückkam, hatte ich befürchtet, dich tot zu finden. Doch ich habe dich der Obhut der Heiligen Rita anvertraut.«

»Heilige Rita? Wer ist sie?«

»Sie ist die Schutzheilige der Wunden.«

»Ist sie auf dem Amulett, das du mir ans Handgelenk gebunden hast?«

»Natürlich«, sagte sie. »Sie hat dir gut geholfen, oder?«

»Ich fühle mich viel besser«, sagte er. »Das Fieber ist verschwunden und die Wunde verheilt auch langsam. Ich kann dir gar nicht genug danken, Sofia. Du hast dich so gut um mich gekümmert. Du hast mir sogar die Kleidung gewechselt, wie bei einem kleinen Kind.«

Sie lächelte. »Ich konnte dich nicht in so einem Zustand liegen lassen. Ich habe deine Kleider mitgenommen und sie gewaschen. Ich werde sie dir beim nächsten Mal zurückbringen.«

»Und was ich trage, gehört Guido?«

»Natürlich. Er ist nicht da, um sie zu nutzen. Lieber du als die Motten.«

Er nahm ihre Hand. »Ich werde alles wiedergutmachen, das verspreche ich. Wenn ich zu Hause bin, dann schicke ich dir Geld für neue Kleider, gute Kleider. Gute weiche Wolle.«

»Lass uns nicht über solche Dinge reden«, sagte sie. »Wer weiß, was morgen kommt? Nichts Gutes, habe ich das Gefühl. Aber iss jetzt. Ich habe dir Suppe gebracht. Du musst hungrig sein.«

Sie packte die Schüssel aus und er aß eifrig. Es war eigentlich keine richtige Suppe. Etwas Kohl und Karottenstreifen und ein paar Bohnen. Als hätte sie seine Gedanken gelesen, sagte sie: »Ich weiß, es ist nicht viel. Wir haben jetzt schon seit Tagen kein Fleisch mehr gehabt. Aber es ist warm.«

»Du bist zu gut, dass du das Wenige, was du besitzt, mit mir teilst«, sagte er.

Sie drehte sich weg. »Ich weiß nicht, wie lange ich noch kommen kann«, sagte sie. »Die Deutschen waren heute in meinem Dorf. Hast du die Kirchenglocken gehört?«

»Ich dachte, es sei Sonntag.«

»Nein, jedes Dorf läutet die Glocken, wenn die Deutschen kommen. So wissen die jungen Männer im Dorf, dass sie sich

173

im Wald verstecken müssen, und die jungen Frauen verstecken sich, wo sie nur können. Ich war den ganzen Tag auf meinem Dachboden in einem alten Kleiderschrank.« Sie machte eine Pause, sah ihn an und hoffte, dass er sie verstand. »Diese Männer sind Tiere, Ugo«, sagte sie. »Der Krieg hat sie in Tiere verwandelt. Wir Frauen fürchten jedes Mal um unsere Ehre, wenn sie näher kommen. Sie haben einmal die Bäckerstochter mitgenommen – ein junges Mädchen von fünfzehn Jahren – und haben sie vergewaltigt, einer nach dem anderen. Seitdem ist sie nicht mehr dieselbe. Sie hat von dem Schrecken den Verstand verloren.«

»Wie entsetzlich. Das tut mir sehr leid. Ich kann dir versichern, dass sich britische Soldaten nicht so benommen hätten.«

Sie machte ihr wunderbares italienisches Schulterzucken. »Wer weiß das? Manche dieser Männer waren zweifellos gute Jungen daheim. Sie halfen der Familie auf dem Feld, oder sie arbeiteten in der Bank und gingen mit Mädchen zum Tanz. Doch der Krieg hat sie verändert, sie verdorben.«

»Sind die Deutschen noch da?«

Sie schüttelte den Kopf. »Nein, Dank sei den Heiligen. Sie sind gekommen, um nachzusehen, ob unser Dorf ein guter Platz zum Überwintern ist. Ihre Armee hat sich ein wenig nördlich von hier eingerichtet und sie suchen nach Orten, von wo aus sie die Straßen aus dem Süden verteidigen können, woher die Alliierten kommen werden. Doch ich bin froh, dass die Aussicht von unserem Dorf ihnen nicht passte, und da wir nichts mehr haben, was sich mitzunehmen lohnt, sind sie gegangen. Eigentlich stimmt das nicht ganz. Sie haben auch die restlichen Hühner des Bürgermeisters genommen ... mögen ihre Seelen in der Hölle schmoren.«

Eine Windböe kam auf und ließ die Kerze in ihrer Lampe flackern und die Schatten tanzen. »Dann bist du für eine Weile sicher?«

»Vielleicht. Wir hoffen, dass sie die Nachrichten von den näher kommenden Alliierten erfahren und zurück nach Deutschland flüchten und uns in Frieden lassen. Doch manche sagen, dass die Alliierten vor dem Frühling nicht näher kommen werden. Schnee wird fallen und die Straßen in den Bergen werden unpassierbar.«

»Das bedeutet, dass ich auch bis zum Frühling hier gefangen bin?«

»Wir bekommen nicht oft Schnee. Unsere Hügel sind nicht so hoch. Doch zwischen hier und der Küste liegen sehr hohe Berge. Wenn dein Bein kräftig genug ist, dann können wir vielleicht einen Weg finden, um dich in den Süden zu bringen. Wir haben keine Automobile und kein Benzin, doch es gibt Fuhrwerke, und jene, die Obst und Gemüse ernten, bringen sie zum Markt.«

»Was für Produkte pflanzen sie im Winter?«, fragte er.

»Wurzelgemüse, Rüben, Kartoffeln, Blumenkohl, Kohl – obwohl sich die Deutschen bei unserem ganzen Kohl bedient haben. Aus irgendeinem Grund lieben sie Kohl. Ich habe etwas Rüben und Pastinaken auf meinem kleinen Stück Land, die fast fertig für die Ernte sind.«

»Das ist gut. Und wie läuft es mit der Pilzsuche?«

Sie seufzte. »Ich befürchte, dass ich diese Ausrede nicht länger nutzen kann. Es gibt jetzt keine Pilze mehr, und ich glaube, dass ich jeden einzelnen gefunden habe. Ich werde mich nachts aus dem Haus schleichen müssen, wie ich es jetzt gemacht habe.«

»Ich fühle mich jetzt besser als vorher. Wirklich, Sofia, du darfst nicht so oft kommen. Wenn du nur manchmal kommst und mir ein wenig zu essen lässt, dann komme ich klar.«

»Sei nicht albern. Wie willst du gesund und stark werden, wenn du nichts isst? Da ist Neumond am Himmel. Bald brauche ich keine Lampe mehr, und ich trage dunkle Kleidung. Niemand wird mich sehen, keine Sorge.«

»Wie spät ist es eigentlich?«

»Nach eins. Ich konnte nicht gehen, bevor ich mir nicht sicher war, dass alle Deutschen weg waren. Sie hatten im Keller des Bürgermeisters ein paar Weinflaschen gefunden und blieben lange, während sie ihre dummen Lieder sangen.«

»Aber du wirst nicht genug Schlaf bekommen. Du wirst dich selbst ganz krank machen.«

Sie tätschelte ihm die Hand. »Keine Sorge. An den meisten Abenden schläft das ganze Dorf schon um neun. Da sind nur Frauen und Kinder. Die dagebliebenen Männer gehen mit den Partisanen, um den Deutschen nachts so viel Schaden wie möglich anzurichten.«

»Sind alle Männer Teil des Widerstands?«

»Wer weiß das? Wir fragen nicht und sie erzählen es uns nicht. So ist es besser, falls die Deutschen jemanden befragen. Ich kann dir nur sagen, dass die Partisanen in der Nähe aktiv sind und es möglich ist, dass unsere Männer beteiligt sind. Wobei es ja ohnehin nicht mehr so viele Männer im Dorf gibt. Die wenigen, die hier sind, waren mit der Armee im Süden und haben mit den Deutschen gekämpft, bis wir die Seiten gewechselt haben. Dann sind sie weg, bevor die Deutschen sie einziehen oder ins Gefangenenlager stecken konnten. Sie sind tapfere Jungen, da bin ich mir sicher, obwohl ich froh darüber bin, dass sie weg sind und ihr zerstörerisches Werk tun. Dieser Cosimo ist ein wenig zu sehr an mir interessiert.«

»Cosimo?« Seine Stimme klang rau.

Sie nickte. »Man munkelt, dass er ein Anführer der Partisanen ist. Zweifellos ein tapferer Bursche. Sieht auch nicht schlecht aus. Ein mächtiger Mann. Doch ich habe ihm gesagt, solange mein Ehemann nicht für tot erklärt worden ist, bin ich noch immer mit ihm verheiratet. Trotzdem hing er die letzte

Zeit viel bei mir herum. Er bringt uns gelegentlich ein Ei oder eine Flasche Wein, und wir fragen nicht, woher er es hat. Doch ich glaube, das ist nur eine Entschuldigung, um mich zu besuchen. Deshalb bin ich froh, wenn er tagelang weg ist.«

»Er würde nicht versuchen …« Hugo zwang die Worte über die Lippen.

»Oh nein. Nichts dergleichen. Er ist ein ehrenwerter Mann, da bin ich sicher. Er ist sehr nett zu meinem Sohn. Doch ich möchte nicht von ihm umgarnt werden.«

»Wenn ich flüchte, dann musst du mit mir kommen«, sagte Hugo.

Sie lächelte traurig. »Und was ist, wenn Guido nach Hause zurückkehrt und feststellt, dass ich nicht da bin? Und ich kann seine Großmutter nicht allein lassen. Ich habe ihm bei seinem Fortgehen versprochen, dass ich mich um sie kümmere.«

Er wollte noch mehr sagen, doch jeder Gedanke wirkte so hoffnungslos. Deshalb fragte er nur: »Gibt es für alles einen Heiligen?«

»Oh ja«, sagte sie. »Die heilige Anne für diejenigen, die sich ein Kind wünschen. Die heilige Blaise für den Hals. Einen Heiligen bei Rheuma, bei Frostbeulen …«

Er lachte, dann fragte er: »Und einen, um Frauen und Kinder zu beschützen?«

»Darum bitten wir *la Madonna*«, antwortete sie. »Sie hat ihren eigenen Sohn verloren. Sie hat ihn sterben sehen. Sie weiß, wie wir uns fühlen.«

»Trägst du ein Amulett von *la Madonna*?«

»Ich habe meins Guido gegeben, als er fortging«, sagte sie. »Ich bete nur, dass es ihn beschützt und dass er noch lebt. Doch ich fürchte, dass es nicht so ist. Mein Herz sagt mir, dass er bereits tot ist.«

Hugo nahm ihre Hand. Sie ergriff fest die seine, und so saßen sie eng beisammen in dem kleinen flackernden Lichtkreis und teilten ihre Befürchtungen.

Neunzehn

Joanna

Juni 1973

Angelina wurde geweckt, um die Carabinieri zu holen. Kurz darauf trafen zwei Männer in beeindruckenden militärischen Uniformen ein. Beide waren ganz rot im Gesicht, da sie den Hügel hinuntergelaufen waren. Sie brauchten eine Weile, um den Leichnam aus dem Brunnen zu bekommen, da er so feststeckte. Sie legten ihn auf den Kiesweg und mir stockte der Atem, als ich das Gesicht sah. Es war Gianni, der mir am vergangenen Abend angeboten hatte, mich zum Haus zu begleiten, und der dann von dem seriöser wirkenden Alberto beiseitegeschoben wurde.

Die beiden Carabinieri erkannten ihn sofort. »Das ist ganz eindeutig Gianni«, sagte einer. Dann tauschten sie einen Blick, den ich nicht zu deuten wusste. Ein Arzt wurde gerufen, der feststellte, dass Gianni einen Schlag mit einem stumpfen Gegenstand auf den Hinterkopf bekommen hatte. Anschließend war er mit dem Kopf voran in den Brunnen gestoßen worden. Die Todesursache war Ertrinken.

Ich merkte, dass ich das Zittern nicht unterbinden konnte. Die ganze Angelegenheit war einfach zu schrecklich. Paola warf mir einen Blick zu und legte mir einen Arm um die Schulter. »Die arme junge Frau steht unter Schock. Und sie hat noch nicht einmal gefrühstückt. Kommen Sie, meine Liebe, ich setze Ihnen Kaffee auf, dann fühlen Sie sich gleich besser.«

»Und wer ist diese junge Frau?«, fragte einer der Polizisten.

»Sie ist eine Besucherin aus England«, sagte Paola. »Sie ist frisch angekommen und wohnt in meinem Gästehaus.«

»Ist dies das Gästehaus?«, fragte der Beamte und zeigte auf meine offene Tür.

»Das ist es«, bestätigte Paola.

»So nah am Brunnen«, sagte der Beamte, ein ziemlich unangenehm aussehendes dickliches Individuum mit kleinen Schweineaugen, aus denen er mich anstarrte. »Dort schlafen Sie, Signorina? Und dennoch haben Sie nichts gehört, als dieser Mann ermordet wurde?«

»Ich habe nichts gehört«, sagte ich.

Er stellte eine andere Frage. Diesmal überstieg das Italienisch meine Kenntnisse. »Bitte noch einmal, etwas langsamer.«

»Ich fragte, wer den Körper gefunden hat«, wiederholte er.

Mein Verstand weigerte sich, richtig zu funktionieren. Ich konnte auf Englisch nicht klar denken, geschweige denn, auf Italienisch Sätze bilden. »Die Signora und ich haben ihn gefunden«, stammelte ich und wedelte mit den Armen, wie man es tut, wenn man eine Fremdsprache spricht und einem die Worte fehlen. »Ich wollte duschen. Es gab kein Wasser. Ich bin zum Brunnen gegangen, aber ...« Es brauchte lange genug, bis ich das gesagt hatte, dann versagte mein Italienisch.

»Sie war nicht stark genug, um den Deckel allein zu heben, deshalb kam sie zu mir und gemeinsam haben wir ihn angehoben«, sagte Paola. »Wir haben den Körper gleichzeitig gesehen und ich glaube, wir beide haben geschrien. Wir waren beide sehr schockiert.«

»Kennen Sie diesen Mann?«, fragte der andere Beamte.

»Ich kenne ihn«, sagte Paola, »genau wie Sie. Er hat sein ganzes Leben in San Salvatore gelebt. Mein Gast hier ist aber wie gesagt gerade erst angekommen.«

»Und haben Sie eine Idee, warum sich Gianni dazu entschieden hat, in der Nacht um Ihr Haus herumzustreichen?« In der Stimme des unangenehmen Carabinieri lag ein Feixen.

»Sicherlich nicht, um mir den Hof zu machen«, sagte Paola aufgebracht. »Natürlich kennen wir nicht den Grund. Signorina Langley, meine Tochter Angelina und ich haben zusammen zu Abend gegessen und sind dann zu Bett gegangen. So ist unser Abend abgelaufen. Was die Frage betrifft, wie dieser Mann in meinen Brunnen gekommen ist, da würde ich sagen, dass er wahrscheinlich auf dem Weg aus dem Dorf ohnmächtig geschlagen wurde und seine Angreifer meinen Brunnen als geeigneten Ort ansahen, um seine Leiche verschwinden zu lassen, da mein Haus am nächsten ist.«

»Wir können noch keine Vermutungen anstellen«, sagte einer von ihnen. »Sie werden beide auf unser Revier im Ort kommen müssen und eine offizielle Aussage machen. Später wird es dann weitere Ermittlungen geben. Es kann sein, dass der Inspektor aus der Kreisstadt entscheidet, aus Lucca zu kommen, da es sich hierbei eindeutig um Mordermittlungen handelt. Sie dürfen diesen Ort nicht ohne Erlaubnis verlassen, ist das klar?«

Es war mir nicht gelungen, dem Polizisten mit allem zu folgen, doch ich verstand mehr, als Paola antwortete: »Ich habe nicht die Absicht, irgendwo hinzugehen, doch diese junge Dame wird recht bald wieder in ihr Heimatland zurückkehren müssen. Sie kann nicht wegen einer Mordermittlung festgehalten werden, worüber sie nichts weiß.«

»Was das betrifft, werden wir sehen, wenn wir weitere Nachforschungen angestellt haben«, sagte der Dicke. »Für den Moment muss sie bleiben. Verstanden?«

Ich nickte. Erst langsam wurde mir in voller Konsequenz bewusst, was das bedeutete. Zweifellos würden die Männer von jenem Tisch auf der Piazza befragt werden. Sie würden erzählen, dass Gianni mich nach Hause begleiten wollte und ich abgelehnt hatte. Sie würden vielleicht auch sagen, dass Gianni mit mir geflirtet hatte. Ich ahnte, dass sich jemand mit einer verzerrten Vorstellungsgabe verschiedene Szenarien ausmalen konnte. Vielleicht wären sie fähig, einem Außenstehenden einen Mord anzuhängen. Mir wurde schlecht.

Paola schien überhaupt nicht beunruhigt. »Ich lasse Sie jetzt Ihre Arbeit machen und den Leichnam dieses Mannes von meinem Grundstück entfernen«, sagte sie. »Was meinen Brunnen betrifft, da gehe ich davon aus, dass das Wasser jetzt verschmutzt ist. Die arme Signorina Langley wird ganz sicher nicht damit duschen wollen, bevor es behandelt wurde. Kommen Sie, meine Liebe, nutzen Sie mein Badezimmer im Bauernhaus und nehmen Sie ein langes Bad. Unser Wasser kommt aus der Leitung.«

Damit legte sie mir einen Arm um die Schulter und führte mich vom Tatort weg.

»Lassen Sie sich von denen nicht ärgern«, sagte sie, als sie die Küchentür hinter uns geschlossen hatte. »Diese Männer sind Rüpel. Sie sind nicht von hier. Die Carabinieri sind nur Dorfpolizisten, die meist ungehobelt und flegelhaft sind. Viele von ihnen stammen aus Sizilien und wir wissen ja, was dort für Menschen leben, oder? Gangster. *Mafiosi*. Vom Gesetz ist es ihnen verboten, bei größeren Verbrechen zu ermitteln. Mit etwas Glück schicken sie einen erfahrenen Inspektor aus Lucca und alles wird gut. Doch zunächst schenke ich Ihnen etwas Kaffee ein, und Sie sollten ein gutes Frühstück einnehmen, bevor Sie baden.«

Angelina hatte an der Küchentür gestanden und alles aus der Ferne mit dem Baby im Arm beobachtet. Als wir uns näherten, begann das Baby zu schreien. Angelina schaukelte es hin und her. »Sind diese schrecklichen Männer weg, Mamma?«, fragte sie. »Stimmt es, dass jemand ermordet wurde? Ich wollte nicht näher kommen, damit mir nicht vor Schreck die Milch gerinnt und ich die Kleine nicht mehr füttern kann.«

»Es stimmt, *mia cara*«, sagte Paola. »Der arme Mann, der das Leben verloren hat, war Gianni.«

»Ach, Gianni.« Angelina nickte nachdenklich, als sie das Baby an die Schulter legte und ihm den Rücken tätschelte. »Nun, ich nehme an, dass das kein richtiger Schock ist, oder?«

»Es ist immer ein Schock, wenn jemand zu früh stirbt«, sagte Paola. »Geh und leg die Kleine hin und dann frühstücken wir. Die arme junge Frau zittert, als wäre sie im Schnee gestanden.«

Sie setzte mich an den Tisch, als wäre ich ein hilfloses Kind, stellte eine Tasse Milchkaffee vor mich und legte dann Brot, Marmelade und Käse auf den Tisch. »Essen Sie. Dann fühlen Sie sich besser.«

Mein Magen fühlte sich an, als hätte er sich in Knoten gelegt, und ich hatte nicht das Gefühl, dass ich irgendwas essen konnte, doch da Paola bei mir blieb und mich beobachtete, musste ich zumindest ein wenig heißen Kaffee trinken und dann etwas Aprikosenmarmelade auf eine Scheibe Brot streichen. Das Brot war wohl erst am Morgen gebacken worden. Es war noch warm und die Butter und die frische Marmelade verschmolzen miteinander, sodass ich fast genüsslich aufstöhnte bei der Kombination aus Aromen und Konsistenzen. Wer hätte gedacht, dass Brot und Marmelade jemals einen solchen Effekt haben konnten? Ich nahm eine zweite Scheibe Brot, dann etwas würzigen Käse und fühlte mich fast wieder menschlich und stark genug, sogar die rüpelhaften Carabinieri zu ertragen.

Angelina schloss sich uns an, schnitt sich ein großes Stück Brot ab und belegte es mit Butterstücken.

»Warum haben Sie gesagt, dass Sie nicht überrascht darüber waren, dass Gianni umgebracht wurde?«, fragte ich.

Sie zuckte mit den Schultern. »Man sagt, dass Gianni manchmal Geschäfte machte, nicht unbedingt legale, wissen Sie? Vielleicht kauft er Zigaretten von einem Boot, das an die Küste kommt. Solche Dinge.«

»Das wissen wir aber nicht«, sagte Paola. »Das ist alles nur vom Hörensagen. Es ist wahr, dass er in der Ortschaft nicht gemocht wurde. Man traute ihm nicht. Und jetzt noch diese Sache mit der Olivenpresse.«

»Er wollte Männer zusammenbringen, um eine eigene Olivenpresse zu bauen, oder?«, fragte ich.

Sie nickte. »Und natürlich wäre Cosimo nicht gerade glücklich darüber gewesen. Ich bezweifle aber, dass es so weit gekommen wäre. Die anderen Männer hätten sich nicht mit Cosimo angelegt. Ich glaube, Gianni hat seinen Hals umsonst riskiert.«

Ich versuchte, es zu verstehen, nicht nur ihre italienischen Worte, sondern auch die Implikationen. Gianni war in Dinge involviert, die nicht ganz legal waren. Und jemanden zum Ertrinken in einen Brunnen zu stoßen war genau das, was Gangster taten, um jemandem eine Lektion zu erteilen. Doch er hatte es auch gewagt, sich mit Cosimo anzulegen. Ich stellte mir diesen Mann vor – mächtig und mit kalten Augen, als er mich anstarrte und sagte: »Sie sind Deutsche, glaube ich.« Nein, ich würde mich nicht gern mit ihm anlegen wollen.

Doch er hatte einen Schlaganfall gehabt, weshalb er halbseitig gelähmt war – sodass er sicherlich nicht in der Lage war, diesen schweren Deckel vom Brunnen zu heben und jemanden hineinzuwerfen. Wer allerdings so mächtig war wie Cosimo, der hatte wahrscheinlich Handlanger, um seine Befehle auszuführen. Und er hatte einen Adoptivsohn, der groß und muskulös war. Daran erinnerte ich mich sofort!

»Morgen ist Samstag«, sagte Paola. »Markttag in San Salvatore. Ihr solltet mir beide helfen, um zu sehen, welches Gemüse und Obst reif für die Ernte ist, um zum Markt gebracht zu werden.«

»Müssen wir nicht in die Stadt und unsere Aussage bei der Polizei machen?«, sagte ich.

Paola machte eine wegwerfende Handbewegung. »Pah. Sollen diese Männer doch warten. Wir wissen nichts über Giannis Aktivitäten, die womöglich zu seinem vorzeitigen Tod geführt haben. Es ist gut für uns, wenn wir etwas zu tun haben, und draußen in Gottes Natur zu arbeiten ist immer gut für die Seele.« Sie legte mir eine Hand an die Schulter. »Warum machen wir das nicht gleich jetzt, bevor die Sonne zu heiß ist, und dann können Sie anschließend Ihr Bad zur Entspannung nehmen?«

Ich hätte gern zuerst gebadet, da ich mir nur hastig die Kleider von gestern übergezogen hatte, doch ich wollte Paola nicht widersprechen, da sie so freundlich zu mir war. Ich folgte ihr nach draußen in den Garten. »Sehen wir mal«, sagte sie. »Diese Tomaten – ja, wir sollten hier genügend reife finden, wir werden sie aber erst morgen in der letzten Minute pflücken. Und hier die Saubohnen. Sie müssen jung gegessen werden, so wie diese. Die Stangenbohnen – die brauchen noch ein paar Wochen.« Sie hielt inne und beugte sich zu einer fedrigen Pflanze. »Der Spargel? Wir werden genug für uns behalten, doch die Pflanze war in diesem Jahr großzügig. Gut so.«

Sie ging weiter, bewegte sich schnell und anmutig für eine große Frau. »Ah, sehen Sie, Joanna. Die Zucchini-Blüten. Perfekt.«

Ich sah, wie sie eine gelbe Blume prüfte. »Was machen Sie damit?«, fragte ich. »Kann man Blumen essen?«

»Oh, aber ja! Zucchini-Blüten. Wir füllen sie. Das ist so köstlich. Ich mache uns ein paar für heute Abend, wenn Sie wollen. Und dann wird uns diese Pflanze die ganze Saison über mit Zucchini versorgen.«

Ich hatte gerade etwas gesehen, was ich in diesem wohlgepflegten Garten nicht erwartet hatte. Es sah aus wie eine Riesendistel. »Aber das hier kann man sicherlich nicht essen, oder?«, fragte ich und zeigte darauf.

Paola sah mich überrascht an. »Haben Sie in Ihrem Land keine Artischocken?«

»So etwas habe ich noch nie gesehen.«

»Dann werde ich heute Abend welche als Antipasto braten. Oh, sie sind so gut. Es wird Ihnen schmecken.«

Wir gingen weiter. Wir stellten fest, dass es reife Kirschen und sogar ein paar Aprikosen gab, doch die Pfirsiche brauchten noch eine Weile. »Wir werden das Obst heute Abend pflücken, wenn die Sonne untergeht, und der Spargel kann auch geschnitten werden, doch die Tomaten, die Blüten ... damit warten wir bis zur letzten Minute, um sie zu pflücken.« Sie warf uns ein zufriedenes Lächeln zu. »Gut. Morgen auf dem Markt haben wir ein schönes Angebot.« Und damit folgten wir ihr zum Haus.

Ich kehrte zurück auf mein Zimmer, um meinen Kulturbeutel und das Handtuch zu holen, und freute mich auf ein ausgiebiges Bad. Während ich nach sauberer Unterwäsche in meiner Tasche suchte, bemerkte ich ein Stück Papier, das zwischen den Lamellen eines Fensterladens steckte. Gestern war es sicherlich noch nicht dort gewesen. Ich ging hinüber und zog es mit etwas Mühe heraus. Es war ein Umschlag. Ich setzte mich auf das Bett und öffnete ihn. Als ich einen Brief herauszog, fielen drei Dinge auf die Steppdecke. Ich untersuchte sie nacheinander. Eins war eine kleine Reversnadel in Form eines mehrzackigen Sterns. Dann war da noch ein Fetzen mit braunem Stoff, der sich hart anfühlte, wahrscheinlich von Farbe.

Und das Dritte war ein Geldschein. Darauf stand »Reichsmark«. Eine deutsche Banknote aus der Zeit des Krieges.

Ich legte die Dinge zurück auf die Decke und wollte den Brief lesen. Die Handschrift war nicht leicht zu entziffern, und meine Kenntnis von geschriebenem Italienisch war nicht sehr gut. Ich nahm mein Wörterbuch und übersetzte den Text langsam und mühevoll.

> *Ich möchte Ihnen die Wahrheit über Sofia erzählen. Ich kenne sie. Bisher habe ich aus Angst um mein Leben geschwiegen, doch Sie sind eine Außenstehende. Ich nehme Sie mit zu meinen Schafen und erzähle es Ihnen dort, wo uns niemand hören kann.*

Es war nicht unterschrieben, doch es musste von Gianni stammen. Er hatte mich am Vorabend eingeladen, seine Schafe zu besuchen. Ich merkte, dass meine Hand mit dem Brief zitterte. Ich betrachtete die Gegenstände auf meinem Bett. Ich hatte keine Ahnung, was das alles zu bedeuten hatte, doch ich fürchtete mich. War Gianni ermordet worden, weil er mir die Wahrheit darüber erzählen wollte, was während des Krieges geschehen war?

Zwanzig

Joanna

Juni 1973

Ich nahm die drei Gegenstände vom Bett, untersuchte sie eingehend in meiner Hand und fragte mich, was sie zu bedeuten hatten. Der deutsche Geldschein war leicht zu deuten. Deutsches Geld. Jemand hatte deutsches Geld bekommen. Doch die anderen beiden? Ich starrte auf das Stück harten Stoff. Es war dunkelbraun. Ich nahm es hoch und roch wegen der Farbe daran, dann zuckte ich zurück. Es war keine Farbe. Der Geruch war leicht metallisch. Es handelte sich eindeutig um Blut. Eilig nahm ich die drei Dinge und schob sie in die Schuhspitze eines Ersatzschuhs, wo sie sicher aufgehoben waren. Dann faltete ich den Brief zusammen und tat ihn wieder in den Umschlag, den ich sorgfältig zwischen die Seiten meines Wörterbuchs steckte.

Ich durfte niemandem davon erzählen – das war klar. Nicht einmal Paola. Sie durfte nicht in Gefahr gebracht werden. Ich erkannte jetzt, dass Gianni in der letzten Nacht nicht wegen einer amourösen Begegnung mit mir allein sein wollte, sondern weil er mir etwas mitteilen wollte. Er kannte die Wahrheit über Sofia. Er musste auch von meinem Vater gewusst haben.

Und das hatte ausgereicht, um ihn umzubringen. Ich blickte durch die Stäbe meines Fensters hinaus in den blendend hellen Sonnenschein. War er letzte Nacht verfolgt worden? Hatte jemand gesehen, wie er den Umschlag durch die Stäbe und Blendläden meines Fensters gesteckt hat, und ihm dann auf den Kopf geschlagen? In dem Falle wäre auch ich in Gefahr. Ich überlegte, dass ich den Umschlag besser dort gelassen hätte, wo ich ihn gefunden hatte, damit man denken musste, dass ich keine Ahnung über seinen Inhalt hatte, falls jemand nachforschen würde. Doch dafür war es jetzt zu spät.

Das Vernünftigste wäre jetzt, nach Florenz zu fahren und den nächsten Zug nach Hause zu nehmen. Wenn ich erst einmal aus dem Land wäre, dann würde ich in Sicherheit sein. Doch die zwei Polizisten hatten gesagt, dass ich die Region nicht verlassen durfte, bis ich die Erlaubnis dazu bekam. Es gab keinen Bus, den ich nehmen konnte, und wer mir eine Mitfahrgelegenheit anbieten würde, könnte Schwierigkeiten bekommen, weil er meine Flucht begünstigt hätte. Ich war hier gefangen. Ich würde versuchen müssen, in Paolas Nähe zu bleiben. Sie würde nicht zulassen, dass mir irgendwas geschah.

Ich nahm meine Kulturtasche und das Handtuch und rannte fast zurück zum Haus.

»Sie können Ihr heißes Bad wohl kaum erwarten«, kommentierte Paola, die bemerkt hatte, wie schwer ich atmete. »Entspannen Sie sich, meine Kleine. Vergessen Sie das, was Sie gesehen haben. Vergessen Sie diese Männer. Gianni und seine Fehler haben nichts mit uns zu tun. Möge Gott seiner Seele gnädig sein, und auch seiner armen Frau, die jetzt allein ist. Es wird ihr jetzt wie mir ergehen, dass sie sich nicht mehr um die Schafe kümmern und Käse machen kann. Ich muss zu ihr und sie trösten, nur heute nicht. Womöglich weiß sie noch gar nichts davon, die arme Seele.«

Paola führte mich durch einen langen gefliesten Flur und dann in ein riesiges Badezimmer, in dem eine große Wanne mit Krallenfüßen an der Wand stand. Sie stellte das Wasser an und überprüfte, dass es die richtige Temperatur hatte. Dann nickte sie zufrieden. »Gut«, sagte sie. »Nehmen Sie sich Zeit. Genießen Sie es. Waschen Sie sich alle Sorgen ab.«

Während sich die Badewanne füllte, putzte ich mir die Zähne. Das Wasser aus dem Brunnen würde ich sicherlich nur noch dafür benutzen, die Toilette zu spülen! Dann stieg ich langsam in das warme Wasser, lehnte mich zurück und blickte an die hohe Decke. Doch ich konnte mich nicht entspannen. Ich war froh, als ich die Gitterstäbe vor dem Fenster bemerkte. Für eine Weile war ich also in Sicherheit. Nach meinem Bad stellte ich erleichtert fest, dass Paola und Angelina im Garten arbeiteten und die Saubohnen ernteten. Sie waren in Rufweite, falls ich sie brauchte. Sie konnten auch sehen, falls jemand aus dem Ort den Pfad herunterkam. Ich zog mich an, steckte das Wörterbuch in die Handtasche und ging nach draußen, um nachzufragen, ob ich ihnen beim Ernten helfen konnte.

»Den Rest lassen wir, bis es heute Abend kühler ist«, sagte Paola. »Jetzt müssen wir wohl hinauf in den Ort, oder diese Rohlinge werden nach uns suchen. Bringen wir es hinter uns.«

Ich folgte ihnen ins Haus. Paola nahm die Schürze ab und setzte ihren Hut auf, bevor wir den Hügel hinaufstiegen. Als wir auf die Piazza kamen, war sie voller Menschen. Wir wurden sofort von allen Seiten belagert, als man uns bemerkte. Das meiste Italienisch war zu schnell, als dass ich es verstehen konnte, außerdem im lokalen Dialekt der Toskana, doch ich erahnte vieles. Stimmte es, dass Gianni ermordet wurde? Dass man ihn in Paolas Brunnen gefunden hatte? Und sie hatte nichts gehört? Keine Hilferufe? Wer konnte so etwas getan haben?

Bei dieser letzten Frage wurden Blicke gewechselt. »Na ja, dieser Gianni«, sagte eine Frau und beugte sich näher, als wollte sie nicht, dass ihre Worte jenseits unserer kleinen Gruppe gehört wurden. »Vielleicht hat er ja auch Ärger gesucht. Mein Mann hat ihn gewarnt, als er zu ihm gekommen war. Erinnert ihr euch, wie ich es gesagt habe?«

Überall wurde genickt. »Und als er damals den Grappa verkauft hatte? Wer weiß, woher er den hatte! Sicherlich nicht von hier.«

Ich konnte Erleichterung in den Gesichtern sehen. Nicht von hier. Sein Tod hatte nichts mit irgendwem in San Salvatore zu tun.

»Wir müssen zu den Carabinieri und unsere Aussage machen«, sagte Paola.

»Viel Glück dabei«, sagte einer der Männer, die am Rand unseres Kreises gestanden hatten. »Du gehst da rein und wenn du Glück hast, dann lassen sie dich auch wieder raus.«

Alle grinsten, doch ich konnte auch sehen, wie sie zu dem gelben Gebäude blickten.

»Sag das nicht vor der englischen Signorina«, sagte einer von ihnen. »Du machst ihr noch Angst.«

»Sag ihr, dass sie in Sicherheit ist, solange sie gutes Schmiergeld zahlt«, sagte der Mann.

»Sprich nicht so.« Eine Frau in Schwarz drehte sich um und stieß ihn an. »Solltest du dich nicht um deinen Laden kümmern, anstatt dich einzumischen, wo man dich nicht haben will?«

Der Mann schlurfte davon. Paola nahm mich am Arm und geleitete mich zu der offenen Tür des Hauses der Carabinieri. »Kümmern Sie sich nicht darum. Dieser Mann macht immer Schwierigkeiten«, sagte sie. »Er hat genauso Dreck am Stecken wie Gianni. Von dem illegalen Grappa hat er etwas in seinem Laden verkauft, oder nicht? Hat behauptet, er wusste nicht, dass daran etwas faul war.«

Wir stiegen die drei Stufen hinauf und in die kühle Dunkelheit des Gebäudes. Im Innern roch es nach kaltem Rauch. Der Raum, den wir betraten, war nur von einem kleinen, hohen Fenster mit Gittern erhellt. Ich fühlte mich, als wäre ich in einer Gefängniszelle. Nervös blickte ich zu Paola. Sie schien überhaupt nicht besorgt.

»Da wären wir jetzt für unsere Aussagen. Bringen wir es hinter uns. Ich habe noch was zu tun, wo morgen Markttag ist«, sagte sie.

Einer der Beamten, die wir am Morgen gesehen hatten, saß an einem Schreibtisch.

»Oh, Sie sind gekommen. Gut. Erzählen Sie einfach die Wahrheit und alles wird gut«, sagte er.

»Natürlich erzählen wir die Wahrheit, denn wir haben nichts anderes zu erzählen«, sagte Paola. »Es ist nicht meine Schuld, wenn irgendein Kerl sich dazu entscheidet, sein Leben auf meinem Grundstück zu beenden. Also, wo ist Papier? Wo ist ein Stift? Wir haben keine Zeit zu verschwenden.«

Ein Blatt Papier wurde gebracht und der Beamte zeigte auf einen Stuhl, damit sich Paola setzte. Als er mir einen Zettel geben wollte, schüttelte ich den Kopf.

»Ich kann nicht auf Italienisch schreiben«, sagte ich. »Ich spreche es ja auch nicht besonders gut.« Ich dachte in diesem Moment, dass es besser wäre, wenn sie mich als Ausländerin ansehen würde, die nur wenig verstand und deshalb auch keine Verbindung zu dem haben konnte, was in San Salvatore vor sich ging.

»Na gut.« Der Beamte nahm einen Stift und blickte zu mir auf. »Wie lange sind Sie schon in San Salvatore?«

»Ich bin erst gestern angekommen«, sagte ich ihm. »Nein, ich war noch nie zuvor hier. Ich war noch niemals in Italien. Ich kenne niemanden im Ort. Mir wurde gesagt, dass Signora Rossini ein Zimmer vermietet. Deshalb wohne ich dort.«

»Und warum sind Sie nach San Salvatore gekommen?«, fragte er und sah mich stirnrunzelnd an. »Wir haben keine historischen Gebäude. Keine berühmte Kirche. Wir sind nicht Siena oder Florenz.«

Ich überlegte nach einem Grund für mein Kommen, der nicht meinen Vater oder den Krieg involvierte – einen unschuldigen Grund. Ich war Studentin der Agrikultur und schrieb an einer Arbeit über Olivenbäume? Doch dann wurde mir bewusst, dass jemand ihnen erzählen konnte, dass ich nach Sofia Bartoli und meinem Vater gefragt habe. Es war also besser, die Wahrheit zu sagen. Ich hatte nichts zu verstecken, abgesehen von dem Brief in meinem Wörterbuch.

»Mein Vater war britischer Pilot«, sagte ich, wobei die Worte mir leicht von den Lippen gingen, nachdem ich sie schon so oft gesagt hatte. »Sein Flugzeug wurde in der Nähe dieses Ortes abgeschossen. Ich wollte es selbst sehen, denn er ist erst kürzlich verstorben.«

»Aha.« Das schien ihn zufriedenzustellen. »Ich verstehe. Und dieser Mann, der ermordet wurde. Sie haben ihn nicht gekannt?«

»Ich bin erst gestern hergekommen«, wiederholte ich. »Ich glaube, er war unter den Männern, die sehr freundlich zu mir waren, als ich nach meinem Vater fragte. Sie haben mir hier auf der Piazza ein Glas Wein ausgegeben. Dann ging ich zum Abendessen nach Hause zu Signora Rossini, und nach dem Essen war ich sehr müde. Ich bin früh eingeschlafen. An diesem Morgen wollte ich mich waschen, doch es gab kein Wasser. Da habe ich die Signora gefragt und sie half mir, den Deckel vom Brunnen zu heben, und wir haben die Leiche gefunden. Das ist alles, was ich weiß.«

»Sehr gut, Signorina«, sagte er. Ich konnte sehen, dass sein Ausdruck jetzt entspannt war. Ich war keine Verdächtige.

»Kann ich hingehen, wohin ich will?«, fragte ich.

Er schüttelte den Kopf. »Wir müssen das an die Kriminalbeamten in Lucca berichten. Sie werden einen Inspektor schicken, und der wird bestätigen wollen, was Sie mir erzählt haben. Eine reine Formalität, verstehen Sie, doch bis er kommt, müssen Sie hierbleiben.«

»Und wann kommt er wohl?«, fragte ich. »Ich muss zurück nach England.«

Er zuckte ausdrucksvoll mit den Schultern. »Morgen ist Samstag, oder? Vielleicht wird er dann kommen, oder er wartet vielleicht auch bis Montag. Wir werden sehen.«

Ich versuchte mir einzureden, dass es nicht schlimm war, noch zwei weitere Tage zu warten. Ich wäre bei Paola. Ich wäre sicher. Dann umklammerte ich die Tasche, die ich trug. Hatte jemand beobachtet, wie Gianni den Umschlag durch die Gitterstäbe schob? Und wie weit würden sie gehen, um ihn von mir zurückzuholen? *Ich hätte ihn wieder versiegeln und in meinem Zimmer lassen sollen,* dachte ich. Doch dann kam ich zu dem Ergebnis, dass niemand in den Raum konnte, wenn er nicht die schwere Tür aufbrach.

Ich folgte Paola hinaus in die grelle Sonne. »Das ist erledigt, Dank sei *la Madonna*«, sagte sie. »Jetzt zu wichtigeren Dingen. Ich glaube, wir sollten zum Metzger und etwas Kalbfleisch für heute Abend kaufen. Mögen Sie Kalbfleisch?«

»Ich glaube, ich habe es noch nie gegessen«, sagte ich, da ich nicht einmal wusste, was das Wort bedeutete.

»Was essen Sie denn in England?«, fragte sie. »Immer nur Roastbeef?«

»Nein, wir essen Lammfleisch, Würstchen, Fisch. Und Kartoffeln. Immer Kartoffeln, keine Pasta.«

Sie warf mir einen zutiefst mitleidigen Blick zu. »Deshalb sind Sie nur Haut und Knochen«, sagte sie. »Sie müssen lange genug bei mir bleiben, um sich ein wenig aufzupolstern. Wer will schon ein Mädchen heiraten, das kein Fleisch auf den Rippen hat?«

»Ich war nicht immer nur Haut und Knochen«, sagte ich. »Ich war krank in diesem Jahr.«

»Aha. Das erklärt, warum Sie so schlecht aussehen. Bleiben Sie eine Weile hier, meine Liebe, und Sie werden sehen, was Sonnenschein und gutes Essen ausrichten können.«

Das war ein sehr verlockendes Angebot. In diesem Moment konnte ich an nichts Besseres denken, als bei Paola zu wohnen, Kochen zu lernen und von ihr bemuttert zu werden. Abgesehen davon, dass ein Mann ermordet worden war und das womöglich mit meiner Anwesenheit in San Salvatore zusammenhing. Er hatte geschrieben, dass er die Wahrheit über Sofia kannte. Bedeutete das, dass noch jemand anderes in dem Dorf die Wahrheit kannte und sie verborgen halten wollte? Ich sah mich auf der Piazza um. Zu dieser Morgenstunde waren die Tische vor der Trattoria leer. Die einzigen Menschen waren Hausfrauen, die ihre Einkäufe mit dem Korb am Arm erledigten, und ein paar kleine Kinder, die die Tauben jagten, die herumkreisten und flatterten und sich wieder niederließen.

Vom Kirchturm begann die Glocke zu läuten. Ich dachte, es war für die volle Stunde, doch sie läutete immer weiter. Paola machte ein Kreuzzeichen. »Das *Angelus*. Es ist Mittag. Kommen Sie, wir müssen uns beeilen, bevor die Geschäfte zum Mittag schließen. Und der faule Metzger wird frühestens wieder um vier aufmachen.«

Sie ging mit großen Schritten voran. Ich musste fast laufen, um mithalten zu können. Wir kauften ein paar blasse Scheiben von etwas, das wohl Kalbfleisch sein musste. Dann, im Feinkostladen nebenan, wählte sie ein paar Salamis von den Hunderten auf dem Regal, dazu noch weißen Käse.

»Jetzt gehen wir zum Essen nach Hause«, sagte sie und nickte zufrieden. »Sie können mir dabei helfen, die Zucchini-Blüten zu füllen.«

Wir kamen an ihrem Haus an. »Zuerst pflücken wir und dann füllen wir«, sagte sie.

»Ich lege kurz meine Handtasche ab«, sagte ich. »Dann werde ich Ihnen helfen.«

Ich nahm den Schlüssel und ging durch den Garten zu meinem kleinen Häuschen. Die Tür war noch immer verschlossen und unberührt. Ich seufzte erleichtert. Ich trat ein und vergewisserte mich, dass die drei Gegenstände noch in meinem Schuh steckten. Ich ließ die Handtasche stehen, ging hinaus und schloss hinter mir die Tür. Als ich zum Fenster sah, bemerkte ich den Abdruck eines großen Stiefels in der weichen Erde. War der an diesem Morgen auch schon da gewesen? Ich glaubte nicht, doch ich war mir nicht sicher, ob ich es bemerkt hätte. War das vielleicht Giannis Abdruck von letzter Nacht? Ich erinnerte mich daran, dass er recht elegant gekleidet war – offenes hellblaues Hemd und enge schwarze Hose. Sicherlich keine Arbeiterstiefel. Das bedeutete, dass jemand versucht hatte, durch das Fenster hineinzublicken, als wir weg waren.

Einundzwanzig

Hugo

Dezember 1944

Hugos Bein heilte immer besser. Er konnte noch immer kein
Gewicht darauf stützen, doch zumindest pochte es nicht mehr
die ganze Zeit und das Fieber war ebenfalls nicht zurückgekehrt. Am Morgen zwang er sich zum Aufstehen und übte
das Gehen mit dem Stock. Die Sonne schien durch das zerbrochene Mauerwerk, doch als er nach draußen trat, blieb er
atemlos stehen. Unter ihm lag die Welt in einem Meer aus
weißem Nebel. Nur die äußerste Spitze des Kirchturms erhob
sich darüber und in der Ferne waren die Gipfel anderer Berge
zu sehen. Das schien der perfekte Moment zu sein, um die
Gegend zu erkunden, da er wusste, dass man ihn von unten
nicht sehen konnte. Der Boden war frostig und er bewegte sich
vorsichtig, ging in den zerstörten Gebäuden umher und suchte
nach allem, was irgendwie nützlich sein konnte. Er fand einen
Kochtopf, einen weiteren Löffel und zu seiner großen Freude
eine Konservendose. Er hatte keine Ahnung, was darin war,
da das Etikett abgerissen war, doch es ermutigte ihn, weiter-
zusuchen. Er steckte seine Entdeckungen in die Tasche und
erkundete weiter. Er fand einen Stiefel, der unter einem Stück

Mauerwerk hervorlugte. Womöglich war der zweite ganz in der Nähe. Es wäre eine nützliche Tauschware für Sofia. Er nahm seine ganze Kraft zusammen, um das Stück Stein beiseitezuschaffen, dann wich er erschrocken zurück, als er sah, dass der Stiefel noch an einem Fuß steckte. Er hatte vergessen, dass die Alliierten eine deutsche Stellung bombardiert hatten. Sicherlich lagen hier noch andere Leichen. Diese Erkenntnis raubte ihm seine kindliche Aufregung, die er beim Finden der Gegenstände empfunden hatte.

Er trug seine neuen Schätze zurück zu seinem Schlupfwinkel und machte sich daran, eine Falle zum Fangen einer Taube zu bauen. Sein Plan war einfach genug: ein Stock, um die Schublade aufzurichten, die er aus den Trümmern geborgen hatte, daran ein Stück Fallschirmkordel, um den Stock wegzureißen, wenn die Taube hineinging, um von den Krumen zu picken, die er dort verteilen wollte. Er schnitt ein Stück Fallschirmkordel ab und erinnerte sich daran, dass Sofia sich ein wenig von der Seide gewünscht hatte, um daraus Unterwäsche zu machen. Er brauchte den Fallschirm nicht mehr, da sie ihm Bettzeug gebracht hatte, deshalb schnitt er ihn in Stücke und lächelte, als er sich ihr Gesicht vorstellte, wenn sie es sah.

Dann stellte er die Falle auf, verstreute Brotkrumen auf dem Boden und zog sich in sein Versteck zurück. Jetzt musste er nur noch warten. Der Morgen verging. Er versuchte, sich nicht zu bewegen oder Geräusche zu machen. Zweimal flatterte eine Taube herum, und einmal landete sie auf einem Balken, flog dann aber wieder davon. Schließlich landete sie in der Nähe der Falle. Sie ging langsam vorwärts und gurrte dabei. Für einen Moment bewunderte er das Schillern ihrer Federn und verspürte Widerwillen bei der Vorstellung, sie zu töten, doch dann verdrängte er schnell diesen Gedanken. Sofia brauchte Fleisch. Er konnte es ihr besorgen. Die Taube watschelte unter die Lade und pickte nach den Krumen. Er riss an der Kordel. Der Stock flog weg. Die Lade landete mit einem lauten Knall auf dem Boden und sperrte die Taube ein. Es hatte genau so funktioniert, wie er es sich erhofft hatte.

Halb kroch er, halb rutschte er zu ihr, hob die Lade weit genug, um die Hand hineinzustecken, und ergriff die Taube. Sie flatterte und wand sich, als er sie herauszog, doch er drehte ihr den Hals um und sie lag ruhig da. Er starrte sie an und merkte, dass er das erste Mal etwas mit bloßen Händen getötet hatte. Als Junge hatte er zu Hause gewusst, dass Schweine und Hühner auf den Höfen um sie herum geschlachtet wurden. Als Bomberpilot hatte er sicherlich jemanden tödlich getroffen, wenn er Bomben auf Konvois und Bahnhöfe abgeworfen hatte, doch das war auf Entfernung und unpersönlich. Das hier war anders. Er war entsetzt darüber, wie leicht es war, ein Leben zu nehmen. Doch der Gedanke wurde von der Vorstellung von Sofias Gesicht ersetzt, wenn sie sah, was er für sie hatte. Es war das erste Mal, dass er in der Lage war, ihr etwas zurückzugeben.

Bei diesem Gedanken fiel ihm auch wieder die Fallschirmseide ein. Ein doppeltes Geschenk. Es machte ihn unsinnig glücklich. Er legte sich erschöpft zurück und versuchte, sich an Geschenke zu erinnern, die er Brenda gemacht hatte. War sie davon begeistert gewesen? Am Anfang, als sie verliebt waren, hatte er ihr Porträt gemalt. Das hatte ihr gefallen. Doch später? Da merkte er mit einem nagenden Gefühl von Scham, dass seine Geschenke nur noch Routine gewesen waren, ohne dass er sich viele Gedanken gemacht hätte: teures Parfüm, ein Paar Seidenstrümpfe. Wenn sie sich auseinandergelebt hatten, dann war es genauso seine Schuld wie ihre.

Nach dem Krieg werde ich es bei ihr wiedergutmachen. Und bei dem kleinen Teddy, dachte er. *Und Sofia?* Die Worte wurden irgendwo in seinem Kopf geflüstert. *Sie niemals wiedersehen? Blödsinn,* sagte er sich. *Du kannst nicht in Sofia verliebt sein. Sie war wunderbar, als du Hilfe brauchtest, doch du kennst sie erst ein paar Wochen. Und du bist schwach und krank. Es geschieht recht häufig, dass sich Männer in ihre Krankenschwestern verlieben ...*

Er schob den Gedanken beiseite, bis sie am Abend zu ihm kam. Sofias Gesicht, als er ihr die zwei Geschenke überreichte, war so voll Freude, dass er sein Herz dahinschmelzen spürte – als ob es viel zu lange in Eis eingefroren und jetzt wieder das Herz eines jungen Hugo war, der hinaus in die Welt zieht und über die Schönheit staunt und hoffnungsvoll in die Zukunft blickt.

»Eine Taube«, sagte sie. »Wie hast du es nur geschafft, eine Taube zu fangen?«

»Ganz einfach, wirklich. Ich habe eine Falle gebaut. Die Taube kam und nahm den Köder.« Er grinste. »Hoffen wir, dass sie Brüder und Schwestern hat.«

»Ich kann einen guten Eintopf daraus machen. Eine gute Brühe«, sagte sie. »Mein Sohn Renzo sieht in letzter Zeit so zerbrechlich aus. Sein Halsschmerz und der Husten wollen einfach nicht verschwinden. Das wird ihm guttun. Und dir auch.«

»Nein«, beharrte er. »Behalte es für Renzo und die Großmutter und für dich. Das ist ein Geschenk.«

»Unsinn«, sagte sie. »Wir teilen uns alle das Geschenk.«

Dann befühlte sie die Stücke von dem Fallschirm. »So weich. So luxuriös«, sagte sie. »Ich werde daraus den besten Petticoat und Unterhosen machen.« Sie hielt es an ihr Gesicht und lächelte ihn an. »Zu dumm, dass es sich nicht gehört, es dir zu zeigen, wenn ich die Stücke fertig habe.« Sie sah ihn mit kokettem Blick an.

»Abgesehen davon, dass es auch viel zu kalt wäre«, ergänzte er, und sie lachte.

»Das auch.« Dann wurde sie nachdenklich. »Vielleicht kann ich etwas von dieser Seide zum Handeln für Dinge nehmen, die wir brauchen, zum Beispiel mehr Olivenöl. Ich weiß, dass die Bernardinis Krüge im Keller versteckt haben. Gina Bernardini mag hübsche Dinge …« Sie machte eine Pause und sah zu ihm auf. »Was denkst du?«

»Sie werden merken, dass die Seide von einem Fallschirm stammt, deshalb werden sie herausfinden, dass ich hier bin.«

»Aber wenn ich sage, dass ich den Fallschirm oben im Wald gefunden habe?«

»Sie würden wissen, dass ein Mann entkommen ist und in der Gegend war, und jemand würde es den Deutschen sagen und sie würden nach mir suchen.«

Sie seufzte. »Du hast recht. Es ist ein Risiko, das ich nicht eingehen kann.« Dann strahlte sie wieder. »Doch wenn die Deutschen schließlich weggehen und die Alliierten kommen, dann werden wir noch immer handeln und ich werde etwas von der Seide aufbewahren, nur für den Fall.«

Hugo aß die Polenta und die Olivenpaste, die sie ihm gebracht hatte, und reichte ihr das Tuch, worin das Essen eingewickelt war. Sie faltete es, dann sah sie auf und fragte: »Denkst du die ganze Zeit an deine Frau, so wie ich an Guido denke?«

»Nein«, sagte er. »Ich fürchte nicht. Nicht sehr oft. Nicht oft genug.«

»Bist du nicht glücklich in deiner Ehe?«

»Nicht so sehr. Ich denke, wir sind zu unterschiedlich. Wir haben uns als Studenten in Florenz kennengelernt. In England wäre ich ihr wahrscheinlich nie begegnet. Ich komme aus einer adeligen Familie und ihre war, nun ja, untere Mittelklasse, das könnte man wohl so sagen. Ihr Vater arbeitete in einer Bank, er war Bankangestellter. Daran ist nichts verkehrt, doch wir hätten uns niemals getroffen. Wir teilten die Leidenschaft für Kunst. Und sie war hübsch. Schöne Beine. Sie amüsierte sich gern, liebte es, tanzen zu gehen und Wein zu trinken. Ich denke, wir fühlten uns als Ausländer stärker voneinander angezogen, weil wir in einem fremden Land waren.« Er machte eine Pause und sah sie fragend an, ob sie verstand, was er meinte. »Am Ende unseres Jahres in Florenz hätten wir uns wohl getrennt und jeder wäre seiner Wege gegangen, doch wir waren jung und unerfahren. Als Brenda mir mitteilte, dass sie ein Kind erwartete, tat ich das einzig Richtige – ich heiratete sie. Wir lebten eine Weile in London. Ich habe gemalt und in einer Kunstgalerie gearbeitet. Das Baby kam auf die Welt. Alles war gut.«

»Und dann?«, fragte sie. »Lief irgendwas schief?«

»Und dann ließ die Gesundheit meines Vaters nach. Er war im Ersten Weltkrieg in einen Gasangriff geraten. Er rief mich zu sich nach Hause und teilte mir mit, dass er mich in Langley Hall brauchte, denn er konnte sich nicht länger um das Anwesen kümmern. Deshalb brachte ich Brenda und das Kind in das riesengroße Haus aufs Land. Sie hat sich nie wohlgefühlt. Zu weit entfernt vom Trubel und dem Stadtleben und dem Spaß. Außerdem kam sie nie richtig mit meinem Vater aus.«

»Was wird also geschehen, wenn du wieder nach Hause kommst?«

»Ich weiß es nicht«, sagte er. »Wir werden sehen.«

»Wenigstens mag sie Kunst. Das ist eine gute Sache«, sagte Sofia. »Erzähl mir von deiner Kunst und deinen Studien. Ich würde gern mehr darüber erfahren.«

»Nicht jetzt. Du brauchst deinen Schlaf. Geh nach Hause«, sagte er.

»Oh, aber ich bin schon so gespannt auf alles, was du mir über Kunst erzählen kannst«, sagte sie. »Wir wohnen in einer Gegend mit großartigen Künstlern, weißt du? Michelangelo, Leonardo, Fra Angelico, Botticelli.«

Er war überrascht. Er fragte sich, welches Bauernmädchen in England die Namen englischer Maler aufzählen konnte.

»Du kennst dich mit Kunst aus?«

Sie zuckte mit den Schultern. »Ihre Gemälde sind in unseren Kirchen. Vor dem Krieg bin ich einmal bei einem Schulausflug nach Florenz gefahren. Ich konnte es nicht glauben, dass jemand so wunderbare Dinge malen konnte. Und erst die Skulpturen. Hast du Michelangelos *David* gesehen? Die Nonnen sagten, wir sollten nicht hinsehen, weil er ganz nackt war. Doch er war so schön, oder nicht?«

»Also hast du hingesehen?« Er lachte.

Sie lächelte verlegen. »Ich habe nur große Kunst betrachtet. Das ist keine Sünde. Malst du auch nackte Körper?«

Er lachte wieder. »Ich fürchte nein. Die Leute in meinen Landschaftsbildern waren alle angezogen.«

»Ich wünschte, ich könnte deine Bilder sehen«, sagte sie. »Wenn ich dir etwas Farbe und Papier besorgen würde, dann könntest du die Landschaft hier malen. Sie ist sehr schön, oder nicht?«

»Das ist sie«, stimmte er zu. »Doch Farbe und Papier sind unser geringstes Problem.« Er nahm ihre Hand und sie ließ ihn gewähren. »Du solltest wirklich gehen«, sagte er. »Du wirst noch krank, wenn du nicht genügend Schlaf bekommst.«

»Nonna sagte mir, ich würde faul werden, weil ich nicht vor sieben aufgewacht bin«, sagte sie. »Sie steht immer schon um fünf auf. So war es in den alten Tagen. Sie ist einundachtzig und hilft noch immer auf dem Feld. Sie hat mich gedrängt, die Rüben zu ernten, und hat gemeint, sie fühlte sich nutzlos, wenn sie ohne Arbeit im Haus eingesperrt ist.«

»Sind die Rüben schon reif für die Ernte?«

»Bald. Noch vor Weihnachten zum Glück. Vielleicht kann ich damit Dinge handeln, die wir für die Feiertage brauchen. Es ist so seltsam. In den letzten Jahren haben wir alle um diese Zeit gebacken. Jetzt gibt es nur Kastanienkuchen, wenn wir Glück haben. Keine Trockenfrüchte, keine Sahne, keine Butter. Und wahrscheinlich auch kein Fleisch. Ein armseliges Fest.«

»Hoffen wir, dass es das letzte armselige Fest ist, bevor die Deutschen endlich vertrieben sind.«

Sofia bekreuzigte sich. »Dein Wort in Gottes Ohr«, sagte sie.

Zweiundzwanzig

Joanna

Juni 1973

Für diesen Stiefelabdruck gibt es eine ganz einfache Erklärung, dachte ich. *Die zwei Carabinieri wollten sicherlich den Tatort nach Hinweisen absuchen. Mein Fenster haben sie wahrscheinlich auf Fingerabdrücke überprüft. Doch falls es noch keine offizielle Untersuchung gegeben hat, dann hatte jemand das Haus beobachtet und mich weggehen sehen.* Ich sah mich um und hörte erleichtert, wie Paola nach Angelina rief, um eine Schüssel zu bringen. Ich ging schnell zu ihr und sie zeigte mir kurz darauf, wie man die richtigen Zucchini-Blüten auswählte und pflückte, wobei man den Stiel nicht beschädigen durfte. Danach schnitt sie ein paar Artischocken, grub Radieschen aus und erntete reife Tomaten. Sie pflückte verschiedene Blätter aus dem Kräutergarten, die ich nicht zuordnen konnte, doch sie rochen kräftig, als sie sie mir zum Halten gab. Schließlich kehrten wir zum Haus zurück. Ich sah mich immer wieder um, um nachzuprüfen, ob wir beobachtet wurden. Paola plauderte die ganze Zeit beim Gehen, erzählte Angelina von unserer Begegnung mit den Carabinieri und was die Menschen im Dorf gesagt hatten.

»Siehst du, ich hatte recht«, sagte Angelina. »Ich habe dir doch gesagt, dass es an der schlechten Gesellschaft von Gianni lag. Er hat sich immer wieder in Gefahr begeben. Deshalb wurde er umgebracht.«

»Aber warum haben sie meinen Brunnen ausgewählt? Das würde ich gern wissen«, sagte Paola. »Warum haben sie ihn nicht auf seinem eigenen Grundstück ermordet? Das ist noch abgelegener und man ist noch besser von Bäumen verborgen. Warum sind sie ihm nicht einfach dorthin gefolgt?«

»Vielleicht hat er gemerkt, dass er verfolgt wird. Vielleicht hat er sich gewehrt und musste schnell umgebracht werden.« Angelina zuckte mit den Schultern. »Lass uns lieber das Essen zubereiten, Mamma. Ich bin hungrig und Signorina Joanna sicherlich auch.«

»Dann deck den Tisch und schneide schon mal das Brot«, sagte Paola und ging uns voraus in die kühle Küche. »Und leg Salami und Käse raus und wasch die Radieschen.« Sie wandte sich zu mir. »Passen Sie jetzt auf, wenn Sie sehen wollen, wie wir die Zucchini-Blüten füllen, Joanna.«

Sie legte etwas von dem weißen Käse in eine Schüssel, dann hackte sie die zuvor gepflückten Blätter, die sich als Minze herausstellten, und verteilte sie darauf, schließlich raspelte sie noch etwas Zitronenzeste darüber. Danach füllte sie diese Mischung mit einem Löffel vorsichtig in die Blüten.

Sie tauchte eine Kelle in den großen Krug mit Olivenöl und machte die Gasflamme unter einer Pfanne an.

»Jetzt kommt der Teig«, sagte sie. Sie gab ein rohes Ei in Mehl, verquirlte die Mischung und fügte Wasser hinzu. Dann tauchte sie eine Zucchini-Blüte in den Teig. Als das Öl brutzelte, legte sie die Blüte hinein und wiederholte den Vorgang mit allen anderen, drehte sie und nahm sie heraus, als sie knusprig waren.

»Heute Abend machen wir dasselbe mit den Artischocken«, sagte sie. »Wir müssen sie essen, solange sie noch heiß und knusprig sind.«

Wir setzten uns an den Tisch. Mir wurde Brot gereicht, dazu Tomatenscheiben, über die dicker, süßlicher Essig gegossen wurde. Ich probierte eine Zucchini-Blüte.

»Köstlich«, sagte ich und wünschte, mein italienischer Wortschatz wäre in Lobpreisungen umfangreicher.

Wir aßen eine Weile schweigend, bis die Schreie des Babys Angelina aufspringen ließen, um es zu holen. »Diesmal hat sie drei Stunden zwischen dem Füttern gehabt. Das ist ganz gut, oder, Mamma?«

»Ja, sie wird eindeutig kräftiger«, sagte Paola. »Ich glaube, wir können jetzt sicher sagen, dass sie bei uns bleiben wird.«

Wir beendeten unsere Mahlzeit mit frischen Aprikosen.

»Jetzt machen wir eine kleine Siesta, bevor wir das Gemüse pflücken und den Karren für morgen beladen«, sagte Paola. »Ich nehme an, dass Sie auch müde sind, *mia cara*.«

Mir gefiel der Gedanke nicht, dass Paola und Angelina schlafen gehen und mich allein zurücklassen würden.

»Nicht so sehr«, sagte ich. »Ich glaube, ich setze mich in den Schatten der Veranda und lese in meinem Buch.«

»Wie Sie wollen. Ich brauche etwas Schlaf.«

Ich ging zur Veranda und setzte mich auf die Bank in den Schatten. Es war kühl und friedlich. Die Bienen summten um den Jasmin und Spatzen zwitscherten, während sie über den staubigen Boden hüpften. In der Ferne hörte ich einen Esel schreien. Doch ich konnte nicht richtig lesen oder mich entspannen. Immer wieder sah ich vom Buch auf, den Blick auf den Pfad gerichtet, der vom Dorf herunterführte. Ich versuchte zu begreifen, was geschehen war. Niemand in San Salvatore schien meinem Vater begegnet zu sein oder auch nur von ihm gehört zu haben. Und doch hatte Gianni versucht, mir etwas

Wichtiges unter vier Augen zu erzählen, das er bis jetzt aus Todesangst verheimlicht hatte.

Und dann war da der schöne Junge, den mein Vater an einer Stelle verborgen hatte, wo nur er und Sofia ihn finden konnten. Doch der einzige Junge war Renzo, und er konnte sich nicht daran erinnern, dass man ihn versteckt hatte, und er erinnerte sich auch nicht an meinen Vater. Außerdem war er zu alt, um ein Kind meines Vaters sein zu können. Ich fragte mich, ob Sofia eine Schwangerschaft verborgen hatte. Wäre das in einem Dorf dieser Größe mit neugierigen Nachbarn möglich? Der damals dreijährige Renzo hätte es womöglich gar nicht bemerkt, wenn seine Mutter an Gewicht zugelegt hätte. Doch andere Frauen hätten es sicher mitbekommen. Und dann die größte Frage von allen: Wenn mein Vater lange genug in der Gegend war, um sich zu verlieben und womöglich Vater zu werden, wo im Himmel hatte er sich dann versteckt? In Sofias Haus? Doch Renzo hatte gesagt, dass ein deutscher Soldat bei ihnen einquartiert gewesen war. Und sicher hätte ihn auch jemand anderes gesehen. Das alles ergab keinen Sinn. Tatsächlich wäre es das Vernünftigste gewesen, diesen Ort so schnell wie möglich zu verlassen. Wenn Sofia Bartoli mit einem Deutschen davongelaufen war und das Herz meines Vaters gebrochen hatte, dann wollte ich nichts mehr über sie erfahren.

Der Nachmittag verlief ohne Zwischenfälle. Paola wachte von ihrem Nickerchen auf und wir gingen in den Garten, um das Gemüse zu pflücken. Als die Sonne unterging, hatten wir einen flachen Karren mit Holzkisten beladen, die am Morgen zum Markt gebracht werden sollten. Ich betrachtete den Karren und fragte mich, ob wir ihn den Hügel hinaufziehen mussten. Das sah nach schwerer Arbeit aus. Paola ließ ihn im Schatten neben dem Haus stehen. »Am Morgen kommt Carlo und holt ihn ab«, sagte sie. »Jetzt gehen wir essen.«

Das Abendessen begann mit weißen Kugeln von einem Käse namens Mozzarella, dazu Tomatenscheiben und frisches grünes Basilikum. Danach kamen die gebratenen Artischocken. Ich fand sie etwas zäh und nicht so lecker wie die Zucchini-Blüten von vorher. Doch das Hauptgericht mit den Kalbfleischscheiben in dicker Weinsoße – nun, das war himmlisch.

Danach saßen wir da und unterhielten uns, bis ich den Mut aufbrachte, auf mein Zimmer zu gehen. Ich wollte Paola nicht darum bitten, mich zu begleiten, doch ich fragte: »Sie glauben nicht, dass wir uns in Gefahr befinden, oder? Schließlich wurde direkt neben meinem Zimmer ein Mann ermordet.«

Paola schüttelte lächelnd den Kopf. »Sie sind nicht in Gefahr, meine Kleine. Sie hatten nichts mit diesem Mann zu tun, genau wie ich. Er hat ein trauriges Ende gefunden, wahrscheinlich hat er sich das selbst zuzuschreiben. Machen Sie sich keine Sorgen.« Dann legte sie mir einen Arm um die Schulter und begleitete mich zu dem kleinen Häuschen. Ich trat ein und versperrte die Tür von innen. Trotzdem hatte ich Schwierigkeiten beim Einschlafen. Ich stellte mir vor, wie jemand die Gitterstäbe am Fenster zu entfernen versuchte, oder eine Hand mit einer Pistole, die mich erschießt, während ich schlafe. Ich schloss die Fensterläden und das Fenster, auch wenn es heiß und stickig war, und schließlich schlief ich in dem luftarmen Raum ein.

Ich erwachte von lauten Stimmen und schoss hoch, mein Herz schlug wild. Es war noch nicht ganz hell und mein Kopf pochte, als hätte ich zu viel Wein getrunken. Ich öffnete die Tür und sah, dass der Lärm von einem Mann stammte, der mit einem Traktor gekommen war und jetzt Paolas Karren mit dem Gemüse ankoppelte, während sie ihm winkend Anweisungen zurief. Ich zog mich schnell an und ging zu ihnen.

»Haben wir Sie aufgeweckt, meine Kleine?«, sagte sie. »Das tut mir leid. Ich hätte Sie lieber schlafen gelassen, damit Sie sich etwas später anschließen. Ich muss jetzt hoch ins Dorf, um den

Stand aufzubauen, doch ich habe Ihnen Kaffee und Brot auf den Tisch gestellt. Wenn Sie zu mir kommen wollen, dann können Sie das gern tun. Das Badezimmer steht zu Ihrer Verfügung und Angelina ist auch bald auf, falls Sie noch etwas brauchen.«

Ich erinnerte mich, dass ich beim Hinausgehen die Tür nicht verschlossen hatte, deshalb eilte ich zurück. Nichts war angerührt worden. Ich nahm meinen Kulturbeutel und mein Handtuch und saubere Kleidung für den Tag, dann verschloss ich sorgfältig die Tür, bevor ich zum Bauernhaus ging, badete und dann frühstückte. Angelina tauchte auf, als ich noch aß, und rieb sich verschlafen die Augen.

»Es ist nicht einfach als Mutter«, sagte sie. »Das Baby schreit und will alle zwei Stunden essen, die ganze Nacht durch. Es ist klug von Ihnen, dass Sie sich auf Ihre Karriere konzentrieren und nicht heiraten. Ich wünschte, ich hätte mehr gelernt und nicht zugelassen, dass Mario mich verführt.« Sie machte eine Pause, dann lächelte sie schwermütig. »Wenn er nur nicht so attraktiv wäre.«

»Sie müssen ihn sehr vermissen, während er weg ist.«

Sie nickte. »Natürlich. Doch er tut es für uns, damit wir Geld sparen können und vielleicht ein kleines Geschäft aufmachen. Ich bete schon für jenen Tag.«

»Sie haben das Glück, dass Ihre Mutter Ihnen hilft.«

»Ja, auch wenn sie sehr herrisch sein kann und mir immer sagt, dass ich mich um mein Kind kümmern muss. Sie ist sehr altmodisch, wissen Sie? Und sie hört nicht auf die neuen Dinge, von denen ich in Büchern gelesen habe.«

»Wenigstens ist sie da«, sagte ich. »Ich vermisse meine Mutter noch immer. Sie war auch so herzlich wie Ihre. Sie hat sich gut um meinen Vater und mich gekümmert.«

»Haben Sie keine Geschwister?«

Ich schüttelte den Kopf. »Meine Mutter war schon über vierzig, als ich geboren wurde. Es war für beide Eltern eine späte

Ehe. Sie hatte nie gedacht, dass sie ein Kind bekommen würde, und war sehr überrascht, als ich kam. Sie sagte mir, ich sei ihr kleines Wunder.«

»Ich hatte einen Bruder«, sagte Angelina. »Doch er starb, als er noch ein Baby war. Er hatte diese Krankheit namens Polio bekommen, kennen Sie das? Es war so traurig. Das Leben ist voller Traurigkeit, finden Sie nicht? Meine Mutter, sie weint noch immer um meinen Vater.«

»Ja«, stimmte ich ihr zu. »Das Leben ist voller Traurigkeit. Doch Sie haben ein kleines Baby, das Sie glücklich macht.«

»Wenn sie nur nicht die ganze Nacht essen wollte«, sagte Angelina und wir beide lachten.

»Ich habe Ihrer Mutter versprochen, dass ich zur Piazza komme und ihr helfe«, sagte ich. Kurz danach ging ich den Hügel hinauf. Es war ein kühler Morgen mit ein paar weißen Wolken, die vom Westen heranstürmten. Vielleicht würde sich das Wetter ändern. Auf dem Weg traf ich niemanden und rannte fast durch den Tunnel, doch als ich die Piazza erreichte, war sie trotz der frühen Stunde voller Leben. Paola verkaufte bereits eifrig und schien sich darüber zu freuen, mich zu sehen.

»Ah, da sind Sie ja«, sagte sie. »Sie können gleich mit anpacken. Der Korb mit Aprikosen muss nachgefüllt werden. Und die Tomaten. Und achten Sie darauf, dass das Basilikum nicht in der Sonne steht, sonst wird es welk.«

Ich tat, worum sie mich bat.

»Und ich habe versprochen, Petersilie zur Trattoria zu bringen«, sagte sie.

»Das übernehme ich für Sie«, bot ich mich an.

Sie schüttelte den Kopf. »Nein, ich gehe lieber selbst. Ich muss wissen, was sie für das Fest morgen brauchen.«

»Ein Fest?«

Sie lächelte. »Morgen ist Feiertag. Fronleichnam. Wir haben eine große Prozession und dann ein Fest hier auf der Piazza.

Jeder bringt Essen zum Teilen mit. Sie werden es genießen, da bin ich mir sicher.«

Und damit ging sie. Ich war ein wenig nervös, dass ich die Kunden nicht verstehen würde, doch für ein paar Minuten kam niemand. Ich schob die Ablage mit den Tomaten aus der direkten Sonne, als ich den Schatten von jemandem bemerkte, der näher kam. Ich blickte auf und sah Renzo.

»Oh, Sie sind es«, sagte er auf Englisch. »Warum sind Sie noch immer hier?«

»Ich darf noch nicht weg«, sagte ich.

»Ist das nicht Paolas Stand?«, fragte er und sah sich um. »Wo ist sie?«

»Sie ist zur Trattoria gegangen, um ihnen Petersilie zu bringen«, sagte ich. »Kann ich Ihnen helfen?«

»Ja, ich denke schon. Ich brauche alle Ihre Tomaten und Ihr Basilikum und die Zwiebeln, und haben Sie auch Knoblauch? Ich brauche eine Menge Knoblauch.«

»Sie müssen ja sehr hungrig sein«, sagte ich und versuchte, witzig zu klingen.

»Es ist für den Feiertag«, sagte er, ohne zu lächeln. »Mein Vater gibt allen seinen Arbeitern zu essen. Er wird Lamm am Spieß braten und ich soll mich um die Salate und die Pasta dazu kümmern.«

»Hat er viele Arbeiter?«, fragte ich.

»Er hat viel Land«, sagte Renzo. »Olivenhaine, Weinberge, die Olivenpresse. Er ist ein wohlhabender Mann.«

»Und Sie erben das eines Tages?«, fragte ich. »Haben Sie keine Brüder oder Schwestern?«

»Mein Vater hat nie geheiratet«, sagte er. »Er hat mir gesagt, dass das Mädchen, das er liebte, seine Liebe nicht erwidert hat, und eine andere wollte er nicht. So eine echte Liebe ist lobenswert, finden Sie nicht?«

»Ja, ich glaube schon«, sagte ich zögernd. »Doch ich glaube nicht, dass ich mich dazu entscheiden würde, allein zu leben, wenn ich die Person nicht haben könnte, die ich wollte.« Ich war über mich selbst überrascht, als ich diese Worte aussprach. Bedeutete es, dass ich bereit dazu war, mich von Adrian zu lösen? War da etwa ein Funken Hoffnung? Ich spähte zu Renzo. »Also, wenn Sie heiraten, dann müssen Sie sich ein Mädchen auswählen, das dazu bereit ist, hier zu leben, oder Cosimo würde allein bleiben.«

Da war ein Ausdruck in seinem Gesicht, den ich nicht zu deuten wusste. »Ja«, sagte er. »Meine zukünftige Frau müsste dazu bereit sein, ein Teil meines Lebens hier zu werden. Das mag nicht so einfach sein. Wer würde es schon mögen, sich mitten auf dem Land wegzuschließen?«

»Es ist aber sehr schön hier«, sagte ich.

»Mag sein.«

»Sie hatten den Traum, Koch zu werden«, sagte ich. »Sie haben ihn aufgegeben, um sich um Ihren Adoptivvater zu kümmern. Das ist vorbildlich. Ich bedaure, dass ich meinen Vater so lange allein gelassen habe.«

»Ihr Vater ist jetzt tot?«

»Ja. Er ist vor einem Monat verstorben. Deshalb bin ich hier, weil ich wissen wollte, was mit ihm im Krieg geschehen ist.«

»Dann tut es mir leid, dass wir Ihnen nicht helfen können«, sagte er in umgänglicherem Tonfall.

Wir hielten in unserem Gespräch inne, als sich ein Mann dem Tisch näherte. »Entschuldigen Sie mich«, sagte ich zu Renzo. »Ich muss mich für Paola um diesen Kunden kümmern. Ich hoffe nur, dass ich ihn verstehen kann. Der regionale Dialekt ist sehr schwer für mich.«

Der Mann trug einen hellen Anzug und hatte einen beeindruckenden schwarzen Schnurrbart. »Sind Sie Signorina Langley?«, fragte er.

»*Sì*, Signor.«

»Dann kommen Sie bitte mit mir. Ich bin Inspektor Dotelli von der Kriminalpolizei in Lucca. Ich muss Ihnen ein paar Fragen im Zusammenhang mit dem Tod von Gianni Martinelli stellen.«

Dreiundzwanzig

Joanna

Juni 1973

Ich bemühte mich, mir den Schrecken nicht anmerken zu lassen. »Aber ich habe meine Aussage schon gemacht«, sagte ich. Da mein Italienisch noch immer sehr rudimentär war, sagte ich eigentlich: »Ich habe dem Mann gesagt, was ich gesehen habe.«

Der Inspektor spreizte die Hände. »Eine reine Formalität«, sagte er. »Kommen Sie mit mir zur Polizeiwache.«

»Ich passe gerade für Signora Rossini auf ihren Stand auf«, sagte ich. »Ich kann nicht weg, bevor sie nicht zurück ist.«

»Dieser Mann kann für Sie aufpassen«, sagte er und winkte nachlässig in Richtung Renzo.

»Dieser Mann ist ein wichtiger Kunde. Er hat Gemüse für das Fest morgen gekauft«, sagte ich und spürte, wie mein Gesicht vor Verlegenheit feuerrot wurde. »Ich kann ihn nicht bitten, noch mehr Zeit hier zu verbringen.« Ich stolperte jetzt aufgeregt über die italienischen Wörter. »Ich weiß auch gar nicht, wie ich Ihre Fragen beantworten kann«, fügte ich hinzu. »Ich spreche nur wenig Italienisch. Ich bin eine Touristin aus England.«

»Aber Sie haben mit diesem Mann gesprochen. Ich habe Sie beobachtet.« Der Inspektor drohte mir mit dem Zeigefinger. Er nutzte seine Hände sehr intensiv beim Sprechen.

»Das ging auch, weil wir uns auf Englisch unterhalten haben«, sagte ich. »Dieser Mann hat in London gearbeitet.«

»Dann sollte er als Übersetzer mit Ihnen kommen«, sagte der Inspektor.

»Ich habe Geschäfte, um die ich mich kümmern muss«, sagte Renzo kühl. »Ich habe keine Zeit.«

»Ich bitte Sie nicht«, sagte der Inspektor. »Das ist eine polizeiliche Anordnung. Es sollte auch nicht lange dauern.« Er blickte auf. »Ah, hier kommt auch die Dame zurück zu ihrem Gemüse. Gut. Dann kommen Sie mit.«

Paola kam zu uns geeilt, ihr Gesicht zeigte Kampfbereitschaft. »Was ist los? Was passiert hier?«, wollte sie wissen.

»Der Inspektor aus Lucca«, sagte ich und nickte zu ihm. »Er möchte mir ein paar Fragen stellen.«

»Wir haben den Carabinieri alles erzählt, was wir wissen«, sagte Paola. »Diese junge Dame ist eine Fremde. Sie kann Ihnen nicht helfen und ich möchte sie nicht weiter aufregen.«

»Sie wird sich nicht aufregen, wenn sie mir meine Fragen beantwortet und die Wahrheit erzählt. Kommen Sie jetzt mit. Es ist Samstag und ich möchte diese Sache so schnell wie möglich erledigen.«

Damit legte er mir eine Hand an den Ellbogen und steuerte mich im wahrsten Sinne des Wortes über die Piazza zum Rathaus. Ich spähte zurück zu Renzo. Er redete mit Paola, reservierte sich wahrscheinlich die Waren, die er brauchte. Er gab ihr noch immer Anweisungen, während er uns zu dem dunklen Eingang folgte. Der junge Carabinieri wurde mit einer einfachen Handbewegung von seinem Schreibtisch verscheucht und der Inspektor nahm seinen Platz ein.

»Du bleibst und machst Notizen«, sagte der Inspektor zu dem Polizisten, der sich aus dem Raum schleichen wollte. »Hol einen Stuhl für die junge Dame, und du kannst dich neben mich an den Tisch setzen.«

Der junge Mann kehrte mit einem Stuhl zurück und nahm dann seinen Platz neben dem Inspektor ein, wobei ihm die ganze Sache unangenehm zu sein schien. Für Renzo gab es keinen Stuhl. Er blieb hinter mir stehen. Ich war jetzt nicht nur verlegen, sondern auch verängstigt. In Renzos Gesicht hatte ich seine Verachtung für mich bemerkt. Wenn er nun meine Antworten falsch übersetzte, damit ich schuldig an Giannis Mord wirkte? Mein Herz schlug mir heftig in der Brust.

»Also«, sagte der Inspektor. »Ihr Name, Ihre Adresse und der Grund für Ihren Besuch.«

Ich blickte zu Renzo, wollte so den Eindruck vermitteln, dass ich nicht einmal diese einfachen Sätze verstand. Langsam nannte ich meinen Namen und die Adresse. »Ich kam her, weil mein Vater ein britischer Pilot war. Sein Flugzeug wurde während des Krieges in der Nähe abgeschossen und ich wollte die Stelle selbst sehen.«

Renzo übersetzte es. Der Inspektor nickte.

»Wann sind Sie in diesen Ort gekommen?«

»Erst vor zwei Tagen.« Es fühlte sich schon viel länger an.

»Und Sie haben den Leichnam von Gianni Martinelli gefunden?«

»Signora Rossini und ich haben den Leichnam gemeinsam gefunden«, sagte ich. »Ich schlafe in dem kleinen Häuschen am Ende ihres Gartens. Das Wasser kommt aus dem Brunnen hinter meinem Zimmer. Ich wollte duschen, doch es gab kein Wasser. Ich ging zur Signora, um ihr Bescheid zu sagen. Zusammen hoben wir den schweren Deckel vom Brunnen und sahen den Körper. Wir schrien beide und waren sehr erschrocken.«

Der Inspektor horchte auf die Übersetzung, dann sah er zu, wie der junge Polizist Notizen machte. Er blickte zu mir auf. »Was haben Sie dann getan?«

»Wir haben die Tochter der Signora zu den Carabinieri geschickt. Sie kamen und hoben die Leiche aus dem Brunnen. Es war nicht gerade einfach. Jemand hatte ihn mit dem Kopf voran hineingeworfen, sodass er unter Wasser war. Es war schrecklich.«

»Haben Sie den Mann erkannt, als er herausgeholt wurde?«

»Das habe ich«, sagte ich. »Ich hatte ihn am Vorabend gesehen.«

»Ach. Also kannten Sie ihn?«

»Ich kannte ihn nicht. Er war einer der Männer, die auf der Piazza am Tisch saßen. Ich hatte sie gefragt, ob sie sich an meinen Vater erinnerten, doch keiner kannte ihn.«

»Das ist alles?«

»Ja«, sagte ich. »Das war das einzige Mal, dass ich diesen Mann gesehen habe.«

Auf das Gesicht des Mannes trat ein unangenehmes Feixen. »Das ist aber nicht das, was ich gehört habe«, sagte er. »Ich habe gehört, dass Gianni sehr an Ihnen interessiert war. Er hat mit Ihnen geflirtet. Er hat angeboten, Ihnen seinen Bauernhof zu zeigen.«

Renzo wirkte jetzt auch verlegen, als er übersetzte.

»Er war nur freundlich«, sagte ich. »Ich habe den Männern gesagt, dass ich mir gern die Gegend ansehen wollte, und dieser Mann, Gianni, hat angeboten, mir zu zeigen, wie er Käse macht.«

»Wie er Käse macht? So nennt man das jetzt?« Der Inspektor blickte zu dem jungen Polizisten und grinste.

Mein Unbehagen verwandelte sich in Wut. »Inspektor, ich saß mit anderen Männern an einem Tisch. Sie lachten und meinten, dass ich bei Gianni achtgeben sollte, deshalb war mir bewusst, dass man ihm womöglich nicht vertrauen sollte. Als er mir dann anbot, mich nach Hause zu begleiten, habe ich abgelehnt. Und zum Glück hat ein anderer Mann namens Alberto gesagt, dass er mich begleiten würde, da er auf seinem Heimweg an Paolas Hof vorbeimuss.«

»Und das war das letzte Mal, dass Sie Gianni gesehen haben?«

»Das einzige Mal.«

Es folgte eine lange Pause, während der mich der Inspektor anstarrte. »Nun sagen Sie mir, Signorina Langley. Ist das in Ihrem Land normal, dass ein Mädchen sich allein an einen Tisch voller Männer setzt und ein Glas Wein von ihnen annimmt? Ist das etwa anständiges Benehmen?«

»Zunächst einmal bin ich kein Mädchen. Ich bin eine Frau von fünfundzwanzig Jahren und ich stehe kurz vor dem Jura-Examen, um Anwältin zu werden«, sagte ich. Es kam mir vor, als hätte ich den Hauch einer Reaktion bei dem Wort »Anwältin« bemerkt. »Und zweitens«, fuhr ich fort, »wollte ich etwas über meinen Vater herausfinden und fühlte mich recht sicher, als ich mich den Menschen auf der Piazza näherte. Ich habe ein Glas Wein akzeptiert, weil es unhöflich gewesen wäre, es abzulehnen.«

»Und dann?«

»Dann bin ich nach Hause gegangen. Ich habe Ihnen bereits gesagt, dass ein Mann namens Alberto angeboten hat, mich zu begleiten, da er an dem Bauernhaus vorbeimusste, wo ich wohne. Ich habe sein Angebot angenommen, da es dunkel wurde. Er begleitete mich zur Haustür. Ich dankte ihm und ging hinein, um mit Signora Rossini und ihrer Tochter zu Abend zu essen. Dann ging ich zu Bett. Das ist alles, was ich Ihnen erzählen kann.«

»Danach haben Sie nichts mehr gehört? Ein Mann wurde umgebracht und in einen Brunnen geworfen und Sie haben nichts gehört? Das finde ich seltsam. Fast nicht zu glauben.«

»Ich habe Wein getrunken«, sagte ich. »Ich bin nicht daran gewöhnt und habe davon wohl besonders tief geschlafen.«

Er gab ein Geräusch von sich, das zwischen einem Hüsteln und einem Lachen war. »Wissen Sie, was ich glaube?«, sagte der Inspektor. »Ich glaube, dass Gianni von Ihnen angezogen war. Eine junge Dame aus einer fernen Stadt, vielleicht mit anderen Moralvorstellungen als unsere einheimischen Mädchen. Er hat von den Londonerinnen und ihrer lockeren Art gehört. Er wollte eine Eroberung machen. Er kam später am Abend zu Ihrem Zimmer, um Sie zu besuchen. Vielleicht hat er gewaltsam versucht, sich Ihnen zu nähern. Sie haben sich gewehrt. Sie haben ihn mit einem Stein geschlagen und ihn umgehauen, dann haben Sie ihn aus Angst vor dem, was Sie getan haben, im Brunnen versteckt.«

»Das ist absurd«, sagte ich und blickte zu Renzo, damit er für mich übersetzte. »Zum einen wäre ich nicht stark genug gewesen, um einen Mann wie Gianni über den Kopf zu schlagen, wenn er mich bereits angegriffen hätte.«

»Sehr gut, dann sagen wir, dass Sie ihn weggestoßen haben. Eine löbliche Handlung für eine aufrechte junge Frau. Er stolperte, fiel rückwärts und schlug mit dem Kopf gegen einen Stein. Überhaupt kein Mord, sondern Selbstverteidigung. Verständlich. Jede Jury würde erkennen, dass Sie Ihre Ehre verteidigt haben.« Er machte wieder eine Pause.

»Aber nicht wahr«, sagte ich. »Und wie hätte ich seinen Körper in den Brunnen schaffen können? Ich sagte Ihnen, dass ich nicht stark genug war, um den Deckel allein anzuheben.«

»Dann haben Sie die Signora geholt, um Ihnen zu helfen.« Er wackelte wieder mit dem Finger. »Zusammen haben Sie diesen armen Mann in den Brunnen gestoßen, wo er ertrunken ist.«

Ich holte tief Luft, bemühte mich, ruhig und beherrscht zu bleiben, während Renzo übersetzte. »Wenn ich es so getan hätte, wie Sie gesagt haben, und seinen Körper in den Brunnen warf, hätte ich dann am Morgen die Signora darauf aufmerksam gemacht, dass ich kein Wasser für die Dusche hatte? Hätten wir dann den Deckel entfernt, den Leichnam gefunden und die Carabinieri gerufen? Nein, ich hätte über die Leiche geschwiegen und die Stadt verlassen, den ersten Zug zurück nach England genommen. Bis irgendwer die Leiche gefunden hätte, wäre ich längst über alle Berge gewesen.«

Der Inspektor hörte sich das an, während es ins Italienische übersetzt wurde. Ich merkte, dass ich beim Sprechen mit den Armen wedelte, auf echt italienische Weise. Ich bemerkte einen seltsamen Ausdruck auf Renzos Gesicht. Dann sagte er: »Ich kann nicht noch mehr Zeit für das hier verlieren, Inspektor. Ich habe Geschäfte zu erledigen. Bitte entschuldigen Sie mich jetzt. Es ist doch offensichtlich, dass diese junge Frau Gianni nicht ermordet hat.«

»Aber warum«, fragte der Inspektor, »waren dann ihre Fingerabdrücke auf einem großen Stein neben dem Brunnen? Beantworten Sie mir das.«

»Das kann ich beantworten«, sagte ich, ohne darauf zu warten, dass Renzo übersetzte. »Der Stein lag auf dem Deckel. Ich habe ihn zuerst heruntergenommen, als ich den Deckel zu öffnen versuchte.«

»Aha, also sprechen Sie doch Italienisch«, sagte der Inspektor.

»Nicht gut genug, um das zu sagen, was ich sagen will«, antwortete ich. »Und ich verstehe es nicht, wenn Leute schnell reden.«

»Wir belassen es zunächst hierbei«, sagte der Inspektor. »Ich bin nicht davon überzeugt, dass sie unschuldig ist. Ich werde diese Signora Rossini ebenfalls befragen müssen. Vielleicht war sie eine Komplizin. Ich werde ihr schon ein Geständnis entlocken, wenn sie schuldig ist. Wir müssen weitere Tests machen, weitere Zeugen befragen. Der ganze Tatort wird nach Hinweisen und Fingerabdrücken abgesucht. Aber keine Angst, ich werde freundlich zu Ihnen sein, Signorina, und Sie nicht ins Gefängnis in Lucca bringen. Ich erlaube Ihnen, hier im Ort zu bleiben, bis wir diesem Verbrechen auf den Grund gegangen sind. Sie dürfen aber nicht abreisen, verstehen Sie?«

Ich nickte.

»Sehr gut. Sie können jetzt gehen.« Damit winkte er uns aus dem Raum.

Als ich aus der Dunkelheit ins helle Tageslicht trat, wurde ich am Handgelenk ergriffen. Ich rang kurz nach Luft und strauchelte, dann blickte ich zu meinem Angreifer auf. Es war Renzo. Er sah mich finster an, ein zorniger Ausdruck lag auf seinem Gesicht.

»Woher haben Sie diesen Ring?«, fragte er. »Haben Sie etwa mein Haus ausgeraubt?«

Ich blickte auf meine Hand. »Das ist mein Siegelring«, sagte ich. »Mein Familienwappen. Mein Vater hat ihn mir zu meinem einundzwanzigsten Geburtstag geschenkt.«

»Aber nein, das stimmt nicht«, sagte Renzo. »Das ist mein Familienwappen. Meine Familie. Ihr Vater muss es gestohlen haben, als er hier war.«

»Völliger Blödsinn!« Fast schrie ich die Worte, als sich Furcht und Zorn vermischten. »Sehen Sie das Wappen darauf. Es ist der Greif. Dasselbe Wappen ist über dem Haupteingang von Langley Hall eingraviert. Es ist seit 1600 in unserer Familie.«

Jetzt bemerkte ich Unsicherheit auf seinem Gesicht. »Aber ich habe genau den gleichen Ring zu Hause«, sagte er. »Es ist ein Männerring und er wurde im Besitz meiner Mutter gefunden. Cosimo hat mir erzählt, dass er von der Familie meines richtigen Vaters stammt. Von den Bartolis. Er sagte, ich sollte stolz darauf sein, dass wir einmal adelig waren.«

»Dann hat sich Cosimo vertan«, sagte ich, während mir bewusst wurde, dass Cosimo die Wahrheit nicht gewusst hatte. Er hatte meinen Vater nicht gekannt. Doch jetzt war ich aufgeregt. Das war der absolute Beweis, dass mein Vater hier gewesen war – dass er Sofia gekannt hatte. Ich blickte in Renzos Gesicht, der verwundert die Stirn runzelte. »Ich glaube, mein Vater muss es Ihrer Mutter als Beweis seiner Liebe gegeben haben. Wir wissen jetzt, dass er hier war und Ihre Mutter gekannt hat. Sind Sie sicher, dass Sie sich nicht an ihn erinnern? Ein Engländer mit hellbraunem Haar und blauen Augen, schlanke Gestalt wie ich?«

Er schüttelte den Kopf. »Ich habe ihn nie gesehen«, sagte er. »Warum denken Sie, dass er meine Mutter gekannt hat?«

»Na ja, der Ring ist dafür ein ziemlich deutlicher Beweis, oder nicht? Und ich habe einen Brief, den er ihr geschrieben hat«, sagte ich. »Einen Liebesbrief. Er schrieb ihr, dass er zu ihr zurückkehren würde, sobald der Krieg vorbei wäre. Er wollte sie heiraten.« Ich machte eine Pause, spürte die starke Emotion in dem, was ich sagte. »Doch der Brief kam ungeöffnet zurück. Darauf war ein Stempel mit den Worten ›Empfänger unbekannt‹. Er hielt ihn all die Jahre in einer kleinen Schachtel verborgen.«

»Sie ist mit dem Deutschen gegangen«, sagte er. »Sie hat sich dazu entschieden, nicht auf Ihren Vater zu warten.«

Ich nickte und war den Tränen nah. Wir standen uns in dem hellen Sonnenlicht gegenüber und blickten uns an.

»Dann wurden wir beide von ihr verlassen, Ihr Vater und ich«, sagte er.

Vierundzwanzig

Joanna

Juni 1973

Wir blickten auf, als wir Paola rufen hörten.

»Ihre Tomaten, Signor Bartoli. Haben Sie einen Karren, um sie zu transportieren?«

»Ich schicke später einen der Männer vorbei«, sagte Renzo. »Bezahlen werde ich jetzt gleich. Nehmen Sie sie bitte aus der Sonne.«

Er zog ein Portemonnaie aus der Tasche und reichte Paola mehrere Geldscheine. Sie strahlte. »Sie sind sehr großzügig.«

Ich drehte mich zu Renzo. »Danke, dass Sie für mich übersetzt haben. Ohne Sie hätte ich die Befragung nicht durchgestanden.«

»Machen Sie sich keine Sorgen«, sagte er. »Ich bin überzeugt, dass der Inspektor Ihre Unschuld an dem Verbrechen erkennen wird. Manchmal genießen es diese Männer einfach, ihre Macht zu demonstrieren. Vielleicht ist er einfach faul und beschäftigt sich deshalb nur mit dem naheliegendsten Verdächtigen. Ich werde mit Cosimo sprechen und er wird dafür sorgen, dass Sie entlastet werden. Mein Vater hat in dieser Gegend großen Einfluss.«

»Was glauben Sie, warum dieser Mann ermordet wurde?«
Ich konnte mich nicht zurückhalten und musste ihn einfach
fragen.

Renzo zuckte mit den Schultern. »Da fallen mir zahlreiche Gründe ein. Er hat sich mit den falschen Leuten umgeben.
Er hat seine Nase hineingesteckt, wo man ihn nicht haben
wollte. Vielleicht hat er auch Dinge gehört, die er nicht hören
sollte. Womöglich hat er sogar Leute erpresst. Ich hätte es ihm
zugetraut.«

Ich ermahnte mich, den Mund zu halten, sprach aber weiter. »Ich habe gehört, dass er auch eine eigene Olivenpresse
bauen wollte. Wäre es möglich, dass ihn jemand davon abhalten
wollte?«

Renzo schüttelte den Kopf. »Nur eine von Giannis großen
Ideen. Das wäre niemals geschehen. Jeder weiß, dass Cosimos
Olivenpresse die modernste und beste in der Gegend ist. Warum
sollte irgendwer eine andere bauen? Vor allem ein Mann wie
Gianni, der zweifellos den einfachsten Weg gegangen wäre und
etwas Lausiges gebaut hätte. Sie wäre ständig ausgefallen, selbst
wenn ihm überhaupt jemand das nötige Kapital gegeben hätte.«
Er verneigte sich kurz. »Ich muss zurück zu meinen Geschäften.
Ich bin schon spät dran. Vielleicht sehen wir uns morgen beim
Fest? Sie sollten kommen. Ich glaube, es würde Ihnen gefallen.
Sehr unbritisch!« Und er lächelte, während er sich abwandte.

Ich sah ihm nach. *So ein attraktiver Mann,* dachte ich. Dann
erinnerte ich mich daran, dass er Cosimos Adoptivsohn war. Es
war gut möglich, dass er wusste, wer Gianni ermordet hatte.
Wenn Cosimo verhindern wollte, dass die Olivenpresse gebaut
wurde, dann wären zahlreiche Männer seinen Anordnungen
gefolgt ... einschließlich seines Sohnes. *Ich darf nicht vergessen,
dass Renzo womöglich an dem Mord beteiligt war,* dachte ich.

Ich ging zu Paola an ihrem Stand, als Renzo stehen blieb,
um mit jemandem am anderen Ende der Piazza zu reden.

Womöglich hatte Giannis Tod gar nichts mit der Olivenpresse zu tun, versuchte ich mich zu überzeugen.

Er hatte allein mit mir sprechen wollen. Er wollte mir die Wahrheit über den Krieg erzählen, über Sofia. Er hatte den Umschlag durch mein Fenster geschoben. Und jemand war ihm gefolgt und hatte ihn umgebracht. Irgendwas war hier im Krieg geschehen. Etwas mit Blut und deutschem Geld.

Den ganzen restlichen Tag über bediente ich mit Paola an ihrem Stand, dann half ich ihr, die Kisten und die wenigen übrig gebliebenen Waren einzupacken. Sie wirkte zufrieden. »Fast alles verkauft, dank Cosimo und Renzo. Jetzt müssen wir nicht die ganze Woche Gemüsesuppe essen!«

Wir gingen zusammen nach Hause. Es war seltsam, doch es fühlte sich wirklich so an, als würde ich nach Hause gehen.

»Dieser dumme Kerl von Inspektor«, sagte sie. »Aber so ist die Polizei hier manchmal. Sie wollen sich in nichts einmischen, was womöglich zu finster und kompliziert ist, deshalb versuchen sie, den unschuldigsten Leuten ein Verbrechen anzuhängen. Wahrscheinlich ahnt er, dass Gianni in kriminelle Aktivitäten verwickelt war, will sich aber besser aus allen Bandengeschichten heraushalten. Aber keine Sorge«, fügte sie hinzu. »Da wird nichts rauskommen. Bald dürfen Sie fahren, das verspreche ich Ihnen. Und in der Zwischenzeit werde ich Ihnen beibringen, wie man gutes italienisches Essen zubereitet, damit Sie Ihren Ehemann zufriedenstellen, wenn Sie mal einen haben.«

Trotz allem brachte sie mich damit zum Lachen.

»Erzählen Sie mir vom Krieg«, sagte ich vorsichtig. »Gab es hier irgendwelche Skandale? Irgendwelche Leute, die mit den Deutschen kollaboriert haben?«

»Ich habe ja schon gesagt, dass ich nicht hier war«, sagte sie. »Ich kam erst zurück, als die Deutschen schon fort waren. Man hörte viele Horrorgeschichten, natürlich. Von jungen Mädchen, die vergewaltigt wurden. Von ganzen Dörfern, die massakriert wurden, weil die Deutschen glaubten, sie hätten den Partisanen geholfen.«

»Wer waren eigentlich die Partisanen?«, fragte ich.

»Tapfere Männergruppen, die gegen die Besatzer kämpften«, sagte sie. »Es war keine richtige Organisation, nur viele kleine unabhängige Gruppen, die in den Regionen aktiv waren, in denen sie lebten. Manche waren Faschisten, manche Kommunisten, einige waren ehemalige Soldaten, andere waren einfach gute Männer, die dabei helfen wollten, den Krieg zu gewinnen. Sie zerstörten Laster und Eisenbahnstrecken und taten lauter mutige Dinge. Viele bezahlten das mit ihrem Leben.«

»Dann gab es auch in dieser Gegend eine solche Gruppe?«

»Die gab es. Bis sie jemand verriet. Die Deutschen haben alle erschossen. Cosimo war damals noch ein junger Mann. Er war einer von ihnen. Er hatte Glück. Die deutschen Kugeln streiften ihn nur. Doch er musste zwischen den Leichen liegen und sich totstellen, als die Deutschen mit ihren Bajonetten kamen und die Überlebenden erstachen. Er war vor Trauer wie von Sinnen und ganz blutverschmiert, als er am nächsten Tag nach Hause getaumelt kam. Die Menschen von San Salvatore konnten von Glück sagen, dass sie nicht alle zur Vergeltung erschossen wurden, wie es in anderen Ortschaften geschah.«

»Wussten die Menschen von San Salvatore, wer die Partisanen waren?«, fragte ich. »Haben die Männer nicht ihre Identitäten geheim gehalten?«

»Natürlich. Doch die Leute wussten es. Sie verließen sich auf die Bauern, um sie zu verstecken, wenn sie verfolgt wurden. Sie verließen sich auf andere, um ihnen Essen zu geben, wenn sie weg von zu Hause waren. Und manchmal trugen sie einen kleinen Stern, sodass die Leute wussten, dass sie diejenigen waren, für die sie sich ausgaben. Also ja, die Leute wussten es.«

Die Leute wussten es, dachte ich. Und einer von ihnen hatte die einheimischen Männer bei den Deutschen verraten. Warum? Wer hatte davon profitiert? Womöglich war auch jemand aus deutscher Gefangenschaft freigekommen, nachdem er diese Information preisgegeben hatte. Ich dachte an jene Männer am Tisch und fragte mich, wie ich jemals herausfinden konnte, was sie womöglich wussten.

Wir erreichten das Bauernhaus und stapelten die Kisten, dann verabschiedete sich Paola für ihr Nachmittagsschläfchen. Ich hätte mich ebenfalls gern hingelegt, doch ich war zu aufgekratzt. Deshalb setzte ich mich zu Angelina, die sich um ihr Baby kümmerte.

»Möchten Sie sie mal halten?«, fragte sie plötzlich. »Hier.«

Und dann war das Kind auf meinem Arm. Ich spürte den winzigen warmen Körper, der für seine Größe überraschend schwer war. *So perfekt,* dachte ich. Eine perfekte kleine Person. Kleine dunkle Augen blickten zu mir auf und starrten mich neugierig an.

»Hallo«, sagte ich. »Du kennst mich gar nicht, oder?«

Und es kam mir vor, als sähe ich den Hauch eines Lächelns.

»Sie ist hübsch«, sagte ich.

»Ja, oder? Das perfekteste Baby aller Zeiten«, sagte Angelina. »Als sie zu früh auf die Welt kam, sagten sie, dass sie vielleicht nicht überleben würde. Doch ich habe gebetet. Ich habe zur heiligen Anna gebetet und zur Muttergottes und sie haben mich erhört. Und sehen Sie nur, wie es ihr jetzt geht. Dank meiner guten Milch wird sie jeden Tag dicker. Wenn Mario nach Hause kommt, dann wird er entzückt sein, wenn er sie sieht.«

Ich blickte auf den Winzling in meinen Armen, dessen Augenlider bereits schwer vor Müdigkeit waren. *Ich hätte das allein nicht geschafft,* dachte ich. Um ein Kind aufzuziehen, brauchte man einen Mario, der nach Hause kommt und entzückt ist. Und eine Großmutter, die sich um Mutter und Baby kümmert.

An jenem Abend meinte Paola, dass sie müde sei und wir nur ein einfaches Gericht essen würden. Sie schlug ein paar Eier in die Pfanne und machte mit dem restlichen Gemüse, das wir nach Hause gebracht hatten, eine Frittata: Zwiebeln und Zucchini und Bohnen. Es schmeckte überraschend lecker.

»Eine frühe Nacht, denke ich«, sagte sie, nachdem wir unsere Mahlzeit mit Käse und Obst beendet hatten. »Morgen ist ein großer Tag. Zuerst die Messe um acht Uhr, dann die Prozession und anschließend das Fest. Kommen Sie auch?«

»Oh ja, natürlich. Das möchte ich mir gern ansehen.«

»Sie haben aber nicht unseren Glauben, denke ich«, sagte sie.

Ich wollte nicht sagen, dass ich eigentlich überhaupt keinen hatte. »Ich bin im Glauben der Kirche von England aufgewachsen«, sagte ich. »Es gibt gar nicht so viele Unterschiede.«

»Ich habe gehört, dass man in England nicht so für Religion ist. Sie ehren die Heiligen nicht, stimmt das? Sie beten nicht zu ihnen.«

»Das stimmt«, sagte ich.

Sie machte ein abfälliges Geräusch. »Wie können dann die Gebete erhört werden, wenn man nicht die Heiligen um Hilfe bittet? Gott ist doch offensichtlich viel zu beschäftigt, um alles allein zu machen.«

Ich fand das niedlich und einfach. Doch dann erinnerte ich mich an das kleine Medaillon am Band, das in der Schachtel meines Vaters lag. Jemand hatte es ihm gegeben, wahrscheinlich Sofia. Ich fragte mich, welcher Heilige darauf abgebildet war. Das war so ungewöhnlich für meinen kühlen und typisch englischen Vater, ein Amulett am Band zu tragen. *Er muss sie sehr geliebt haben,* dachte ich. Ich erinnerte mich an die Bilder, die er vor dem Krieg gemalt hatte, so leuchtend und voller Leben. Und wie ein Schock wurde mir bewusst, dass sein Leben im Grunde damit vorbei war, als der Brief ungeöffnet zu ihm zurückkehrte. Ich fragte mich, wie viele weitere Versuche er unternommen hatte, um sie ausfindig zu machen, bevor er es aufgegeben und meine solide und zuverlässige Mutter geheiratet hatte.

Fünfundzwanzig

Hugo

Dezember 1944

Das Wetter wurde nasskalt und erbärmlich. Hugo kauerte mehrere Tage in seinem Unterschlupf, und Regen und Graupel platschten um ihn herum auf den Boden. Sofia kam in der Nacht, das Haar klebte ihr an der Stirn und ihre Kleidung war triefnass.

»Komm nicht mehr, wenn es so regnet. Ich werde überleben, das verspreche ich, du holst dir noch eine Lungenentzündung, wenn du so nass wirst und auskühlst«, ermahnte er sie.

»Ich bin stark, Ugo. Ich bin an ein hartes Leben gewöhnt. Mach dir keine Sorgen um mich«, sagte sie.

»Aber wie erklärst du deine nasse Kleidung? Deine Großmutter wird misstrauisch werden.«

»Nonna kann die Treppe nicht mehr hochgehen. Ich trockne meine Sachen im Wäscheschrank.« Sie warf ihm ein schelmisches Grinsen zu. »Keine Sorge.«

Doch er konnte seine Besorgnis nicht abschütteln. In einer Nacht war der Sturm so stark, dass Sofia nicht kam. Der Donner krachte über seinem Kopf und Blitze erhellten den Himmel. Hugo setzte sich auf, relativ trocken unter dem Stück

Fallschirm, das er für sich behalten hatte, und machte sich wegen ihr Sorgen. Wenn sie auf dem Weg zu ihm von einem Blitz getroffen wurde? Wenn ein Ast auf sie gefallen war? Er spürte auch den nagenden Hunger. Während er kräftiger wurde, war sein Bedarf nach Essen ebenfalls größer geworden. Er wurde sich der ernüchternden Realität bewusst, dass er verhungern würde, wenn Sofia etwas zustieß und er es nicht schaffte, weitere Vögel zu fangen. Doch der Gedanke, einen rohen Vogel zu essen, war so widerlich, dass er ihn schnell verdrängte.

Ich muss das Gehen üben, dachte er. *Ich muss mich wieder daran gewöhnen, dieses Bein zu benutzen. Am Morgen werde ich es versuchen.*

Doch am Morgen regnete es stetig weiter, bis sich der Boden um ihn herum in einen kleinen See verwandelt hatte. Er kauerte elendig in seiner Ecke, während der Regen auf den Altar über ihm trommelte und seine Zuversicht immer tiefer sank. *Stellen wir uns der Realität,* dachte er. *Meine Chancen zur Flucht gehen gegen null. Die Deutschen sind noch immer überall. Die Alliierten werden vor dem Frühling nicht versuchen, nach Norden in die Berge vorzustoßen. Und selbst wenn ich es den Berg hinunter zu der Straße schaffe, so wäre ich niemals in der Lage, davonzulaufen und mich zu verstecken, wenn mich die Deutschen sehen würden.*

Doch er konnte auch nicht einfach aufgeben. Es war seine Pflicht als britischer Offizier, alles Mögliche zu versuchen, um zu seiner Einheit zurückzukehren. Und solange es die Hoffnung gab, Sofia wiederzusehen, würde ihm dieser Hoffnungsfunken Kraft geben. Am Nachmittag hörte der Regen auf. Die Sonne kam hervor und der See auf dem Fußboden dampfte. Hugo kroch aus seinem Versteck und breitete den Fallschirm zum Trocknen aus. Das Schaffell und das Laken waren wundersamerweise nur leicht feucht. Dann ging er vorsichtig um die Lache auf dem Boden und stellte sich nach draußen, genoss das Gefühl der Sonne auf seinem Gesicht. An ein paar Bergspitzen hingen noch Wolken und er bemerkte, dass der Schnee jetzt noch mehr Gipfel bedeckte.

Draußen auf dem feuchten Vorhof versuchte er zu gehen, wobei er etwas Gewicht auf sein krankes Bein legte. Er schrie vor Schmerz und das Bein wäre eingeknickt, wenn er nicht die Schiene getragen hätte. So viel also zu dieser Idee. Er klemmte sich die Krücke in die Achselhöhle und humpelte den restlichen Weg zum Regenfass, wo er lange trank und sich das Gesicht wusch. *Ein Bad,* dachte er. *Ein ausgiebiges, heißes Bad, das wäre es jetzt.* Und er dachte an das Badezimmer in Langley Hall mit der Badewanne mit Krallenfüßen und dem dampfenden Wasser. *Ich werde nie wieder irgendwas als selbstverständlich ansehen,* beschloss er.

Sein Nachdenken wurde unterbrochen von dem Geräusch eines näher kommenden Fahrzeugs auf der Straße unten. Zahlreiche Militärfahrzeuge, klein wie Spielzeugautos, bahnten sich ihren Weg nach Norden. Instinktiv duckte er sich hinter ein Stück Mauer. Dann vernahm er ein anderes Geräusch – das tiefe, pochende Brummen eines Flugzeugmotors. Kein deutsches Flugzeug. Auch kein britisches. Dann sah er, dass es aus dem Süden kam. Ein leichter amerikanischer Bomber, wie er vermutete. Das Flugzeug kam tiefer, bis er die Sonne auf den amerikanischen Stern scheinen sah. Er befand sich direkt über dem deutschen Konvoi, dann fiel eine Bombe, danach eine weitere. Er spürte die Erschütterung bis oben auf den Hügel. Danach gab es weitere Explosionen, als Benzintanks in die Luft flogen. Der Rauch trat ihm in die Nase. Das Flugzeug flog weiter und von dem Konvoi blieben flackernde Flammen. Es war ein ernüchternder Gedanke, dass selbst hier der Krieg nie weit entfernt war, doch zugleich fasste er Mut in der Erkenntnis, dass die Alliierten die Deutschen vertrieben und zerstörten, während sie nach Norden flüchteten. Vielleicht wäre der Krieg wirklich bald vorbei.

Auf dem Weg zurück zu seinem Versteck bemerkte er eine Feder auf dem Boden, die von der Taube stammte, die er getötet hatte. Er bückte sich, um sie aufzuheben. Sie war von einem schönen Blaugrau und schillerte an den Rändern. Erneut verspürte er tiefes Bedauern, dass er etwas so Schönes und Harmloses getötet hatte. Er steckte sich die Feder in die Brusttasche und humpelte durch die Kapelle zurück.

An diesem Abend machte er sein Bett neu und fragte sich, ob Sofia kommen würde. Sein Hunger war inzwischen so stark, dass er kaum noch an etwas anderes denken konnte. Er fantasierte über Roastbeef und Yorkshire-Pudding, Lammkoteletts, Steak- und Nierenpastete. Er nahm die Dose, die er zwischen den Trümmern gefunden hatte, und fragte sich, ob er sie mit dem Messer öffnen konnte. Er hatte sie Sofia geben wollen, doch sie hatte sich so über die Taube und die Fallschirmseide gefreut, dass er die Überraschung für später aufbewahrt hatte. Er drehte sie in der Hand, dann stellte er sie ab – dabei würde er nur seine Messerklinge beschädigen. Und wenn etwas darin war, was ohne Kochen ungenießbar wäre – zum Beispiel Tomatenmark? Sie würde sicherlich in der Nacht kommen und ihm vielleicht etwas von dem Taubeneintopf mitbringen.

Doch sie kam nicht. Fast die ganze Nacht saß er aufrecht da und horchte auf alle Geräusche, doch es rührte sich nichts, abgesehen von dem sanften Seufzen des Windes in den Bäumen und dem Gras. Zwei Nächte ohne sie. Irgendwas war passiert. Er dachte an verschiedene Möglichkeiten: Die Deutschen waren zurückgekehrt und hatten sie mitgenommen. Sie war vom Sturm überrascht und vom Blitz getroffen worden. Sie lag todkrank im Bett. Und auf einmal betete er, wie er noch nie zuvor gebetet hatte: »Es kümmert mich nicht, was mit mir geschieht, Gott, doch behüte sie.« Und dann fügte er ein ähnliches Gebet an die Jungfrau Maria hinzu, nur zur Sicherheit.

Er musste eingeschlafen sein, denn er hörte, wie sein Name von weit weg gerufen wurde. Er öffnete die Augen und sah sie in der Tür stehen, ihre Umrisse im hellen Sonnenlicht. »*Gesù Maria!*«, rief sie. »Guck dir das ganze Wasser an. Du hast Glück, dass du nicht ertrunken bist.«

Und dann kam sie zu ihm. »Mein armer, armer Ugo«, sagte sie. »Es tut mir so leid, dass ich dich so lange allein gelassen habe. Die Nacht des Sturms – als ich mich davonschleichen wollte, war es einfach unmöglich.«

»Das verstehe ich«, sagte Hugo. »Ich wollte nicht, dass du es riskierst, in so einem Unwetter nach draußen zu gehen.«

»Ich wäre gekommen«, sagte sie, »doch mein Sohn war krank. Er hatte starkes Fieber. Er wollte bei seiner Mamma schlafen, und er hatte Angst vor Donner. Er war die ganze Nacht wach und hat sich an mich geklammert. Und gestern war sein Fieber noch schlimmer. Wir mussten den Arzt rufen. Der Arzt meint, er hätte eine Mandelentzündung und sollte sich die Mandeln entfernen lassen.«

Die Worte waren Hugo nicht vertraut, bis sie auf ihren Hals zeigte.

»Ach so, Mandeln«, sagte er.

»Natürlich können wir nicht zum nächsten Krankenhaus. Es gibt keine Transportmöglichkeit. Deshalb hat ihm der Arzt etwas von diesen Tabletten gegeben und hofft, dass es ihm besser geht.«

»Und ist es besser geworden?«

Sie nickte. »Er hat sich die ganze Nacht an mich gekuschelt – das arme Kind war schweißgebadet. Heute Morgen war er noch schwach, doch das Fieber ist weg, Dank sei den Heiligen.«

»Zweifellos hast du mit dem heiligen Blaise gesprochen?«, sagte Hugo und wollte sie zum Lachen bringen, doch sie sah ihn stirnrunzelnd an.

»Mach niemals Scherze über die Macht der Heiligen, Ugo. Sie sind diejenigen, die für uns bei Gott vermitteln. Und ja, ich habe zum heiligen Blaise gebetet.«

»Es tut mir leid. Ich habe nicht gescherzt. Ich wollte dich nur lächeln sehen«, sagte er. »Du hättest aber nicht bei Tageslicht kommen sollen. Da waren gestern Deutsche unten auf der Straße.«

»Wir haben es gesehen. Die Amerikaner haben sie bombardiert. Das war gut, oder? Und unsere Partisanen haben auch einen Wagen mit Deutschen in den Hinterhalt gelockt und ihnen die Kehle durchgeschnitten.«

»Seid ihr nicht besorgt, dass die Deutschen solche Aktionen vergelten?«, fragte er.

»Wie sollen sie herausfinden, aus welchem Dorf die Partisanen kommen? Für sie könnten es genauso gut englische oder amerikanische Soldaten gewesen sein, die durch die Nacht schleichen.«

»Dennoch solltest du nicht bei Tageslicht aufbrechen. Was, wenn du gesehen wirst?«

»Ich wurde gesehen«, sagte sie. »Benito sagte, dass er nach dem Regen neue Pilze gefunden hat. *Funghi di bosco* – unsere Lieblingsorte. Ich sagte, ich werde sofort rausgehen und selbst nachsehen, also habe ich meinen Korb genommen und bin losgegangen. Nonna sitzt bei Renzo, der jetzt friedlich schläft. Wenn ich neue Pilze finde, dann werden sich alle freuen. Es würde heißen, dass ich mit einem Grund bei Tageslicht kommen kann. Es ist ein weiteres kleines Wunder. Normalerweise gibt es so spät im Dezember gar keine Pilze. Doch der Regen war nicht zu kalt gewesen und es gab hier noch keinen Frost. Wenn ich jetzt welche finden kann, dann kehre ich als Heldin zurück. Und ich werde uns eine Pilzsuppe machen, wenn ich das nächste Mal komme. Doch zuerst …« Sie griff in den Korb und stellte die in dickes Tuch gepackte Schüssel vor ihn auf die

Bank. »Sieh mal, was ich heute für dich habe! Ich habe so eine gute Suppe von unserem Teil der Taube gemacht.«

»Teil? Du hast eine Taube aufgeteilt?« Er sah sie ungläubig an, als er daran dachte, wie leicht der tote Vogel in seinen Händen gewesen war.

»Ich habe genug behalten, um die Brühe zu machen, und ich habe etwas an Signora Gucci im Tausch für etwas Öl und Mehl gegeben. Jetzt kann ich Pasta machen. Keine gute Pasta mit Ei, doch Pici aus Mehl und Wasser und Öl. Immerhin besser als nichts, oder? Wir Italiener können nicht lange ohne unsere Pasta leben.«

Sie lachte. Hugo erinnerte sich an die Dose.

»Und ich habe noch einen kleinen Schatz für dich gefunden.« Er zog die Dose heraus. »Das habe ich zwischen den Trümmern entdeckt. Ich weiß nicht, was es ist, zumindest wird es irgendwas zu essen sein.«

Sie nahm sie ehrfürchtig entgegen, als würde er ihr eine große Ehre erweisen. »Danke, Ugo. Wir werden eine Überraschung haben, wenn wir sie öffnen!«

»Ich werde weitersuchen und vielleicht gibt es noch mehr«, sagte er. »Es ist nur nicht so einfach für mich, da draußen herumzugehen.«

»Natürlich nicht. Du musst achtgeben, dass du nicht fällst und dich wieder verletzt. Im neuen Jahr wirst du vielleicht stark genug sein, um zu flüchten und die Alliierten zu treffen, während sie nach Norden ziehen.«

»Das hoffe ich.«

Sie sah ihn mit wehmütigen Augen an, und er spürte, dass sie nicht wollte, dass er sie verließ, genau so, wie er sie nicht verlassen wollte.

»Ich würde gern dein Porträt malen«, sagte er plötzlich.

Sie lächelte ihn verlegen an. »Meins?«

»Ja. Leider habe ich keine Farbe und keine Leinwand. Doch ich werde eine Skizze machen, damit ich mich an jede Einzelheit erinnere, wenn ich nach Hause komme.«

»Hast du Papier?«, fragte sie.

»Ich habe meine leere Zigarettenschachtel. Ich kann sie auffalten und auf die Innenseite zeichnen.«

»Oh, du hast deine Zigaretten aufgebraucht. Das tut mir leid.«

»Ich sollte es ganz aufgeben. Sie tun mir nicht gut. Jetzt setz dich dort auf die Bank.«

Sie tat, wie ihr geheißen, blickte ihn dabei schüchtern an. Er zog seinen Stift heraus und zeichnete sie. Sie war deutlich verlegen, doch zugleich flirtete sie mit ihren Blicken, geschmeichelt von der Aufmerksamkeit, die er ihr schenkte, und der seltenen Ehre, gezeichnet zu werden.

»Erzähl mir von den großen Malern. Erzähl mir alles über Kunst«, sagte sie. »Ich würde gern mehr wissen.«

»Erzähl du mir über die Kunst, die du gesehen hast, als du damals in Florenz warst.«

Sie runzelte die Stirn und dachte nach. »Da war natürlich Michelangelo. Der Meister. Sowohl für seine Skulptur wie für sein Gemälde, oder? Sein *David* – er sieht so echt aus. Man erwartet, dass er sich jeden Augenblick bewegt. Und Leonardo. Seine *Madonna* – das Licht und die Schönheit …«

»Du hast ein Glück, dass du hier lebst«, sagte Hugo. »In der Toskana und in Umbrien kann man Gemälde der größten Meister in gewöhnlichen Kirchen finden. In Arezzo und Cortona und Siena und selbst in kleinen Orten. Werke von Perugino und Giotto. Jedes davon ein Meisterwerk.«

Er war überrascht von dem Ausdruck der Verzweiflung auf ihrem Gesicht. »Wenn sie noch da sind«, sagte sie. »Wir haben gehört, dass die Deutschen alles geplündert haben, was

236

sie fanden. Sie hätten sogar die Fresken mitgenommen, wenn sie eine Möglichkeit gefunden hätten, sie von den Wänden zu kratzen.«

»Wir werden gewinnen und sie zwingen, alles zurückzugeben«, sagte Hugo mit mehr Überzeugung, als er in Wirklichkeit spürte. Er beendete die Zeichnung und wollte sie sich in die Brusttasche stecken.

»Lass mich sehen«, sagte sie.

»Nein, das ist nur eine grobe Skizze.«

»Aber ich will sie sehen.« Sie wollte danach greifen. Er hielt sie am Handgelenk auf Abstand. Sie lachten beide. »Ach komm«, sagte sie. »Gönn mir diese kleine Freude.«

Ihr Ringen hatte ihn aufgewühlt. *Diese kleine Freude,* dachte er, und ein Bild von Sofia in seinen Armen blitzte durch seinen Kopf. Eilig verdrängte er es.

»Oh, na gut. Wenn du darauf bestehst.«

Sie nahm ihm die Zigarettenschachtel ab und betrachtete kritisch die Zeichnung. »So sehe ich aus?«, fragte sie.

»Das tust du.«

»Aber du hast mich ziemlich hübsch gemacht.«

»Nein«, sagte er und sah ihre Verwirrung. »Ich habe dich schön gemacht. So sehe ich dich.«

Sechsundzwanzig

Joanna

Juni 1973

Am nächsten Tag wurde ich vom lauten und anhaltenden Geläute der Glocken von der nahen Kirche geweckt, das vom fernen Läuten der Kirchenglocken anderer Dörfer beantwortet wurde. Es war der Feiertag, einer der heiligsten des ganzen Jahres, wie Paola mir erklärt hatte: Fronleichnam – der Körper und das Blut des Herrn Jesus Christus. Der Tag, an dem Kinder zur Erstkommunion gingen. Ich stand auf und machte mich fertig, um hinüber zum Bauernhaus zu gehen und dort zu baden und mir die Zähne zu putzen. Ich sah mir die Tür und das Fenster an, doch es gab keine weiteren Fußabdrücke. Es war möglich, dass Giannis Angreifer gar nicht bemerkt hatten, wie er einen Umschlag durch die Gitterstäbe in mein Zimmer geschoben hatte. Inzwischen war es wohl im ganzen Dorf bekannt, dass ich mich als Außenstehende erklärt hatte, die nichts wusste. Ich würde wieder nach Hause gehen, sobald ich dazu die Erlaubnis erhielt, und alles würde gut werden.

Zumindest hoffte ich das. Trotzdem wollte ich mich den ganzen Tag während des Festes in Paolas Nähe aufhalten. Ich badete, zog meine ansehnlichste Kleidung an – die inzwischen ein Bügeleisen gebrauchen konnte –, dann nahm ich das kleine Amulett heraus und band es mir um das Handgelenk. Anschließend ging ich in die Küche, um zu frühstücken, doch sie war leer. Kein Anzeichen von Paola. Ich erschrak. Sie wusste, dass es ein großer Tag war, und wäre wohl früh aufgestanden. War ihr etwas zugestoßen? Ich hatte keine Ahnung, wo sich ihr Schlafzimmer befand. Ich war nie in der oberen Etage des Hauses gewesen. Ich zögerte und fragte mich, ob ich es wagen konnte, nach ihr zu sehen.

Ich war bereits auf der halben Treppe, als sie auftauchte, offensichtlich in ihrem besten Sonntagsgewand. Sie trug einen roten Rock, eine weiße Spitzenbluse und ein schwarzes Tuch mit Fransen über den Schultern. Sie sah überrascht aus, als sie mich sah. »Brauchen Sie etwas, meine Kleine?«

»Ich hatte mich nur gefragt, ob es Ihnen gut geht oder ob Sie verschlafen haben«, sagte ich.

»Nein, natürlich nicht. Nicht an einem Tag wie heute. Ich brauche nur mehr Zeit für die Vorbereitungen. Das ist die Tracht unserer Region, wissen Sie? Es ist angemessen, sie an so einem Tag zu tragen. Diese Teile haben meiner Mutter gehört.«

Ich sagte ihr, dass sie darin sehr gut aussehe.

Sie lächelte. »Nun, sind Sie bereit für die Kirche?«

Wie konnte ich sie nach dem Frühstück fragen? Mein Magen knurrte. »Trinken wir nicht zuerst Kaffee?«, fragte ich.

»Vor dem Gottesdienst? Oh nein. Wir müssen fasten, bevor wir das Heilige Sakrament erhalten. Von Mitternacht an. Macht man das nicht in Ihrer Kirche?«

»Ich glaube nicht«, sagte ich und meine Stimmung sank bei dem Gedanken, noch für eine ganze Weile ohne Essen zu sein.

Paola schüttelte entrüstet den Kopf. »Angelina. Beeil dich!«, rief sie die Treppe hinauf. »Wir wollen nicht in der letzten Bank sitzen, wo wir gar nicht richtig sehen können, was geschieht.«

Angelina tauchte auf, auch sie sehr hübsch in einem einfachen Blumenkleid mit einem Tuch um die Schultern. Auf einem Arm trug sie ihr Baby, auf dem anderen eine große Tasche. Das Baby war in einem weißen spitzengesäumten Kleid und hatte ein niedliches Spitzenhäubchen auf dem Kopf. Es schlief und wirkte wie eine bezaubernde Porzellanpuppe.

»Moment, ich trage das für Sie«, sagte ich und nahm ihr die Tasche ab.

»Danke.« Sie strahlte mich an. »Man braucht so viele Dinge für so eine kleine Person. Ein Tuch, falls es kalt wird. Ein anderes Kleid, falls sie dieses vollspuckt. Und Windeln. So viele Windeln.«

Wir machten uns auf den Weg, gingen nebeneinander den staubigen Pfad hinauf. Der Morgen war windig und frisch. Paola musste ihr Tuch über den Schultern festhalten. »Mir gefällt der Himmel nicht«, sagte sie. »Ich hoffe, er bringt später keinen Regen. Der Wettermann im Radio hat gesagt, es würde heute noch regnen, doch was weiß der schon? Er sitzt in seinem kleinen Zimmer in Florenz. Wir beten zur heiligen Clara, dass das Wetter schön bleibt. Sie ist immer hilfreich bei dem Wetter.«

»Sagen Sie mal, Signora Rossini«, sagte ich und hob mein Handgelenk. »Welcher Heilige ist auf diesem Amulett?«

Sie nahm meine Hand, um das Medaillon besser zu erkennen. »Ich glaube, das ist die heilige Rita«, sagte sie. »Sie ist gut für das Heilen, vor allem bei Wunden. Woher haben Sie das?«

»Es war unter den Dingen meines Vaters«, sagte ich.

»Dann wurde Ihr Vater verwundet?«

»Schwer sogar«, sagte ich. »Sein Flugzeug wurde abgeschossen. Er hat es geschafft, mit dem Fallschirm abzuspringen, doch sein Bein war verwundet. Er ging immer mit einem leichten Humpeln.« Ich musste den letzten Teil nachahmen, da mir das richtige Wort fehlte.

»Dann hat diese Heilige ihn geheilt.« Paola wirkte zufrieden. »Und Ihr Vater war also ein Gläubiger im rechten Glauben.«

»Das denke ich nicht. Jemand muss ihm das Medaillon geschenkt haben.«

Sie sah mich lange und intensiv an. »Sie glauben, Sofia Bartoli hat es ihm gegeben?«

»Ja«, sagte ich. »Genau.«

»Sie war eine freundliche und gute Frau, so erinnere ich mich an sie«, sagte sie. »So eine Schande, dass es so übel endete – ihr Dorf zu verraten, indem sie mit einem Deutschen weglief.«

Und wenn sie gar nicht freiwillig gegangen war?, dachte ich. Doch einer der Männer hatte gesagt, sie war gesehen worden, wie sie mitten in der Nacht mit einem Deutschen in ein Militärfahrzeug gestiegen war. Nur die beiden. Keine bewaffnete Eskorte, damit sie nicht entkommen konnte.

Als wir die Piazza erreichten, sah ich, dass lange Tische aufgebaut worden waren. Fahnen hingen an den Gebäuden und Reihen kleinerer Fähnchen flatterten von der Kirche. Die Glocken läuteten noch immer laut genug, um das Reden unmöglich zu machen. Von allen Seiten strömten Leute zu den offenen Kirchentüren. Die Männer schienen sich in ihren dunklen Anzügen mit den steifen weißen Kragen unwohl zu fühlen. Die Frauen waren hübsch angezogen, manche in ähnlichen Kostümen wie Paola, doch alle offenbar herausgeputzt, das dunkle, glänzende Haar auf dem Kopf hochgesteckt. Kinder in ihrer besten Kleidung hüpften neben Erwachsenen herum, die versuchten, sie an der Hand zu halten.

Wir erreichten gerade die Kirchentür, als ein kollektives Murmeln aus der Menge kam. »Vater Filippo! Vater Filippo!«

Wir blieben stehen und blickten zurück. Ein gebrechlicher alter Mann in schwarzem Priesterornat wurde von zwei kräftigen Männern die Stufen hochgeleitet.

»So schön, Euch zu sehen, Vater. Gott segne Euch, Vater«, grüßten ihn die Leute, als die Menge zurücktrat, um ihn vorbeizulassen.

Paola lächelte und nickte. »Unser ehemaliger Priester«, sagte sie. »Er war während der Kriegsjahre unsere Stärke und spirituelle Stütze. Man sagt, er hat sich den Deutschen widersetzt und unseren Ort sicher gehalten. Ein spiritueller Riese, wenn er auch so ein kleiner Mann ist.«

»Ist er jetzt im Ruhestand?«, fragte ich.

»Oh ja. Vor Jahren hatte er schlimme gesundheitliche Probleme, und jetzt wohnt er in einem Heim für pensionierte Priester, das nicht weit entfernt von hier ist. Es ist so schön, dass er noch für den Festtag zu uns kommen kann. Ohne ihn wäre es nicht dasselbe.«

Wir wurden von der Menge in das dunkle Innere der Kirche geschoben. Als wir uns der Tür näherten, zog Paola eine Mantille aus der Tasche und setzte sie auf. Ich sah, dass alle anderen Frauen die Köpfe bedeckt hatten, und fühlte mich schrecklich exponiert. Ich war froh, als wir an eine Seite gingen und ich hinter einer Säule stand. Als sich alle gesetzt hatten, kam eine Prozession herein: kleine Jungen mit schwarzen Anzügen und kleine Mädchen in weißen Kleidern und Schleier, die wie Minibräute aussahen.

»Die Erstkommunikanten«, flüsterte Paola. »Sehen sie nicht wie kleine Engel aus? Ich kann es gar nicht erwarten, bis Marcella alt genug ist, um zur Erstkommunion zu gehen.«

Am Ende der Prozession kamen die Messdiener, dann zahlreiche Priester, alle in reich verzierten Brokatgewändern. Der Gottesdienst begann. Jeder in der Kirche sang die Lieder und sprach die Erwiderungen. Eine große Klangwelle umgab die Kirche. Ich dachte, wie anders es war als die schwach besuchten und kraftlosen Messen zu Hause. Es gab Gebete, es gab eine Predigt. Dann kam der feierliche Teil der Messe. Weihrauch wurde entzündet und der herbe Rauch wehte über die Gemeinde. Der Priester betete mit leiser Stimme. Glocken wurden geläutet. Dann kamen die Kinder nacheinander nach vorn, um ihre erste Kommunion zu empfangen. Danach folgte der Rest der Gemeinde, einer nach dem anderen, die Altarstufen hinauf. Es schien ewig zu dauern. Mir war etwas schlecht vom Hunger. *Diese Leute bekommen immerhin eine Oblate zu essen,* dachte ich.

Als ich gerade zu hoffen begann, dass es vorbei wäre, wurden die Kinder noch einmal zu den Altarstufen gebeten, um der Gemeinde vorgestellt zu werden. Dann wurde Vater Filippo zu den Stufen geleitet, um die Kinder zu segnen und dann die Gemeinde. Ein weiteres Kirchenlied wurde inbrünstig gesungen. Die Priester, Messdiener und Erstkommunikanten prozessierten aus der Kirche, und zuletzt durften wir ihnen folgen. Ich war entzückt, als ich sah, dass Kaffee und süße Brötchen auf den Tischen neben der Kirche lagen. Ich wartete geduldig, bis ich an der Reihe war, während Paola mit anderen Frauen plauderte und mich vorstellte.

»Wird Vater Filippo bleiben oder geht er zurück in sein Heim?«, fragte ich.

»Er wird bleiben, zumindest für die Prozession«, sagte sie. »Sehen Sie, da wird jetzt ein Stuhl für ihn gebracht.«

Während der langen Momente der Predigt in einer fremden Sprache, die ich nicht verstand, war mir eine Idee gekommen. Vater Filippo war während des Krieges der Gemeindepfarrer gewesen, und Priester hörten Beichten. Vielleicht hatte Sofia ihm von dem britischen Piloten erzählt. Ich musste nur überlegen, wie ich ein paar Worte mit ihm wechseln konnte.

Doch als wir eine Tasse Kaffee und ein Brötchen zu uns genommen hatten, kam die Dorfkapelle. Die Musikanten trugen mittelalterliche Kostüme und marschierten stolz auf die Piazza, angeführt von Flaggenträgern, die riesige Banner schwenkten. Von der Menge kam ein kollektives »Ah«. Die Leute aßen schnell fertig und richteten ihre Kleidung, um sich der Prozession anzuschließen. Die Kapelle beendete den Marsch, den sie spielte, und stellte sich bereit, wobei nur die Reihe der Trommler den Rhythmus beibehielt. *Dum diddi dum diddi dum dum dum.* Der Klang hallte von den hohen Gebäuden wider. Die Erstkommunikanten verließen ihre Familien und wurden in zwei Reihen aufgestellt, Jungen und Mädchen nebeneinander, was eindeutig nicht allen kleinen Jungen gefiel. Dann warteten sie geduldig hinter der Kapelle.

Jetzt vibrierte die Luft voller Erwartung. Die Trompeter nahmen ihre Instrumente an die Lippen. Ein lauter Klang ertönte und aus der Kirche kamen die Messdiener in ihren rotweißen Gewändern, zwei von ihnen schwangen Kupferkugeln an langen Ketten, aus denen Weihrauchgeruch strömte. Hinter ihnen wurde Vater Filippo in einer Art Sänfte getragen, gefolgt von vier Männern, die ein großes Brokatdach über den Priester hielten, der jetzt ein verziertes goldenes Objekt in die Luft hielt. Ich konnte nicht sagen, was es war, doch Paola bekreuzigte sich, deshalb war es wohl irgendeine religiöse Reliquie.

Sie nahmen ihre Plätze hinter den Messdienern ein. Dann bliesen die Trompeter erneut, die Kapelle spielte auf, und die Prozession setzte sich in Bewegung. Ich bemerkte etwas Seltsames. In der wartenden Menge waren nur wenige Männer. Dann erkannte ich den Grund – eine Gruppe Männer kam mit antiken Streitäxten und Kreuzen heranmarschiert. Sie trugen weiße Roben und spitze Hauben, die ihre Gesichter verbargen. Der Effekt war erschreckend. Ich merkte, dass ich so etwas Ähnliches bisher nur bei der Bekleidung des Ku-Klux-Klans gesehen hatte. Ich spähte zu Paola.

»Der Orden des Heiligen Georgs«, sagte sie. »Eine fromme Gesellschaft der Männer dieses Ortes. Es ist eine Ehre, als Mitglied eingeladen zu werden.«

Da bemerkte ich, dass ihre weißen Tuniken einen Stern auf der Brust hatten. Einen mehrzackigen Stern. Als die Prozession sich feierlich zum langsamen Rhythmus der Trommeln fortbewegte, folgten die Dorfbewohner. Wir nahmen unsere Plätze bei den anderen Frauen ein. Die Strecke führte uns im Schneckentempo durch den Ort. Dabei hatte ich Zeit zum Nachdenken. Der mehrzackige Stern war wie die winzige Replika, die Gianni mir gegeben hatte. Wollte er damit sagen, dass ein wichtiger Mann des Ortes in das Blutvergießen verwickelt war? Ich spähte zu den Männern mit den Kapuzen. Welcher von ihnen hatte etwas zu verbergen?

Wir gingen durch das Dorf, bis wir an die von Zypressen gesäumte Straße kamen und dann auf einen Weg durch die Felder und vorbei an zahlreichen Bauernhäusern, bis wir uns wieder zurück zum Ort wandten. Der frisch und hell begonnene Tag wurde jetzt bewölkter. Der Wind hatte zugenommen, was das Tragen des Baldachins zu einer Herausforderung machte. Der Priester hatte Schwierigkeiten, seine Kleidung am Platz zu halten.

»Beten wir nur, dass es nicht regnet«, sagte Paola. »Nach zwei Wochen Sonnenschein will Gott es sicher nicht heute auf uns herabregnen lassen.«

Wir kamen durch Weinberge und zurück an die Straße, dann wieder zur Piazza. Das Vordach wurde zu den Stufen der Kirche getragen. Der Priester sprach Gebete und gab seinen Segen. Die Kapelle spielte eine Melodie an, die offensichtlich ein Kirchenlied war, und alle begannen zu singen. Ich beobachtete die hingerissenen Ausdrücke der singenden Leute. Es waren einfache Menschen, die wirklich und wahrhaftig glaubten. Ich wurde neidisch, dass ich niemals ein solches Gefühl der Zugehörigkeit empfunden hatte.

Das Kirchenlied kam zum Ende. Die Leute verteilten sich. Ich bemerkte, dass Vater Filippo auf seinem Stuhl geblieben war, und ich nutzte die Gelegenheit. Ich ging zu ihm. »Verzeihung«, sagte ich. »Ich komme aus England und bin hergereist, um etwas über meinen Vater herauszufinden, der ein britischer

Pilot war und im Krieg abgeschossen wurde. Er schrieb einen Brief an Sofia Bartoli, doch niemand im Ort weiß etwas über ihn. Ich habe mich gefragt, ob Ihr womöglich etwas wisst, was Ihr mir erzählen könnt.«

Er lächelte zu mir auf. »Der Krieg. So eine tragische Zeit. So viel Leid. So viel sinnloses Vergeuden von Leben.«

»Erinnert Ihr Euch an Sofia Bartoli?«

Er lächelte noch immer. »Sofia? So ein süßes junges Mädchen. Wie traurig sie war, als ihr Mann – wie hieß er noch gleich? Moment, lassen Sie mich nachdenken … Giovanni? Nein, es war Guido. So ist es – als Guido nicht zurückkehrte und sie erkannte, dass er gestorben war.«

»Aber mein Vater«, sagte ich. »Der britische Pilot. Hat sie ihn niemals vor Euch erwähnt? Habt Ihr von ihm gewusst?«

Er runzelte die Stirn und schien sich zu konzentrieren. »Sie sind nicht von hier?«, fragte er.

»Nein, Vater. Aus England.«

»England. So weit weg. Ein heidnisches Land, wo sie nicht den rechten Glauben haben.«

Ich erkannte, dass sein Verstand nachgelassen hatte. Er erinnerte sich an Sofia, doch falls sie ihm etwas über meinen Vater erzählt hatte, so war jede Erinnerung schon lange verloren.

Ich überlegte, was ich ihn fragen konnte, um seinem Gedächtnis nachzuhelfen, doch in dem Augenblick traten einige Männer zu ihm. »Kommt, Vater. Wir bringen Euch zu Eurem Platz am Tisch. Ihr seid sicher schon ganz hungrig.«

Vater Filippo lächelte. »Essen ist das einzige Vergnügen, das einem alten Mann bleibt«, sagte er, als sie ihm auf die Beine halfen. Er spähte zu mir zurück. »Es ist schon so lange her«, sagte er. »Alte Erinnerungen können nur alte Wunden öffnen. Manchmal bin ich dafür dankbar, dass meine Erinnerungen verblasst sind.«

Siebenundzwanzig

Hugo

Dezember 1944

Es war fast Weihnachten. Sofia berichtete, dass Cosimo ein Wildschwein im Wald geschossen hatte. »Wir müssen es geheim halten«, sagte sie, »weil wir keine Waffen besitzen dürfen, und wenn die Deutschen das Wildschwein finden, dann nehmen sie es uns weg. Sie lieben Fleisch. Doch unsere Männer werden es im Wald zerlegen und jeder Familie in San Salvatore eine Portion übergeben, sodass wir alle etwas Fleisch für den Feiertag haben. Und rate mal, was ich machen werde? Ein Wildschweinragout. Die Dose von dir enthielt Tomaten! Ich bin ja so aufgeregt. Und ich mache einen Kastanienkuchen. Ein richtiges Feiertagsmahl.«

Nachdem sie gegangen war, stellte Hugo sich ihr Gesicht vor, ihre Freude. *Sie freut sich über so kleine Dinge,* dachte er. Er merkte, wie er sie wieder mit Brenda verglich, die sich an gar nichts zu erfreuen schien. Er wusste, dass sie das Leben auf dem Land in Langley Hall langweilig fand. Es war ja nicht so, dass sie mitten in der Sahara wären. Von Godalming gab es einen Schnellzug nach London, und sie fuhr sicherlich oft genug in die Stadt zum Einkaufen und sogar in die Klubs. Sie trank eine ganze Menge, alle möglichen Cocktails, und er war sich recht sicher, dass sie auch schon Kokain genommen hatte. Er sah sie wie ein gefangenes Tier in einem schönen Käfig.

Er verdrängte ihr Bild aus seinem Kopf und dachte stattdessen an Sofia. Er wollte ihr ein Weihnachtsgeschenk machen. Bisher war es ihm nicht gelungen, eine weitere Taube zu fangen. Tatsächlich sah er kaum noch Vögel, da die Temperaturen gesunken waren und es nachts fror. Er hatte Schwierigkeiten, sich warm zu halten, selbst wenn er seine und Guidos Kleidung übereinanderzog und auf dem Schaffell lag. Er versuchte, sich während des Tages häufiger zu bewegen, und er verbrachte Stunden damit, herumzuhumpeln und in den Trümmern zu suchen. Die Bombardierung war gründlich gewesen. Abgesehen von den Mauern der Kapelle war nicht viel übrig geblieben. Er entdeckte einzelne Buchseiten, die jedoch vom Regen so beschädigt waren, dass man sie kaum noch entziffern konnte. Er fand auch ein fast vollständiges Messbuch mit angeschlagenem Ledereinband. Er wollte es zunächst liegen lassen, änderte dann aber seine Meinung. Es schien nicht richtig, etwas so Altes und Heiliges der Witterung zu überlassen. Er nahm es und steckte es in seine Bomberjacke. Er fragte sich, was die Mönche noch an wertvollen und seltenen Objekten zurückgelassen hatten, als sie von den Deutschen vertrieben wurden. Sofia hatte gesagt, dass die Deutschen die Bilder aus der Kapelle entwendet hatten. Er hoffte, dass die Mönche wenigstens ihre Kelche und anderen kostbaren Gegenstände retten konnten, denn zwischen den Trümmern war sicherlich nichts Wertvolles mehr zu finden. *Wahrscheinlich nur weitere Leichen,* dachte er.

Er bahnte sich seinen Weg zurück, als er es bemerkte – die Sonne glitzerte auf einem Gegenstand, der wie eine Münze aussah. Er bückte sich mühsam und hob ihn auf. Es war ein Heiligenamulett – eine Frau mit ausgestreckten Armen, um sie herum waren kleine Worte eingraviert. *La Madonna,* dachte er und erkannte, dass er sein Weihnachtsgeschenk für Sofia gefunden hatte. Er kehrte zurück zu seinem Unterschlupf und setzte sich, um das Medaillon mit dem Stoff seines Hemdes zu polieren, bis es fast wie neu aussah. Dann blätterte er durch das Messbuch. Die Endseiten waren marmoriert. Vorsichtig riss er eine Seite heraus und zeichnete eine kleine Weihnachtsszene für Sofia: die Heilige Familie, die Hirten und ihre Schafe, der Ochse und der Esel. In den Hintergrund fügte er den Hügel von San Salvatore. Er war recht zufrieden mit dem Ergebnis, faltete die Zeichnung und legte das Medaillon hinein. Anschließend steckte er es in die Lederhülle des Messbuchs.

»Es tut mir leid, dass ich am Weihnachtstag nicht kommen kann«, sagte Sofia bei ihrem nächsten Besuch. »Es wird unmöglich sein. Wir gehen an Heiligabend zur Mitternachtsmette und feiern den Großteil der Nacht mit den Nachbarn. Während des nächsten Tages ist das ganze Dorf auf den Beinen. Es wird viel gefeiert, obwohl Gott weiß, dass wir im Augenblick wenig zu feiern haben. Ich werde in der Weihnachtsnacht warten müssen, bis alle vom Wein und den Speisen und vor Glück eingeschlafen sind. Es tut mir leid, dass ich dich zu so einer besonderen Zeit allein lassen muss, und ich werde so schnell kommen, wie ich kann. Ich bringe dir auch etwas von dem Wildschweinragout, obwohl ich nicht glaube, dass die Pasta noch so gut schmeckt, wenn sie nicht mehr heiß ist. Doch ich habe dir jetzt genug mitgebracht, um den Hunger fernzuhalten.« Sie faltete das Tuch auseinander und er sah, dass sie ihm eine große Scheibe Polenta gebracht hatte, etwas Olivenpaste, ein kleines Stück Schafskäse und einen getrockneten Apfel. »Das wird anhalten«, sagte sie. »Und für jetzt ist da noch etwas Suppe.«

Während er aß, war er von ihrem besorgten Gesicht berührt. »Sofia, hast du jemals versucht zu malen oder zu zeichnen?«, fragte er plötzlich.

»Ich? Als ich ein Kind war. Eine der Nonnen mochte mein Bild von einem Esel und hängte es an die Wand. Das war es auch schon mit meiner künstlerischen Laufbahn.« Sie lachte.

Er hatte das absurde Verlangen, sie nach England zu entführen, sie in sein Atelier in Langley zu bringen und ihr das Malen beizubringen, doch er bremste sich, bevor er diese lächerliche Idee aussprach. Warum jemandem etwas anbieten, was er niemals haben konnte? Warum falsche Hoffnung wecken? *Um die Zeit der Dunkelheit durchzustehen,* kam die Antwort.

»Wenn der Krieg vorbei ist, dann sollte ich nach San Salvatore zurückkehren«, sagte er, »und ich bringe meine Staffelei und meine Farben und ich lass dich malen, was immer du willst. Dann hänge ich es bei mir zu Hause an die Wand.«

Sie kicherte. »Das wird ein anderer Esel sein. Das ist alles, was ich malen kann.«

»Aber es könnte ein blauer Esel sein. Ein gesprenkelter Esel. Ein fliegender Esel. Ganz viele fliegende Esel.«

»Du bist verrückt, Ugo.« Sie lachte und schlug ihm verspielt auf die Hand. Dann zuckte ein Ausdruck der Schuld über ihr Gesicht. »Tut mir leid. Das hätte ich nicht tun sollen.«

»Entschuldige dich nicht. Ich mag es, wenn du lachst. Dabei fühle ich, dass ich noch lebe – dass es noch Hoffnung gibt.«

»Ich auch«, sagte sie. »Wenn ich denke, dass ich dich bald wiedersehe, dann spüre ich auch, dass ich noch lebe.«

Instinktiv nahm er ihre Hand. »Du bist der einzige Grund, weshalb ich lebe, Sofia«, sagte er. »Du bist der einzige Grund, weshalb ich am Leben bleiben will.«

»Nein, sag das nicht. Deine Frau. Dein Sohn. Deine Familie. Sie sind deine Gründe.«

Er schüttelte den Kopf. »Nein. Wenn ich nicht zurückkehre, dann werden sie ein wenig weinen, sagen, was ich für ein tapferer Kerl war, der sein Leben für sein Land gegeben hat, und dann werden sie ihr Leben weiterführen, als wäre nichts geschehen. Ich glaube nicht, dass da irgendwer zu Hause ist, der wirklich um mich weinen würde.«

»Ich würde es«, sagte sie. »Wenn du sterben würdest, dann würde ich wirklich um dich weinen.«

Und er bemerkte, dass sie die Hand nicht weggezogen hatte. Tatsächlich umklammerte sie seine Hand so inbrünstig wie er die ihre.

Er erwachte vom Glockengeläut. Es war ziemlich dunkel und er hatte keine Ahnung, wie spät es war, doch die Glocken läuteten immer weiter über die frostige Landschaft hinweg. *Die Deutschen,* dachte er. *Die Deutschen waren ins Dorf zurückgekehrt.* Doch dann erinnerte er sich. *Nein, die Glocken läuten zur Mitternachtsmette. Es ist Weihnachten.* Und er legte sich zurück und lächelte vor sich hin, dachte an Dinge aus der fernen Vergangenheit: Wie er mit fünf oder sechs Jahren in der kalten, grauen Dämmerung erwachte und feststellte, dass der Strumpf am Fußende seines Bettes voller Geschenke war. Und die Nanny steckte den Kopf durch die Tür. »Und, ist der Weihnachtsmann gekommen?«

»Ja.« Er konnte kaum ein Wort aussprechen, so aufgeregt war er. »Schau nur all die Sachen, die er mir gebracht hat.«

»Na, da bist du aber ein glücklicher Junge, oder? Und ich glaube fast, unten sind auch noch ein paar Sachen. Wir sollten dich schleunigst waschen und ankleiden.«

Und unten wartete: ein dickes, cremefarbenes Pony. *Glückliche Tage,* dachte er. *Als Mutter noch lebte und Vater noch nicht in den Krieg gezogen war und sie mir einen Bruder oder eine Schwester versprochen hatten.* Doch dann war etwas schiefgelaufen und Mutter und Kind starben bei der Geburt. Auf einmal waren da nur noch Vater und die Nanny. Und im nächsten Jahr wurde er in die Schule geschickt und Vater zog in den Krieg, und er hatte sich nie wieder wirklich sicher gefühlt.

Er lag horchend da, bis das letzte Läuten in der stillen Nachtluft verstummt war.

»Frohe Weihnachten«, sagte er laut und schlief dann wieder ein.

Als er erneut aufwachte, hörte er ferne Geräusche – den Klang von Trommeln und dann Trompeten. Er dachte sofort an eine angreifende Armee, römisch oder mittelalterlich. Doch Sofia hatte ihm erzählt, dass alle beim Feiern auf den Straßen sein würden. Vielleicht waren die Dorfkapelle und eine Prozession Teil des Feierns.

Er wusch sich am Regenfass und wünschte, er hätte einen Kamm in der Tasche, um sein Haar zu entwirren. Er machte es feucht und fuhr mit den Fingern hindurch, um die Locken zu glätten. Der Tag war außergewöhnlich klar und hell. Und still – so still, dass sein Atem wie das einzige Geräusch auf der Welt wirkte. Die Trommeln und Trompeten waren verklungen und er stellte sich vor, wie alle im Dorf an langen Gemeinschaftstischen saßen, große Schüsseln mit Speisen herumreichten, plauderten und lachten, als hätten sie keine Sorgen.

Sie werden bis spät in die Nacht feiern, dachte er. *Sofia kommt vielleicht überhaupt nicht.* Er musste es akzeptieren und hoffen, dass sie das Risiko nicht eingehen würde, wenn die Leute von ihren Feiern nach Hause gingen.

Es wurde dunkel. Er kroch in sein Bett und legte sich zurück, sehnte sich nach einer Zigarette, einem Glas Scotch, einer Schweinefleischpastete, einem Wurstbrötchen, einer Tafel Schokolade – all die kleinen Dinge, die er sein ganzes Leben als selbstverständlich angesehen hatte.

Er dachte, er hörte Engel singen und öffnete ungläubig die Augen. »In jener Gegend lagerten Hirten auf freiem Feld und hielten Nachtwache bei ihrer Herde«, murmelte er, die Worte des Evangeliums kehrten zu ihm zurück. Er blickte auf und sah einen Engel auf sich zukommen, der in einer hellen, klaren und süßen Stimme sang. Der Engel hielt eine Lampe hoch, die sein Gesicht beleuchtete.

»*Mille cherubini in coro ti sorridono dal ciel*«, sang Sofia. Tausend Cherubim singen dir vom Himmel. Dann ließ sie sich neben ihm auf den Boden nieder.

»Oh, du bist wach. Ich bin so froh. Sieh nur, ich habe dir gute Sachen für Weihnachten mitgebracht. Komm raus und genieße dein Festmahl.«

Er krabbelte aus seinem Bett und hockte sich auf die Bank neben sie. Sie wickelte die Schüsseln aus dem dicken Tuch.

»Wildschweinragout und Pasta«, sagte sie. »Und Schafmilch mit Honig und Pfeffer. Und Kastanienkuchen. Und eine kleine Flasche Grappa. Iss, iss!«

Er grinste über ihre Beharrlichkeit. *Die typische italienische Mutter*, dachte er, *auch wenn sie noch so jung ist.* Er musste nicht gedrängt werden. Das Essen war noch warm. Er aß und wischte dann mit der restlichen Polenta die Teller sauber. Der Grappa war kräftig und brannte ihm in der Kehle, dann breitete er sich warm in seinem ganzen Körper aus.

»Hat es dir geschmeckt?«, fragte sie schüchtern.

»Großartig. Ein wahres Bankett«, sagte er und sie lachte entzückt.

»Wir hatten heute so eine gute Zeit im Dorf. Zuerst eine schöne Mitternachtsmette. Alle haben gesungen, und Vater Filippo gab uns tröstende Worte mit auf den Weg. Dann kamen wir zum Feiern mit anderen Familien zusammen. Es gab genug zu essen und alle waren glücklich. Ganz wie in alten Zeiten.« Dann wurde ihr Gesicht wieder ernst. »Cosimo hat mir ein Geschenk gemacht – eine Flasche Limoncello, die er in seinem Keller gelagert hatte. Ich wollte sie nicht annehmen, doch wir waren in Gesellschaft und ich wollte nicht, dass er vor anderen

Leuten sein Gesicht verlor. Deshalb ließ ich sie ihn gleich öffnen und wir tranken auf unsere vermissten Angehörigen, die bisher nicht nach Hause zurückgekehrt sind.«

Ihr Gesicht wurde wehmütig. Dann lächelte sie wieder. »Und ich habe dir ein kleines Geschenk mitgebracht, denn an Weihnachten soll man sich Geschenke machen.«

Sie reichte ihm einen kleinen Engel, der aus Holz geschnitzt war. »Er war Teil unserer Krippe«, sagte sie.

»Du hättest ihn dort lassen sollen, wo er hingehört, Sofia«, sagte er, als sie ihm die kleine Figur in die Hand gab.

»Aber dort sind noch andere Engel und ich wollte, dass einer auf dich achtgibt. Die Krippe ist sehr alt. Viele Generationen, und jede hat etwas hinzugefügt, bis heute.« Sie schloss seine Finger darüber. »Behalte ihn und wisse, dass ich die ganze Zeit dafür bete, dass dich dein Schutzengel behütet.«

Hugo spürte, wie ihm die Tränen kamen, und er blinzelte sie weg.

»Ich habe auch ein Geschenk für dich«, sagte er.

»Ein Geschenk? Für mich?«

»Natürlich. Es ist Weihnachten. Man gibt sich Geschenke. Du hast es selbst gesagt.«

»Ist es wieder eine Taube? Oder eine Dose?«

»Nichts so Nützliches, tut mir leid. Hier.« Er reichte ihr das Messbuch.

»Es ist ein altes Buch.« Sie betrachtete es verwundert.

»Ich habe es in den Trümmern gefunden«, sagte er. »Es scheint fast noch intakt zu sein. Öffne es.«

Sie tat es und fand das gefaltete Papier.

»Vorsichtig«, sagte er.

Sie faltete es auseinander und hielt dann überrascht die Luft an. »Oh, es ist ein Heiligenamulett, genau wie das, was ich in Guidos Tasche getan habe, als er in den Krieg zog. Woher wusstest du das?«

»Ich habe es in den Trümmern gefunden«, sagte er. »Dann habe ich es ein wenig gesäubert und mich daran erinnert, wie du gesagt hast, dass du kein Medaillon für *la Madonna* hast. Und ich habe dir noch ein Bild gemalt.« Als er das sagte, merkte er, dass er wie ein hoffnungsvoller kleiner Junge klang.

Sofia faltete das Blatt auseinander und hielt es in das Lampenlicht. »Das ist die Geburt Christi«, rief sie aus. »Die Jungfrau und der heilige Joseph und das Jesuskind. Und Hirten und Schafe. Oh, und da ist mein Zuhause. Sieh nur den Kirchturm. Es ist so schön. Du bist ein echter Künstler, Ugo. Ich werde das für immer bewahren.«

Er fühlte sich unsinnig glücklich. Sie kam näher und setzte sich neben ihn, streichelte ihm sanft die Hand. »Du bist ein guter, lieber Mann. Ich hoffe, deine Frau lernt, dich zu schätzen.«

Sie blickten beide auf, als sie das tiefe Brummen näher kommender Flugzeuge hörten.

»Die Alliierten. Sie kommen, um die Winterfront der Deutschen wieder zu bombardieren.« Sie wirkte aufgeregt.

Das Geräusch wurde lauter, sodass vereinzelte lockere Steine zu rütteln begannen. Dann gab es plötzlich ein pfeifendes Geräusch, gefolgt von einem tiefen, krachenden Knall.

»Sie werfen Bomben«, sagte sie. »Da muss irgendwo ein Konvoi auf der Straße sein.« Sie erschrak, als ein zweites Krachen ertönte, sodass der ganze Hügel bebte.

»Viel zu nah«, rief sie. »Halt mich, Ugo. Ich habe Angst.«

Sie kuschelte sich an ihn und er nahm sie in die Arme, spürte ihr weiches Haar an der Wange.

»Keine Sorge. Bei mir bist du sicher«, sagte er.

So könnte ich für immer bleiben, dachte er. Dieser Gedanke formte sich gerade in seinem Kopf, als noch viel näher ein kreischendes Heulen zu hören war. Der dumpfe Schlag der Explosion ließ den Boden wackeln. Sofia schrie und krallte sich an Hugo, vergrub ihr Gesicht in seinem Jackenkragen, als sie den Einschlag spürten. Steine regneten von den beschädigten Mauern, polterten herunter und schlugen neben ihnen auf den Boden. Hugo warf sich über sie, um sie zu beschützen. Dann neigte sich der Boden. Die Lampe fiel klirrend um und sie waren in völliger Dunkelheit. Er hörte und spürte, wie einzelne Trümmer an ihnen vorbeirutschten. Es fühlte sich an, als würde die ganze Kapelle zusammenbrechen. Sie rutschten, wurden mit den herabfallenden Steinen weggezogen. Sofia schrie auf. Hugo griff an die Seite des Altars und klammerte sich fest, während die Welt um ihn zusammenstürzte.

ACHTUNDZWANZIG

JOANNA

Juni 1973

Während sich die Prozession auf der Piazza auflöste, standen wir da und sahen zu, wie die Leute in alle Richtungen davoneilten. Ich blickte zu Paola und fragte mich, ob wir ebenfalls nach Hause gehen würden.

»Sie gehen und holen das Essen«, sagte sie. »Wir wurden eingeladen, in diesem Jahr mit Familie Donatelli zu feiern. Maria Donatelli hat uns freundlicherweise eingeladen, weil es für mich ein langer Weg ist, um runter zu meinem Haus zu gehen und dann mit dem Essen zurück zur Piazza. Wir warten an ihrem Tisch auf sie.«

Ich folgte ihr über die Piazza zu einem Tisch mit weißem Tuch. »*Famiglia Donatelli*« war auf eine Karte gedruckt. Ich sah jetzt, dass für jede Familie ein Tisch reserviert war. Ich blickte mich um, wo Cosimo und Renzo saßen. Männer kamen vorbei und trugen Tabletts mit tranchiertem Lamm und stellten die Tabletts auf Tische vor dem Rathaus. Bisher gab es kein Anzeichen von Cosimo oder Renzo. Ich nahm an, dass sie unter den Verkleideten in Roben und Kapuzen waren. Jetzt kamen Leute auch an unseren Tisch, brachten riesige Mengen Pasta,

Risottos, Tabletts mit Salaten, Broten, einen großen Schinken. Ich wurde vorgestellt und saß zwischen einer lauten Menge, die aus den verschiedenen Generationen bestand. Die jüngste Person war Angelinas Tochter, der Älteste ein faltiger kleiner Mann ohne Zähne, dem das Essen klein geschnitten wurde. Alle lachten und riefen, genau wie an den anderen Tischen. Der Lärmpegel auf der Piazza war überwältigend. Ich sah mich um und fragte mich, ob es irgendeinen Anlass in England gab, der zu solcher lautstarken Freude im Familienkreis führte. Ich fühlte mich unbehaglich zwischen ihnen, obwohl sie freundlich waren und mich bei allem einschlossen, mir ständig Essen aufdrängten und mein Weinglas immer nachschenkten.

Plötzlich verspürte ich das dringende Bedürfnis, mich zurückzuziehen. Ich entschuldigte mich unter dem Vorwand, eine Toilette aufzusuchen. Als ich in den Schatten am Rand der Piazza trat, bemerkte ich, wie jemand mir folgte. Ich trat beiseite, um ihn vorbeizulassen, doch stattdessen blieb er stehen und stellte sich vor mich. Es war Renzo. Erneut ergriff er mein Handgelenk, hob meine Hand und verglich sie mit seiner, an der er jetzt einen Ring trug.

»Ja, sie sind wirklich identisch«, sagte er. »Unglaublich.« Wir starrten auf die Ringe. Er runzelte noch immer die Stirn, als könnte er nicht glauben, was er sah.

»Und da sind Buchstaben in meinem«, fuhr er fort. »Ich habe es erst gestern bemerkt. ›HRL‹. Wissen Sie, was sie bedeuten?«

»Ja, das weiß ich. Hugo Roderick Langley. Die Initialen meines Vaters«, sagte ich.

Er schüttelte den Kopf. »Dann muss ich Ihnen wohl zustimmen, dass dieser Ring von Ihrem Vater stammt. Es ist schwer zu glauben, dass er hier war und meine Mutter kannte. Aber jetzt haben wir den Beweis, dass es so sein muss, wie Sie sagen. Ich muss mich für mein grobes Verhalten von vorher entschuldigen.«

»Es gibt keinen Grund zur Entschuldigung. Ich bin nur froh, dass mir jetzt jemand glaubt.«

Renzo sah mich an und ich nickte. Er lachte leise. »Wenn man bedenkt, dass wir keine Ahnung hatten. Wenn mein Vater es herausfindet, wird er sehr überrascht sein.«

»Sagen Sie es ihm nicht«, sagte ich schnell.

Er sah mich fragend an. »Warum? Warum sollte er das nicht erfahren?«

»Weil …« Ich zögerte. »Weil wir nicht wissen, was wirklich geschah, und bis dahin würde ich es lieber für uns behalten.«

Ich war mir noch immer unsicher, was ich tun sollte und ob ich Renzo vertrauen konnte. Ich hatte bereits die schlechte Erfahrung gemacht, dass nicht alle Männer vertrauenswürdig waren. Dann erkannte ich, dass ich keine andere Möglichkeit hatte, mehr über meinen Vater und Sofia herauszufinden, wenn ich nicht etwas von meinem Wissen teilte.

»Ich würde Ihnen gern etwas zeigen«, sagte ich. Ich hob das Handgelenk. »Dieses Medaillon am Band war unter den Gegenständen meines Vaters. Ich bin mir sicher, dass Ihre Mutter es ihm gegeben hat. Er war nicht religiös und hätte so etwas niemals getragen.«

Renzo nahm erneut mein Handgelenk und hielt es hoch, um es zu betrachten. Ich war mir seiner Berührung schrecklich bewusst, doch er schien gar nicht zu bemerken, wie nah er mir war. »Interessant«, sagte er. »Ich bin mir nicht sicher, welche Heilige das ist.«

»Paola meinte, es sei die heilige Rita«, sagte ich.

Er zuckte mit den Schultern. »Ich bin nicht gerade ein Experte bei Heiligen. Die ältere Generation glaubt, dass es für jedes Problem einen Heiligen gibt. Ehrlich gesagt habe ich nicht bemerkt, dass sie sehr effektiv beim Lösen meiner Probleme waren.«

»Sie hatten Probleme?«, fragte ich.

Renzo zuckte mit den Schultern. »Nur kleine Rückschläge im Vergleich zu den Leiden der Welt, nehme ich an. Hauptsächlich Liebesprobleme.« Er hielt inne und runzelte wieder die Stirn. »Ich sollte Sie nicht damit langweilen, Signorina Langley.«

»Nein, bitte. Fahren Sie fort. Und nennen Sie mich Joanna.«

»Nun gut, Joanna.« Er zuckte die Schultern. »Da war ein Mädchen, als ich achtzehn war. Ich wurde nach Florenz zur Schule geschickt, wissen Sie, und als ich nach Hause kam, da erzählte ich meinem Vater, dass ich Koch werden wollte. Er fand das eine dumme Idee. Ich würde all das Land erben, die prosperierenden Weinberge. Er wollte, dass ich Landwirtschaft studiere, also musste ich einwilligen und habe Weinbau an der Universität gelernt. Dann kam ich nach Hause und verliebte mich. Ich dachte, Cosimo wäre glücklich, doch er mochte sie nicht. Sie wollte Modedesignerin werden und wie durch ein Wunder erhielt sie einen Platz am Institut in Mailand. Sie ging weg und kehrte natürlich nie wieder zurück. Ich habe gehört, dass sie jetzt recht erfolgreich ist.«

Er brach ab und sah mich an. »Ich weiß gar nicht, warum ich Ihnen meine Lebensgeschichte erzähle.«

»Vielleicht weil Sie spüren, dass ich eine ähnliche Erfahrung gemacht habe.«

»Haben Sie?«

»Ja. Der Mann, von dem ich dachte, dass ich ihn heiraten würde, ließ mich fallen für jemanden, der ihm bei seiner Karriere helfen konnte.«

»Mir wurde immer gesagt, dass englische Männer kalt und korrekt seien«, sagte er. Dann korrigierte er sich. »Doch nicht alle englischen Leute, muss ich zugeben. Ich habe einmal ein englisches Mädchen kennengelernt, als ich drüben gearbeitet

260

habe. Sie war sehr nett – witzig und warm und nicht so pedantisch, wie die Engländer sonst vorgeben zu sein. Ich dachte, ich bleibe vielleicht in London und heirate sie. Doch dann hatte Cosimo seinen Schlaganfall und ich musste sie verlassen und schnell nach Hause kommen. Ich habe das Gefühl, dass es immer zum Scheitern verurteilt ist, wenn ich mich verliebe.«

»Da ist noch immer genügend Zeit«, sagte ich.

»Für Sie vielleicht. Ich bin bereits dreißig. In unserer Kultur ist das ein hoffnungsloser Fall. Ein alter Junggeselle, wie mein Vater.«

Wir waren im Schatten die enge Straße entlanggegangen und ich sah, dass der kleine Park vor uns lag. »Da ist noch etwas, das ich Ihnen gern zeigen würde«, sagte ich. »Können wir uns dafür in den Park setzen? Vielleicht können Sie mir dabei helfen, es zu verstehen.«

Wir ließen die Häuser hinter uns. Renzo folgte mir über den sandigen Pfad zu der Bank im Schatten des Ahornbaums, wo das alte Paar gesessen hatte. Er setzte sich neben mich und ich öffnete meine Handtasche. Ich zog die Zigarettenschachtel heraus, auf der mein Vater die Frau gezeichnet hatte.

Er rang nach Luft, als ich sie ihm reichte. »Ja, das ist sie. Meine Mutter. Genau so war sie. Dieses Lächeln. Hat Ihr Vater das gezeichnet?«

»Das hat er wohl.«

»Er hat sie sehr gut getroffen.«

Abgesehen von einer Taube im Baum über uns und dem Zwitschern der Spatzen im Staub war es still. Es fühlte sich an, als wären wir allein am Rande des Universums.

»Das verstehe ich nicht«, sagte er. »Ihr Vater gab meiner Mutter seinen Ring, der ein kostbarer Besitz war. Er hat sich die Mühe gemacht, ein Bild von ihr zu zeichnen. Also ist es klar, dass er Gefühle für sie hatte. Und sie gab ihm ein Medaillon. Das muss bedeutet haben, dass sie ebenfalls Gefühle für ihn hatte. Was ist passiert? Was ist da schiefgelaufen? Hat er sie verlassen und ist zurück nach England gegangen, sodass sie stattdessen die Sicherheit eines Deutschen gesucht hat?«

»Da ist noch etwas, was ich Ihnen zeigen möchte – der Brief, von dem ich Ihnen erzählt habe.« Ich zog den Brief heraus, den mein Vater geschrieben hatte.

Renzo untersuchte den Umschlag. »Ja, die Adresse war richtig«, sagte er. »Das war das Haus, wo ich geboren wurde. Und er wurde geschickt ... nachdem sie fortgegangen war.« Er seufzte.

»Lesen Sie, was mein Vater geschrieben hat.«

Er öffnete den Brief. Er begann, dann sah er auf. »Sein Italienisch war gut.«

»Er hat vor dem Krieg Kunst in Florenz studiert«, sagte ich.

»War er Künstler?«

»Nicht, als ich ihn kannte. Er hat auf der Schule Kunst unterrichtet, doch ich wusste nicht, dass er selbst gezeichnet hatte, bis ich nach seinem Tod ein paar wirklich schöne Bilder fand.«

Er las weiter den Brief. Ich hörte, wie er die Luft anhielt, als er zum letzten Teil kam. »Unser schöner Junge?«, fragte er und sah mich an.

»Ich hatte mich gefragt, ob er Sie gemeint hat, ob Sie während einer Zeit der Gefahr versteckt wurden.«

Er schüttelte den Kopf. »Wie gesagt, ich bin nie versteckt worden. Ich lebte mit meiner Mutter und meiner Urgroßmutter, bis meine Mutter uns verlassen hat. Dann blieb ich weiter bei Nonna, bis sie starb, kurz nach Ende des Krieges. Anschließend nahm mich Cosimo bei sich auf. Er übernahm das Land meiner Mutter und schaffte es, den Grund jener Männer zu kaufen, die während des Krieges umgekommen waren. So wurde er wohlhabend genug, um mir eine gute Erziehung zu ermöglichen.«

»Kann es sein, dass Ihre Mutter noch ein anderes Kind hatte? Ein Kind mit meinem Vater?«

Er schüttelte den Kopf. »Das hätten wir bemerkt.«

»Wie alt waren Sie? Drei? Vier? Vielleicht fällt es einem Kind in diesem Alter gar nicht auf, wenn ein Erwachsener dicker wird.«

»Aber Nonna hätte es gemerkt. Jede Frau im Ort hätte es gesehen. Nichts entgeht den Frauen von San Salvatore. Das kann ich Ihnen versichern. Sie wissen alles. Und wo hätte sie ein Kind zur Welt bringen sollen?«

»Das führt uns zurück zu der Frage, wie es sein kann, dass mein Vater hier war und niemand hat etwas davon gewusst. Wäre es möglich gewesen, ihn irgendwo im Haus zu verstecken?«

Renzo runzelte die Stirn und überlegte. »Vielleicht. Wir hatten einen großen Dachboden und man musste eine Leiter hochklettern, um hineinzukommen. Meine Mutter ging gelegentlich nach oben, um Dinge zu holen, die wir gebrauchen konnten. Es gab auch einen Keller. Ich habe mich nicht getraut, hinunterzugehen, denn es gab Ratten und war dunkel. Dort unten wurden Wein und Olivenöl gelagert.«

Ich sah ihn hoffnungsvoll an. »Also hätte jemand im Keller versteckt werden können?«

»Doch wie wäre Ihr Vater hineingekommen? Die einzige Tür ins Haus geht von der Straße ab.«

»Was ist an der Hinterseite?«

»Fenster und darunter die Stadtmauer. Außerdem hätte Nonna eingeweiht werden müssen, und ich erinnere mich an sie als eine strenge, korrekte und fordernde Person. Ich glaube nicht, dass sie es erlaubt hätte, einen Fremden in ihrem Familienhaus zu verstecken. Sie wäre direkt zum Priester gegangen und hätte es ihm gebeichtet.«

»Hätte Ihre Mutter nicht dasselbe getan?«, fragte ich. »Sie muss religiös gewesen sein, sonst hätte sie meinem Vater nicht das Medaillon gegeben.«

»Das denke ich. Und der Priester darf die Heilige Beichte niemandem verraten.«

»Ich habe mit Vater Filippo gesprochen«, sagte ich, »und ihn gefragt, ob Ihre Mutter ihm etwas Wichtiges mitgeteilt hatte. Er erinnerte sich liebevoll an sie, war aber undeutlich bei den Einzelheiten.«

»Ja, ich habe gehört, dass sein Verstand nachlässt. Das ist so tragisch. Was für ein guter alter Mann.«

»Sie hätte ein schreckliches Risiko auf sich genommen, einen feindlichen Piloten in ihrem Haus aufzunehmen, wobei sie das Leben ihres Sohnes und ihrer Großmutter riskierte«, sagte ich.

»Nicht nur das, da war auch der Deutsche, erinnern Sie sich? Der Deutsche, mit dem sie davongelaufen ist? Doch vielleicht kam er erst zu dem Haus, nachdem Ihr Vater gegangen war. Wie wurde Ihr Vater denn gerettet? Vielleicht sind die Alliierten gekommen, haben ihn gefunden und mitgenommen, sodass meine Mutter zurückblieb.«

»Ja, möglicherweise.«

Wir sahen einander an, während wir uns bemühten, einen Sinn in den Dingen zu erkennen.

»Es tut mir leid, dass ich Ihnen nicht helfen kann«, sagte Renzo schließlich. »Tatsächlich habe ich fast keine Erinnerung an jene Zeit. Ich weiß, dass ich eine Weile krank war und sich meine Mutter um mich gekümmert hat. Ich erinnere mich an den Deutschen in unserem Haus – derjenige, mit dem sie davongelaufen ist. Ich erinnere mich, dass wir Kaninchen und Kastanien aßen und alles andere, was sie für uns finden konnte. Sie ging mit dem Korb los und suchte im Wald nach Essen, weil uns die Deutschen alles genommen hatten. Und ich muss jetzt glauben, dass sie und Ihr Vater sich getroffen haben, und er hat deutlich gemerkt, dass sie sich ineinander verliebt hatten. Doch der schöne Junge … Ich habe keine Ahnung, wen er damit gemeint hat. Und ich befürchte fast, dass wir es niemals erfahren werden.« Er sah zu mir auf, als müsste er das verarbeiten. »Wenn da ein Kind war und es wurde versteckt, dann muss es sicherlich gestorben sein. Aus dieser Suche kann nichts Gutes hervorgehen. Sie sollten nach Hause fahren und diesen Ort verlassen. Ich habe das Gefühl, dass es für Sie nicht sicher ist, hierzubleiben.«

Ein kalter Wind kam auf und zerrte an dem Brief in meinen Händen. Über den Hügeln türmten sich Wolken auf. Plötzlich war mir neben ihm unbehaglich zumute, zwei Menschen auf einer Bank, ohne dass jemand anderes in der Nähe war. Ich wollte ihn fragen, was er mit »nicht sicher« meinte. Wusste er etwas oder sagte er damit, dass die Polizei mir den Mord anhängen wollte?

Ich stand auf. »Ich sollte zurückgehen. Paola wird sich schon Sorgen um mich machen.«

»Ja.« Er erhob sich ebenfalls. »Und ich sollte Cosimo helfen. Er wird nicht darüber erfreut sein, dass ich mit Ihnen gesprochen habe. Er glaubt, dass Sie Ärger machen.«

»Ich habe nicht vor, irgendwelche Probleme zu bereiten«, sagte ich. »Ich wollte nur die Wahrheit herausfinden. Jetzt kommt es mir allerdings so vor, als ob mir das niemals gelingen wird.«

Wir gingen zusammen los. »Glauben Sie, dass mich die Polizei bald gehen lassen wird?«, fragte ich.

Er zuckte mit den Schultern. »Wer weiß? Ich glaube, es müsste jedem klar sein, der kein völliger Idiot ist, dass Sie überhaupt keinen Grund dafür hatten, Gianni umzubringen, und dass Sie auch sicherlich nicht stark genug sind, um ihn in den Brunnen zu stecken. Nur leider sind manche unserer Polizisten ziemliche Idioten. Aber keine Sorge, wir werden für Sie tun, was wir können, das verspreche ich. So sollte mit Touristen nicht umgegangen werden.«

Unsere Schritte hallten von den Wänden zu beiden Seiten der engen Gasse. In der Ferne konnten wir Lachen hören und jemand hatte angefangen, Akkordeon zu spielen. Stimmen erhoben sich zum Gesang.

»Die Leute wirken so ausgelassen«, sagte ich.

Er nickte. »An einem Ort wie diesem erwarten die Menschen nur wenig vom Leben und erfreuen sich an den kleinen Dingen. Nicht wie in London, wo man Geld ausgeben muss, um eine gute Zeit zu verbringen, und niemand lacht jemals. In dem Restaurant, in dem ich gearbeitet habe, war es still wie im Grab. Die Menschen haben geflüstert und niemand hat gelacht.«

Ich dachte darüber nach. »Das stimmt«, sagte ich. »Wenn jemand laut spricht oder lacht, dann drehen sich alle nach ihm um.«

»Und trotzdem leben Sie dort.«

»Ich muss mein Jura-Examen machen«, sagte ich.

»Dann wollen Sie Anwältin werden?«

Ich nickte. »Und wenn ich es bestanden habe … wenn ich bestehe, dann kann ich überall als Anwältin arbeiten. Ich habe allerdings noch keinen Ort gefunden, an dem ich mich zu Hause fühle.«

»Nicht dort, wo Sie aufgewachsen sind?«

Ich schüttelte den Kopf. »Ich hatte nie das Gefühl, dass ich dort hingehöre«, sagte ich. »Mein Vater kam aus einer adligen Familie. Er war Sir Hugo Langley. Wir hatten ein schönes großes Haus namens Langley Hall und viel Land, bevor ich geboren wurde, doch mein Vater musste wegen der Steuern für das Anwesen alles verkaufen. Deshalb wohnten wir in dem Pförtnerhäuschen und er war Kunstlehrer an der Schule, die unser Haus übernommen hat.«

»Das muss schwer für ihn gewesen sein«, sagte Renzo, »täglich daran erinnert zu werden, was er verloren hatte.«

»Ja, da bin ich mir sicher. Meine Mutter hatte einen weniger noblen Hintergrund und war glücklich damit, sich um uns zu kümmern. Doch sie starb, als ich elf war, und danach war das Leben ziemlich trostlos. Ich ging zur Schule, wo die anderen Mädchen alle reich waren. Und sie waren nicht am Lernen interessiert. Entweder ärgerten sie mich oder verabscheuten mich. Also nein, ich glaube nicht, dass ich dorthin zurück möchte.«

»Dann sind wir beide ohne Mutter aufgewachsen. Das ist niemals einfach. Es fehlt immer etwas«, sagte er. »Manchmal bin ich aus einem Traum aufgewacht, dass meine Mutter mir die Wange geküsst hat, wie sie es immer tat, wenn ich schlief.«

»Ihre Mutter hat Sie ganz bestimmt geliebt«, sagte ich. »Glauben Sie wirklich, dass sie Sie einfach verlassen hätte, wenn sie nicht dazu gezwungen worden wäre?«

Er blieb stehen, blickte nach vorn zu dem Lachen und dem Lied auf der Piazza. »Das ist es, was man mir gesagt hat. Was jeder glaubt«, sagte er. »Doch jetzt bin ich mir da nicht mehr so sicher.«

Neunundzwanzig

Joanna

Juni 1973

Wir hatten die Gasse erreicht, wo Renzos altes Haus stand. Renzo merkte, dass ich es ansah. »Meinen Sie, wir sollten einen Blick in unser Haus werfen und nachsehen, ob es da womöglich einen Platz gibt, an dem jemand versteckt worden sein könnte?«

»Aber sind nicht alle Bewohner bei dem Fest auf der Piazza?«

Er warf mir ein verschwörerisches Grinsen zu. »Ganz genau. Wann wäre es wohl besser, um sich umzusehen?«

»Aber wir können doch nicht ohne Erlaubnis hinein. Und ist die Tür nicht sowieso verschlossen?«

»Das bezweifle ich«, sagte er. »In San Salvatore schließt keiner seine Türen ab. Jeder Fremde müsste über die Straße in den Ort und würde bemerkt werden. Und hier würde niemand seinen Nachbarn berauben. Das ist gegen unsere Ehre. Kommen Sie. Versuchen wir es. Wenn wir erwischt werden, dann kann ich immer noch sagen, dass ich der jungen Dame aus England zeige, wo ich gewohnt habe. Daran ist doch nichts Schlimmes, oder?«

Wir eilten über die Gasse und Renzo drückte versuchsweise den Griff an der Haustür herunter. Sie war aus geschnitztem Holz und wirkte sehr alt. Die Tür ging leicht auf.

»Hallo? Ist jemand da?«, rief Renzo. Seine Stimme hallte ein Treppenhaus hinauf. Es kam keine Antwort. Er nickte mir bestätigend zu. »Gehen wir.«

Zunächst führte er mich durch das Erdgeschoss. Ein offizielles Wohnzimmer ging nach vorn zur Gasse hinaus. Es war voller schwerer, dunkler Möbel, die erdrückend auf mich wirkten. Dahinter befand sich ein Speisezimmer, von dem aus man eine wunderbare Aussicht auf die Weinstöcke hatte, die sich hinab zu einem kleinen Tal und den Olivenhainen am Hang gegenüber erstreckten. Ich ging zum Fenster und blickte hinaus. Ja, er hatte recht. Das Fenster öffnete sich zum steilen Abgrund der Stadtmauer – kein Ort, von wo man hereinklettern konnte. Daneben befand sich eine altmodische Küche mit einem großen gusseisernen Herd und Kupfertöpfen, die nebeneinanderhingen. Und an der anderen Seite der Küche war ein Raum, in dem ein Sessel und ein Fernseher standen. So hatte die moderne Zeit also auch San Salvatore erreicht!

»Das war einmal das Schlafzimmer meiner Mutter«, sagte er. »Zumindest während der Zeit, an die ich mich erinnere. Wir schliefen hier unten, weil es wärmer war und wir nicht genug Brennstoff hatten, um auch oben zu heizen. Mein kleines Schlafzimmer war dahinter.« Und er zeigte mir einen winzigen Raum, der auf die Gasse hinausblickte. Er hatte mich schnell herumgeführt, wahrscheinlich wurde ihm auch langsam unbehaglich dabei, im Haus anderer Leute herumzuschnüffeln, doch ich hatte einen Blick aus dem Fenster des Raums geworfen, der einmal sein Zimmer gewesen war. Dieses Fenster öffnete sich auch zur Mauer hin, hier war die Oberkante der Mauer ein wenig ausgebaut, sodass man darauf treten konnte. Was auch keinen besonderen Nutzen hatte, da es noch immer steil nach unten ging.

Wir gingen hinauf und blickten in drei Schlafzimmer. Renzo zeigte auf ein Viereck in der Decke und erklärte, es führte auf den Dachboden. War es möglich, dass dort oben jemand versteckt gewesen war? Sofia hätte gute Ausreden anbringen müssen, warum sie immer wieder hinauf und hinab musste. Und wenn sie meinem Vater Essen gebracht hatte, wäre das der alten Großmutter nicht aufgefallen?

Wir kamen wieder nach unten und Renzo öffnete eine kleine Tür, die zu einer düsteren Treppe führte, die in die Finsternis abstieg. Ich zögerte. »Ich glaube nicht, dass ich da runtergehen will«, sagte ich. »Es sieht unheimlich aus. Gibt es dort Licht?«

»Ich bin mir nicht sicher. Ich war, glaube ich, nie unten.«

Eine kalte Brise von Feuchtigkeit und Moder kam zu uns hinauf. Renzo sah mich an und nickte. »Es ist wirklich nicht gerade einladend. Und dasselbe gilt für den Dachboden – meine Nonna hätte gesehen, wenn meine Mutter Essen hingebracht hätte. Ich glaube, wir sollten besser zurückgehen, bevor wir noch erwischt werden.«

Er hatte die Worte gerade ausgesprochen, als ein Geräusch zu hören war, als wäre ein Lastwagen in die Seite des Hauses gekracht, gefolgt von einem tiefen Rumpeln. Alles begann zu wackeln. Ich hörte, wie Gegenstände herabfielen und zerbrachen. Für einen Augenblick fühlte es sich an, als würden die Mauern auf uns herabstürzen. Ich griff nach Renzo. »Was passiert hier?«

»Nur ein Erdbeben«, sagte er.

Das Beben hörte auf und ich merkte, dass er die Arme um mich gelegt hatte.

»Nur ein Erdbeben?«, fragte ich. »Nur?«

Er lachte und ließ mich los. »Sie sind in diesem Teil Italiens recht häufig«, sagte er. »Sehen Sie. Schon vorbei. Uns geht es gut. Kehren wir zurück zu den anderen.«

Wir kamen zu der Piazza, wo wir Chaos vorfanden. Weinkrüge waren umgekippt und hatten ihren Inhalt über die weißen Tischdecken verschüttet. Babys weinten. Alte Frauen beteten und klagten. Andere räumten das Durcheinander auf.

»Es ist vorbei«, sagte der Mann mit dem weißen Haar zu der Menge, mit dem ich mich den anderen Abend unterhalten hatte. »Vergesst es. Lasst uns wieder feiern.«

»Der Bürgermeister«, sagte Renzo. »Der wichtigste Mann im Ort. Er ist hoch angesehen. Er hat uns durch den Krieg geführt und war vernünftig genug, so zu tun, als würde er mit den Deutschen auskommen. Ich glaube, das hat uns viel Kummer erspart.«

Ich sah mir den alten Mann interessiert an. Jemand, der mit den Deutschen zurechtkam? Hatte er womöglich seine eigenen Leute betrogen, um seine Haut zu retten? Ich ging in Gedanken einen Schritt weiter. Hatte er womöglich Sofia verraten, da er wusste, dass sie einen britischen Piloten versteckte?

Ich hatte keine Zeit mehr für diese Gedanken, da Paola zu mir kam. »Wo waren Sie? Ich war ja so besorgt. Und dann das Erdbeben …«

»Es tut mir leid«, sagte ich. »Renzo hat mir das Haus gezeigt, wo er während des Krieges mit seiner Mutter gelebt hat.«

Paola drehte sich und blickte Renzo an. »Ich verstehe«, sagte sie. »Na gut. Dann ist ja nichts passiert.«

In dem Augenblick wurde Renzos Name gerufen – oder eher gebellt –, über die ganze Piazza hinweg. Cosimo gestikulierte zu ihm. »Wo bist du gewesen, Junge?«, rief er. »Spazierst einfach davon und überlässt deinen alten Vater sich selbst?«

»Vater, du bist unter Hunderten von Menschen. Jeder von ihnen hätte dir helfen können«, sagte Renzo.

»Und während des Erdbebens? Wenn ich schnell flüchten müsste? Was dann?«

»Ich glaube, die offene Piazza ist wahrscheinlich der sicherste Platz im ganzen Ort«, sagte Renzo.

»Oh, dann hast du dich jetzt entschieden, schnippisch und respektlos zu deinem Vater zu sein, ja?« Cosimo kam zu ihm und blickte ihn wütend an. »Ist das der Einfluss dieses deutschen Mädchens? Ich wusste, dass sie Schwierigkeiten machen würde, seit sie in den Ort gekommen ist.«

»Sie ist keine Deutsche, Vater. Sie ist aus England. Und ich wollte nicht respektlos sein. Ich habe nur die Wahrheit festgestellt. Und überhaupt, das Erdbeben ist vorbei und du bist unversehrt, also ist alles in Ordnung. Wir können zurück zum Fest, einverstanden?«

Er nahm den älteren Mann am Arm und sah sich mit der Andeutung eines Grinsens zu mir um. Während sie gingen, hörte ich Cosimo sagen: »Je schneller sie von hier weg ist, desto besser.«

Ich schloss mich wieder Paolas Gruppe an. Die Frauen sprachen noch immer über das Erdbeben, erinnerten sich an Beben vergangener Zeiten, zerstörte Dörfer, lebendig begrabene Menschen. Sie sprachen schnell und in ihrem starken Dialekt, sodass mir das meiste entging, doch ich nickte zustimmend, als würde ich alles verstehen. Ich fragte mich, wie lange das Fest normalerweise dauerte, doch das Thema erledigte sich für mich durch Angelinas Baby, das zu weinen begann.

»Mamma, ich glaube, ich sollte sie nach Hause bringen«, sagte Angelina. »Es wird kalt hier draußen und ich denke, es könnte regnen.«

»In Ordnung.« Paola stand auf. »Wir kommen mit dir. Ich werde mich vergewissern, dass du gut nach Hause kommst, und dann sollte ich wohl Francesca einen Besuch abstatten. Sie ist nicht gekommen, glaube ich. Natürlich kann ich verstehen, warum sie während dieser Trauerzeit wegbleibt. Ich werde ihr zumindest etwas von unserem Gemüse bringen und vielleicht ein paar Biscotti, um sie aufzumuntern, das arme Ding.«

»Wer ist Francesca?«, fragte ich.

»Giannis Witwe. Ich glaube, die Arme hat während ihrer Ehe viel gelitten. Sie ist vielleicht froh, ihn los zu sein, doch wie soll sie jetzt durchkommen? Wer wird sich um die Schafe kümmern und den Käse machen? Es ist zu viel für eine Frau, und ich glaube nicht, dass sie es sich leisten kann, einen Mann für die Arbeit zu bezahlen, selbst wenn sie hier jemanden finden könnte, der nicht für Cosimo arbeitet.«

Wir verabschiedeten uns von den Leuten am Tisch. Ich war noch nie zuvor von Fremden umarmt und geküsst worden. Es war ein seltsames Gefühl, doch nicht unangenehm, als wäre ich Teil einer großen, warmherzigen Gemeinschaft.

Wir gingen zusammen den Pfad hinunter und ließen Angelina am Bauernhaus, wo sie ihr Baby fütterte.

»Ich gehe jetzt zu Francesca«, sagte Paola. »Sie sollten ein wenig schlafen. Wir hatten einen langen Tag.«

»Oh nein«, sagte ich. »Ich bin gar nicht müde. Wäre es in Ordnung, wenn ich mit Ihnen komme?«

Ein breites Lächeln trat auf ihr Gesicht. »Oh ja. Das würde mich sogar freuen. Ich bin immer gern in Gesellschaft, und ein junges, frisches Gesicht wie das Ihre wird Francesca sicherlich in der Stunde ihrer Trauer aufmuntern.«

Tatsächlich war mein Vorschlag nicht völlig selbstlos. Ich wollte eine Gelegenheit haben, um mit Giannis Witwe zu sprechen. Vielleicht hatte er ihr etwas von den Dingen erzählt, die er mir mitteilen wollte. Paola füllte einen großen Korb mit Essen: Obst und Gemüse aus dem Garten, Gebackenes und ein wenig von dem restlichen Ragout.

»Ihr wird nicht nach Kochen zumute sein, der Armen«, sagte sie.

Wir gingen den Weg entlang, der weg vom Dorf führte, dann bogen wir nach rechts ab und den Hügel hinauf. Es war ein steiler Aufstieg. Ich hatte angeboten, den Korb zu tragen, und bereute es jetzt. Ich merkte, wie unfit ich noch immer war. Ich beschloss, ausgiebigere Spaziergänge zu machen, falls ich noch länger bleiben würde. Da bemerkte ich, dass ich überhaupt nicht wegwollte, trotz der Unannehmlichkeiten mit der Polizei. Auch wenn ich bei meiner Suche nach der Wahrheit keinen Schritt weiterkam, gefiel es mir, hier zu sein. Ich mochte es, Zeit mit Paola zu verbringen, und ich mochte das Gefühl, Teil einer Familie zu sein.

Giannis Haus stand am Rande des Waldes, der auf den Hügeln wuchs. Es war ein bescheidenes Haus aus altem Stein mit einem Schieferdach und sah aus, als würde es jeden Augenblick zusammenbrechen. Hühner liefen vor dem Haus herum. Ein angeketteter Hund lag im Hof. Er erhob sich und knurrte, als wir näher kamen.

»Francesca«, rief Paola mit ihrer kräftigen Stimme. »Ich bin es, Paola Rossini, um dir einen Besuch abzustatten.«

Die Vordertür öffnete sich und eine dünne Frau in Schwarz kam heraus. Sie wirkte, als hätte sie schon eine ganze Zeit ohne Unterlass geweint. Immerhin brachte sie ein schwaches Lächeln über die Lippen. »Paola. Es ist schön, dass du mich besuchst.«

»Ich habe mir Sorgen gemacht, weil du nicht zur Feier gekommen bist.«

»Wie hätte ich mitfeiern können, wenn einer der Menschen, die dort gegessen und getrunken haben, meinen Mann getötet hat?«

»Das weißt du ja gar nicht, Francesca. Es hätte genauso gut ein Außenstehender sein können.«

»Was für ein Außenstehender? Welcher Außenstehende würde deinen Brunnen kennen? Sie sagen, dass er mit dem

Kopf nach unten hineingestoßen wurde, sodass er ertrank. Was für ein Monster macht so etwas?«

»Vielleicht hatte sich Gianni Feinde gemacht«, sagte Paola. »Er hat sich oft mit den falschen Leuten abgegeben.«

»Gianni hat immer Geschäfte gemacht, das stimmt«, sagte sie. »Doch er hat sich von Kriminellen ferngehalten, von der Mafia und von Banden. Es gab Gerüchte über ihn, die einfach nicht stimmten. Er mochte es, große Töne zu spucken, das weißt du. Er mochte es, wenn die Leute glaubten, er lebte mit Gefahr und Intrigen. Doch das stimmte einfach nicht. Er war ein ziemlich furchtsamer Mann. Es ändert aber nichts, darüber zu reden, oder? Ich glaube nicht, dass sie den Mord jemals aufklären werden. Und wo bleibe ich? Ohne einen Mann, der sich um die Schafe kümmert, der die schweren Kessel hebt, in denen man den Käse herstellt. Ich werde verkaufen müssen, wenn jemand kaufen will. Und irgendwie mit meinen Hühnern und den paar Olivenbäumen zurechtkommen.« Als sie ihre Tirade beendet hatte, bemerkte sie mich überhaupt erst, da ich im Schatten eines Kirschbaums stehen geblieben war. »Und wer ist das?«, fragte sie.

»Das ist die junge englische Dame, die bei mir wohnt«, sagte Paola. »Sie war so freundlich und hat mir den Korb den Hügel hinaufgetragen.«

Ich spürte, wie mich ihre dunklen Augen kritisch betrachteten. »Ist das die …?«, begann sie.

»Ganz genau«, sagte Paola. »Diejenige, die zusammen mit mir deinen Mann gefunden hat.«

»Das muss ein Schock für sie gewesen sein«, sagte Francesca.

»Ein Schock für uns beide«, sagte Paola. »Ich dachte, mein Herz würde niemals wieder schlagen. Der arme Mann. Was für ein Ende.«

»Wie du sagst, was für ein Ende. Ein schrecklich brutaler und böser Mann muss das getan haben. Und wofür? Weil

Gianni kein Blatt vor den Mund genommen hat?« Sie hielt inne, ihre Hände nestelten an der Schürze, die sie über ihrem Kleid trug. »Ihr kommt besser rein und trinkt mit mir ein Glas Wein.«

»Natürlich«, sagte Paola. Sie machte mir ein Zeichen, ihr zu folgen, und wir traten in die Dunkelheit des Hauses. Es war eng und spartanisch eingerichtet, doch makellos sauber. Wir setzten uns auf eine Holzbank in der Ecke. Francesca nahm einen Tonkrug von einem Regal und goss uns Rotwein in Gläser. Dann stellte sie einen Teller mit Oliven und grobkörniges Brot auf den Tisch. »Auf Ihre Gesundheit, Signorina«, sagte sie und betrachtete mich noch immer, als wäre ich ein Wesen vom Mars.

Vielleicht bin ich die erste Ausländerin, die sie sieht, dachte ich, doch dann erinnerte ich mich daran, dass sie während des Krieges sicherlich viele Deutsche zu Gesicht bekommen hatte. Womöglich war sie deshalb misstrauisch gegenüber allen Ausländern.

Die zwei Frauen unterhielten sich. Sie sprachen so schnell in ihrem toskanischen Dialekt, dass das meiste an mir vorüberging. Ich merkte, wie meine Aufmerksamkeit abschweifte. Ich blickte an ihnen vorbei aus dem Fenster. Von hier aus hatte man eine gute Sicht auf San Salvatore. Ich konnte Sofias ehemaliges Haus mit der abblätternden gelben Farbe erkennen. Dann sah ich etwas genauer hin. Die Fenster an der Rückseite öffneten sich eindeutig auf den Wall. Doch von hier sah es so aus, als würde eine Treppe an der Außenseite der Mauer bis zur rechten Seite ihres Hauses führen. Also gab es doch einen Weg, jemanden hinaufzubringen, den sie verstecken wollte. Ich konnte es kaum erwarten, Renzo davon zu erzählen.

Schließlich und zu meiner Erleichterung stand Paola auf. »Ich sollte zu meiner Tochter und Enkelin zurückkehren«, sagte sie.

»Geht ihr heute Abend zum Tanz auf die Piazza?«, fragte Francesca und sah mich und Paola an.

Paola kicherte. »Ich denke, meine Tanztage sind vorbei. Doch wenn die junge Dame gehen möchte, dann habe ich nichts dagegen.«

»Oh, ich glaube nicht, dass es sich für mich gehören würde, allein hinzugehen und mit Fremden zu tanzen«, sagte ich. »Der Polizei-Inspektor glaubt bereits, dass ich einen schlechten Charakter habe, weil ich ohne Anstandsdame mit den Männern des Ortes ein Glas Wein getrunken habe.«

»Warum hat denn ein Inspektor von der Polizei mit Ihnen gesprochen?«, fragte Francesca.

Ich merkte sofort, dass ich ein schwieriges Thema angeschnitten hatte. Ich konnte kaum sagen, dass er versucht hatte, mir den Mord an ihrem Mann anzuhängen, weil er dachte, dass Gianni sich mir aufgedrängt und ich ihn in Notwehr getötet hatte. Ich versuchte, etwas Sinnvolles zu sagen. »Er war zu allen unfreundlich«, sagte ich. »Er wollte, dass ich den Mord an Ihrem Mann gestehe, weil ich ihn gefunden habe.«

»Wie lächerlich«, sagte sie. »Diese Polizisten sind Idioten. Warum sollten Sie irgendeinen Grund haben, einen Mann zu töten, den Sie nie getroffen haben?«

»Er war bei jenen Männern am Tisch, soweit ich weiß«, sagte ich. »Ich habe ein paar Worte mit ihm gewechselt. Ich habe erzählt, dass ich mir die Landschaft ansehen möchte, und er hat angeboten, mir seine Schafe zu zeigen und wie er Käse herstellt.«

»Ich verstehe.« Sie sah mich noch immer stirnrunzelnd an. »Und warum sind Sie nach San Salvatore gekommen, Signorina?«

»Mein Vater war ein britischer Pilot, dessen Flugzeug in der Nähe abgeschossen wurde. Ich frage mich, ob jemand hier etwas über ihn weiß.«

»Im Krieg?«

»Ja. Ich kenne aber keine Einzelheiten. Deshalb bin ich hergekommen, um es herauszufinden.«

Sie winkte ablehnend mit der Hand. »Wir waren damals noch Kinder. Wir haben zu überleben gelernt und uns zu verstecken.«

»Ja. Es scheint, als hätte niemand etwas von einem britischen Piloten gewusst, der einen Flugzeugabsturz überlebt hat.«

»Und von den Deutschen mitgenommen wurde?«

»Warum sagen Sie das?« Ich spürte, wie mein Puls schneller ging. »Wissen Sie das genau?«

»Ich glaube, Gianni hat es einmal erwähnt. Sie waren wegen ihm gekommen, da bin ich mir ziemlich sicher.«

»War er allein?«

»Ich habe keine Ahnung. Ich war zu der Zeit auf dem Hof meines Onkels. Doch was Sie sagten, hat mir in Erinnerung gerufen, was Gianni erzählt hat. Er war damals selbst noch ein Junge, er hat Botengänge erledigt und vieles gesehen, was andere Leute nicht gesehen haben. Er mochte es immer, anderen hinterherzuspionieren, und Sie sehen ja, wohin ihn das gebracht hat.«

Sie hob eine Hand an den Mund und schluchzte. Paola kam herum, um sie zu trösten. »Keine Sorge, Francesca. Du hast hier Freunde. Wir kümmern uns um dich«, sagte sie. »Wir gehen dann jetzt. Du kannst jederzeit zu uns kommen.«

»Du bist eine gute Seele, Paola. Mögen die Heiligen dich behüten.«

Wir ließen sie an der Tür zurück und stiegen den Hügel hinab.

DREISSIG

HUGO

Dezember 1944

Sie kauerten lange in völliger Dunkelheit, bis die Erschütterungen um sie herum nachließen.

»Geht es dir gut?«, flüsterte er.

»Ich glaube schon. Ich habe nur große Angst. Du hast uns gerettet. Was ist passiert? Es hat sich angefühlt, als würde das ganze Gebäude in die Hölle hinunterfahren.«

»Die Bombe muss das Fundament beschädigt haben.«

Es kam ihnen vor, als würden ihre Stimmen laut in der Dunkelheit hallen.

»Meinst du, jetzt ist es sicher?«, flüsterte sie. »Sind sie weg?«

»Ja, sie sind weg.« Er strich ihr über das Haar und sie kuschelte sich an ihn.

»Wie komme ich nach Hause, wenn ich meine Laterne nicht finde?«, sagte sie.

»Wir finden sie schon. Mach dir keine Sorgen.« Er richtete sie beide auf, nahm sein Feuerzeug und hielt die kleine Flamme hoch, um sich umzublicken. Die Laterne war auf die Seite gefallen und ein Stück weitergerollt. Er holte sie und nahm die Kerze heraus.

»Warum haben sie eine Bombe auf uns geworfen?«, fragte sie, als er die Flamme seines Feuerzeugs an die Kerze hielt. »Wie konnten sie nur so etwas tun?«

»Vielleicht hat der Pilot das Licht deiner Laterne gesehen und gedacht, es wäre noch immer eine feindliche Stellung«, sagte Hugo.

»Meine kleine Laterne? Das hat ein Pilot für eine Gefahr gehalten?« Sie lächelte.

»Du wärst überrascht, was für kleine Lichter man von einem Flugzeug aus sehen kann«, sagte er. Dann fügte er hinzu: »Manchmal will ein Pilot nur umkehren und nach Hause fliegen, deshalb lässt er einfach seine letzte Bombe irgendwo fallen, wo er annimmt, dass sie keinen Schaden anrichtet, im Wald oder auf einem Feld.«

»Hast du das schon einmal gemacht?«

»Ich bin Pilot. Meine Aufgabe besteht darin, das Flugzeug zu fliegen, nicht die Bomben zu werfen«, sagte er. »Und ich habe nur leichte Bomber mit wenig Bomben an Bord geflogen. Die haben wir nur gezielt eingesetzt.«

Er steckte die Kerze wieder in die Laterne, dann hielt er sie hoch, um sich den Schaden anzusehen. Das kleine Licht warf lange Schatten auf das frisch eingestürzte Mauerwerk. Die Mauern standen noch, wiesen jedoch klaffende Löcher auf. Die Trümmer auf dem Boden waren verrutscht und der ganze Boden war schief.

Sofia stand auf. »Ich hoffe, dass es noch fest genug ist, um darüberzugehen.« Sie machte ein paar Schritte, dann blieb sie stehen. »*Gesù Maria!*«, rief sie.

»Was ist denn?« Er richtete sich ebenfalls auf.

»Guck mal hier.«

Er ging zu der Stelle, auf die sie zeigte. Auf dem Boden an der Seitenwand der Kapelle hatte sich ein gähnendes Loch geöffnet und eine Treppenflucht führte hinunter in die Dunkelheit.

»Das muss eine Art Krypta sein«, sagte Hugo. »Hast du sie jemals besucht?«

»Nein. Ich war nur einmal an einem Feiertag hier«, sagte sie. »Wir hatten nicht sehr viel mit den Mönchen zu tun. Sie wohnten hier oben abgeschieden vom echten Leben.«

»Bis die Deutschen sie vertrieben und sie herausfanden, wie das echte Leben wirklich ist«, fügte er hinzu.

»Sollen wir runtergehen und es erforschen?«, fragte sie. »Vielleicht ist es da unten trocken und angenehmer für dich.«

Hugo wollte nur ungern hinab in jenes schwarze Rechteck. Kalte, schwere Luft schlug ihnen entgegen und er roch modrige Feuchtigkeit. »Ich glaube, wir sollten bis zum Tageslicht warten«, sagte er. »Wir wissen nicht, wie stabil es dort unten ist. Die ganze Decke könnte herabstürzen.«

»Ich kehre am Morgen zurück, wenn ich wegkann«, sagte sie. »Ich werde ihnen sagen, dass ich die Rübenfelder überprüfen muss. Vielleicht müssen sie schon in dieser Woche geerntet werden. Und außerdem ist es der Tag nach dem Fest. Alle schlafen lange.«

»In Ordnung.« Er merkte, wie er freudig lächelte, da er sie so bald wiedersehen würde, obwohl er ihre Begeisterung nicht teilte, einen alten Keller zu erkunden. »Du solltest jetzt nach Hause gehen, damit du etwas schlafen kannst. Sei ganz vorsichtig, wenn du zur Tür gehst. Womöglich ist der Boden nicht mehr stabil.«

»Ich werde gut aufpassen«, sagte sie. »Und ich werde ungeduldig darauf warten, zurückzukehren, damit wir herausfinden können, was da unten ist. Was glaubst du, ist das wohl eine Schatzgrube?«

»Das bezweifle ich. Ich denke, dass eure Mönche einfache Männer waren. Als ich die Trümmer draußen durchsucht habe, habe ich gewiss kein Goldbesteck oder Rubinringe gefunden. Und ihre Schüsseln und Teller waren aus Ton.«

»Trotzdem«, sagte Sofia, »es ist doch spannend!«

»Ja«, stimmte er zu, damit sie etwas hatte, worauf sie sich freuen konnte. »Es ist sehr spannend.«

Die restliche Nacht schlief Hugo schlecht. Ihm war bewusst, dass er auf instabilem Untergrund lag, der jeden Moment einbrechen konnte, und er fragte sich, ob er nicht besser nach draußen gehen sollte. Doch angesichts des bitterkalten Windes um die Ruinen war das keine verlockende Vorstellung. Er setzte sich auf und sehnte sich nach einer Zigarette. Stattdessen fand er die Flasche und trank von dem Grappa. Der wärmte ihn, schaffte es aber nicht, seine ängstliche Stimmung zu beruhigen. Er kämpfte gegen den Schlaf und war froh, als die ersten Morgenstrahlen über der östlichen Mauer erschienen.

Hugo wartete, bis es ganz hell war, dann bahnte er sich seinen Weg um die Außenmauer und gelangte sicher zum Vordereingang. Da sah er, dass die Bombe nicht direkt auf dem beschädigten Gebäude gelandet war. Sie hatte den Hang getroffen und ein Stück Erde und Felsen herausgerissen, sodass das Kloster nun am Rand eines Abhangs hing. *Zumindest können jetzt keine deutschen Laster mehr von der Straße hinaufkommen*, dachte er. Die Treppe war unbeschädigt.

Er wusch sich, trank einen großen Schluck Wasser und kehrte dann zur Kapelle zurück. Lange stand er am Eingang zur Krypta. Sofia hatte recht – es war verlockend, doch gleichzeitig war es auch erschreckend. Eine kalte Brise wehte von unten herauf, obwohl Hugo sich nicht vorstellen konnte, woher der Wind von tief unter der Erde kommen konnte.

Er stand noch immer da und starrte hinunter, als Sofia atemlos und mit glühenden Wangen ankam. »Heute weht ein kräftiger Wind«, sagte sie. »Es war schwierig, den Hügel hinaufzugehen. Und sieh nur, ich habe eine von meinen Rüben gezogen. Wir werden sie waschen und du kannst sie dann essen.«

»Eine rohe Rübe?« Er verzog das Gesicht.

»Oh ja. Sie wird gut schmecken. Knackig und erfrischend.« Sie legte sie auf einen herabgefallenen Balken. »Warst du schon unten?«

»Nein, ich habe auf dich gewartet. Ich wollte, dass wir die Entdeckung gemeinsam machen.«

»Ich habe noch eine Kerze mitgebracht«, sagte sie. »Da unten wird es sehr dunkel sein.« Sie warf ihm ein erwartungsvolles Lächeln zu. »Bist du bereit? Ich bin so neugierig auf das, was wir finden werden.«

»Wahrscheinlich ist es nur ein Keller, wo die Mönche ihre alten Gebetbücher und Kutten und ungenutzte Möbel eingelagert hatten«, sagte Hugo.

»Aber nein. Es ist ja unter der Kapelle. Vielleicht ist da die Gruft eines Heiligen. Oder heilige Reliquien. In der Kathedrale von Siena habe ich den Kopf der heiligen Katharina gesehen.«

»Nur ihren Kopf? Was ist mit dem Rest von ihr geschehen? Wurde sie geköpft?«

»Nein, ihr Kopf wurde nach ihrem Tod abgenommen und in ein vergoldetes Kristallbehältnis getan. Er ist noch immer wundersam erhalten und jeder kann ihn sehen. Er bewirkt Wunder.«

»Die arme heilige Katharina«, sagte er. »Ich bin nur froh, dass ich niemals ein Heiliger sein werde. Ich würde nicht wollen, dass man mir nach dem Tod den Kopf abschlägt.«

Das brachte sie zum Lachen. Sie wollte ihm auf den Arm schlagen, überlegte es sich dann jedoch anders, die Intimität der vorherigen Nacht war vergessen. »Dein Feuerzeug, bitte.« Sie zündete die Kerze an. »Ich gehe vor und überprüfe, ob die Stufen sicher sind.«

»Sei vorsichtig«, rief er, doch sie stieg bereits hinab in die Dunkelheit.

»Es geht«, sagte sie. »Die Stufen sind nicht zu steil und sie sind recht frei. Du kannst dich beim Hinuntersteigen an der Wand festhalten. Komm langsam nach.«

Er folgte ihr einen Schritt nach dem anderen, spürte die Kälte der Steinmauer an seiner Handfläche. Er hörte sie nach Luft ringen, war aber so darauf konzentriert, nicht zu stolpern und das geschiente Bein vorsichtig mit seinem Gewicht zu belasten, dass er nicht aufblickte, bis er unten angekommen war. Er atmete erleichtert aus und sah auf. Da erkannte er, was sie so überrascht hatte.

Dort unten war eine perfekt erhaltene kleine Kapelle mit einer gemeißelten und gewölbten Decke. An den Wänden befanden sich offenbar Grabstätten – wahrscheinlich von Mönchen, die vor langer Zeit verstorben waren. Am Fuß der Treppe lagen ein paar dicke Stücke Mauerwerk. Sofia hob die Kerze, damit das Licht auch die entfernten Ecken beleuchtete. Am anderen Ende befand sich ein Altar, auf dem ein großes und sehr detailgetreues Kruzifix stand. In den Nischen waren Heiligenstatuen und an den Wänden hingen zahlreiche große Gemälde.

»Deshalb haben die Deutschen diese Kapelle nicht geplündert«, sagte Sofia und leuchtete mit der Kerze auf die großen Steinblöcke an der Treppe. »Siehst du. Das hat die Treppe von oben blockiert, und jetzt ist es heruntergefallen. Vielleicht ist diese Kapelle seit Jahrhunderten nicht mehr benutzt worden. Oder vielleicht hatten die Mönche einen geheimen Eingang von den anderen Gebäuden.« Sie ging ihm voraus und blickte hoch zu den Wänden. »Sieh dir das an!« Sofia hob die Kerze an eins der Gemälde. »Ist es nicht schön? Es zeigt die drei Heiligen, die das Jesuskind besuchen.« Sie ging weiter. »Und da drüben ist der heilige Sebastian, der arme Mann.«

Hugo wandte sich von dem Letzteren ab. Er konnte sehen, dass es von einem Meister gemalt war, doch das Bild des von

284

Pfeilen durchbohrten Leichnams an einem Pfosten war viel zu grausam.

»Sie müssen sehr alt sein«, sagte Sofia.

»Ja. Aus der Renaissance«, sagte Hugo. »Ich frage mich, ob sie wohl signiert sind. Das Bild der drei Weisen sieht wie das Werk von Perugino aus.«

»Wäre das nicht erstaunlich? Meisterwerke hier unten und wir sind die Einzigen, die etwas davon wissen.«

»Ja«, stimmte er zu. »Wirklich erstaunlich.«

Intuitiv legte sie ihm die Hand an den Arm, sah zu ihm auf und lächelte. »Ich bin so glücklich, dass wir diesen Moment miteinander teilen.«

Er wollte sie unbedingt in die Arme nehmen und küssen, doch er erwiderte nur ihr Lächeln. Sie gingen weiter an der Wand entlang, Sofia betrachtete jede Grabstätte und las das Latein, damit er es übersetzte. »Albertus Maximus, Prior, 1681 bis 1696«, sagte er bei einer der Inschriften.

»Du bist so ein gebildeter Mann«, sagte sie. »Du kannst Latein.«

»Wir haben es sieben Jahre an der Schule eingebläut bekommen«, sagte er. »Doch bei dir findet die Messe auf Latein statt. Und du sprichst Italienisch, was sehr nah dran ist.«

Sie zuckte mit den Schultern. »Ich höre nicht auf das, was der Priester sagt«, sagte sie. »Wenn Vater Filippo mir nach der Beichte die Absolution erteilt, dann habe ich keine Ahnung, ob er mir sagt, dass mir vergeben ist oder dass ich in die Hölle komme.«

»Hast du ihm von deinen Besuchen bei mir erzählt?«

Sie zögerte. »Nicht richtig. Nur dass ich dich gefunden und dir geholfen habe. Denn das ist doch keine Sünde, oder? Jesus sagte, dass man die Hungrigen füttern und die Fremden willkommen heißen soll, und ich tue beides.«

»Ganz genau.« Er ging weiter.

»Sieh dir das an«, rief er zu Sofia, als er an einer kleinen Tür stehen blieb, die in die Mauer eingelassen war. »Du hattest recht. Da ist noch ein anderer Weg in die Krypta. Jene Stufen waren womöglich seit Ewigkeiten blockiert.«

»Mach sie auf. Lass uns sehen, wohin sie führt.« Sie griff nach der Türklinke, bevor er dazu kam. Sie zerrte daran, doch die Tür bewegte sich nicht. »Sie ist abgeschlossen«, sagte sie enttäuscht. »Wer weiß, wo sie hinführt?«

»Wohin auch immer sie geführt hat, dort sind jetzt nur noch Trümmer«, sagte er und ging weiter. Sofia starrte weiter auf die Tür, als wollte sie sie mit ihrer Willenskraft öffnen, dann seufzte sie und folgte Hugo. An der Rückseite der Kapelle befand sich eine kunstvoll gemeißelte Trennwand aus Stein und dahinter eine kleine Seitenkapelle mit einem Altar, auf dem noch immer ein Altartuch lag und ein Betpult davorstand. Über dem Altar hing ein weiteres Gemälde. Sofia hob die Kerze und diesmal waren beide sprachlos. Es war ein kleines Gemälde in einem vergoldeten Rahmen. Der Inhalt des Bildes war vorhersehbar: das Jesuskind auf dem Arm seiner Mutter. Doch es war anders als alle Renaissance-Bilder, die Hugo gesehen hatte. Anstatt des stilisierten Kindes, das oft wie ein Erwachsener proportioniert war und ein ausdrucksloses, fast reifes Gesicht hatte, war das hier ein richtiges Baby. Es hatte ein rundes Gesicht und goldene Locken. Es strahlte freudig, während es die pummeligen Hände zu zwei bezaubernden Engelchen ausstreckte, deren winzige Flügel flatterten, während sie knapp außerhalb seiner Reichweite schwebten, als wollten sie es necken.

Sofia sprach zuerst. »Oh, was für ein schöner Junge«, sagte sie. »Ist das nicht der schönste Junge, den du je gesehen hast?«

»Ja.« Hugo brachte das Wort kaum heraus, so sehr war seine Kehle vor Ergriffenheit wie zugeschnürt. »Das ist die unglaublichste Darstellung der Madonna mit dem Kind, die ich je gesehen habe. Auf gewisse Weise wirkt sie sehr modern durch die Verwendung von Licht und die realistische Darstellung. Ich frage mich, ob es nicht sogar von Leonardo stammt. Das Gesicht der Jungfrau hat dieselbe wunderbare Heiterkeit wie die *Felsgrottenmadonna*.«

»Leonardo da Vinci?« Sofia flüsterte ebenfalls.

»Könnte sein.«

»Dann müssen wir gut darauf achtgeben. Wir müssen sicherstellen, dass die Deutschen es niemals finden.«

»Ja, das müssen wir. Könntest du es vielleicht in dein Haus bringen und auf dem Dachboden verstecken?«

Sie sah ihn entsetzt an. »Ich kann ihn doch nicht mitnehmen. Und wenn die Deutschen das Dorf durchsuchen und ihn finden? Dann wäre er für immer verloren. Nein, wir sollten ihn besser hier verstecken. Wer würde jetzt herkommen, wo es nur noch eine Ruine ist?«

»Dennoch«, sagte er und dachte nach, während er auf das Bild sah. »Vielleicht sollten wir die Stufen wieder versperren und verbergen.«

»Du solltest besser hier unten bleiben. Es ist trocken und wärmer als dort oben, und du wirst das Gesicht des schönen Jungen vor dir haben, der dich behütet, während du schläfst. Wir werden gewarnt, wenn die Deutschen kommen, und du kannst dir einen guten Platz suchen, um das Gemälde zu verstecken. Den heiligen Sebastian da drüben können sie ruhig haben!«

Darüber musste er lachen. »Ja, ich finde ihn ziemlich grausam.«

»Also bleibst du jetzt hier unten, ja?«, fragte sie. »Hier ist es wärmer und du wirst von all den Heiligen und dem Jesuskind behütet.«

»Ich werde versuchen, hier unten zu schlafen«, sagte er. »Der Wind war in letzter Zeit so kalt.«

»Ich bringe dir deine Sachen nach unten.«

»Nicht nötig. Ich kann nach oben gehen und sie nacheinander hinunterbringen. Ich kann die Decke nach unten werfen.«

»Ich will nicht, dass du womöglich fällst. Lass mich das machen. Du bleibst unten und fängst es auf.«

Sie stellte die Kerze auf ein Mönchsgrab, dann hob sie ihren langen Rock und eilte leichtfüßig die Stufen hinauf.

EINUNDDREISSIG

JOANNA

Juni 1973

Beim Gehen betrachtete ich den am Hügel liegenden Ort. Ja, es schien wirklich so, als würde ein Weg von der Mauer neben Sofias Haus hinabführen. Eine gelenkige Person hätte aus einem Fenster steigen, über die Mauer gehen und dann in die Weinberge hinabkommen können, ohne dass man in Gefahr geriet, dabei beobachtet zu werden. Ich erinnerte mich an Renzos Worte, dass seine Mutter mit dem Korb zur Nahrungssuche in den Wald gegangen sei. Mein Blick schweifte über die Weinstöcke und dann durch die Olivenhaine hoch zu den Bäumen, die am Gipfel standen. Dahinter erhob sich ein felsiger Vorsprung mit einer alten Ruine. Ich blieb stehen, um sie mir anzusehen. Es war nicht viel mehr als ein Trümmerhaufen und man konnte kaum erkennen, was davon einmal ein Gebäude gewesen war und was zu den Felsen gehörte.

Ich dachte an Sofia und ihren Korb. Wäre es möglich gewesen, dort oben jemanden zu verstecken?

»Diese alte Ruine«, sagte ich. »War das mal eine Burg?«

»Ein Kloster«, sagte Paola. »Ich erinnere mich an die Mönche dort, als ich noch ein Kind war. Das Kloster hatte so eine schöne Kapelle.«

»Als Sie ein Kind waren?«, platzte ich heraus. »War es etwa noch ein Kloster, als Sie ein Kind waren?«

»Oh ja. Bis es dann im Krieg bombardiert wurde.«

»Die Deutschen haben ein Kloster bombardiert?«, fragte ich entsetzt.

»Nein, nicht die Deutschen. Die Alliierten. Ich glaube, die Amerikaner waren es.«

»Das ist ja schrecklich. War es aus Versehen?«

»Aber nein. Die Deutschen hatten die Mönche vertrieben und den Platz für ihre großen Kanonen benutzt. Von dort hat man eine gute Sicht auf die Straße im Tal und auch auf Flugzeuge, die am Himmel fliegen. Also mussten die Alliierten es natürlich bombardieren. So eine Schande, eine heilige Stätte wie diese zu zerstören, doch sie hatten keine Wahl, oder? In jenen Tagen hieß es: Töten oder getötet werden.«

Ich sah noch immer hin und versuchte, mir die Überreste stehender Mauerstücke als ein ehemals schönes Kloster vorzustellen. Es wäre leicht genug gewesen, dort jemanden zu verstecken, doch sicherlich war man zwischen den Felsen nicht vor der Witterung geschützt. Dennoch wollte ich das selbst überprüfen. Doch nicht an diesem Tag!

Paola machte eine Pause und schnüffelte in der Luft. »Wir sollten uns beeilen. Der Donner ist nicht mehr weit«, sagte sie und beschleunigte ihre Schritte. Wir waren noch ein ganzes Stück von Paolas Haus entfernt, als wir das erste ferne Rumpeln hörten. Der Wind wirbelte um uns und fühlte sich plötzlich kalt und grimmig an. Der Himmel öffnete sich und es begann zu regnen. Innerhalb einer Minute waren wir durchnässt und kamen wie begossene Pudel am Haus an.

»Oh, Mamma«, rief Angelina, als sie uns im Flur traf. »Sieh dich nur an! Ich habe mir Sorgen gemacht, als ich den Donner gehört habe.«

»Wir sind nur ein wenig nass geworden, mein Liebling, nichts, was trockene Kleider und ein gutes Glas Grappa nicht kurieren können.« Sie legte mir beruhigend eine Hand an die Schulter. »Gehen Sie und ziehen Sie sich trockene Kleider an, Joanna, dann hängen wir Ihr Kleid ins Badezimmer und es wird schnell trocken.«

»In Ordnung«, sagte ich. Das war eine verlockende Aussicht. Es regnete so stark, dass die Tropfen laut auf das Ziegeldach schlugen und hochsprangen, wenn sie auf den Boden trafen. Ich rannte über den Pfad durch den Garten, der jetzt aus einer Reihe Pfützen bestand. Ich erreichte mein Häuschen und trat mit einem Seufzer der Erleichterung ein. Als ich die Tür hinter mir geschlossen hatte, erstarrte ich – sicher hatte ich die Tür verschlossen, als ich früh am Morgen gegangen war. Sicher war ich nicht so achtlos gewesen … und ja, der Schlüssel war noch immer in meiner Handtasche. Dann erinnerte ich mich daran, dass Renzo gesagt hatte, niemand in San Salvatore würde seine Haustür abschließen. Es musste einen Zusatzschlüssel in Sofias Haus geben – leicht zu finden.

Vielleicht mache ich mir ganz grundlos Sorgen, dachte ich. Vielleicht hatte Angelina etwas von hier gebraucht – in dem großen Schrank gab es Ersatzwäsche. Doch vielleicht hatte auch jemand gewusst, dass wir alle auf dem Fest waren, und nachgesehen, ob man meinen Raum durchsuchen konnte. Es hätten die Carabinieri sein können. Oder auch nicht. Behutsam öffnete ich eine Schublade. Ja, meine Kleidung war verschoben worden. Ich nahm meine Ersatzschuhe und stellte erleichtert fest, dass die Dinge, die mir Gianni geschickt hatte, noch immer in der Spitze versteckt waren. Also hatte der Sucher keine besonders gute Arbeit geleistet, oder? Oder er hatte die Dinge gefunden und keine Notwendigkeit darin gesehen, sie mitzunehmen, um mich weiter in Sicherheit zu wiegen. Ein erschreckender Gedanke. Ich überprüfte meine anderen Habseligkeiten; es fehlte nichts. Und natürlich war der verfängliche Brief zusammen mit meinem Reisepass und Portemonnaie sicher in meiner Handtasche. Womöglich wusste also jemand, worüber Gianni mit mir hatte reden wollen. Doch sie würden auch wissen, dass Gianni mich nie erreicht hatte und ich wahrscheinlich nicht in der Lage sein würde, die Bedeutung jener drei Gegenstände zu erkennen.

Ich nahm mir trockene Kleidung, wickelte sie in ein Handtuch und lief zurück zum Bauernhaus.

Warm und trocken und nach einem Glas Grappa fühlte ich mich besser. Nach dem Festmahl waren wir nicht besonders hungrig und aßen nur eine einfache Mahlzeit aus der restlichen Suppe und Brot. Als ich später ins Bett ging, vergewisserte ich mich, dass meine Tür abgeschlossen war. Ich lag da und horchte auf den Wind, der weiterzog, bis das Donnergrollen in der Ferne verschwand.

Am nächsten Morgen wachte ich zu dem vertrauten strahlend blauen Himmel auf. Die Luft roch frisch und die Farben waren nach dem Gewitter so intensiv, dass ich die Augen beschatten musste, um hinaus in die Landschaft zu blicken. Paola verkündete beim Frühstück, dass sie sich um ihr Gemüse kümmern musste. Sie hatte bemerkt, dass sich die Insekten daran labten. Falls die Auberginen reif wären, wollte sie zum Mittag Aubergine mit Parmesan machen.

»Ich sollte wohl einmal nachfragen, ob sich der Inspektor aus Lucca dafür entschieden hat, dass ich abreisen kann«, sagte ich.

»Oh.« Paola sah mich bestürzt an. »So schnell? Wollen Sie denn schon so bald gehen? Wo ich gerade eine neue Tochter gefunden habe?«

»Ich mag es hier wirklich sehr«, sagte ich. »Doch ich muss mich vergewissern, dass die Polizei mich nicht länger als Verdächtige am Tod von Gianni ansieht. Und ich sollte auch bald nach Hause zurückkehren, denn ich muss mich wieder um mein Studium kümmern.«

»Aber Sie bleiben doch mindestens eine Woche«, sagte sie.

Die Aussage traf mich überraschend. War ich denn wirklich noch keine ganze Woche hier? Es fühlte sich an, als hätte ich hier schon so lange gewohnt.

»Oh, natürlich. Mindestens eine Woche«, sagte ich.

»Wie kann ich Ihnen beibringen, wie man toskanisches Essen zubereitet, wenn Sie so schnell davonlaufen?« Sie legte mir einen Arm um die Schultern und drückte mich. »Und ich muss Sie noch etwas mästen. Sie müssen ein bisschen zulegen oder Sie werden niemals einen Mann bekommen.«

»Vielleicht hat sie ja schon einen Mann im Kopf, Mamma«, sagte Angelina und sah auf, während sie ihr Baby weiter stillte.

»Stimmt das? Wartet da ein junger Mann?«, fragte Paola.

Ich schüttelte den Kopf. »Da wartet kein junger Mann.«

»Natürlich. Sie müssen zuerst diese Prüfung bestehen. Wenn Sie eine reiche Anwältin sind, dann werden die Männer Schlange stehen, um Sie zu heiraten«, sagte Paola.

»Sie will keine Männer, die sie für ihr Geld heiraten, Mamma«, sagte Angelina. »Sie will aus Liebe heiraten. Man kann sehen, dass sie eine Romantikerin ist und keine praktische Person.«

»Geld tut aber auch nicht weh«, sagte Paola. »Aber vielleicht kommen Sie ja aus einer Familie mit Geld, dann ist das kein Problem.«

Ich schüttelte den Kopf. »Da ist kein Familiengeld, tut mir leid. Mein Vater war fast mittellos, als er starb. Ich werde meinen eigenen Weg gehen müssen oder einen reichen Mann heiraten.«

»Sie sollte Cosimo schöne Augen machen«, sagte Angelina kichernd. »Fünfundfünfzig und unverheiratet und er besitzt das ganze Land!«

»Cosimo? Sie sollte lieber auf Renzo setzen, den Erben. Der ist viel ansehnlicher, oder, Joanna?«

Ich spürte, wie ich rot wurde. Sie kicherte. »Ich merke manche Dinge. Ich sehe es, wie Sie gucken, wenn er mit Ihnen spricht. Und Sie sind zusammen bei der *Festa* weggegangen, oder?«

»Wir haben nur über seine Mutter gesprochen und ob er irgendwelche Erinnerungen daran hat, meinen Vater getroffen zu haben.«

»Und hat er sich erinnert?«

Ich schüttelte den Kopf. »Nein. Aber wir sind uns jetzt sicher, dass sie einander gekannt haben. Und Giannis Witwe hat gesagt, dass mein Vater weggebracht wurde. Vielleicht war es das, was geschehen ist. Er wurde vom Feind weggebracht und sie hat aus Verzweiflung aufgegeben und den Schutz eines Deutschen gesucht. Oder … oder sie wurde betrogen und ebenfalls weggebracht. Ich glaube, dass wir das jetzt nie herausfinden werden.«

»Sie haben Ihren Vater niemals darüber befragt? Er hat nie darüber gesprochen?«

»Das hat er nicht«, sagte ich. »Meine Mutter hat mir erzählt, dass er im Krieg abgeschossen und schrecklich verwundet wurde und fast gestorben wäre, doch ich hatte nie daran gedacht, sie nach Einzelheiten zu fragen. Und ich bin mir sicher, dass mein Vater meiner Mutter nichts über Sofia erzählt hat.« *Deshalb hat er auch seine Erinnerungen in einer kleinen Schachtel auf dem Dachboden aufbewahrt,* dachte ich.

Wir beendeten unser Frühstück. Paola setzte ihren Sonnenhut auf, zog ihre Schürze an und ging zur Arbeit hinaus in den Garten. Ich bot an, ihr dabei zu helfen, doch sie lehnte ab. »Sie sind hier im Urlaub. Genießen Sie die Zeit.«

Ich verließ sie, während sie die Bohnen festband, und ging den Hügel hinauf. Es würde ein heißer Tag werden. Ich spürte bereits die Hitze der Sonne im Nacken. *Ich werde Renzo suchen,* dachte ich, *und ihm vorschlagen, dass er mit mir zum Kloster geht.* Bei dem Gedanken durchfuhr mich ein Gefühl der Freude. Ich schüttelte den Kopf. Würde ich es denn niemals lernen? Renzo war der Sohn eines Mannes, der als gefährlich beschrieben wurde – ein Mann, der womöglich den Tod eines anderen befohlen hatte, der ihm in die Quere gekommen war. Außerdem lebte er in einem Dorf in Italien. Also kaum geeignetes Material für einen festen Freund, auch wenn er sich nicht als mein Halbbruder herausgestellt hatte. Außerdem schien er kaum bemerkt zu haben, wie ich mich während des Erdbebens an ihm festgehalten hatte.

Ich erreichte die Piazza. Die Überreste der gestrigen Feierlichkeiten waren noch gut zu sehen. Die Banner und Flaggen sahen nach dem Unwetter traurig aus und hingen jetzt schlaff von Dachspitzen oder lagen auf Tischen, die noch nicht weggeräumt worden waren. Ich ging in das Büro der Carabinieri und stellte fest, dass der Inspektor noch nicht angekommen und auch nicht bekannt war, wann er erwartet wurde. Als ich wieder aus dem Gebäude trat, sah ich, dass das gelbe Haus am Rand der Piazza das Postamt war. Ich überlegte, dass ich Scarlet anrufen und sie wissen lassen sollte, dass ich noch immer in Gefahr war, verhaftet zu werden. Nur für den Fall …

Ich ging hinein und man zeigte mir, wie das Telefon funktionierte. Der Postangestellte war ganz aufgeregt, eine so weite Verbindung bis nach England herzustellen. Er bestand darauf, alles selbst zu machen, und es dauerte eine ganze Weile, bis er mir schließlich den Telefonhörer reichte. Ich hörte es am anderen Ende läuten. Ich wartete lange und wollte gerade auflegen, als eine Stimme sagte: »Haben Sie eine Ahnung, wie viel Uhr es ist, verdammt?« Und natürlich wurde mir da bewusst, dass Italien eine Stunde weiter war als England. Hier war es zehn Uhr, dort erst neun – mitten in der Nacht, was Scarlet betraf.

»Ich bin es, Joanna. Es tut mir leid. Ich muss dich aufgeweckt haben«, sagte ich. »Ich habe den Zeitunterschied vergessen.«

»Jo? Ist alles in Ordnung?«, fragte sie. »Das ist gar nicht typisch für dich, Geld für ein Telefonat auszugeben. Bist du noch immer in Italien?«

»Ja.«

»Hast du deinen vermissten Bruder und die ehemalige Liebe deines Vaters gefunden?«

»Nein, aber ich arbeite daran«, sagte ich. »Und was die Frage betrifft, ob alles in Ordnung ist, ich wollte es dir nur sagen, falls ich ins Gefängnis gesteckt werde.«

»Gefängnis? Hast du eine Bank ausgeraubt?«

»Nein, ich bin eine Verdächtige in einem Mordfall.«

»Wie bitte?«, sagte sie. »Was ist passiert?«

»Die Leiche eines Mannes wurde in dem Brunnen neben dem kleinen Raum gefunden, wo ich schlafe«, sagte ich. »Ich glaube, die Polizei möchte es mir anhängen, weil es bequemer ist, als die Wahrheit herauszufinden.«

»Mafia, nehme ich an. Passiert das nicht ständig dort?«

»Es könnte so etwas sein. Der Mann hat dunkle Geschäfte gemacht, wie man mir gesagt hat.« Ich schwieg über den Brief. »Ich muss heute wieder den Inspektor treffen, und er wird entscheiden, ob ich gehen darf oder nicht.«

»Du armes Ding. Kannst du nicht einfach in den nächsten Zug steigen und schnell in die Schweiz fahren, bevor sie etwas merken?«

»So einfach ist das nicht«, sagte ich. »Ich bin an einem Ort, wo es zwei Busse die Woche gibt. Und er liegt nicht an einer richtigen Straße, also stecke ich fest. Wenn du eine kryptische Nachricht von mir bekommst, dass du den Hamster füttern sollst oder so, dann gehe zu Nigel Barton und sage ihm, dass ich in Schwierigkeiten stecke.«

»Das ist witzig«, sagte Scarlet.

»Dass ich wegen Mordes angeklagt bin?«, rief ich.

»Nein, Nigel Barton. Ich glaube, er mag dich. Er ist letzte Woche aufgetaucht und hat gesagt, dass er Neuigkeiten für dich hat im Zusammenhang mit diesen Gemälden, die du ihm gegeben hast – irgendwas über das erfolgreiche Säubern. Ich sagte ihm, wo du bist und dass ich nicht wüsste, wie lange du dort bleibst.« Sie machte eine Pause. »Ich glaube aber, die Bilder waren nur ein Vorwand.«

»Meine Güte«, sagte ich. »Das ist das Letzte, was ich brauche – einen leidenschaftlichen Anwalt.«

»Es könnte schlimmer sein. Die Kanzlei gehört immerhin seinem Dad und seinem Großvater.«

»Warum ist bloß jeder so begierig darauf, mich mit Männern zu verheiraten, die bald erben?«, blaffte ich.

»Wow, was hast du denn?«, fragte sie. »Das war doch nur ein Witz. Wie auch immer, abgesehen davon, dass du des Mordes angeklagt bist, hast du Spaß?«

»Es ist alles ziemlich verrückt, aber ja«, sagte ich. »Ich verbringe eine schöne Zeit. Ich lerne, italienisch zu kochen. Und gestern gab es ein großes Fest. Ich mag es hier.«

»Ein paar Tage in der Toskana und sie wird zu einer italienischen Hausfrau«, neckte Scarlet. »Aber hör zu, pass gut auf dich auf, ja? Wenn jemand umgebracht wurde, dann gibt es auch irgendwo einen Mörder. Womöglich ist es eine örtliche Vendetta und hat nichts mit dir zu tun, doch jemand denkt vielleicht, dass du mehr weißt, als du vorgibst.«

»Ja, ich werde aufpassen«, sagte ich und dachte, wie nah sie doch an der Wahrheit war. Ich wollte es ihr sagen, doch ich spähte aus dem kleinen Glaskasten und bemerkte, dass der Postbeamte in der Nähe stand sowie eine alte Frau, die ungeduldig die Arme verschränkt hatte. Besser schwieg ich erst einmal darüber.

»Ruf mich wieder an, wenn du Neuigkeiten hast«, sagte sie. »Und das nächste Mal bitte nicht so früh am Morgen. Wir haben bis um zwei gefeiert.«

»Tut mir leid. Und ich werde dich wieder anrufen, obwohl diese sehr öffentliche Telefonzelle das einzige Telefon im Ort zu sein scheint.«

»Besser schicke ich Nigel Barton vorbei, um dich zu retten«, scherzte Scarlet. »Ich kann mir gut vorstellen, wie er auf seinem weißen Pferd angeritten kommt.«

»Ha ha. Sehr witzig. Wir hören uns bald wieder.«

»Ja. Wir hören uns.«

Ich stand da und blickte auf das Telefon, nachdem ich aufgelegt hatte. Sie war meine eine dürftige Verbindung nach Hause, und jetzt war ich wieder allein in einer Welt, von der ich nichts verstand. Ich hatte von Bestechung, Korruption und Bedrohung in Italien gehört. Orte, an denen die Mafia herrschte. Wenn nun der Inspektor von dem echten Mörder bezahlt wurde, um mir das Verbrechen anzuhängen? Das schien allzu gut möglich. Paola war meine Verbündete, doch wie viel Einfluss hatte sie im Ort? Und die einzige andere Person, an die ich mich um Hilfe wenden konnte, war der adoptierte Sohn eines Mannes, der womöglich selbst die Ermordung beauftragt hatte.

Ich trat aus dem Postamt und sah, dass mich einer der Carabinieri zu sich winkte. »Der Inspektor ist gekommen«, sagte er. »Er fragt nach Ihnen.«

Ich holte tief Luft und folgte ihm. Der Inspektor saß wieder am Schreibtisch.

»Signorina Langley«, begrüßte er mich auf Italienisch. »Hatten Sie ein schönes Wochenende?« Er lächelte und zeigte dabei ein paar Goldzähne.

»Ja, danke«, entgegnete ich. »Ich war auf dem Fest im Dorf. Es war sehr schön.« Ich stammelte die Worte so langsam, wie ich es wagte, dazu mit einem schrecklichen englischen Akzent. Ich wollte, dass er glaubte, Renzo wieder holen zu müssen, falls er mir mehr Fragen stellen wollte.

»Kann ich jetzt zurück nach England?«, fügte ich hinzu.

Er spreizte die Hände. »Ich bin noch nicht davon überzeugt, dass Sie keine Rolle bei dieser Ermordung spielen. Warum sind Sie nach San Salvatore gekommen? Das frage ich mich. Es ist keine schöne Touristenstadt. Hat man Sie vielleicht hergeschickt, um den armen Signor Martinelli in den Tod zu treiben? Haben Sie Geld dafür bekommen?«

Ich nahm mir Zeit, ihn zu verstehen. »Ich habe schon zuvor gesagt, dass ich niemanden im Ort kenne. Ich bin hergekommen, um die Geschichte meines Vaters im Krieg herauszufinden. Doch niemand hier weiß etwas über ihn. Das ist alles. Jetzt möchte ich wieder gehen und in mein Land zurückkehren.«

»Ich muss heute noch mehr Leute befragen. Es scheint, dass dieser Mann viele Angelegenheiten mit Außenstehenden hatte – nicht alle im Rahmen des Gesetzes. Aber keine Sorge, ich werde der Sache auf den Grund gehen. Vielleicht gibt es noch weitere Fingerabdrücke am Brunnen. Vielleicht auch nicht. Wenn Sie unschuldig sind, wie Sie sagen, dann werden Sie in ein paar Tagen auf dem Weg nach Hause sein.«

Er wollte mich gerade entlassen, als man draußen im Flur laute Stimmen hörte. Der junge Carabinieri steckte den Kopf durch die Tür und wirkte sehr verlegen. »Inspektor, da ist ein Mann und er sagt …«

»Er sagt, dass er sofort mit dem Inspektor reden muss«, sagte eine tiefe, rumpelnde Stimme, und Cosimo selbst trat in den Raum. Trotz seines Stockes bewegte er sich überraschend flink.

»Signor di Giorgio, oder?« Der Inspektor war blass geworden.

»Natürlich«, sagte Cosimo. »Ich bin Ihren Vorgesetzten in Lucca gut bekannt. Ich komme wegen dieser unglücklichen jungen Frau. Mein Sohn hat mir erzählt, dass er mit ihr gesprochen hat, und er ist sich sicher, dass sie keine Verbindung zu diesem Verbrechen hat. Wir wollen doch nicht, dass sie eine schlechte Meinung über die Toskana bekommt, oder? Wir wollen nicht, dass sie nach Hause geht und erzählt, dass das Gesetz in der Toskana voller Idioten ist, dass sie nicht wissen, wie man ein Verbrechen wie Sherlock Holmes löst. Deshalb bin ich hier, um Ihnen zu sagen, dass Sie sie gehen lassen müssen, wenn sie zu gehen wünscht. Vielleicht entdecken wir eines Tages die Wahrheit über Gianni Martinelli. Vielleicht auch nicht. Die Sorte Männer, die solche Verbrechen begehen, ist nicht immer leicht zu finden, wie Sie wissen.«

Es folgte eine lange Pause. Der Inspektor fühlte sich offensichtlich nicht wohl in seiner Haut. Er wollte seine Autorität nicht untergraben lassen, doch er wollte auch nicht gegen Cosimo handeln.

»Geben Sie mir noch ein paar Tage, ich bitte Sie«, sagte er. »Die junge Dame wird hier sicher sein. Sie kann die italienische Sonne genießen.«

»Mein Sohn muss morgen nach Florenz«, sagte Cosimo. »Er ist bereit, die junge Frau zum Zug zu bringen.«

»Ich werde über die Sache nachdenken«, sagte der Inspektor. »Das ist das Beste, was ich versprechen kann.«

Cosimo legte mir eine Hand an den Rücken und geleitete mich aus dem Raum. »Machen Sie sich keine Sorgen, meine Liebe«, sagte er. »Ich kann Ihnen versprechen, dass Sie mit meinem Sohn am Morgen abfahren können. Genießen Sie Ihren letzten Tag in San Salvatore.«

Ich fand jenen letzten Satz recht verdächtig, obwohl ich mir sicher war, dass ich zu viel hineininterpretierte. Ich trat hinaus ins grelle Sonnenlicht und fragte mich, wohin ich nun gehen sollte. Dann traf ich eine Entscheidung. Ich musste mit Giannis Witwe reden. Sie war die Person, die tatsächlich von meinem Vater gehört hatte. Vielleicht wusste sie mehr. Vielleicht wusste sie sogar, warum Gianni mich in jener Nacht sehen wollte und den Tod gefunden hatte.

ZWEIUNDDREISSIG

JOANNA

Juni 1973

Der Hund erhob sich bellend, als ich mich Francescas Haus näherte. Er wirkte so bedrohlich, dass ich nur widerwillig näher kam. Ich war mir auch nicht sicher, wie lang seine Kette war. Ich hoffte, dass Francesca das Bellen hörte und nachsehen kommen würde. Endlich wurde ein Vorhang zurückgezogen und ein Gesicht spähte heraus, woraufhin die Eingangstür geöffnet wurde.

»Die englische Signorina«, sagte sie. »Sie sind bestimmt wegen Paolas Korb gekommen. Sie wird ihn brauchen. Und ihre Schüssel auch. Das Ragout war köstlich. Danken Sie ihr bitte für ihre Freundlichkeit.«

Ihr Akzent war so stark, dass ich Schwierigkeiten hatte, sie zu verstehen.

»Kommen Sie doch herein.« Sie winkte mich zur Tür. Der Hund ließ mich nicht eine Sekunde aus den Augen, während ich das Haus betrat.

»Trinken Sie einen Kaffee mit mir?«, fragte sie.

Ich war kein großer Fan des starken, schwarzen Espresso, wie man ihn hier trank. Offenbar gab man nur beim Frühstück

Milch in den Kaffee. Danach war es ein Zeichen der Schwäche, wenn man den Kaffee verdünnte. »Danke schön.« Das würde mir immerhin eine Gelegenheit geben, um noch zu bleiben und mit ihr zu reden.

Sie führte mich zu der Bank am Tisch. Ich setzte mich und sah zu, wie sie die Flüssigkeit in ein kleines Tässchen goss. »Signora«, begann ich zögernd. »Ich wollte mit Ihnen über meinen Vater und den Krieg reden. Ich glaube, Sie wissen mehr, als Sie gestern vor Signora Rossini gesagt haben.«

Sie wirkte unruhig. »Ich weiß nur, was mir mein Mann erzählt hat – dass er gesehen hat, wie die Deutschen mit einem Gefangenen davongefahren sind. Er dachte, dieser Gefangene war ein alliierter Pilot. Er trug eine Lederjacke, wie es bei Flugzeugpiloten üblich war.«

»Hat Ihr Mann irgendwas über Sofia Bartoli gesagt?«, fragte ich.

Jetzt sah sie wirklich überrascht aus. »Sofia Bartoli? Die mit dem deutschen Offizier durchgebrannt ist? Was hat sie denn damit zu tun?«

»Ich glaube, sie hat dabei geholfen, meinen Vater zu verstecken«, sagte ich vorsichtig.

Sie schüttelte den Kopf. »Darüber weiß ich nichts.«

Auf dem Weg den Hügel hinauf hatte ich abgewägt, ob ich sie in Gefahr bringen würde, wenn ich ihr den Inhalt des Umschlags zeigte. Ich beschloss, das Risiko einzugehen.

»Ihr Mann hat in der Nacht seines Todes einen Brief durch die Gitterstäbe meines Fensters geschoben«, sagte ich. »Ich muss annehmen, dass er für mich bestimmt war.«

Ich reichte ihr die Notiz. Sie las es, dann lachte sie kurz, während sie den Kopf schüttelte. »Dieser dumme Mann. Und ich hatte ihm gesagt, er sollte es lieber sein lassen.«

»Sie wissen also, worauf er sich bezog?«

»Ich weiß nur sehr wenig«, sagte sie. »Ich weiß, dass er für die örtlichen Partisanen Botschaften übermittelt hat. Er war stolz darauf. Nur ein Junge und trotzdem tat er bereits seinen Teil, um den Krieg zu gewinnen. Einmal hat er mir gesagt, als er betrunken war – was häufig vorkam, Gott sei seiner Seele gnädig –, wenn die Einwohner von San Salvatore die Wahrheit wüssten, dann würden die Dinge anders aussehen. ›Welche Wahrheit?‹, hatte ich ihn gefragt. ›Über den Krieg‹, hatte er erwidert. Er sagte, dass er eines Tages eine Möglichkeit finden würde, um die Wahrheit herauszulassen, und wenn er es täte, dann würde sich alles ändern.«

Sie nestelte an den Gegenständen auf dem Tisch, schob die Zuckerdose und einen Löffel herum, während sie sprach, ohne mich dabei anzublicken. Sie fühlte sich offenbar nicht wohl dabei, darüber zu sprechen, doch ich musste nachhaken.

»Wissen Sie denn, was er gemeint hat?«

»Nicht genau. Wenn er betrunken war, dann hat er immer sehr weitschweifig geredet. Und wenn er am nächsten Tag nüchtern war und ich ihn gefragt habe, worüber er am Vorabend geredet hat, dann hat er mir eine gepfeffert und gesagt, dass ich mich um meine eigenen Angelegenheiten kümmern sollte.« Sie hielt inne und blickte auf. »Oh, er hat mich oft geschlagen. Er war ein gewalttätiger Mann. Gewalttätig und dumm.«

»Es tut mir leid. Dann muss es eine gewisse Erleichterung für Sie sein, dass er weg ist.«

»Eine Erleichterung?« Sie sah mich böse an. »Eine Erleichterung? Allein in Armut gelassen zu werden? Wie kann ich mich um den Bauernhof kümmern? Zumindest in mancher Hinsicht war er nützlich. Er hat guten Käse gemacht.«

Bei dieser Absurdität musste ich fast grinsen. Ich unterdrückte mein Lächeln. »Also hat Gianni im Krieg Nachrichten überbracht und dabei etwas gesehen, was wichtig war. Etwas, wovon andere Leute nichts gewusst haben.«

»Das ist es, was ich glaube«, sagte sie.

Ich öffnete die Handtasche und holte die drei Gegenstände heraus. Ich legte sie auf den Tisch. »Hat er Ihnen diese Sachen jemals gezeigt? Wissen Sie, was sie bedeuten?«

Sie betrachtete die Dinge. »Nun, das ist der Stern der Gesellschaft des Heiligen Georg. Das ist der Orden, zu dem die angesehenen Männer des Ortes gehören.«

»Und war das während des Krieges ein geheimes Zeichen der Partisanen?«, fragte ich.

»Vielleicht. Ich war ein junges Mädchen und habe nichts von solchen Dingen gewusst. Doch das hier«, sie nahm den Geldschein, »das ist deutsches Geld, eindeutig. Und der Stoff? Ein schmutziges Stück Stoff? Was soll das bedeuten?«

»Ich glaube, es ist vom Blut hart«, sagte ich und sah, wie sie es schnell fallen ließ. »Vielleicht wollte mir Gianni sagen, dass jemand Informationen gab, die zum Tod führten und mit deutschem Geld bezahlt wurden.«

»Oh.« Sie sah mich an und dachte darüber nach. »Das war es also, was er angedeutet hat – dass jemand nicht der Held war, der er zu sein vorgab, und dass Gianni eines Tages dafür sorgen würde, für sein Schweigen gut bezahlt zu werden.«

»Cosimo?«, fragte ich. »Denken Sie, er meinte Cosimo?«

»Das ist möglich.« Sie sah sich nervös um, ob jemand am Fenster zuhörte. »Wir haben alle von seiner Tapferkeit während des Krieges gehört. Und er hat anschließend gewiss davon profitiert. Doch wenn mein Mann so dumm war und ihn erpresst hat, dann hat er dafür mit seinem Leben bezahlt.« Sie seufzte. »Ich habe ihm gesagt, er sollte es auf sich beruhen lassen. Doch er hat nie auf mich gehört.«

Ich versuchte, das zu verarbeiten. Ich hatte gehört, wie Cosimo das Massaker an den Partisanen überlebt hatte. Wenn er es nun nicht überlebt, sondern eingefädelt hatte und dafür gut bezahlt wurde? Gianni hatte womöglich gedacht, es sei ein guter Zeitpunkt, mir davon zu erzählen, sodass es jemand von außerhalb des Dorfes wusste. Und wenn ich weit weg gewesen wäre, dann hätte er Cosimo erpresst. Wie Francesca gesagt hatte: ein dummer Mann.

»Möchten Sie diese Dinge behalten?«, fragte ich.

»Nein. Nehmen Sie sie.« Sie schob sie zu mir. »Zerstören Sie sie, wenn Sie klug sind. Sie bringen nur weiteren Kummer. Die Vergangenheit ist vorbei. Mein Mann ist weg. Und ich möchte jetzt, dass Sie auch gehen. Kehren Sie zurück in Ihr Land und vergessen Sie diesen Ort.«

Es gab nichts mehr zu sagen. Ich stand auf, dankte ihr für den Kaffee und ging aus dem Haus. Der Hund erhob sich, sein Fell noch immer gesträubt, doch er knurrte nicht, als ich an ihm vorbeikam. Ich wollte eigentlich den Hügel hinunter, drehte dann aber um und ging hinauf zum Wald. Ich wusste nicht, was ich dort zu finden hoffte. Wenn mein Vater sich einen kleinen Unterschlupf gebaut hatte, dann wäre er schon vor langer Zeit gefunden worden oder eingestürzt. Und die Einheimischen hätten darüber gesprochen. Außer ... Ich blieb am Rande des Waldes stehen. Außer sie wussten alle, was mit meinem Vater geschehen war. Außer sie teilten alle das Geheimnis und hatten vereinbart, darüber zu schweigen. Was bedeuten würde, dass ich nach Hause gehen und es niemals herausfinden würde.

Ich trat in die grüne Kühle der Waldlichtung. Es war angenehm zwischen den Bäumen, breite Eichen und Kastanien, die noch blühten. Um mich herum Vogelgezwitscher. Eine Taube gurrte auf melancholische Weise auf einem Ast über mir. Ich folgte dem schwach erkennbaren Pfad zwischen den Bäumen hindurch, während ich noch immer meine Gedanken zu ordnen versuchte. Cosimo war nach dem Krieg zum reichsten Mann des Ortes geworden. Gianni war vielleicht leichtsinnig genug, um die Gelegenheit meines Auftauchens zu nutzen und damit zu drohen, ihn zu erpressen, was der Grund dafür war, dass Cosimo so begierig auf meine Abreise war, bevor ich noch mehr Fragen stellte. Und Renzo – er war Cosimos Sohn und Erbe. Sicherlich wird er gewusst haben, was im Krieg geschehen war und auch, was mit Gianni passiert war. Ich hatte gesehen, wie er jedem Wunsch seines Vaters gehorchte, sein Studium in London aufgegeben hatte, um nach Hause an seine Seite zu eilen und ihm zu helfen.

Das Beste würde es für mich sein, Cosimos Angebot anzunehmen und mich von Renzo so schnell wie möglich zum Bahnhof bringen zu lassen. Was auch immer mit meinem Vater geschehen war, niemand würde mir diese Information mitteilen. Plötzlich spürte ich eine Wachsamkeit im Wald, als wären alle lebendigen Wesen aufgeschreckt. Ich hatte Angst. Wenn ich nun die ganze Zeit verfolgt wurde? Wenn jemand mein Gespräch mit Francesca Martinelli belauscht hatte und mir in den Wald gefolgt war? Wie praktisch, dass man meine Leiche tagelang nicht finden würde …

Ich schob mich blind durchs Unterholz. Zweige kratzten mir an der Wange und Dornengestrüpp verhakte sich in meinem Rock, doch ich ging immer weiter, bis ich schwer atmend bei den Olivenhainen herauskam und froh war, Paolas Bauernhaus am gegenüberliegenden Hang zu sehen. Wahrscheinlich bin ich den ganzen Weg nach Hause gelaufen.

Dreiunddreissig

Hugo

Dezember 1944

Hugo verbrachte die Nacht in der Krypta. Er war nicht besonders glücklich über die Anwesenheit toter Mönche, des Kruzifixes und der verschiedenen Heiligen, doch es war gut, nicht mehr direkt im Wind zu sein. Er schlug sein Bett auf der anderen Seite der gebogenen Trennwand in dem Bewusstsein auf, dass er das Jesuskind durch die Löcher im gemeißelten Stein sehen konnte. Er legte sich hin und hatte den besten Schlaf, seit er den Stützpunkt in Rom verlassen hatte.

Als mitten in der Nacht der nächste heftige Sturm losbrach, war er froh über seinen geschützten Platz. Der Wind heulte die Treppe hinunter und er hörte das Krachen und Aufschlagen weiterer Steinbrocken, die sich oben aus dem Mauerwerk lösten. In jener Nacht kam Sofia nicht. Er aß die Rübe – die erstaunlich gut schmeckte – und die Reste des Weihnachtsmahls.

Bei Tageslicht stieg er die Treppe hinauf und begutachtete die Lage. Der starke Regen hatte noch mehr vom Hügel weggespült und die Stufen klammerten sich jetzt an einen beeindruckenden Abhang. Er musste Sofia davor warnen, bei starkem Wind hinaufzuklettern. Sie war so leicht und zerbrechlich, dass sie heruntergeweht würde. Er wartete den ganzen Morgen auf sie, doch sie kam nicht. Er überblickte die Straße nach möglichen alliierten Truppen aus dem Süden, doch die höheren Berge im Norden waren inzwischen schneebedeckt und ihm wurde klar, dass Sofia wahrscheinlich recht hatte – die Alliierten würden den Vormarsch nicht riskieren, bevor das Wetter nicht frühlingshafter wurde.

Er kehrte zurück in den Schutz der Krypta. Es wurde schon dunkel, als er Schritte über sich hörte. Er stand auf, um Sofia zu begrüßen. Sie kam die Stufen heruntergeeilt und legte einen Finger an die Lippen.

»Dein Messer oder deine Pistole«, flüsterte sie. »Halte sie bereit. Ich glaube, ich wurde verfolgt.«

Er holte sie und überprüfte, ob die Pistole geladen war.

»Besser wäre das Messer«, flüsterte sie. »Einen Schuss könnte man von Weitem hören.«

Er betrachtete das Messer in seiner Hand. In seinem ganzen Leben hatte er noch keinen Menschen erstochen und konnte sich das auch jetzt nicht vorstellen. Er dachte daran, wie er einen deutschen Soldaten von hinten packen, seinen Kopf festhalten und ihm langsam die Kehle durchschneiden würde. Konnte er das tun?

Sofia musste gemerkt haben, was er dachte, denn sie sagte: »Gib es mir. Ich habe schon Schweine auf dem Hof getötet. Ich habe auch keine Angst davor, einen Deutschen zu töten.«

Sie nahm es ihm ab, dann ging sie wieder die Treppe hinauf. Hugo fühlte sich wie ein Feigling und folgte ihr, so schnell es ging. Die Sonne war gerade untergegangen und der Himmel blutrot unterlaufen. Mit dem Messer in der Hand und den glühend rosafarbenen Wänden gab sie ein dramatisches Bild ab.

Sie drehte sich zu ihm um. »Versteck dich. Ich kann mich da vielleicht rausreden. Wir müssen sehen, wer es ist.«

Sie stellte sich neben die Tür. Er hörte Schritte auf dem Vorhof, dann trat Sofia heraus. »Gianni!«, hörte er sie überrascht sagen. »Was machst du denn hier oben?«

»Das geht Sie gar nichts an, Signora Bartoli. Was machen Sie denn hier?«

Hugo spähte hervor und sah einen schlaksigen Jungen von elf oder zwölf Jahren. Er hatte noch keinen Stimmbruch gehabt und wirkte zugleich herausfordernd und ängstlich.

»Wenn du es genau wissen willst: Ich bin gekommen, um nachzusehen, ob die letzte Bombe vielleicht noch mehr von der Küche der Mönche freigelegt hat. Ich war schon ein paar Mal hier oben und habe Dosen mit Essen und eingemachtes Obst entdeckt. Ich dachte, vielleicht finden sich jetzt noch ein paar Sachen.«

»Ich helfe Ihnen beim Suchen«, sagte er. »Meine Mutter würde sich sehr über ein Glas eingemachtes Obst freuen.«

»Das ist lieb von dir, aber ich bin mir sicher, dass deine Mutter nicht damit einverstanden wäre, dass du dein Leben hier oben riskierst. Guck dir nur an, wie viel vom Hang die neue Bombe weggesprengt hat. Du bist so leicht, du könntest ja weggeweht werden.«

»Ich bin stark«, sagte er. »Ich komme damit klar.«

»Also, was treibst du denn hier?«, fragte sie. »Bist du als Mutprobe hochgekommen?«

»Nein«, sagte er. »Ich dachte, ich würde die Jungs hier oben finden.«

»Die Jungs?«

»Ja, Sie wissen schon, die örtlichen Partisanen. Ich habe jemanden sagen hören, dass sie etwas Großes planen. Vielleicht einen Angriff auf die Straße, und ich glaube, sie werden sich hier oben treffen. Ich will mich ihnen anschließen.«

»Du? Den Partisanen anschließen? Du bist doch noch ein Junge. Sie werden dich gar nicht haben wollen.«

310

»Aber ich kann nützlich sein. Botengänge für sie machen. Orte für sie ausspionieren.«

»Gianni.« Sofia legte ihm eine Hand an die Schulter. »Von allem, was ich weiß, sind das skrupellose Männer, die vor nichts zurückschrecken. Sie würden dich wahrscheinlich eher umbringen als zu riskieren, dass du sie verrätst.«

»Das sind unsere Männer, unsere Nachbarn, sie sind auf unserer Seite.«

»Das würde ich nicht unbedingt so sehen. Manche Partisanengruppen sind Kommunisten. Sie wollen die Deutschen weghaben, doch sie wollen auch unsere Regierung stürzen und ein kommunistisches Regime durch das Volk.«

»Aber diejenigen, die ich meine, sind Männer von hier. Wir kennen sie.«

»Ich glaube, du solltest dich trotzdem fernhalten. Beim Lauschen kommt nie etwas Gutes heraus«, sagte Sofia. »Doch wo du jetzt hier bist, da kannst du mir helfen, nach weiteren Gegenständen zu suchen, die wir gebrauchen können ...« Ihre Stimme wurde leiser, als sie mit dem Jungen davonging. Hugo wartete ungeduldig, und gerade als die letzten Schimmer des Tageslichts verschwanden, vernahm er ihre Schritte erneut und Sofia sagte: »Geh jetzt nach Hause, bevor es dunkel ist. Es tut mir leid, dass wir nichts für deine Mutter gefunden haben. Sag ihr, dass ich ihr was von meinen Rüben mitbringe, wenn ich sie geerntet habe.«

»Kommen Sie nicht mit mir?«, fragte er und seine Stimme klang jetzt sehr jung und unsicher.

»Doch, natürlich. Du gehst vorsichtig die Stufen hinunter und ich treffe dich unten. Ich habe meinen Korb in der alten Kapelle gelassen, wo ich gebetet habe, als du ankamst. Es ist noch immer ein Haus Gottes, weißt du, auch wenn die Mauern beschädigt sind. Geh jetzt vorsichtig.«

Sofia eilte zurück in die Kapelle und zu Hugo. »Ich muss mit ihm zurück. Da ist Essen im Korb. Und du bist womöglich in großer Gefahr. Die Partisanen ...«

»Ich habe es gehört«, sagte er. »Sie planen vielleicht, sich hier zu treffen.«

»Ich werde die Ohren offen halten«, sagte sie, »und versuche zu kommen und dich zu warnen. Doch du musst auch achtgeben und bereit sein, dich notfalls zu verstecken. Wenn du jene Tür öffnen könntest, dann hättest du vielleicht einen Fluchtweg.«

»Ich habe es probiert«, sagte er. »Sie bewegt sich nicht.«

»Dann solltest du vielleicht nicht länger da unten bleiben. Dort wärst du in der Falle. An deinem kleinen Platz unter dem Altar bist du wenigstens verborgen.«

»Ja«, stimmte er zu. »Du gehst jetzt besser, sonst kehrt der Junge noch zurück und sucht nach dir.«

»Pass auf dich auf, Ugo.« Sie beugte sich vor und küsste ihn auf die Wange. Dann eilte sie nach draußen.

»Tut mir leid, Gianni«, hörte er sie rufen. »Ich konnte meinen Korb in der Dunkelheit nicht finden. Da sind jetzt nur noch Trümmer. Und alles ist wacklig. Ich muss morgen noch einmal zurückkommen.«

Es war dunkel geworden. Hugo nahm sein Feuerzeug und ging die Stufen hinunter, um die Kerze anzuzünden. Er fühlte sich schrecklich verletzbar, wie in der Falle. Wenn er hier unten bleiben würde, könnte er nicht davonlaufen, falls man ihn entdecken würde. Er machte die Kerze an und trug seine Habseligkeiten nach oben und zurück an seinen vorherigen Unterschlupf. Es war kalt und feucht und wenig einladend, doch er schlug dort sein Bett auf und zerrte dann weitere zersplitterte Holzstücke heran, um sich noch besser zu verbergen. Bei Tageslicht würde er das optimieren müssen, und vielleicht auch die Krypta wieder verschließen. Der Gedanke daran, dass die Partisanen das Bild finden und es womöglich mitnehmen und verkaufen oder tauschen würden, ließ ihn fast wieder nach unten gehen und es sofort von der Wand nehmen. Doch die Kerze brannte nur noch schwach und er wusste nicht, wie viel Benzin er noch in seinem Feuerzeug hatte. Er konnte es nicht darauf anlegen, am Ende in völliger Dunkelheit unten bleiben zu müssen, wie gefangen. Er nahm den Korb und aß die Suppe, die ihm Sofia gebracht hatte. Ein weiterer trostloser Gedanke durchfuhr ihn. Wenn die Partisanen diesen Platz wirklich als Treffpunkt nutzen würden, dann durfte Sofia nicht zu ihm. Er würde bald eine Entscheidung treffen und handeln müssen. Inzwischen konnte er etwas Gewicht auf das verletzte Bein stützen. Vielleicht war es an der Zeit zu gehen und sein Glück zu versuchen.

Er richtete sich in seinem engen Unterschlupf ein und verbrachte eine unangenehme Nacht, immer aufmerksam auf verdächtige Geräusche horchend. Irgendwann während der langen Stunden der Dunkelheit dachte er, er hätte Gewehrschüsse gehört, womöglich war es aber auch nur ein Donner. Die Nacht zog sich wie eine Ewigkeit dahin, und er war erleichtert, als er die ersten Strahlen des kalten Tageslichtes sah. Bei Tage würden sie nicht kommen, war er sich sicher. Diese Stelle war zu offen und frei. Das gab ihm Zeit zum Nachdenken und Planen. Er ging die Treppe hinunter und blieb vor dem Gemälde des Jesuskindes stehen. Selbst in dem dunklen Dämmerlicht schien es von einem inneren Licht zu strahlen. Es raubte ihm noch immer den Atem. *Ich muss ein sicheres Versteck dafür finden,* dachte er. Er ging in der kleinen Krypta herum. Hinter einigen Grabstätten war Platz, doch bei einer gründlichen Suche würde man das Bild sofort entdecken. Hinter dem Altar war eine Lücke. *Das wäre eine Möglichkeit,* dachte er.

Er war noch immer dort unten, als er oben Schritte hörte. Er fluchte leise, da er merkte, dass er den Revolver und das Messer bei seinen Sachen gelassen hatte. Er sah sich um und fand kein anderes Versteck als hinter der gemeißelten Trennwand – nicht gerade ein sicherer Platz. »Gefangen wie eine Ratte in der Falle«, murmelte er.

Er hörte Schritte zur Treppe kommen und sah einen Schatten, der das Licht blockierte. Eine Stimme rief leise: »Ugo? Bist du da unten?«

»Sofia?« Er seufzte laut auf und eilte ihr entgegen. »Ich habe dich nicht so schnell erwartet, vor allem bei Tageslicht. Was hast du dir nur dabei gedacht?«

»Schlechte Nachrichten«, sagte sie und rang nach Luft, als wäre sie den ganzen Weg gerannt. »Schreckliche Nachrichten. Gianni hatte recht, dass unsere örtlichen Partisanen einen Angriff planen. Doch jemand muss es den Deutschen verraten haben. Sie haben auf sie gewartet und alle außer Cosimo umgebracht.«

»Wie konnte er davonkommen?« Hugo empfand eine Abneigung gegen Cosimo, ohne ihn jemals getroffen zu haben, und war sofort misstrauisch.

»Es war ein Wunder. Die erste Kugel hat nur seine Schulter gestreift. Er warf sich zu Boden, und der Körper eines Kameraden fiel auf ihn. Er sagte, er hat dort gelegen, während die Soldaten herumgegangen sind und ihre Bajonette in die Leichen stießen, um sich zu vergewissern, dass auch alle tot waren. Er wagte stundenlang nicht, sich zu bewegen. Als es Tag wurde, kroch er hervor und ging nach Hause. Ich habe noch nie einen Mann so erschöpft und verzweifelt gesehen.«

»Dann hat es jemand den Deutschen verraten. Das bedeutet, dass ihr einen Spion in eurer Mitte habt.«

»Vielleicht nicht in San Salvatore. Diese Männer kommen auch aus anderen Dörfern. Manche stammen nicht einmal von hier – sie sind Soldaten, die von ihren Regimentern geflohen sind, um nicht Kriegsgefangene der Deutschen zu werden. Einer von ihnen könnte ein Spion gewesen sein.«

»Das ist möglich«, stimmte er zu. »Zumindest ist das eine gute Nachricht für mich, für uns, oder nicht? Sie werden den Platz hier nicht als Treffpunkt nehmen.«

Sie schüttelte den Kopf und weinte. »Aber es ist schlimmer, als du denkst. Deutsche Autos kamen früh am Morgen ins Dorf. Sie haben alle wegen der Partisanen befragt und gesagt, dass sie sich die Leichen ansehen und falls sie einen davon als Dorfbewohner identifizieren, dann erschießen sie uns alle.«

»Und Cosimo? Haben sie ihn gefunden?«

»Nein. Er ist in die Felder geflüchtet, als jemand die Laster kommen sah. Er wird versteckt bleiben müssen, denke ich.«

»Das ist schrecklich«, sagte Hugo.

Sie nickte. »Es ist mehr als schrecklich. Der zuständige Major hat uns auch nach einem englischen Piloten befragt. Sie sagten, dein Flugzeug ist gerade erst entdeckt worden und es saßen nur zwei Leichen darin und niemand auf dem Pilotenplatz. Sie fragten, ob jemand etwas gesehen oder von einem versteckten Engländer gehört hatte. Niemand hat etwas gesehen. Niemand hat etwas gesagt. Dann hat dieser Deutsche gesagt, wenn sich herausstellt, dass einer von uns einem Feind geholfen hat, dann müsste das ganze Dorf dafür leiden. Du hättest sein Gesicht sehen sollen. Er schien sich wirklich darauf zu freuen, uns alle zu massakrieren, da bin ich mir sicher.« Sie starrte ihn an, ihr Blick trostlos und ohne jede Hoffnung.

»Dann muss ich jetzt weg«, sagte Hugo. »Und du musst mit mir kommen, Sofia.« Er nahm ihre Hand.

Sie drehte sich weg. »Ich kann meinen Sohn nicht verlassen oder die Großmutter meines Mannes.«

»Nimm Renzo mit. Du willst doch deinen Sohn retten, oder nicht? Die Nachbarn werden sich schon um die alte Dame

315

kümmern, und es wäre ja nicht für eine lange Zeit. Wir gehen nach Süden. Wir finden einen Weg.«

»Aber wie willst du gehen? Dein Bein ist noch immer nicht kräftig genug.«

Das stimmte leider.

»Wo ist der nächste Bahnhof? Gibt es keine Busse, Züge?«

»Es gibt eine Bahnlinie unten im Serchio-Tal, unge-fähr fünfzehn Kilometer von hier. Der Zug fährt nach Lucca. Ich weiß nicht, ob das noch in dem Gebiet ist, das von den Deutschen kontrolliert wird. Und ich weiß nicht einmal, ob die Züge überhaupt noch fahren. Und man muss Papiere zeigen, um reisen zu dürfen. Sie würden uns finden.«

»Dann müssen wir ein deutsches Auto oder einen Laster stehlen.«

»Und warum ist das weniger gefährlich, als hierzubleiben und zu beten, dass mich niemand gesehen hat?« Ihre Stimme klang jetzt schrill.

»Und wenn sie beschließen, das ganze Dorf zu erschießen?« Seine Stimme war ebenfalls lauter geworden und hallte von den Wänden. »Ich will dich retten, Sofia. Ich will dich beschützen. Ich werde mich ihnen ausliefern. Ich werde sagen, dass ich mich auf dem Land versteckt habe und niemand mir geholfen hat.«

»Nein.« Sie griff nach seinem Arm. »Nein, das kann ich nicht zulassen. Das darfst du nicht tun.«

»Aber dann bin ich Kriegsgefangener. Und ich bin Offizier. Sie müssen mich gut behandeln und in ein Gefangenenlager für Offiziere bringen.«

Sie schüttelte den Kopf so heftig, dass ihr das Tuch auf die Schultern fiel. »Sie würden dich sofort umbringen. Ich weiß das. Sie sind auf dem Rückzug und haben Angst. Sie werden keine Gefangenen mitnehmen. Ich will dich nicht verlieren, Ugo.«

»Ich will dich auch nicht verlieren.« Er schlang die Arme um sie. Sie vergrub den Kopf in seiner Jacke, wie sie es getan hatte, als die Bombe gefallen war. Sie standen schweigend da. Er strich ihr sanft über das Haar, als wäre sie ein Kind.

»Es muss doch einen Weg geben«, sagte er wütend. Sie blickte zu ihm auf. »Gibt es hier niemanden, der ein Auto oder einen Laster hat?«, fragte er.

Sie zuckte die Schultern. »Alles weggenommen. Außerdem gibt es kein Benzin. Ein paar Bauern haben noch ein Pferd oder einen Esel. Ich kenne einen Bauern, der hat einen Karren, um seine Waren zum Markt in Ponte a Moriano zu bringen. Ich habe gehört, dass er schon früher Schwarzmarktsachen mitgenommen hat. Doch er verlangt viel Geld und ich habe nichts und kann auch nichts verkaufen.«

Hugo runzelte die Stirn und dachte angestrengt nach. Dann zog er seinen Siegelring vom Finger. »Nimm das. Er ist aus Gold.« Er legte ihn in ihre Hand und schloss ihre Finger darum. »Ich weiß nicht, ob es genug sein wird, doch sag ihm, wir wollen uns den Karren nur leihen. Wir lassen ihn, wo man ihn finden kann, und er kann ihn sich wieder holen.«

Sie nickte ernst. »Ich weiß nicht genau, wo er lebt, aber irgendjemand im Dorf wird es schon wissen. Es ist zu dumm, dass sich Cosimo verstecken muss, denn er wüsste das. Er kennt die Schwarzmarktgeschäfte, da bin ich mir sicher.«

»Wir wollen nicht, dass Cosimo etwas weiß«, sagte Hugo scharf. »Wir wollen nicht, dass irgendwer etwas weiß. Wir können es nicht riskieren, dass sie damit zu den Deutschen gehen.«

»Vielleicht hast du recht«, stimmte sie zu. »Na gut, ich werde es versuchen. Ich werde mein Bestes geben. Es wird nicht einfach sein. Ich glaube nicht, dass uns die Deutschen jetzt in Ruhe lassen. Und wenn sie einen der Toten als Dorfbewohner identifizieren, dann ist alles vorbei. Wir werden geschlachtet wie die Tiere.«

»Das werden sie doch bestimmt nicht machen, oder?«, sagte er. »Nicht die Frauen und Kinder.«

»Oh doch. Das haben sie schon in anderen Orten getan. Die ganze Bevölkerung massakriert, weil diese Leute dem Feind geholfen haben. Sie würden es tun.«

»Dann geh um Himmels willen und finde diesen Mann noch heute. Ich halte mich zum Aufbruch bereit. Und ich werde aufpassen. Von hier aus kann ich die Straße überblicken. Wenn deutsche Fahrzeuge kommen, dann gehe ich hinunter in den Wald und warte dort auf dich.«

Sie nickte, während sie offensichtlich versuchte, mit den vielen Sorgen zurechtzukommen.

Hugo ergriff sie am Arm. »Und Sofia, wenn es für dich nicht ungefährlich ist, zurückzukommen: Rette dich! Rette Renzo! Das ist alles, was zählt. Ich liebe dich. Ich weiß, ich sollte das nicht, denn du bist eine verheiratete Frau und ich ein verheirateter Mann, doch ich tue es. Ich würde alles auf der Welt tun, um dich zu beschützen.«

»Ich liebe dich auch, Ugo«, sagte sie leise.

Er nahm ihr Gesicht in die Hände und küsste sie sanft auf den Mund. Er spürte, wie sich Verlangen in ihm regte, doch dann löste er sich schnell von ihr. »Geh jetzt, solange noch Zeit dafür ist.«

Tränen liefen ihr über die Wangen. »Gott beschütze dich, Ugo«, sagte sie.

»Und dich«, rief er hinter ihr her, als sie loslief.

VIERUNDDREISSIG

HUGO

Dezember 1944

Nachdem sie gegangen war, blieb er wie erstarrt stehen und bemühte sich, klar zu denken. Er war ein britischer Offizier, im Kampf erfahren. Er sollte in der Lage sein, einen guten Plan zu entwickeln. In den Kammern seines Revolvers waren sechs Kugeln. Zumindest die ersten sechs Deutschen konnte er töten, wenn er sie überraschen könnte. Doch dann würden sie an der Dorfbevölkerung Vergeltung üben. Sofia musste den Mann mit dem Karren finden und überreden, dass er ihnen das Fahrzeug auslieh. Der Ring war kostbar. Ganze zweiundzwanzig Karat Gold. Eine Menge wert. Ein einfacher Bauer würde sicherlich in Versuchung geraten.

Dann schweifte sein Blick zu dem Gemälde des Jesuskindes. Das musste er ebenfalls beschützen. Kein Deutscher sollte es mitnehmen! Er nahm es mühsam von der Wand, wobei er überrascht feststellte, wie schwer es war. Er fragte sich, ob der Rahmen womöglich aus echtem Gold war und nicht nur aus Blattgold. Als er es dicht an sein Gesicht hielt, schien es, als wollte ihm das Kind einen geheimen Witz mitteilen. Er hatte das überwältigende Bedürfnis, die Leinwand vom Rahmen zu nehmen, einzurollen und in seine Jacke oder Fallschirmtasche zu stecken. Doch seine Ausbildung als Künstler ließ nicht zu, dass er so etwas tat. Die alte Farbe würde brechen und das Bild wäre ruiniert. Und es war eindeutig auch zu groß und schwer, um es mitzunehmen. Es musste versteckt werden, bis die Deutschen schließlich nach Norden zurückgewichen wären.

Er kehrte zurück zu der kleinen Tür in der Wand. Sie war aus solidem Eichenholz, mit geschnitzten Brettern und einem Schlüsselloch, das groß genug war für einen antiken Schlüssel. Er nahm sein Messer und versuchte, das Schloss herauszubrechen und ein Stück von der Tür auszuschneiden, doch seine Versuche waren vergeblich. Das Holz war zu dick und die Tür war in den Stein gefügt. Er wollte das Gemälde nicht nach oben bringen, wo es Wind und Wetter ausgesetzt war. So steckte er es schließlich hinter den Altar. Da würde es zumindest niemand finden, der nicht gründlich suchen würde. Dann kehrte er wieder nach oben zurück, um die Gegend zu beobachten.

Es war ein stürmischer Tag mit Wolken, die vom Westen herangestürmt kamen und nach mehr Regen aussahen. Hugo beobachtete die Landschaft in alle Richtungen, doch auf der Straße bewegte sich nichts und die umgebenden Felder waren leer und kahl. *Eine trostlose Landschaft,* dachte er. Sie reflektierte seine Stimmung. Er blickte über den frischen Erdrutsch hinunter zum Weg. *Könnte ich es runter zur Straße schaffen, wenn Sofia den Karren auf diesem Weg bringen muss?,* fragte er sich. Eine kleine Stimme in seinem Kopf flüsterte, dass er jetzt einfach weglaufen sollte und Sofia damit aus der Sache raushalten.

Er kehrte zu den Trümmern an der Kapelle zurück, um nachzusehen, ob er etwas Nützliches finden konnte – vielleicht etwas, das man als Waffe benutzen konnte. Doch die Mauern waren bereits bei der ersten Bombardierung eingestürzt. Es hatte sich nicht viel bewegt, als die letzte Bombe gefallen war. Tatsächlich war da nichts mehr zu zerstören. Er bückte sich mühevoll und drehte wahllos kleinere Stücke des Mauerwerks um, ohne zu wissen, was er zu finden hoffte. Dann sah er einen großen Eisenring, der unter den Steinen hervorragte. Neugierig schob er mehr Mauerstücke beiseite und zog einen Schlüsselbund hervor, an dem zahlreiche große Schlüssel hingen. Er nahm ihn in die Hand und blickte lange darauf, während sein Herz schneller schlug. Er hatte doch nicht etwa das Glück gehabt und den Schlüssel zu jener Tür gefunden?

Er bahnte sich den Weg zurück nach innen, wobei er so schnell ging wie möglich, ohne sich um den Schmerz in seinem verletzten Bein zu kümmern. Als er beim Hinabsteigen der Treppe in die Krypta fast gestolpert wäre, wurde er wieder vernünftig. Er musste sich an der Wand abstützen und ging die letzten Stufen in vorsichtigerem Tempo. Nacheinander versuchte er die Schlüssel im Schloss, und der größte passte schließlich. Er drehte ihn um und hörte das Schloss schnappen. Er drückte gegen die Tür, doch sie gab nicht nach. Sie musste sich verklemmt haben, als das Gebäude sich während des Einsturzes bewegt hatte. Er warf sich mit ganzer Kraft dagegen und spürte, wie sie sich bewegte, doch sie öffnete sich nicht. Frustriert biss er die Zähne zusammen und versuchte es weiter. Schließlich öffnete sie sich und kratzte mit einem lauten Quietschen über den Steinboden, was erschreckend laut durch die Krypta hallte. Eilig griff er nach dem Feuerzeug und schob den Kopf durch die Tür. Dann klappte er das Feuerzeug wieder zu und seufzte. Da war einmal ein Durchgang gewesen, doch der war jetzt mit Trümmern versperrt, die nur ein paar Schritte hinter der Tür lagen. Kaum genug Platz für eine schlanke Person wie ihn, um sich durchzuschieben. Eine Tür ins Nirgendwo.

Hugo schluckte seine Enttäuschung hinunter, doch dann kam ihm eine Idee. Eine Tür ins Nirgendwo. Er drückte sich um die halb geöffnete Tür und betrachtete die Trümmer dahinter. Der Durchgang war richtig blockiert. Dann besah er sich die Rückseite der Tür und nickte. Es konnte klappen – für den Augenblick war das die beste Lösung. Er drückte sich wieder aus dem engen Zwischenraum und kehrte zurück nach oben, obwohl sein Bein ihm bereits zu verstehen gab, dass er genug getan hatte und sich ausruhen sollte. Dort lag genügend Holz herum, aus dem er auswählen konnte. Verstreute Sitz- und Kniebänke, zerbrochene Altartische und geschnitzte Stücke, die einmal zu dem Hochaltar gehört hatten. Er wählte vier relativ gerade und robuste Stücke aus und machte sich daran, die Nägel aus dem angeschlagenen Holz zu ziehen. Es war eine mühevolle und anstrengende Arbeit. Dann trug er sein Material zusammen mit einem runden Marmorstück hinunter, das womöglich einmal Teil einer Heiligenstatue gewesen war. Er drückte sich um die Tür und dachte sarkastisch, wie gut es doch war, dass er seit einem Monat nur noch so wenig gegessen hatte und jetzt schrecklich dünn war. Dann machte er sich daran, einen groben Rahmen zu nageln, in dem er das Gemälde auf der Rückseite der Tür befestigen konnte. Er war nie Zimmermann gewesen – hatte es niemals sein müssen bei den zahlreichen Bediensteten, die ihm alle Handarbeit abnahmen –, und er musste oft laut fluchen, als er jetzt versuchte, rostige Nägel durch lasiertes Holz in eine feste Tür zu nageln. Doch am Ende hatte er geschafft, was er sich vorgestellt hatte. Er nahm das Bild und drückte es in den Holzrahmen. »*Va bene*«, sagte er laut auf Italienisch. Jetzt nagelte er kleine Holzstücke diagonal über die Ecken, um das Bild am Platz zu fixieren. Selbst wenn es jemand schaffte, die Tür aufzumachen, würde man nur einen blockierten Durchgang sehen. Das Gemälde wäre sicher, bis Sofia zurückkehren konnte und die Deutschen weg waren.

Hugo war zufrieden mit sich, als er erschöpft die Stufen hinaufging. Wenn er nur die restlichen Kunstwerke in der kleinen Krypta schützen könnte. Er stellte sich vor, wie deutsche Soldaten mit Entzücken die anderen großen Gemälde hochtrugen, das Kruzifix abnahmen und sogar die Heiligen und Marmorfiguren von den Särgen abbrachen. Dann kam ihm eine weitere Idee. Die Tür zur Kapelle, die abgefallen war, als die letzte Bombe einschlug – womöglich passte sie genau über die Öffnung, die hinunter in die Krypta führte. Mühevoll kletterte er über wacklige Trümmer zu der Stelle, wo sie lag, und versuchte dann, sie über den Boden zu zerren. Sie war groß und unglaublich schwer. Sein Bein jagte ihm Schmerzensschübe durch den Körper, wann immer er sich bückte und an der Tür zog. Seine Stirn war bald voller Schweißtropfen, und ihm wurde schwindlig. Er musste sich geschlagen geben und erkannte, dass er auf Sofia warten musste. Doch er hatte keine Ahnung, wann sie kommen konnte oder wie schnell sie dann verschwinden mussten.

Er legte sich hin, Revolver und Messer bereit in seiner rechten Hand. Der restliche Tag verging und Sofia kam nicht. Er zerbrach sich den Kopf darüber, was das bedeuten konnte. Sie hatte den Bauern mit dem Karren nicht gefunden oder die Deutschen waren noch immer in der Region und beobachteten sie. Es konnte auch etwas so Banales sein, dass ihr Sohn Angst hatte und nicht von ihrer Seite wich. Das beruhigte ihn ein wenig. Er würde geduldig sein und beten müssen, dass die Deutschen keine der Leichen jener Partisanen als jemanden aus San Salvatore identifiziert hatten.

Die Nacht kam heran. Hugo war jetzt schrecklich hungrig. Er stopfte den Rest des Fallschirms in seine Tasche. Seide war womöglich eine gute Tauschware, wenn man Sofias Enthusiasmus bedachte. Am Morgen würde er die Dinge, die er gefunden hatte, über die Ruinen verteilen, sodass alle Spuren seines Aufenthaltes verschwunden wären. Er döste ein, fuhr aber beim geringsten Geräusch auf. Doch schließlich war er wohl eingeschlafen, denn plötzlich war Sofia neben ihm. Er spürte ihr weiches Haar an seiner Wange. Er öffnete die Augen und wusste nicht, ob es Wirklichkeit war oder nur einer seiner Träume über sie.

»Ugo, *mio caro*«, flüsterte sie, ihr Gesicht nur wenige Zentimeter entfernt.

Instinktiv nahm er sie in die Arme und spürte ihren warmen Körper an seinem. Dann küsste er sie hungrig, das aufgestaute Verlangen mischte sich mit seiner Furcht, und sie reagierte auf ihn, ihr zierlicher Körper drückte sich an ihn. Mit der Hand nestelte er an ihren Kleidern, spürte das Fleisch ihres Oberschenkels, zerrte an ihrer Unterhose. Und er bemerkte, wie sie seine Hose aufknöpfte. Dann legte er sich auf sie, der Schmerz in seinem Bein war vergessen, die Deutschen, der Krieg.

Danach lagen sie in der Stille, ihr Atem im Einklang.

»Ugo, ich muss mich anders hinlegen«, sagte sie schließlich. »Die Steine drücken mir gegen den Rücken.«

»Das nächste Mal wird in einem großen, schönen Bett mit Federmatratze sein«, flüsterte er ihr ins Ohr, während er ihr dabei half, sich aufzusetzen. »Viel bequemer.«

»Kannst du daran glauben, dass es ein nächstes Mal gibt?«, fragte sie.

»Das kann ich. Wir werden davonkommen, Sofia. Du und ich. Und wenn dein Guido wirklich tot ist …«

Sie legte ihm die Finger an die Lippen. »Sprich nicht weiter. Wer kann an die Zukunft denken?«

»Was ist mit dem Karren? Hast du den Bauern entdeckt?«

»Noch nicht. Ich konnte das Dorf nicht verlassen. Es ist schlimm, Ugo. Die Deutschen gehen nicht weg. Einer von ihnen wohnt jetzt in meinem Haus. Er hat das beste Zimmer im oberen Stock genommen.«

»In deinem Haus? Oh, das ist ja schrecklich, Sofia. Um Himmels willen, nimm Renzo, finde den Karren, und wir hauen sofort ab.«

»Ich wollte gestern aus dem Haus, doch dieser Deutsche fragte mich, wohin ich will. Ich sagte ihm, dass meine Rüben fast reif wären und ich nach meinem Feld sehen wollte. Wenn sie fertig sind, dann müsste ich einen Karren beschaffen, um sie auf den Markt zu bringen.«

»Das war sehr klug.«

Sie schüttelte den Kopf. »Er meinte, dass er mir ein paar Männer mitgeben würde, um mir beim Ernten der Rüben zu helfen.« Sie hielt inne und seufzte. »Ich sagte ihm, das sei nicht nötig, da ich stark sei und an schwere Arbeit gewöhnt bin. Doch er meinte, dass er mir im Gegenzug für die Unterkunft helfen wollte.«

»Dann klingt er nach einem recht anständigen Mann.«

Sie wandte sich ab. »Wer weiß? Womöglich wurden sie angewiesen, uns nicht aus den Augen zu lassen. Und ich mag es nicht, wie er mich ansieht. Er hat mich beobachtet, als ich nach oben gegangen bin. Ich konnte seine Blicke auf mir spüren.«

»Du hättest gar nicht herkommen sollen«, sagte er. »Wenn er dich nun in der Nacht verfolgt?«

»Ich habe meine Schlafzimmertür verschlossen«, sagte sie. »Ich habe Renzo zum Schlafen zu mir genommen. Ich bete nur, dass er nicht aufwacht, bevor ich zurückkomme.«

Hugo spürte, wie sich ohnmächtige Wut in ihm aufbaute.

»Dann solltest du sofort zurückkehren.«

»Es tut mir leid, dass ich dir nur ein wenig Polenta und ein paar kalte Bohnen bringen kann«, sagte sie. »Der Deutsche hat zwei Portionen vom Eintopf gegessen, den ich gemacht habe. Ich habe ihm gesagt, dass wir fast kein Essen mehr haben, und er meinte, dass ich mir keine Sorgen machen sollte, da er mir mehr bringen würde. Er sagte, dass seine Männer gut zu denen wären, die kooperierten. Ich sagte ihm, dass ich keine Wahl hätte. Ich müsste einen Sohn und die alte Frau beschützen. Dann lächelte er und sagte: ›Du hast keinen Grund, dich vor mir zu fürchten.‹ Ich wünschte, ich könnte ihm glauben.«

»Wird er den ganzen Tag in deinem Haus sein, was glaubst du?«

»Er weiß, dass ich auf mein Feld muss. Wenn er mir einen Mann mitgibt, dann werde ich diesem Mann sagen, dass er die Rüben ausgraben soll, während ich mich um den Karren für den Markt kümmere. Und selbst wenn er darauf besteht, mich zu dem alten Bauern zu begleiten, wird er unsere Sprache nicht sprechen und sicherlich meinen toskanischen Akzent nicht verstehen. Ich kann mich direkt vor ihm um den Karren kümmern.«

Hugo legte den Arm um sie. »Du bist sehr mutig, Sofia. Ich fühle mich so hilflos und nutzlos hier oben. Ich sollte dich beschützen. Stattdessen setzt du alles für mich aufs Spiel.«

»Und jetzt auch für mich. Mir ist klar, dass ich meinen Sohn in Sicherheit bringen muss. Und mich.« Sie stand auf, richtete ihre Kleider und wickelte das Tuch um sich. »Lass uns hoffen, dass ich morgen den Karren nehmen kann. Dann kann ich ihn mit Rüben beladen und du kannst dich zwischen ihnen verstecken und wir werden frei sein.«

»Es klingt so einfach, wie du es sagst.«

»Wir müssen Gott vertrauen. Das ist alles, was wir tun können«, sagte sie.

Hugo erhob sich und stellte sich neben sie. »Bevor du gehst, musst du mir bei einer Sache helfen. Diese alte Tür – wir können damit die Öffnung zur Krypta bedecken und verbergen.«

»Und das Gemälde?«

»Ich habe es versteckt, Sofia. Ein perfekter Platz. Hinter der geheimen Tür.«

»Die Tür in der Mauer?«

»Ja, ich habe den Schlüssel. Ich nehme ihn mit und gebe ihn dir, wenn es unbedenklich für dich ist, zurückzukehren.«

»Du bist so klug, Ugo. Unser schöner Junge wird da unten sicher und trocken sein.«

»Ja«, stimmte er zu. Er ging zu der großen Tür. Sie bückte sich neben ihm und zusammen zerrten sie sie über die Trümmer, bis sie über der Öffnung lag. Sie passte perfekt. Sie blickten sich an und tauschten ein verschwörerisches Grinsen.

»Geh jetzt«, sagte er. »Ich werde sie mit Steinen und Holz bedecken und niemand wird jemals wissen, dass sie dort gewesen ist.«

»Ja«, sagte sie. Sie kam zu ihm und küsste ihn intensiv und fest auf die Lippen. »Bis morgen, *amore mio*.«

FÜNFUNDDREISSIG

JOANNA

Juni 1973

»Oh, da sind Sie ja«, sagte Paola und blickte von den Bohnen auf, die sie neu gebunden hatte. »Ich habe mir schon langsam Sorgen um Sie gemacht. Ich dachte, Sie wären hoch in den Ort gegangen, doch dann kam Renzo und hat gesagt, dass Sie nicht dort wären.«

»Renzo ist gekommen?«, platzte es aus mir heraus.

»Ja. Er hat nach Ihnen gesucht.« Sie deutete meinen Schrecken falsch. »Ich glaube, Sie haben da womöglich eine Eroberung gemacht, *mia cara.*« Sie warf mir ein wissendes Lächeln zu.

»Hat er gesagt, was er wollte?«

»Das hat er nicht. Vielleicht hat er nur Ihre Gesellschaft gesucht, um Sie besser kennenzulernen.«

»Oh nein. So ist es nicht«, sagte ich. »Er wollte bestimmt vereinbaren, wann wir uns morgen treffen und er mich zum Bahnhof bringt.«

»Morgen? Dann reisen Sie doch schon so bald ab?«

»Ich glaube, es wäre vernünftig«, sagte ich. »Denn ich befürchte, dass der Inspektor weiterhin sagen wird, dass ich

Gianni ermordet habe, wenn ich noch länger bleibe. Er wird vielleicht auch behaupten, dass Sie mir dabei geholfen haben. Es ist besser für alle, wenn ich gehe, wenn ich dazu eine Gelegenheit habe. Und Cosimo hat mir gesagt, dass sein Sohn morgen nach Florenz fahren muss und mich zum Bahnhof bringen kann.«

»So schnell.« Sie kam um den Tisch und umarmte mich. »Ich werde Sie vermissen, meine Kleine. Sie sind mir wie eine zweite Tochter geworden. Und Angelina hat ebenfalls Ihre Gesellschaft genossen. Sie sagt, dass ich alt und langweilig sei und dass es schön ist, mit jemandem in ihrem Alter zu reden.«

»Ich habe auch jede Minute mit Ihnen genossen, vor allem Ihre Kochkünste. Und es tut mir leid, dass jetzt niemals eine italienische Köchin aus mir wird.«

»Wir werden heute Abend eine gute Mahlzeit einnehmen, wenn es Ihre letzte sein wird«, sagte sie. »Ein Pilzrisotto vielleicht, davor die Aubergine mit Parmesan und sicher auch Pannacotta. Sie können mir bei der Zubereitung helfen, wenn Sie möchten. Wir beginnen mit Crostini. Vielleicht mag uns auch Signor Renzo helfen?«

»Renzo?«, fragte ich.

»Ja, ich habe ihn zum Abendessen eingeladen, und ich weiß, wie gern er kocht.«

Ich sah in ihrem Gesicht, was sie dachte: Sie spielte Kupplerin zwischen Renzo und mir. Bei jeder anderen Gelegenheit hätte ich ihre Hilfe begrüßt, doch mit dem neuen Wissen wollte ich nichts mehr mit ihm zu tun haben. Die Gespräche zwischen uns und dass er mich zu seinem alten Haus geführt hat – womöglich hatte er das nur getan, um herauszufinden, was ich wusste. Er folgte nur den Anweisungen von Cosimo. Ich führte die Gedanken weiter aus – hatte er ebenfalls beobachtet, wie Gianni den Umschlag in mein Zimmer geschoben hatte, und wollte jetzt den Inhalt beschaffen oder herausfinden, was sich darin befand?

Ich konnte ihn nicht davon abhalten, zum Essen zu kommen, doch ich musste an diesem Abend besonders vorsichtig sein. Ich stellte meine Tasche zurück in mein Zimmer, verschloss die Tür erneut und half Paola im Garten. Später machte ich eine Pause und schloss mich im Zimmer ein, schlief ungestört und wachte erfrischt auf. Ich machte mich zum Bauernhaus auf, um zu sehen, ob die Vorbereitungen für das Abendessen schon begonnen hatten, und erschrak, da Renzo an meiner Tür stand.

»Oh«, keuchte ich und machte unfreiwillig einen Schritt zurück.

»Entschuldigung, wenn ich Sie erschreckt habe, Joanna«, sagte er. »Paola wollte, dass ich mehr Spargel pflücke und nachsehe, ob es noch weitere reife Tomaten gibt. Ich bin früh gekommen, um bei der Zubereitung des Essens zu helfen. Sie macht ein richtiges Festmahl für Sie.«

»Ich weiß, das hat sie mir gesagt. Das ist so lieb von ihr.«

»Sie ist von Ihnen richtig angetan«, sagte er. »Sie ist traurig, dass Sie schon so bald wegmüssen.«

»Das bin ich auch, doch so ist es besser, oder nicht?«, sagte ich. »Ich möchte lieber weit weg sein von diesem Inspektor. Er scheint noch immer zu denken, dass ich irgendwie in den Mord an Gianni verwickelt bin, was völlig lächerlich ist. Ich habe mit dem Mann nur ungefähr ein Dutzend Worte an einem Tisch mit anderen Männern gewechselt.«

»Wirklich lächerlich«, sagte er. »Doch mir tut es ebenfalls leid, dass Sie wegmüssen. Ich würde auch gern die Wahrheit über Ihren Vater und meine Mutter herausfinden. Und den schönen Jungen. Ich kann nicht aufhören, darüber nachzudenken. Wenn Ihr Vater lang genug in dieser Gegend war, dass meine Mutter ein Kind von ihm hatte, wie konnten sie diese beiden Dinge so lange geheim halten? Und würde er ein Kind irgendwo versteckt haben, wo niemand sonst es finden konnte, und ihr erst Monate später davon schreiben?«

»Vielleicht wurde das Kind einer Familie in den Bergen übergeben, damit sie sich darum kümmerte?«, schlug ich vor.

»Sie sollte es später zurückholen, doch sie hat es niemals getan.«

»Aber warum weiß dann niemand etwas davon? Die Familie hätte es doch sicherlich jemandem gesagt? Sie hätten gesagt: ›Ein britischer Soldat hat ein Baby bei uns zurückgelassen. Jetzt müssen wir seine Mutter finden.‹ Es hätte Gerede gegeben. Jemand hätte sich erinnert.«

»Ja«, sagte ich. »Und dennoch scheint niemand in San Salvatore irgendwas über einen britischen Piloten zu wissen. Und jeder denkt, dass Ihre Mutter mit einem Deutschen davongelaufen ist.«

»Das ist seltsam«, sagte er und richtete sich auf, nachdem er gerade eine große reife Tomate geerntet hatte, »doch langsam kehren alte Erinnerungen zurück. Ich erinnere mich, dass ich eine Weile krank war. Ich bin mir nicht sicher, was es war. Masern? Irgendwas in der Art. Jedenfalls durfte ich das Haus nicht verlassen und meine Mutter ging täglich raus, um nach Dingen zu suchen, die wir essen konnten. Pilze, Kastanien – einmal war es eine Taube. Ich wollte mit ihr gehen, doch sie meinte, dass ich wegen meiner Brust im Haus bleiben sollte. Ich sah zu, wie sie mit dem Korb den Hügel hinaufging. Sie war um mich besorgt und hasste es, mich zurückzulassen. Doch wir mussten ja etwas essen, oder?«

»Sie war besorgt um Sie?« Ich sah ihn an. »Renzo, alles was Sie mir erzählen, zeigt mir, dass Ihre Mutter Sie sehr lieb gehabt hat. Sie hätte Sie nicht einfach so verlassen, da bin ich mir sicher. Sie wäre nicht davongelaufen und hätte Sie zurückgelassen. Bestimmt wurde sie gegen ihren Willen gezwungen.«

»Aber alle sagen ...«, begann er zögernd. »Mir wurde immer gesagt ...«

»Wissen Sie, was ich denke?«, sagte ich. »Ich glaube, jemand hat Ihre Mutter und meinen Vater verraten, vielleicht für Geld oder vielleicht auch einfach aus Eifersucht, oder vielleicht, um die eigene Haut zu retten. Und die Deutschen haben sie dann mitgenommen.« Beim Sprechen merkte ich, dass ich ihm damit womöglich mehr Kummer bereitete. Wenn Cosimo derjenige war, der sie verraten hatte? Dann erinnerte ich mich, dass Gianni gesehen hatte, wie der britische Pilot weggeführt wurde, und er war ein Opportunist und Kriecher. Vielleicht hatte er den Deutschen verraten, dass sich ein britischer Soldat versteckte. »Haben Sie sie gehen sehen, oder war sie einfach weg, als sie am Morgen aufwachten?«

Er runzelte die Stirn und versuchte sich zu erinnern. »Nein, ich war dabei, da bin ich mir ziemlich sicher. Ja, sie kam zu mir und küsste mich und sagte, dass ich ein guter Junge sein soll und dass sie bald zurückkehren würde. Sie weinte. Da waren Tränen auf ihren Wangen. Und dann wollte sie noch mehr sagen und mich erneut küssen, doch der Soldat schrie sie an und …« Er brach ab, ein verwunderter Ausdruck im Gesicht. »Es war nicht der Soldat, der in unserem Haus wohnte – der freundliche. Es war ein anderer Soldat. Ein großer Mann. Ich erinnere mich, dass er die ganze Tür auszufüllen schien. Und er schrie mit zorniger Stimme.«

»Sehen Sie?« Ich lächelte ihn triumphierend an. »Ihre Mutter und mein Vater waren unschuldig. Sie haben einander geliebt, und sie wurden verraten.«

»Ja«, sagte er leise. »Ich muss Ihnen glauben.«

»Werden wir jemals die Tomaten für das Essen bekommen?«, tönte Paolas laute Stimme über die Gemüsebeete hinweg.

Renzo grinste. »Die Sklaventreiberin ruft. Kommen Sie und helfen Sie uns beim Zubereiten des Essens.«

Ich folgte ihm über den schmalen Pfad, jetzt noch verwirrter als zuvor. Hatte Cosimo Renzos Mutter verraten und sich dann schuldig gefühlt, sodass er ihn adoptiert hatte? Vielleicht wusste Renzo auch nicht mehr als ich.

Renzo wurde langsamer, um auf mich zu warten. »Ich habe nachgedacht«, sagte er. »Meine Mutter ist immer mit ihrem Korb den Hügel hinaufgegangen. Es ist möglich, dass Ihr Vater irgendwo im Wald versteckt war oder vielleicht sogar in dem alten Kloster. Wir sollten morgen nachschauen, bevor Sie uns verlassen.«

»Ich habe selbst über das Kloster nachgedacht«, sagte ich. »Doch es sieht nur nach einem Haufen alter Steine aus. Könnte wirklich jemand dort oben Schutz gefunden haben?«

»Ich war früher ein paar Mal oben«, sagte Renzo. »Alles ist abgezäunt und niemand soll dort hin, weil der Hang einstürzen könnte. Doch als wir jung waren, mussten wir es natürlich trotzdem als Mutprobe machen. Da gab es wirklich nicht viel zu sehen. Die Mauern der alten Kapelle standen noch, doch da war kein Dach mehr. Und der Boden war hoch mit Trümmern bedeckt. Die Räume des Klosters waren dem Erdboden gleichgemacht. Wenn sich Ihr Vater da oben versteckt hatte, dann hatte er eine schlimme Zeit.«

»Er war auf einem britischen Internat«, sagte ich. »Er war womöglich an schlimme Zeiten gewöhnt.«

Darüber warf Renzo den Kopf zurück und lachte laut auf. »Ihr Engländer und eure Internate«, sagte er. »War Ihre Schule ebenfalls so?«

»Ich habe nicht in der Schule übernachtet, von der ich Ihnen erzählt habe, doch es war ganz sicher keine schöne Erfahrung für mich. Ich konnte es nicht erwarten, sie zu verlassen.«

»Also hatten Sie auch Ihr Päckchen zu tragen.«

»Ja, das könnte man wohl so sagen.«

Er legte mir eine Hand auf die Schulter. »Vielleicht ist es an der Zeit, die Vergangenheit ruhen zu lassen und nach vorn in die Zukunft zu blicken. Sie werden eine reiche und berühmte

Anwältin werden. Sie werden reisen und einen gleichfalls reichen Mann heiraten und zwei perfekte Kinder haben und glücklich in einem dieser großen, zugigen englischen Häuser leben.«

Ich sah zu ihm auf, war mir seiner Hand nur zu bewusst, warm und beruhigend auf meiner Schulter. »Ich weiß gar nicht, ob ich das überhaupt will«, sagte ich.

»Also, was wollen Sie dann?«

»Ich bin mir nicht sicher. Ich werde es wissen, wenn ich es finden werde.«

Renzo ließ mich los und stellte sich neben mich, damit ich zuerst ins Haus treten konnte.

»*Allora*. Jetzt geht es an die Arbeit«, sagte Paola. »Mit so vielen Gängen brauche ich viel Unterstützung. Zuerst machen wir die Toppings für die Crostini.«

»Was sind Crostini?«, fragte ich.

»Wie Bruschetta, nur werden die Brotscheiben nicht gebraten, sondern gegrillt«, sagte Renzo. »Weicher und weniger spröde.« Er drehte sich zu Paola. »Und an welche Toppings haben Sie gedacht?«

»Den frischen Spargel natürlich …«

»Eingedreht in Prosciutto Crudo, richtig?«, sagte er. »Und Fenchel? Ich habe gesehen, dass Sie Fenchel im Garten haben. Soll ich eine Knolle ausgraben und sie in dünne Scheiben schneiden, zusammen mit etwas Pecorino?«

»Das ist eine wunderbare Idee«, sagte sie. »Und ich habe hier eine gute Tapenade.«

»Und erlauben Sie mir, das Risotto zu machen?«, fragte er. »Das war eine meiner Spezialitäten, als ich Souschef in dem Restaurant in Soho war.«

»Mit Vergnügen«, sagte Paola. »Sie müssen aber der jungen Dame zeigen, wie man es macht. Sie will lernen, wie man unser italienisches Essen zubereitet, wissen Sie?«

Er sah mich interessiert an. »Sie wollen Kochen lernen? Als Anwältin brauchen Sie das doch gar nicht. Sie können sich sicherlich einen Koch engagieren.«

»Nicht diese Anwältin«, sagte ich. »Im Augenblick bin ich noch arme Anwaltsgehilfin, die fast kein Geld verdient, bis ich die Prüfung bestanden habe. Und selbst wenn ich eine gute Stelle finde, glaube ich, dass es sehr entspannend sein muss, nach Hause zu kommen und sich ein gutes Mahl zuzubereiten.«

»Da haben Sie recht«, sagte er. »Wenn ich koche, dann denke ich an nichts anderes. Es ist, als wären alle Probleme der Welt ausgesperrt und da bin nur noch ich mit dem Essen.«

Paola runzelte die Stirn und Renzo übersetzte es für sie.

»Sie sollten mit der jungen Dame auf Italienisch reden«, sagte sie. »Wie soll sie sich sonst verbessern? Und sie versteht bereits recht gut.«

»Na gut. In Zukunft nur noch Italienisch, Joanna, *capisci?*«, sagte er und warf mir einen herausfordernden Blick zu.

Ich bekam die Kräuter, um sie für die Soße zu den Auberginen zu hacken – Oregano, glatte Petersilie –, und dann viel Knoblauch zum Pressen. Ich war konzentriert, als Renzo hinter mich trat. »Nein, so hält man das Messer nicht«, sagte er. Er legte die Finger über meine. »Gerade. Auf und ab. Schnelle Bewegungen. Sehen Sie?«

»Renzo, Sie werden die junge Dame noch ganz von ihrer Aufgabe ablenken, wenn Sie so mit ihr flirten«, sagte Paola.

»Was bedeutet dieses Wort?«, fragte ich. Als Renzo übersetzte, wurde ich rot.

»Flirten? Wer hat denn hier geflirtet?«, wollte er wissen. »Ich wollte nur korrigieren, wie sie die Petersilie schneidet. Wenn sie gut kochen will, dann muss sie dafür gute Fähigkeiten entwickeln.«

»Sagen Sie, was Sie wollen«, sagte Paola kichernd. »Ich sehe, was ich sehe. Ihre Wangen sind ja schon ganz rosa.«

»Aber sie hat mich nicht weggeschoben, also muss es ihr wohl gefallen haben«, entgegnete er. »Zeigen Sie mir jetzt, wie Sie schneiden, Jo.«

Ich merkte, dass er die Abkürzung meines Namens verwendete, den nur wenige Menschen in meinem Leben gebraucht hatten. Scarlet war einer davon und auch Adrian hatte mich so genannt. Doch aus Renzos Mund klang es richtig. Ich begann zu schneiden, wobei ich schnelle und sogar hackende Bewegungen machte. Er sah zu und nickte. »Sie lernen schnell.«

»Es ist eine Schande, dass sie nicht länger bleibt. Sie und ich könnten ihr noch viel beibringen«, sagte Paola. »Stattdessen kehrt sie zurück nach London zu ihrem Speiseplan aus Roastbeef und Würstchen.«

»Ja, das ist eine Schande«, sagte Renzo.

Ich musste ihnen zustimmen. Dann kümmerte ich mich weiter um die Gewürze.

SECHSUNDDREISSIG

JOANNA

Juni 1973

Um acht Uhr war das Abendessen fertig.

»Ich denke, wir essen draußen, oder?«, sagte Paola. »Schließlich ist es so ein schöner Abend.«

Also wurde draußen im Garten unter dem Kirschbaum ein Tisch mit weißem Tuch gedeckt. Diesmal war es kein einfaches Keramikgeschirr, sondern Silberbesteck und Kristall. Ich nahm meinen Platz ein, mit dem Blick weg vom Bauernhaus. Die Sonne stand über den westlichen Hügeln und Fledermäuse flatterten durch das rosafarbene Zwielicht. Die Luft duftete nach Geißblatt und Jasmin. Es war fast wie ein Traum.

Angelina kam zu uns, brachte Olivenöl und einen Teller Oliven. Wie sich herausstellte, hatte Renzo Wein aus dem Weinkeller seines Vaters mitgebracht. Wir begannen mit einem spritzigen Weißwein, als Paola das Tablett mit den Crostini brachte. Ich musste eins mit jedem Belag probieren, wie ich es an meinem ersten Abend auf der Piazza in San Salvatore getan hatte. In rohen Schinken gewickelten Spargel mit Trüffelöl. Dünne Fenchelscheiben, was ein ganz neuer Geschmack für mich war. Pikanter Schafskäse mit Feigenmarmelade. Alles schmeckte wie ein kleines Wunder und es wäre eigentlich schon ausreichend gewesen für ein großartiges Abendessen.

Doch dann bekamen wir Renzos Risotto – cremiger Reis mit Pilzen in einer dicken Brühe gekocht. Als Renzo mein anerkennendes Nicken bemerkte, sagte er: »In London habe ich das mit Meeresfrüchten gemacht. Sie sollten das einmal versuchen. Die Fischbrühe und die Muscheln und Garnelen sind einfach perfekt. Es ist zu schade, dass ich nicht an die Küste reisen und die richtigen Zutaten beschaffen kann, um das für Sie zu kochen.«

»Ich kann mir gar nicht vorstellen, dass es viel besser als das hier ist«, sagte ich. »Ich bin in meiner Kindheit dazu gezwungen worden, Reispudding in der Schule zu essen, und habe mich seitdem immer von Reis ferngehalten.«

Er lachte. »Die Engländer wissen leider nicht, was man für großartige Dinge aus einfachen Zutaten machen kann. Gib ihnen Kohl oder Rosenkohl und sie kochen ihn zu Tode.«

»Vielleicht können Sie eines Tages nach England zurückkehren, Ihr eigenes Restaurant eröffnen und alle erziehen«, sagte ich.

Ich sah, wie die Freude aus seinem Gesicht verschwand. »Vielleicht«, sagte er. »Doch ich kann mir nicht vorstellen, dass das geschehen wird. Die Gesundheit meines Vaters bessert sich nicht, und er braucht mich wirklich. Die Familie kommt immer zuerst, oder nicht?«

Darüber dachte ich nach – eine seltsame Vorstellung für mich. Ich hatte bei keiner meiner Entscheidungen meinen Vater an erste Stelle gesetzt. Vielleicht hatte ich ihn im Stich gelassen. Ich mochte nicht darüber nachdenken, doch ich stellte mir seinen kalten Körper im Gras vor. Und jetzt war es zu spät, um sich zu entschuldigen.

»Aber wir können diese düsteren Gedanken vertreiben«, sagte Renzo, »mit einem anderen guten Wein. Das ist der Stolz unseres Weinbergs. In England kennt man nur den einen italienischen Wein, den herben Chianti in seiner Strohflasche. Doch der hier stammt von unseren besten Trauben, perfekt gereift in Eichenfässern. Sie werden den Unterschied schmecken.«

Der Weißwein machte sich bereits bemerkbar, und ich zögerte, als ich einen Schluck von dem Roten kostete. *Ich muss nicht weit nach Hause gehen,* sagte ich mir. Der erste Schluck war mild und vollmundig, als würde man roten Samt trinken. »Oh«, sagte ich und Renzo lächelte.

»Jetzt werden Sie als Weinsnob nach Hause kommen und Ihren Freunden sagen: ›Das ist nicht wie dieser billige Chianti, den sie machen, der Wein in der Strohflasche‹«, sagte er.

»Ich bezweifle, dass ich es mir in England leisten könnte, diesen Wein zu kaufen«, sagte ich. »Wein ist sehr teuer.«

»Sie haben recht, Sie können diesen nicht in England kaufen«, sagte er. »Wir produzieren nur ein paar Fässer davon, und er geht direkt zu unseren bevorzugten Kunden in Rom und Mailand. Filmstars, Rennfahrer und Millionäre.«

»Dann fühle ich mich wirklich geehrt.« Mein Blick traf seinen und ich spürte, wie mir ein Schauer über den Rücken lief. Ich versuchte, locker damit umzugehen. »Aber füllen Sie mein Glas nicht erneut, sonst finde ich nicht mehr den Weg nach Hause.«

»Keine Sorge, Renzo wird Sie begleiten«, sagte Paola.

Das brachte mich zurück in die Wirklichkeit. Renzo, der mich zurück zu dem kleinen Häuschen bringt, vorbei an dem Brunnen, in den Gianni mit dem Kopf voraus hineingeworfen wurde – dazu die große Wahrscheinlichkeit, dass Renzo etwas darüber wusste. War er geschickt worden, um mich betrunken zu machen? Um Zutritt zu meinem Zimmer zu bekommen und den Umschlag zu finden, den Gianni durch mein Fenster gesteckt hatte?

»Was ist los?«, fragte mich Renzo, als würde er meine Gedanken lesen.

»Ach, ich bin nur traurig darüber, all diese Schönheit morgen verlassen zu müssen.«

»Und ich bin traurig, dass Sie fortgehen«, sagte er. »Vielleicht können Sie in weniger beunruhigenden Zeiten zurückkehren.«

»Das bezweifle ich«, sagte ich. »Der Inspektor könnte sich neue Anklagen gegen mich ausdenken, wenn ich zurückkehre.«

Er lachte, doch ich spürte, dass ich nicht so weit von der Wahrheit entfernt war.

Ich stand auf, um Paola dabei zu helfen, das Geschirr abzuräumen, doch sie machte eine Handbewegung, dass ich sitzen bleiben sollte. »Warum habe ich wohl sonst eine Tochter?«, sagte sie. »Sie sind der Gast. Setzen Sie sich. Unterhalten Sie sich mit Renzo.«

Als sie gemeinsam ins Haus verschwanden, musste ich schmunzeln. »Ich befürchte, dass Paola sich im Verkuppeln versucht.«

»Sie hat ein gutes Herz«, erwiderte er. »Und ihre Einschätzung ist auch nicht verkehrt.«

Ich kicherte nervös, denn mir war seine Präsenz gegenüber am Tisch sehr bewusst, sein frisches weißes Hemd, das am Hals offen war, seine wilden schwarzen Locken und seine Augen, die funkelten, als würden sie brennen. Es musste am Wein liegen, doch ich wünschte mir, dass er mich in die Arme nahm und mich küsste.

Dieser lächerliche Gedanke wurde sofort verbannt, als Paola mit der Parmesan-Aubergine kam. Ich glaubte nicht, noch Platz für einen weiteren Bissen zu haben, doch nachdem ich die erste Gabel gekostet hatte, musste ich den ganzen Teller leer machen. So aromatisch, so cremig. Und die Aubergine schmeckte wie richtig gutes Fleisch.

Wir beendeten die Mahlzeiten mit der kleinen Portion Pannacotta – cremig und weiß und leicht glitt sie durch die Kehle, begleitet von einem Glas Limoncello, dem regionalen Likör. Eine sanfte, samtige Dunkelheit hatte sich über das Land gelegt. Die Nachtluft war voller Geräusche von Grillen und Fröschen. Renzo stand auf. »Ich sollte besser nach Hause gehen«, sagte er. »Mein Vater wird sich wundern, wo ich bin.« Er sah mich an. »Darf ich Sie zuerst zu Ihrem Zimmer begleiten?«

»Oh nein«, sagte ich lachend. »Ich muss Paola und Angelina mit dem Abspülen helfen. Wir müssen eine Menge Geschirr beschmutzt haben.«

»Natürlich müssen Sie das nicht tun«, sagte Paola. »Lassen Sie sich doch von dem jungen Mann begleiten, wenn er sich anbietet. Ich weiß genau, wenn mir ein attraktiver Mann vorschlagen würde, mich zu meinem Zimmer zu geleiten, dann würde ich nicht ablehnen. Leider bekomme ich solche Angebote nicht mehr.« Und sie lachte.

Ich hatte keine andere Wahl. Renzo bot mir seinen Arm. Ich nahm ihn und lächelte ihn nervös an. »Wirklich, Renzo, ich finde den Weg zu meinem Zimmer auch ohne Hilfe«, sagte ich. »Und ich bin mir sicher, dass Cosimo schon unruhig im Raum herumgeht und darauf wartet, dass Sie nach Hause kommen.«

»Soll er im Raum umhergehen«, sagte Renzo. »Haben Sie nicht gemerkt, dass ich ein wenig Zeit allein mit Ihnen verbringen möchte?«

Da blickte ich zu ihm auf. Er warf mir ein kurzes Lächeln zu. »Ich weiß nicht, wie es bei Ihnen ist«, sagte er. »Ich fühle mich seltsam von Ihnen angezogen. Vielleicht erinnern Sie mich an das Mädchen, das ich in London gekannt habe und geheiratet hätte, wenn die Dinge anders verlaufen wären.« Er drehte sich zu mir. »Spüre ich nicht, dass Sie sich auch ein wenig von mir angezogen fühlen?«

»Vielleicht ein wenig«, sagte ich und versuchte, die Alarmglocken nicht zu ignorieren, die in meinem Kopf losgingen. *Cosimos Sohn, denk dran.*

»Dann ist das vielleicht unsere gemeinsame Geschichte«, sagte Renzo. »Vielleicht ist es die Geschichte meiner Mutter und Ihres Vaters, die endlich vollendet wird. Es ist Schicksal und wir können nichts dagegen tun.«

»Glauben Sie das?«, fragte ich.

»Woher soll ich das wissen?«, sagte er und lächelte mich an. »Ich weiß nur, dass ich dich in diesem Moment küssen will. Ist das in Ordnung für dich?«

Er wartete nicht auf die Antwort. Er nahm mich in die Arme und kam mit dem Mund näher. Ich spürte mein Herz rasen, der kleine Schauer der Gefahr vermischte sich mit meinem Verlangen nach ihm. Ich weiß nicht, wohin es geführt hätte, doch plötzlich bewegte sich der Boden unter unseren Füßen. Es dauerte nur wenige Sekunden, doch Renzo hielt mich fest, bis das Beben aufhörte.

»War das ein weiteres Erdbeben?«, fragte ich.

»Nur ein Nachbeben«, sagte er. »Keine Sorge.«

»Gibt es nicht ein Lied, das so geht: ›Ich spürte die Erde unter meinen Füßen beben‹?«, sagte ich lachend, etwas zittrig.

»Jetzt weißt du, dass es wirklich geschieht«, sagte er.

»Joanna? Renzo? Ist alles in Ordnung mit euch? Es war nur ein kleines Erdbeben«, rief Paola aus der offenen Tür.

»Alles ist gut«, sagte Renzo und ließ mich los. »Ich glaube, ich gehe jetzt besser«, sagte er, »bevor die Erde wieder unter unseren Füßen bebt.« Er berührte meine Wange. »Ich sehe dich dann morgen. Schlaf gut.«

Und damit ging er davon. Ich betrat mein kleines Zimmer, verschloss die Tür, zog mich aus und legte mich aufs Bett, um an die Decke zu starren. War es möglich, wirklich möglich, dass Renzo Gefühle für mich hatte?

Siebenunddreissig

Hugo

Dezember 1944

Als Sofia gegangen war, machte sich Hugo sofort ans Werk und zerrte Mauerstücke heran, so groß und schwer er sie tragen konnte, um sie auf die alte Tür zu legen. Er arbeitete noch immer, als die Sonne aufging. Dann bewunderte er sein Werk – der Bereich fügte sich jetzt perfekt zu den übrigen Trümmern auf dem Boden. Niemand würde jemals vermuten, dass darunter der Eingang zur Krypta lag. Der schöne Junge war sicher.

Dann machte er sich an die nächste Phase: sämtliche Spuren seiner Anwesenheit in der Kapelle zu verwischen. Er hatte bereits alle Kleidungsstücke angelegt, um die Kälte fernzuhalten, und begann, seinen Unterschlupf abzubauen und die Holzteile in der ganzen Kapelle zu verteilen. Er nahm das Laken, das Schaffell, die Schüssel und den Löffel und verteilte sie unter den Trümmern, dann legte er zusätzlich ein paar Steine darauf. Als er fertig war, sah er sich zufrieden um. Niemand würde merken, dass er hier gewesen war.

Jetzt musste er nur noch warten. Er glaubte nicht, dass Sofia es schaffen würde, noch an diesem Tag den Karren zu bringen. Er glaubte auch nicht, dass sie es wagen würde, in der Nacht draußen zu sein. Es wäre zu verdächtig, und wie konnte sie ohne Laternen mit dem Karren durch die Dunkelheit fahren? Doch morgen, beim ersten Tageslicht – das wäre nachvollziehbar, wenn sie mit einer Ladung Rüben zum Markt wollte. Er aß die letzten Brotkrumen, trank etwas Wasser und fantasierte darüber, wie er eine Stadt im Süden erreichen würde, ein Lager der Alliierten, heißes Essen, ein richtiges Bett, Sicherheit für sich und für Sofia und ihren Sohn. Es wurde dunkel und er holte sich das Schaffell aus den Trümmern, setzte sich darauf und döste vor sich hin. Die Nacht schien ewig zu dauern. Als die Dämmerung im Osten zu glühen begann, stand er auf und fragte sich, ob er die Stufen hinuntergehen und im Wald auf Sofia warten sollte. Er entschied sich dagegen, falls sie von der anderen Seite des Felsens den Weg hoch zum Abhang käme und er irgendwie hinunterklettern müsste, um zu ihr zu gelangen. Er war sich nicht sicher, ob er zu dieser Heldentat in der Lage war, und er beschloss, herumzugehen und den besten Weg nach unten zu suchen, nur für den Fall.

Als er aus der Kapelle trat und in das grelle Tageslicht blinzelte, bemerkte er zwischen den Bäumen eine Bewegung. Sein Herz machte einen Satz und er winkte. Zwei deutsche Soldaten traten aus dem Unterholz, die Gewehre auf ihn gerichtet. Einer von ihnen kam flink die Stufen hoch.

»Sind Sie der Engländer?«, fragte er.

Hugo überlegte zu lügen. Sein Italienisch war jetzt recht flüssig und er hatte sogar Sofias toskanischen Akzent übernommen. Doch sie würden seine Papiere sehen wollen. Sie würden ihn durchsuchen und sein Logbuch und seine Erkennungsmarke finden.

»Ja«, sagte er. »Englischer Pilot. Offizier.«

»Geben Sie mir Ihre Waffe, dann heben Sie die Hände.«

Er hatte keine Alternative, als zu gehorchen. Er übergab den Revolver. Der Deutsche fragte nicht nach seinem Messer. »Sie kommen jetzt mit uns. *Sofort.* Lauf.«

»Ich habe ein gebrochenes Bein«, sagte er und hob die Hose, um die Schiene zu zeigen. »Bein *kaputt*. Kann nicht schnell laufen.«

Die zwei Männer wechselten ein paar Worte. Trotz seiner schwachen Deutschkenntnisse, die er während ein paar Skiurlauben aufgeschnappt hatte, merkte Hugo, dass einer der beiden ihn sofort erschießen wollte. Der andere widersprach und Hugo glaubte zu verstehen, dass ihr Oberst ihn zuerst befragen wollte.

Der Deutsche vor ihm bedeutete ihm mit der Waffe, sich zu bewegen. Hugo ging so langsam die Stufen hinunter, wie er sich traute, hielt sich am Geländer fest und ging Stufe für Stufe nach unten. Er hatte das Messer in der Tasche. Es bestand die schwache Möglichkeit, dass er es benutzen konnte. Am Fuße der Treppe sprachen die Männer wieder leise miteinander, und er merkte, dass sie nicht einer Meinung waren. Doch derjenige, der am Fuß der Treppe geblieben war, setzte sich durch.

»Halten Sie die Hände auf dem Kopf. Marsch!«, bellte ihn der ältere Soldat an.

Sie zwangen ihn vorwärts zwischen den Bäumen hindurch, einer von ihnen drückte ihm den Gewehrlauf in den Rücken. Hugos Bein begann zu schmerzen, und er stolperte mehrmals.

»Keine Tricks oder wir erschießen Sie sofort«, sagte der eine.

Auf der anderen Seite der Bäume wartete ein offenes Militärfahrzeug. Die Soldaten befahlen ihn auf den Rücksitz. »Hände auf dem Kopf. Versuchen Sie nicht zu flüchten, oder Heinrich wird Sie mit Freude erschießen«, sagte derjenige, der Englisch sprach. Er stieg auf den Fahrersitz, und der andere Soldat setzte sich neben Hugo, die Waffe in seine Seite gedrückt.

Sie fuhren los und holperten über die Rinnen zwischen den Olivenbäumen.

Zum ersten Mal nach dem Schock über seine Gefangennahme begann Hugos Verstand zu arbeiten. Er blickte über die Felder, suchte nach einem Anzeichen des Karrens. Hatten sie Sofia gefangen und gezwungen zu verraten, wo er sich versteckte? Hatte ihr Sohn sie unfreiwillig verraten? Sein Herz schlug so laut in seiner Brust, dass er Schwierigkeiten mit dem Atmen bekam. Wenn sie nur in Sicherheit war, war alles andere egal. Sie bogen nicht ab, um zu der Straße im Tal zu kommen. Stattdessen fuhren sie durch die Weinberge hinauf und kamen auf die Straße, die er auf dem Hügel gesehen hatte, als er angekommen war – die von Zypressen gesäumte schmale Straße, die zum Dorf führte. Hugo betete, dass er nicht zum Dorf gebracht wurde, um herumgezeigt zu werden, bis jemand gestand, ihm geholfen zu haben, oder dass er dabei zusehen musste, wie das ganze Dorf hingemetzelt wurde, bevor man ihn selbst umbrachte.

Er seufzte leise vor Erleichterung, als sie nach Norden abbogen und über den Kamm fuhren. Er betrachtete die Landschaft zu beiden Seiten. Kein Anzeichen eines Fuhrwerks. Kein Anzeichen eines Menschen auf den Feldern. Wenn er auf einen verständnisvollen Offizier traf, einen Soldaten der alten Schule, dann hatte er eine Chance, wie ein Offizierskollege und Kriegsgefangener behandelt zu werden – immerhin eine winzige Chance, am Leben zu bleiben. Er versuchte, an Langley Hall zu denken, seinen Vater, seine Frau und sein Kind. Stattdessen sah er jedoch nur Sofias Gesicht – so lieblich, so sanft – und sein Herz schmerzte bei dem Gedanken, sie womöglich niemals wiederzusehen.

Nach ein paar Kilometern kamen sie auf eine breitere Straße, die gepflastert und nicht mehr mit Bäumen gesäumt war. Der von Norden herabstürmende Wind war brutal. Hugo konnte auf dem Hügel vor ihnen die Umrisse einer Stadt erkennen. Zahlreiche deutsche Militärfahrzeuge standen neben der Straße. Hugos Wagen blieb stehen und es gab einen kurzen Wortwechsel. Hugo bemerkte, dass die Männer beim Sprechen nervös nach oben blickten. Er konnte sich nicht umdrehen, doch er hörte den Grund für ihre Besorgnis – das tiefe Brummen näher kommender Flugzeuge.

Bald wurde das Brummen zu einem Dröhnen. Die deutschen Soldaten, die herumgestanden hatten, eilten zu ihren Fahrzeugen oder flüchteten in die Felder, um sich zwischen den Weinstöcken zu verbergen. Die erste Welle an Flugzeugen flog über sie hinweg, ihre Schatten waren schwarze Kreuze auf den Feldern. Große amerikanische Bomber. Es gab ein pfeifendes Geräusch und eine Bombe fiel und schlug in der Nähe der Spitze des deutschen Konvois ein. Ein Benzintank explodierte und Hugo spürte, wie die Explosion ihm die Luft aus den Lungen zog. Eine zweite Bombe landete direkt vor ihnen. Der Fahrer seines Wagens fluchte und legte abrupt den Rückwärtsgang ein, sodass Hugo und der ihn bewachende Soldat das Gleichgewicht verloren. Es war nur ein Sekundenbruchteil, doch Hugo beschloss, die Chance zur Flucht zu ergreifen.

Als er aus dem Fahrzeug klettern wollte, gab es über ihnen ein ohrenbetäubendes Dröhnen von Flugzeuglärm. Einer der Flieger am Ende der Formation war ausgeschert und kam flach über die Straße geflogen. Ein Maschinengewehr spuckte Kugeln. Der Fahrer seines Wagens wurde hochgerissen, als er getroffen war, dann sackte er in sich zusammen. Das Fahrzeug schlingerte wild über die Straße. Eine zweite Kugel traf den Mann neben Hugo. Das Fahrzeug krachte in einen brennenden Laster und überschlug sich. Hugo wurde aus dem Wagen geschleudert. Er war noch bei Bewusstsein und versuchte wegzukriechen, als der Benzintank explodierte. Dann erinnerte er sich an nichts mehr.

ACHTUNDDREISSIG

JOANNA

Juni 1973

Als ich am nächsten Morgen aufwachte, war mein erster Gedanke, dass ich heute San Salvatore verlassen würde. Renzo würde mich zum Bahnhof bringen, und ich würde ihn nie wiedersehen. Und mir schien, als hätte ich Cosimos Drängen missverstanden, mich so schnell wie möglich loszuwerden. Vielleicht war es gar keine Angst, dass ich etwas Gefährliches wusste – vielleicht spürte er nur, dass Renzo sich von mir angezogen fühlte. Es war ein ziemlicher Zufall, dass jeder, in den sich Renzo verliebte, auf irgendeine Weise von ihm weggerissen wurde. *Hatte Cosimo seine Hand im Spiel?*, fragte ich mich. Hatte er dafür gesorgt, dass das einheimische Mädchen auf eine Schule für Modedesign gehen konnte, die es sich gar nicht leisten konnte? Es war verständlich, dass er Renzo nach seinem Schlaganfall aus England zurückgeholt hatte, doch war es wirklich nötig gewesen, ihn hierzubehalten und seine permanente Unterstützung zu fordern? Cosimo war eindeutig ein Mann, der sich als Mittelpunkt des Universums betrachtete und andere nur darüber bewertete, wie sie ihm von Nutzen waren.

Dieser Gedanke führte mich zu einem anderen: Renzo hatte erwähnt, dass Cosimo verliebt war, das Mädchen ihn jedoch abgewiesen hatte. War es womöglich Sofia gewesen und er hatte den Deutschen aus Rache von ihr und meinem Vater erzählt? Das würde sicherlich erklären, warum Cosimo ihren Ruf beschmutzt hatte und warum er so auf meine Abreise drängte.

Ich versuchte noch immer, mir einen Reim auf diese Gedanken zu machen, während ich zum Bauernhaus ging, um zu baden und dann mit Paola und Angelina zu frühstücken. Bei der Mahlzeit herrschte eine ernste Stimmung. Paola wirkte, als würde sie jeden Augenblick in Tränen ausbrechen. »Und ich habe Ihnen noch gar nichts über Pilze beigebracht«, sagte sie. »Die kleinen Waldpilze, so köstlich. Und Ravioli … Sie haben nicht gelernt, wie man Ravioli macht.« Sie beugte sich vor und nahm meine Hand. »Versprechen Sie mir, dass Sie zurückkehren, *cara* Joanna. Dann werden wir wieder eine schöne Zeit verbringen, oder?«

»Das hoffe ich sehr«, sagte ich. »Ich hoffe, ich kann wiederkommen, wenn diese traurige Sache mit Gianni vorbei ist.«

»Zu dumm, dass Sie keine Anwältin hier in Italien sind«, sagte sie. »Dann würden Sie wissen, wie man mit diesem Inspektor spricht, damit er Ihnen zuhört und die Wahrheit erkennt.«

»Leider kennen wir die Wahrheit nicht«, sagte ich.

»Was auch immer es ist, es hat sicherlich nichts mit Ihnen zu tun«, sagte sie entschlossen.

Da liegen Sie falsch, dachte ich, sprach es aber nicht aus. Wir beendeten die Mahlzeit. »Ich muss jetzt gehen und packen«, sagte ich. Ich kehrte zurück in mein Zimmer und faltete meine Kleider ordentlich in meinen Koffer. Bald wäre ich wieder im grauen und verregneten London, würde mir ein Fertiggericht mit Rindfleisch-Nieren-Pastete bei Sainsbury's zum Mittagessen kaufen und mich fragen, was mir die Zukunft bringen würde.

Ich war noch nicht fertig, als ich ein Klopfen an der Tür hörte.

»Herein«, rief ich und war überrascht, als Renzo eintrat und nicht Paola.

»Bist du bereit?«, fragte er. »Wir müssen uns beeilen, wenn wir uns noch das Kloster ansehen wollen, bevor wir nach Florenz fahren. Mein Vater besteht darauf, dass ich mich wegen unserer Trauben mit einem Mann treffe, bevor sich dieser Kerl für seinen Nachmittagsschlaf verabschiedet.«

»Ich muss nur noch ein paar Dinge einpacken«, sagte ich. »Soll ich damit warten, bis wir zurück sind?«

»Oder mach jetzt alles fertig. Wie du willst«, sagte er und setzte sich aufs Bett. Es wäre zu jedem Zeitpunkt verstörend genug gewesen, dass Renzo auf meinem Bett saß und mir dabei zusah, wie ich Unterwäsche in einen Koffer tat. Doch mit dem Wissen und der Furcht, die ich jetzt in mir trug, war es fast unerträglich. Ich nahm die Ersatzschuhe, in deren Spitze sich die Gegenstände von Gianni befanden, und stopfte sie mit der Unterwäsche und den Strümpfen in den Koffer. Renzo sagte nichts, während ich alles einpackte. Als ich fertig war, sah ich mich kurz im Raum um und schloss dann den Koffer.

»So«, sagte ich. »Alles fertig und bereit zum Gehen.«

»*Bene*«, sagte er. »Gut. Dann auf zu unserem Abenteuer.«

Wir überquerten den Weinberg und folgten einem Pfad, der zwischen Olivenhainen den Hügel hinaufführte. In der Ferne hörten wir Rufe und sahen ein Fuhrwerk, das auf einem anderen Weg den Hügel hinauffuhr. Der Mann trieb sein Pferd an, damit es schneller lief. Renzo starrte es an und runzelte die Stirn.

»Ein Karren«, sagte er. »Da war irgendwas mit einem Karren.«

»Was ist damit?«

»Eine Erinnerung, die zurückkehrt. Irgendwas mit einem Karren. Ein Mann kam an unsere Tür und sagte, dass er den Karren gebracht hätte und zuerst die Bezahlung wollte. Doch meine Mutter war bereits weg und er ging wieder.«

»Glaubst du, sie wollte mit diesem Karren flüchten?«, fragte ich, wobei ich ihn hoffnungsvoll ansah. »Vielleicht wollten sie und mein Vater zusammen flüchten, oder vielleicht hatte sie den Karren besorgt, um meinen Vater in Sicherheit zu bringen.«

Er zuckte mit den Schultern. »Wer weiß? Niemand lebt mehr, um uns das jetzt zu sagen. Das macht es so frustrierend, dass wir es womöglich niemals erfahren werden.«

Ich nickte zustimmend. Wir gingen schweigend weiter. »Hast du letzte Nacht gut geschlafen?«, fragte er.

»Sehr gut.« Ich lächelte ihn an.

Er lächelte ebenfalls. »Es tut mir leid, dass uns das Erdbeben unterbrochen hat. Und jetzt haben wir keine Zeit mehr.« Er hielt inne. »Ich habe mich gefragt, wenn ich es schaffen würde, nach London zu kommen, ob ich dich dann wiedersehen könnte?«

»Wenn Cosimo dich so lange aus den Augen lässt«, sagte ich, ohne nachzudenken.

Er runzelte die Stirn. »Ich bin kein Gefangener meines Vaters. Es ist nur so, dass ich wegen seiner eingeschränkten Mobilität Dinge für ihn erledigen muss, die er sonst selbst getan hätte. Doch gelegentlich fahre ich nach Florenz. Und nach Rom. Also warum nicht auch nach London? Ich bin mir sicher, dass seine Weine nicht ausreichend bei Harrods präsent sind.«

»Warum nicht?« Ich lachte. »Und ja, es würde mir gefallen, wenn du mich besuchen kommst.«

»Dann musst du mir deine Adresse geben.«

»Ich weiß noch nicht, wo ich wohnen werde«, sagte ich. »Ich habe auf der Couch einer Freundin geschlafen, seit ...« – fast hätte ich gesagt: Seit ich aus dem Krankenhaus gekommen bin und mein Freund jemand anderes geheiratet hat – »... seit ich meine letzte Wohnung aufgeben musste«, beendete ich den Satz. »Doch ich habe gerade etwas Geld von meinem Vater geerbt. Ich hoffe, es wird ausreichen für eine Anzahlung auf eine kleine Wohnung irgendwo.«

»In London?«

»Ja.«

»Aber du hasst die Stadt«, sagte er. »Das merke ich doch.«

»Ich muss arbeiten, und es wäre einsam, draußen auf dem Land zu leben.«

»Ich verstehe.« Er sah mich an und ich dachte für einen Moment, dass er noch etwas sagen würde, doch dann blickte er weg und stapfte den Hügel hinauf. »Das ist ein recht langer Weg«, sagte er. »Ich kann mir gar nicht vorstellen, wie meine Mutter jeden Tag mit ihrem Korb hier durch den Wald gegangen ist. Die Menschen ihrer Generation waren ganz schön zäh.«

Er hatte recht. Der steile Anstieg brachte mich zum Schwitzen und ich fand es immer schwieriger, mich dabei zu unterhalten. Ich war froh, als der Pfad an der Hügelspitze in den Wald führte. Hier war es kühl und still, der Boden war weich und es roch süßlich. Doch das Waldstück war nicht sehr breit und wir kamen auf der anderen Seite heraus und sahen über uns die felsige Spitze. Sie war mit einem Zaun umgeben, auf dem alle paar Meter ein Schild befestigt war mit der Aufschrift »Gefahr. Zutritt verboten. Instabile Felsen«.

Ich sah zu Renzo. »Ist das in Ordnung?«

»Wir sehen es uns mal an, oder?«, sagte er. »Komm, hier können wir durch den Zaun.« Er führte mich an eine Stelle, wo man sich durch den Zaun schlängeln konnte. Vor uns waren Stufen in den Boden geschnitten. Daneben blühte ein wildes Durcheinander aus Mohnblumen und anderen Wildblumen. Mit der über uns aufragenden Felsspitze war es ein großartiger

Anblick, und mir kam der Gedanke, dass mein Vater es sicher liebend gern gemalt hätte.

Die ersten Stufen waren einfach zu erklimmen. Dann führte eine zweite Treppe fast senkrecht hinauf. Hier waren manche Stellen zerbrochen und der Fels neben den Stufen war abgefallen, sodass sie über einem steilen Abgrund hingen. Ich musste schlucken, wollte Renzo aber nicht zeigen, dass ich mich fürchtete.

»Du gehst vor und ich bin direkt hinter dir, um dich aufzufangen«, sagte er.

Das löste eine Alarmglocke in meinem Kopf aus. War das die ganze Zeit sein Plan gewesen? Bring das englische Mädchen hoch zu einer Stelle, wo niemand ist, und wirf sie dann von einer Klippe?

»Nein, geh du vor«, sagte ich. »Ich will sehen, welche Stufen stabil sind und welche nicht.«

»Oh, du willst wohl, dass ich in den Tod stürze, oder?« Er drehte sich zu mir und lachte.

»Lieber du als ich«, erwiderte ich.

»Ist das wahre Liebe?«, fragte er. »Was ist mit Romeo und Julia?«

»Sie waren noch zu jung, um es besser zu wissen«, entgegnete ich.

»In Ordnung. Ich gehe vor. Halte dich an der rechten Seite der Stufen«, sagte er und ging los.

Von den fernen Bergen wehte eine steife Brise. Weit unten an der linken Seite konnte ich die Reste eines alten Weges sehen, der nach unten zu einer Straße im Tal führte. Winzige Laster und Autos in der Größe von Spielzeugen bahnten sich ihren Weg über die Straße. Nachdem Renzo drei oder vier Stufen gegangen war, folgte ich ihm, wobei ich mich fest an das rostige Eisengeländer rechts klammerte. Wir kamen beide sicher oben an, stellten uns auf den ehemaligen Vorhof und bewunderten die Aussicht. Zu allen Seiten erstreckten sich die Reihen bewaldeter Hügel. Bergorte wie San Salvatore hingen waghalsig an den Gipfeln einiger Hügel. Alte Festungen erhoben sich über den Wäldern. Es fühlte sich an, als könnte man bis ans Ende der Welt blicken.

»Schön, oder?«, fragte er und legte mir einen Arm um die Schulter.

Es hätte der magischste aller Momente sein können, so nah bei ihm zu stehen und mit ihm die Aussicht zu teilen, doch ich konnte meine Anspannung nicht ganz abschütteln.

»Wir sollten nicht lange bleiben«, sagte ich. »Wir könnten gesehen werden und Probleme bekommen.«

»Und sie würden uns ein paar Hundert Lira als Strafe aufbrummen. Na und?«, meinte er lachend. »Entspann dich, Joanna, genieße es, solange du noch kannst.«

Erneut ließ mich seine Wortwahl misstrauisch zu ihm blicken, doch er sah mit einem Ausdruck reinen Vergnügens in die Ferne.

»Du wärst nicht glücklich geworden, wenn du in London geblieben wärst«, sagte ich. »Du liebst es hier.«

»Ja«, sagte er. »Das tue ich. Doch ich will auch meine Karriere weiterverfolgen. Wenn ich als fertiger Koch nach Hause gekommen wäre, dann hätte ich mein eigenes Restaurant eröffnet. Ich hätte unsere kleine Ortschaft in ein Touristenziel verwandeln können.«

»Das kannst du ja noch immer tun«, sagte ich. »Du kochst sehr gut. Dein Essen ist köstlich.«

»Aber ich habe nicht das Diplom, auf dem steht, dass ich auf einer Kochakademie war, oder? Und man braucht so ein Papier.«

Ich dachte an meine Abschlussprüfung. Man brauchte so ein Papier. Natürlich.

»Sehen wir uns ein wenig um«, sagte ich.

»Pass auf, wo du hintrittst«, warnte Renzo. »Diese Pflastersteine sind schief und manche auch locker. Hier, nimm meine Hand.« Seine Hand fühlte sich warm und fest in meiner an. Ich ließ die Anspannung langsam von mir abgleiten. Wir gingen zu den Gebäuden. Kleine Bäume und Büsche waren zwischen den zerbrochenen Steinen gesprossen, und auf dem Trümmerhaufen zu unserer Linken wuchsen jetzt größere Bäume. Eine Kletterpflanze mit strahlend blauen Blumen bedeckte viele Trümmer. Wir blieben stehen und sahen uns um.

»Hier hätte sich niemand verstecken können«, sagte Renzo. »Es muss in der Kapelle gewesen sein.«

Zur Rechten erhoben sich die Reste von vier Mauern. Gemeißelte Marmorstufen führten zu einem klaffenden Loch, wo einmal Vordertüren gewesen waren. Wir traten ein. Wir standen im kühlen dunklen Schatten, doch das Sonnenlicht traf auf die gegenüberliegende Mauer, wo man die Überreste eines Wandgemäldes erkennen konnte. Eine Frau mit einer Krone auf dem Kopf, die noch immer süß lächelte. Wolken. Engel. Ich sah nach unten und wollte weitergehen, doch der Boden war mit Trümmern übersät. Große Holzbalken lagen über Dachziegeln und Steinen.

»Ich glaube nicht, dass mein Vater hier viel Schutz gefunden hätte, oder?«, sagte ich.

»Zumindest wäre er hier vom Wind geschützt gewesen«, sagte Renzo. »Er hätte sich aus den Steinen einen kleinen Unterschlupf bauen können.«

»Und wo soll das sein?«, fragte ich.

Er sah sich um und zuckte mit den Schultern. »Seit er hier war, hat es Erdbeben gegeben. Falls er etwas gebaut hatte, wäre es inzwischen zusammengebrochen. Komm weiter. Lass es uns ansehen.«

Erneut nahm er meine Hand und wir kletterten gemeinsam über die Trümmerhaufen. Doch da war nichts. Keine weggeworfenen Dosen oder Zigarettenpackungen, die darauf hinwiesen, dass einmal ein Engländer hier gewesen war.

Ich seufzte. »Ich glaube nicht, dass es irgendeinen Sinn ergibt, noch länger zu bleiben. Wenn er sich hier oben verschanzt hat, dann wurde er von den Deutschen gefunden. Er ist geflüchtet und nach England zurückgekehrt. Und es gibt auch keinen Beweis dafür, dass deine Mutter jemals hier gewesen ist.«

»Vielleicht haben wir es auch völlig falsch verstanden«, sagte Renzo. »Vielleicht hat er sich in den Wäldern verborgen – hat sich einen kleinen Unterschlupf aus Ästen gebaut. Oder sie hat es wirklich riskiert und ihn in unserem Keller versteckt.«

Ich schüttelte den Kopf. »Dann hätten die Menschen von San Salvatore gesehen, wie ihn die Deutschen weggebracht haben. Und ihr wäret wahrscheinlich alle dafür hingerichtet worden, weil ihr einem Engländer Unterschlupf gewährt habt.«

»Das stimmt. Gut, dass wir hergekommen sind. Wir haben es gesehen. Und ich befürchte, dass es jetzt an der Zeit ist, nach Florenz zu fahren. Das Einzige, was ich jetzt noch tun kann, ist, dich zum Mittagessen in ein schönes Restaurant einzuladen, bevor du den Zug nach Hause nimmst.«

»Danke.« Ich zögerte, wollte noch nicht weg. Spürte ich die Anwesenheit meines Vaters? Vielleicht, wenn ich ihm näher gewesen wäre …

Als ich weitergehen wollte, wurde ich von den Beinen gerissen. Mein erster Gedanke war, dass sich einer der großen Balken unter den Trümmern bewegt hatte. Doch als ich auf allen vieren war, konnte ich spüren, wie der ganze Boden wackelte.

»Ein neues Erdbeben!«, rief Renzo. »Schaffst du es zur Tür? Vorsicht, nicht dass sich Stücke von der Mauer lösen und auf uns herabstürzen.«

Doch es war unmöglich, sich hinzustellen. Der Boden tanzte, als wäre er lebendig. Um mich herum hörte ich Steinbrocken von den Mauerrändern fallen. Ich kauerte mich zusammen, bedeckte den Kopf und wartete darauf, dass es aufhörte. Dann gab es ein lautes Rumpeln und einen Schlag. Und wundersamerweise hörte das Beben auf. Ich blickte hoch und sah Renzo auf die Beine kommen.

»Wow, das war aber ein großes«, sagte er. »Geht es dir gut?«

»Ich glaube ja. Man konnte sich gar nicht bewegen, oder?«

Er nickte. »Ich hoffe nur, dass es keine Schäden im Ort gab.« Dann fügte er hinzu: »Ich hoffe auch, dass die Treppe nicht abgebrochen ist und wir hier oben feststecken.«

»Netter Gedanke«, sagte ich und er lachte.

Ich stand auf und versuchte, zu ihm zu gehen. Steine rollten weg, als ich auf sie trat. Dann blieb ich stehen und starrte auf eine Stelle. »Renzo. Hier drüben. Guck mal.«

Er kam an die Stelle, auf die ich zeigte. Im Boden neben der rechten Mauer war jetzt eine gähnende Öffnung. Und Stufen, die nach unten führten.

»Das muss die frühere Krypta gewesen sein«, sagte Renzo.

»Du denkst nicht, dass sich mein Vater vielleicht dort versteckt hat, oder?«

»Warum war es dann wieder bedeckt?«

»Ein Erdbeben, nachdem er fort war?«

»Möglich. Willst du nach unten gehen und nachsehen? Der Boden hier oben ist sehr instabil. Es könnte einbrechen, wenn es ein weiteres Nachbeben gibt.«

»Lass uns nur nachsehen, was dort unten ist«, sagte ich. »Du rauchst doch, oder? Hast du Streichhölzer?«

»Ja, in meiner Tasche. Wenn du runtergehst, gehe ich auch.«

Er bahnte sich seinen Weg zu der Öffnung und ging die Stufen hinunter. Sie waren jetzt mit Trümmern bedeckt, wo der Boden darüber hineingefallen war. Renzo trat ein paar Brocken nach unten und machte mir so den Weg frei. Ich folgte ihm Stufe um Stufe. Als wir fast völlig im Dunkeln waren, zündete Renzo ein Streichholz an. Ich hörte ihn etwas sagen, was womöglich ein Fluch auf Italienisch war.

Ich konnte sehen, was er meinte. Es war eine perfekt erhaltene kleine Kapelle mit einem gemeißelten Altar an einem Ende, Heiligenstatuen in den Nischen und zahlreichen großen Gemälden an den Wänden.

»Guck sie dir an«, sagte Renzo, hielt das Streichholz an das nächste Gemälde. »Sie sind großartig. So ein Glück, dass die deutschen Soldaten sie nicht gefunden haben. Sie haben alle Kunstwerke mitgenommen, die ihnen in die Hände geraten sind.«

Das Streichholz ging aus. Ich wartete auf halbem Weg nach unten, bis er ein weiteres angezündet hatte, dann kam ich zu ihm. Es roch feucht. Eine kühle Brise wirbelte um unsere Beine, was sich seltsam und unheimlich anfühlte. Ich trat näher zu Renzo. »Irgendein Hinweis auf meinen Vater?«

Er war im Raum herumgegangen. »Da drüben ist eine Tür. Vielleicht führt sie irgendwohin, wo sich dein Vater versteckt hat.«

Er kämpfte mit dem Riegel und löste ihn. Die Tür öffnete sich nur ein kleines Stück.

»Der Durchgang dahinter muss blockiert sein«, sagte er.

»Lass mich sehen, ob ich mich durchquetschen kann. Ich bin schmaler als du«, sagte ich.

»Sei vorsichtig.«

Ich drückte mich um die Tür. »Du hattest recht«, sagte ich. »Der Durchgang dahinter ist blockiert, doch da ist etwas, was die Tür vom Aufgehen abhält. Warte eine Minute. Mach noch ein Streichholz an.«

Renzo tat es. Ich bückte mich, um den Gegenstand zu nehmen, der zu meinen Füßen lag. »Es scheint ein Bild zu sein«, sagte ich. Ich bemühte mich, es aufzuheben, da es fest zwischen der Tür und dem großen Trümmerhaufen eingeklemmt war.

»Ich kann es nicht bewegen«, rief ich zurück. »Lass mich versuchen, ein paar dieser Steine wegzuschieben.«

Während ich mich abmühte, fielen weitere Steine herunter. Ich war in Gefahr, eine kleine Lawine auszulösen und mich hinter der Tür einzusperren. »Es will nicht …«, begann ich, dann riss ich wild an dem Gemälde. Fast wäre ich umgekippt, als ich es auf einmal in den Händen hielt. »Ich habe es«, rief ich triumphierend.

»Gib es mir raus«, sagte Renzo.

Während ich es tat, empfand ich plötzlich Furcht. War das alles wieder nur Teil eines Plans? Er würde das Bild nehmen und mich einsperren, und niemand würde mich jemals finden. *Lächerlich,* sagte ich mir. Ich musste irgendwann wieder damit anfangen, Menschen zu vertrauen. Ich musste ihnen glauben, Vertrauensvorschuss geben. Ich reichte ihm das Bild. Während ich mich um die Tür quetschte, hörte ich ihn nach Luft ringen.

»Wir haben ihn gefunden, Joanna. Es ist ihr schöner Junge.«

Neununddreissig

Joanna

Juni 1973

Wir trugen das Bild an eine Stelle, wo das Sonnenlicht die Stufen herunterschien.

»Oh.« Mehr konnte ich nicht sagen. Das strahlende Kind, wie es lachte, während es die pummeligen kleinen Hände nach den flatternden Engeln ausstreckte – ich hatte noch nie etwas Schöneres gesehen.

»Also waren sie hier unten«, sagte ich. »Und ich wette, dass sie dieses Gemälde versteckt haben, damit niemand es stehlen konnte, bevor der Krieg vorbei war und sie zurückkehren konnten, um es zu retten.«

»Ja«, sagte Renzo. »So muss es gewesen sein. Hinter der Tür zu einem Durchgang, der nirgendwohin führte. Und nur jemand, der so schlank ist wie du, konnte sich hereinquetschen. Ein ziemlich sicheres Versteck, wo es niemand finden würde.«

»Wie du sagst, ziemlich sicher«, sagte eine Stimme von oben. Cosimo stand oben an der Treppe, seine große Gestalt verbarg das Sonnenlicht.

»Vater, wie bist du hier hochgekommen?«, fragte Renzo.

»Mit Schwierigkeiten, doch ich habe es geschafft. Ich bin in dem Land Rover hochgefahren und habe mich die Stufen raufgeschleppt. Ich wollte mich vergewissern, dass du nach dem Erdbeben okay bist.« Er sprach ruhig, gleichförmig, doch ich konnte kaum atmen. »Reich mir das Gemälde, Junge.«

»Es ist großartig, Vater. Es sind noch andere Gemälde hier unten, doch das eine – das ist das Schönste, was ich je gesehen habe.« Renzo ging die Stufen mit dem Bild hinauf. »Guck mal. Ist es nicht umwerfend?« Er hob es zu Cosimo.

»Das ist es tatsächlich. Wir müssen überlegen, was damit gemacht werden soll. Jetzt komm schnell hoch.«

Ich blickte auf und sah, dass er eine Waffe in der Hand hielt. »Die junge Dame wird leider einen Unfall gehabt haben. Man hat sie davor gewarnt, hier hochzukommen. So gefährlich.«

»Was redest du da, Vater? Tu das Ding weg«, rief Renzo. Ich konnte den Schreck in seiner Stimme hören. »Warum benimmst du dich so?«

»Sie hat zu viele Fragen gestellt«, sagte Cosimo. »Sie will die Wahrheit wissen über das, was im Krieg geschehen ist. Warum stellt sie all diese Fragen?«

»Ich habe es Ihnen gesagt. Ich will etwas über meinen Vater erfahren«, rief ich zu ihm hoch.

»Nein, das glaube ich nicht. Es gab keinen englischen Piloten. Sofia ist mit einem Deutschen davongelaufen.«

»Nein, sie wurde weggebracht, weil Sie sie verraten haben!«, schrie ich die Stufen hinauf. Renzo stand noch immer auf halber Treppe zwischen mir und Cosimo.

»Das ist nicht wahr. Ich habe sie geliebt. Sie hat mich abgewiesen! Ich habe ihren Sohn aus Liebe zu ihr angenommen.«

»Ich glaube, Sie wollten ihr Land«, sagte ich. »Sie fühlten sich schuldig, deshalb haben Sie Renzo aufgenommen.«

»Sie reden dummes Zeug«, sagte Cosimo. »Komm jetzt rauf, Junge.«

»Nein, Vater. Tu die Waffe weg. Joanna weiß nichts, was dir schaden kann.«

»Frag ihn, wer Gianni Martinelli getötet hat!«, rief ich, bevor ich erkannte, dass es klüger wäre, still zu bleiben. Meine Stimme hallte durch die Krypta. »Gianni war der Einzige, der die Wahrheit über das kannte, was geschehen war.«

»Welche Wahrheit?«, wollte Renzo wissen.

Ich blickte zu Renzo, versuchte zu entscheiden, ob ich schweigen sollte, ob ich ihm vertrauen konnte, dass er mich vor seinem Vater beschützte.

»Gianni hat es gefallen, Nachrichten zu überbringen und Menschen hinterherzuspionieren«, fuhr ich fort, wobei ich schnell und auf Englisch sprach. »Er sah das Massaker. Er sah, dass Cosimo die Partisanen an die Deutschen verraten hat.«

»Nein, das kann nicht wahr sein. Das kann nicht sein«, sagte Renzo.

»Komm sofort hoch, Junge!«, bellte Cosimo. Er winkte mit der Waffe.

»Ich werde nicht zulassen, dass du irgendwen erschießt, Vater. Bist du verrückt geworden?«

»Und ich werde nicht alles verlieren, wofür ich all die Jahre gearbeitet habe.« Ich hörte das Klicken, als die Waffe entsichert wurde.

»Nein«, sagte Renzo. »Ich habe dich mancher Dinge verdächtigt, aber ich bin aus Loyalität still geblieben. Doch das hier geht zu weit. Du wirst ihr nichts antun.« Er ließ das Bild fallen und sprang die restlichen Stufen nach oben. Ich nahm es hoch, als es zu mir nach unten rutschte. Der schöne Junge lächelte mich an. Ich presste es an mich, als ich die Stufen nach oben ging. Über mir hörte ich Ächzen und ein tierähnliches Knurren. Renzo und Cosimo kämpften miteinander. Renzo war größer, doch Cosimo war ein Bulle von einem Mann und trotz seines Schlaganfalls noch immer sehr stark. Renzo hatte die Hand an Cosimos Handgelenk und wollte ihn zwingen, die Waffe fallen zu lassen. Sie ging los, der Schuss hallte von den Mauern. Tauben flatterten erschrocken auf. Renzo und Cosimo stolperten über den unebenen Boden, glitten über Felsen und Balken. Cosimo versuchte, Renzo gegen die Wand zu schleudern. Es gab ein Knurren und ein Schmerzensstöhnen, doch Renzo ließ nicht nach.

Ich hatte den Treppenabsatz erreicht und begann, um die Außenseite der Mauer zur Vordertür zu kriechen. Ich war nah genug, um vor mir die Freiheit zu sehen, als ich einen Ruf hörte.

»Hallo da oben? Ist da jemand? Joanna?«

Cosimo zögerte für eine Sekunde. Ich floh nach draußen durch die Tür und sah Nigel Barton am Fuß der Treppe stehen. Sein Gesicht leuchtete auf und er winkte, als er mich sah.

»Hallo, Joanna. Sie haben mir gesagt, dass Sie hier oben sind, deshalb dachte ich, dass ich mal vorbeikomme und Sie mit der guten Nachricht überrasche. Aber ist alles in Ordnung? Ich glaube, ich habe etwas gehört, das nach einem Schuss klang. Aber das kann natürlich auch …«

»Nigel«, unterbrach ich ihn, als ich die Stufen so schnell herunterkam, wie ich mich traute. »Laufen Sie zurück ins Dorf und holen Sie Hilfe. Hier ist ein Mann mit einer Waffe. Schnell.«

Nigel öffnete überrascht den Mund. »Sind Sie sicher? Dann kommen Sie sofort mit mir nach unten und ich bringe Sie weg von diesem schrecklichen Ort.«

»Nigel, laufen Sie!«, schrie ich. »Warten Sie nicht auf mich.«

In diesem Augenblick kam Cosimo aus der Tür getaumelt. Die Waffe war noch in seiner Hand. Ich sah mich nach Renzo um, konnte ihn aber nicht entdecken. Mein Herz schlug so heftig, dass ich keine Luft bekam. Cosimo zielte und schoss auf Nigel, verfehlte ihn aber. Die Kugel prallte von den Felsen ab. Nigel schrie entsetzt auf und flüchtete von der Treppe hinunter in den Wald. Cosimo zielte jetzt auf mich. »Diesmal werde ich nicht verfehlen«, sagte er.

Tief aus der Erde hörte man ein Geräusch. Kiesel hüpften die Stufen hinunter. Der Stein, auf dem Cosimo stand, begann zu kippen. Cosimo wollte zur Seite treten, doch sein krankes Bein gab unter ihm nach. »Renzo, hilf mir!«, rief er.

Das Stück Hügel gab wie in Zeitlupe nach. Cosimo griff hektisch ins Leere. Er schrie, als er hinabstürzte, sein Körper prallte von den Felsstücken und Steinen ab. Renzo tauchte in der Tür auf. Blut lief ihm an einer Seite über das Gesicht. Er taumelte zu mir. »Er hat mich ausgeknockt«, sagte er. »Seinen eigenen Sohn. Geht es dir gut?«

Ich nickte, noch immer unfähig zu sprechen. »Er ist gefallen«, sagte ich schließlich. »Der Fels ist zusammengebrochen, und er ist …«

Renzo ging vorsichtig zum Rand des Abgrunds. Cosimos Körper lag weit unten, halb bedeckt von Felsen und Erde. Renzo bekreuzigte sich. »Er war ein böser Mann, das weiß ich jetzt«, sagte er. »Doch zu mir war er immer gut. Der beste Vater. Möge er in Frieden ruhen.«

»Du hast für mich gekämpft«, sagte ich. »Du hast nicht zugelassen, dass er mich umbringt. Du warst sehr tapfer.«

»Ich konnte nicht glauben, dass er es wirklich tun würde«, sagte er. »Ich wusste, dass seine Geschäfte nicht immer legal waren. Ich hatte keine Ahnung … aber das stimmt nicht. Als ich von Giannis Mord erfuhr, da spürte ich, dass er verantwortlich war. Doch die Partisanen im Krieg … er war wirklich ein schlechter Mensch, oder?«

Ich legte die Hand sanft auf seinen Arm. »Er war trotzdem dein Vater und du hast ihn geliebt. Es tut mir leid, dass du das alles durchmachen musstest. Komm. Bringen wir dich zurück in den Ort und lassen deine Wunde nähen.«

»Vergiss nicht unseren schönen Jungen«, sagte Renzo.

»Als könnte ich das.« Ich merkte, dass ich das Bild noch immer umklammert hatte. Renzo half mir die Stufen hinunter, und wir gingen ins Tal, wo uns ein paar Männer entgegengelaufen kamen.

»Da war ein verrückter Engländer«, sagte einer von ihnen. »Wir haben nicht verstanden, was er geschrien hat, doch er sagte etwas über Joanna und eine Waffe, deshalb sind wir gekommen, um …« Er hielt inne, als er Renzo mit Blut im Gesicht sah. »Wo ist dieser Verrückte mit der Waffe?«

»Es war Cosimo«, sagte Renzo. »Er wollte Signorina Joanna umbringen. Wir haben gekämpft. Er schlug mich mit der Pistole bewusstlos.«

»Wo ist er? Er muss aufgehalten werden«, sagte einer der Männer.

»Er ist tot. Er ist aus der Höhe gestürzt. Der Hügel ist eingebrochen und er ist mitgerissen worden.«

Die Männer bekreuzigten sich. Ich bemerkte, dass keiner von ihnen sagte: »Möge er in Frieden ruhen.«

Dann ging ihr Blick zu dem Bild in Renzos Armen.

»Das haben wir in der Krypta unter dem Kloster gefunden.« Renzo hob es für sie hoch und sie waren sprachlos.

»Umwerfend. Ein Werk der alten Meister«, murmelte einer von ihnen.

»Ich erinnere mich, dass vor dem Krieg schöne Bilder im Kloster waren«, sagte der älteste Mann. »Wir dachten, die Nazis hätten alle mitgenommen.«

»Da sind noch mehr in der Krypta«, sagte Renzo, »aber keins ist so schön wie das hier.«

»Wird es San Salvatore reich machen, was glaubst du?«, fragte einer von ihnen.

»Wie kannst du so reden?«, blaffte ein anderer Mann. »Es gehört zu unserem Erbe. Es gehört in ein Museum in Florenz.«

»Florenz? Warum nicht nach Lucca? Ist Lucca etwa nicht so gut wie Florenz?«

Und sie setzten ihren lebhaften Streit fort. Renzo grinste mich an. Wir gingen den Hügel hinauf ins Dorf. Der Arzt reinigte Renzos Schnittwunde und nähte sie mit drei Stichen. »Sie hatten Glück, dass Sie nicht das Auge verloren haben«, sagte er. »Oder verblutet wären von der Ader an der Schläfe.«

»Ja, ich hatte Glück«, sagte Renzo. Da war ein bitterer Unterton in seiner Stimme.

In dem Augenblick erhoben sich Stimmen vor der Tür und die Frau des Arztes kam besorgt herein. »Da ist ein verrückter Ausländer draußen«, sagte sie. »Er behauptet, er sei der Anwalt der Signorina und …«

Sie hatte keine Chance, den Satz zu beenden, denn Nigel kam hereingeplatzt. »Oh, da sind Sie ja, Joanna. Gott sei Dank in Sicherheit. Was im Himmel war da oben los? Welcher Verrückte hat geschossen? Haben sie ihn schon erwischt? Mafia, nehme ich an. Der ganze Ort ist voller Gangster, wie man hört. Holen wir Ihre Sachen. Ich habe ein Auto. Ich bringe Sie zurück nach Florenz und von dort fahren wir nach Hause.«

»Das ist nett von Ihnen, Nigel«, sagte ich, »doch wie Sie sehen können, bin ich unverletzt. Und was den Mann mit der Waffe betrifft: Er ist tot.«

»Gott sei Dank«, sagte er. »Können wir jetzt gehen? Wir können den Nachtzug nach Hause nehmen.«

Ich sah zu Renzo, der blass wirkte, wobei die Stiche eine schwarze Linie über seinem Auge bildeten. »Ich glaube nicht, dass ich sofort wegkann«, sagte ich. »Es wird bestimmt eine Untersuchung geben, bei der ich eine Aussage machen muss.«

»Nicht, wenn Sie aus dem Land sind, bevor die Polizei kommt«, sagte Nigel.

»Aber ich will aussagen«, sagte ich. »Ich glaube, es ist wichtig, dass diese Angelegenheit gelöst wird. Es hat mit meinem Vater zu tun, wissen Sie?«

»Oh, ich verstehe.« Er wirkte betroffen. »Nun, dann werde ich wohl auch besser bleiben, um Sie vor Gericht zu verteidigen, wenn es nötig ist.«

Ich blickte auf sein ernstes Gesicht und musste lachen. »Nigel, sind Sie überhaupt qualifiziert, internationales Recht zu praktizieren? Ich bin überzeugt davon, dass ich niemanden brauche, um mich zu verteidigen, denn ich war ein Opfer, keine Verdächtige. Und Signor Bartoli hier kann für mich übersetzen.«

Nigel blickte zu Renzo, dann wieder zu mir.

»Also wollen Sie nicht, dass ich hierbleibe?«

»Das ist sehr freundlich und ich weiß das Angebot zu schätzen«, sagte ich, »ich würde allerdings gern alles erledigen, bevor ich nach Hause komme, und Sie wollen doch bestimmt lieber sofort zurück nach England fahren.«

»Nun, wenn Sie wirklich nicht wollen … Oh, na gut.« Er wirkte enttäuscht.

»Es war äußerst freundlich von Ihnen, so schnell herzukommen, nachdem ich mit Scarlet telefoniert habe«, sagte ich. »Ich denke, sie hat sich Sorgen gemacht, dass ich Probleme mit dem Gesetz hatte.«

Jetzt wirkte er verwundert. »Ich weiß nicht, von welchem Telefongespräch Sie reden. Ich bin letzte Woche zu Scarlets Wohnung gekommen, um Sie zu treffen, und als ich erfahren habe, wo in Italien Sie sind, habe ich mir ein paar Tage freigenommen, um Ihnen die gute Nachricht selbst mitzuteilen.«

»Gute Nachricht?«

Er lächelte jetzt. »Ja. Ihre Bilder.«

»Die Bilder meines Vaters? Sind sie doch etwas wert?«

Er schüttelte den Kopf. »Nein, leider nicht die Bilder Ihres Vaters. Ich rede von den Familienporträts. Wir haben sie reinigen lassen und eines benötigte eine weitere Untersuchung von Experten – das Porträt Ihrer Namensgenossin, Joanna Langley. Es stellte sich heraus, dass es von Thomas Gainsborough gemalt wurde. Ein bisher unbekanntes Porträt von ihm.«

»Gainsborough? Sind Sie sicher?«

Er nickte aufgeregt. »Als das Bild gereinigt war, wurde die Signatur in der unteren Ecke gut sichtbar. Und da ist ein Verweis in seinem Tagebuch, dass eine J. L. kam, um ihm Modell zu sitzen, und dass sie eine gute Knochenstruktur hatte.«

»Donnerwetter!«, sagte ich.

»Donnerwetter in der Tat. Es ist ein großer Fund. Es könnte eine ernste Summe Geld bei einer Versteigerung bringen. Mindestens ein paar Hunderttausend Pfund.«

»Ein paar Hundert…« Ich konnte die Worte nicht einmal stammeln.

Er nickte. »Mindestens.«

Ich wollte erneut »Donnerwetter« sagen, schluckte es aber herunter.

»Also habe ich Ihre Erlaubnis, es für eine Auktion bei Christie's anzumelden?«, fragte Nigel. »Ich denke, wir sollten die Räder direkt in Bewegung setzen, solange die Entdeckung noch im Gespräch ist.«

Für einen Moment war ich versucht, es zu behalten, damit mich mein Ebenbild von der Wand herab beobachtete. Doch dann gewann meine vernünftige Seite die Oberhand. »Oh ja. Absolut.«

»Sehr gut. Nun, das wäre es dann, denke ich. Wir sehen uns in England«, sagte Nigel unbeholfen. »Und wenn Sie irgendwas brauchen, hier ist meine Karte. Zögern Sie nicht, mich anzurufen.«

»Danke«, sagte ich. »Danke für alles, was Sie für mich getan haben.«

Er errötete wie ein Schuljunge.

Nachdem er gegangen war und ich mit Renzo aus der Arztpraxis kam, warf er mir einen fragenden Blick zu. »Dieser Engländer, ist das dein Freund?«

»Oh Gott, nein. Er ist der Nachlassverwalter meines Vaters. Er hat sich um das Anwesen gekümmert. Und eines der Gemälde ist sehr wertvoll. Ist das nicht erstaunlich?«

»Er mag dich, glaube ich«, sagte Renzo. »Magst du ihn auch?«

»Ich bin mir sicher, dass er ein sehr netter Mensch ist«, sagte ich, »doch nicht mein Typ.«

»Gut«, sagte Renzo. Er nahm das Gemälde von da, wo ich es an ein Seitentischchen gestellt hatte. »Ich denke, das hier sollte zum Bürgermeister gebracht werden. Er wird entscheiden, was damit gemacht wird.«

Ich betrachtete es sehnsüchtig. Ich wusste, dass ich es abgeben musste, doch ich wollte es nicht so schnell aus der Hand geben. »Können wir es nicht behalten, zumindest bis sich die Wogen geglättet haben?«

Renzo blickte ebenfalls darauf. »Ich glaube, das können wir. Wir werden auch gut darauf achtgeben, oder? Ob wir wohl das Kultusministerium verständigen sollen? Schließlich war es im Besitz der Mönche.«

»Denkst du, irgendwelche Mönche leben noch?«

»Ich weiß, dass viele umgebracht wurden, als sie sich den Besatzern widersetzten«, sagte er, »und die anderen sind jetzt alte Männer. Doch es waren Franziskaner. Dieser Teil Italiens ist voller Franziskaner. Es wird von ihnen abhängen, ob sie das Gemälde dem Staat spenden wollen, damit es in einer Galerie wie den Uffizien ausgestellt wird.«

Ich nickte, während mein Verstand versuchte, mit den frisch aufgetauchten berühmten Bildern hier und in England zurechtzukommen. Es war fast zu viel, um es zu verarbeiten, angesichts des Schocks, den ich noch immer verspürte.

»Willst du noch immer nach Florenz fahren?«, fragte ich.

»Ach, Florenz. Das hatte ich ganz vergessen«, sagte er. »Nein, ich werde den Weinhändler anrufen und er wird warten müssen.«

Ich erinnerte mich, dass der Wein und die Oliven und alle Geschäfte von Cosimo jetzt Renzo gehörten. Ich fragte mich, ob ihm das auch schon bewusst war.

»Kommst du zu meinem Haus?«, fragte er. »Wir brauchen wohl beide ein Glas Wein, oder?«

»Ja, bitte.«

Wir gingen durch das Dorf. Renzo schob alle Fragen beiseite, die bereits im Dorf die Runde machten. Er sagte den Leuten, dass er noch zu aufgewühlt sei und allein sein müsse, und die arme Joanna sei schockiert und konnte nicht sprechen. Wir verließen die Dorfstraße und gingen einen geraden Kiesweg entlang, der von Zypressen gesäumt war. Hinter schmiedeeisernen Toren, die denen von Langley Hall nicht unähnlich waren, befand sich eine beeindruckende Villa im venezianischen Stil. Ein Springbrunnen plätscherte im Hof, der von Orangen- und Zitronenbäumen umgeben war. Tauben flatterten am Brunnenrand. Wir traten in ein Marmorfoyer. Eine weibliche Bedienstete kam und Renzo gab ihr einen Befehl, den ich nicht ganz verstehen konnte. Dann führte er mich durch ein verziertes Gesellschaftszimmer und hinaus auf die dahinterliegende Terrasse. Weinranken auf einem Spalier gaben Schatten. Renzo bot mir einen geflochtenen Schaukelstuhl zum Sitzen. Vor uns breitete sich die Landschaft aus, so weit das Auge reichte.

Renzo setzte sich neben mich. Für eine Weile sprach keiner von uns.

»Du hast mir heute das Leben gerettet«, sagte ich. »Vielen Dank. Und trotz allem tut es mir leid um deinen Vater.«

Er nickte und schluckte seine Gefühle herunter. »Was für ein Mann auch immer er war, so war er doch mein Vater und gut zu mir. Natürlich werde ich ihn vermissen. Ich wusste, dass seine Angelegenheiten nicht immer ganz sauber waren. Ich wusste, dass er ein Tyrann und darauf aus war, alles zu bekommen, was er wollte. Doch dass er auch ein Verräter und Mörder war? Nein. Niemals hätte ich ihm das zugetraut.« Er strich eine Träne weg, die ihm über die Wange lief. Dann holte er tief Luft. »Und ich hatte vermutet, dass er seinen Teil zum Tod von Gianni beigetragen hat. Ich weiß nicht, ob er den Mord selbst ausgeführt hat oder ob er es einen seiner Männer hat machen lassen. Doch am nächsten Morgen, als ich ihn beim Frühstück sah, wirkte er sehr zufrieden mit sich. Als wäre ihm eine Last abgenommen worden.«

Ich beugte mich vor und legte die Hand über seine. »Du weißt gar nicht, wie erleichtert ich war, dass du kein Teil von all dem warst. Die ganze Zeit über hatte ich Angst, dass du womöglich an dem Mord beteiligt warst oder zumindest davon gewusst hast.«

»Hast du das von mir gedacht?«

»Nur so lange, bis ich die Wahrheit erkannte«, sagte ich. »Als du deinen Vater angegriffen und versucht hast, ihm die Waffe abzunehmen, da wusste ich, dass ich falschlag.«

Wir blickten auf, als hinter uns Schritte zu hören waren. Die Bedienstete kam mit einem Tablett mit einer Weinflasche, Gläsern und dem obligatorischen Teller Oliven. Sie stellte alles auf das kleine Tischchen vor uns und zog sich wortlos zurück.

»Sie weiß es noch nicht«, sagte Renzo. »Ich habe es nicht über mich gebracht, ihr davon zu erzählen. Sie hat meinen Vater verehrt.« Er machte eine Pause. »Er war immer gut zu seinen Arbeitern. Sie werden am Boden zerstört sein, wenn sie davon erfahren.« Er goss mir ein Glas Wein ein. »Ich glaube, wir müssen unsere Nerven stärken, oder?«, sagte er.

Tatsächlich fühlte ich mich nicht danach, irgendwas zu essen oder zu trinken. Mein Magen war noch immer wie verkrampft.

Nach einer Weile wandte ich mich zu Renzo. »Wenn es zu einer Untersuchung kommt, was wirst du ihnen sagen?«

»Du meinst, ob die Wahrheit über meinen Vater öffentlich gemacht werden soll?«

»Genau das meine ich. Wirst du ihnen sagen, dass er für den Tod vieler Männer verantwortlich war, für den Tod von Gianni und fast auch für meinen?«

Renzo seufzte. »Ich glaube, das werde ich müssen.«

»Giannis Tod wird mit seinen Unterweltverbindungen in Zusammenhang gebracht, oder? Und niemand weiß, dass die Partisanen bei jenem deutschen Massaker verraten wurden.«

Renzo blickte skeptisch. »Meinst du, ich sollte gar nichts sagen?«

»Das liegt an dir. Du sagst, dein Vater wurde von den Arbeitern gemocht, im Ort respektiert. Vielleicht ist das die Erinnerung, die du lebendig halten magst.«

»Darüber muss ich nachdenken«, sagte er. »Natürlich könnten wir sagen, dass er uns folgte und der Hang nachgab. Doch dein Engländer rannte herum und schrie von einem Mann und einer Waffe.«

»Mein Engländer hätte auch in Panik und missverstanden worden sein können.«

Renzo seufzte. »Ich glaube, die Wahrheit sollte herauskommen, wie schmerzvoll das auch für mich sein mag. Zu viele Menschen haben wegen meines Vaters gelitten.«

»Du bist ein guter Mann, Renzo. Ich bin froh, dass ich dich kennengelernt habe«, sagte ich.

Ein besorgter Ausdruck trat auf sein Gesicht. »Du gehst jetzt nicht, oder?«

Ich lächelte ihn an. »Wie ich Nigel gesagt habe, werde ich vielleicht eine Aussage bei einer Untersuchung machen müssen, und wer weiß, wie lange das dauern mag? Auf jeden Fall lang genug, um zu lernen, wie man Paolas Ragout macht.«

Renzo lächelte zurück. Dann kam ihm ein Gedanke. »Zumindest wissen wir jetzt, dass Cosimo meine Mutter nicht verraten hat. Er hat sie geliebt. Also wurde sie vielleicht nicht von einem von uns verraten. Vielleicht hat der Deutsche aus unserem Haus einfach nur gesehen, wie sie den Hügel hinaufging, und ist ihr eines Tages gefolgt.«

»Ja«, sagte ich. »Wahrscheinlich ist es so passiert. Dann sind die Deutschen wegen ihnen beiden gekommen. Meinem Vater gelang die Flucht, doch wer weiß, was mit deiner Mutter geschah? Denkst du, wir können das nach all der Zeit irgendwie herausfinden? Vielleicht mithilfe von alten Aufzeichnungen?«

»Ich glaube, man hat sie erschossen«, sagte er. »Ich habe die ganze Zeit in meinem Herzen gespürt, dass sie tot ist.« Er seufzte laut. »Wenn dieser Karren nur ein wenig früher gekommen wäre. Wenn sie nur weggekommen wären …«

»Dann hätten sie geheiratet und mich hätte es niemals gegeben«, sagte ich. »Und ich würde jetzt nicht hier bei dir sitzen.«

»Also ist doch etwas Gutes dabei herausgekommen«, sagte er.

VIERZIG

HUGO

Anfang 1945

Hugo öffnete die Augen, als er eine sanfte Berührung an der Wange spürte. Eine junge Frau mit dunklem Haar und einem hübschen Gesicht stand über ihn gebeugt.

»Sofia?«, flüsterte er.

»Mein Name ist Anna«, sagte sie auf Englisch. »Endlich sind Sie wach. Das ist eine gute Neuigkeit.«

»Wo bin ich?« Er bemerkte die weiße Decke und die weißen Vorhänge um sein Bett.

»Sie sind in einem Krankenhaus in der Nähe von Rom.«

»Wie bin ich hergekommen?«

»Sie haben Glück gehabt. Sie wurden gefunden, als die Amerikaner nach Florenz vormarschierten. Gott weiß, wie lange Sie dort gewesen sind. Man hat Sie fast für tot erklärt, doch dann hat man einen Puls gespürt und Sie in ein Feldlazarett geschafft. Man hat Sie nach ein paar Tagen zu uns verlegt, als Sie stabil waren. Sie lagen ein paar Wochen im Koma. Kopfverletzungen, kollabierte Lunge und ein übler Zustand am Bein. Ja, Sie können wirklich von Glück sagen, dass Sie noch leben.«

Er versuchte, sich zu bewegen, merkte aber, dass er es nicht konnte. »Ich brauche jemanden, der für mich Briefe schreibt.«

Sie legte ihm eine Hand an die Schulter. »Alles zu seiner Zeit.«

»Haben die Alliierten schon die Gegend nördlich von Lucca eingenommen, wissen Sie das?«

»Ich weiß wirklich nicht genau, wie weit sie gekommen sind. Ich weiß nur, dass wir stetig vormarschieren und die Deutschen schnell zurückweichen. Doch ich glaube, dass man sie noch nicht ganz aus der Region in den Bergen vertrieben hat. Da liegt noch immer eine Menge Schnee.«

»Ich muss es für das Dorf San Salvatore wissen«, sagte er. »Ich muss wissen, ob sie sicher sind.«

»Ich werde fragen.« Sie warf ihm ein Lächeln zu. »Jetzt ruhen Sie sich aus und ich werde sehen, ob Sie etwas zu trinken bekommen können.«

»Whisky Soda«, sagte er.

Sie lachte. »Das hätten Sie wohl gern.«

Später kehrte sie zurück. »Das Dorf, nach dem Sie gefragt haben, ist noch immer in einer umkämpften Gegend. Es liegt nahe an der deutschen Frontlinie.«

»Dann kann ich noch keine Nachricht hinschicken?«

»Ich fürchte nein. Doch jeder ist optimistisch, dass wir uns dem Ende nähern, zumindest in Italien. Und mit etwas Glück können Sie nach Hause, wenn Sie weiter Fortschritte machen. Wie klingt das für Sie?«

Er versuchte zu lächeln.

Am nächsten Tag kam ein amerikanischer Militärchirurg, um nach ihm zu sehen. »Ich habe Sie zusammengeflickt, so gut ich konnte«, sagte er, »Ihr Bein ist aber in einem üblen Zustand. Ich nehme an, dass es eine alte Wunde war, die schlecht verheilt ist. Sie werden es von Knochenstücken reinigen und neu einrenken lassen müssen. Ich denke, dass man es besser in einem englischen Krankenhaus macht und hier nichts dergleichen

375

versucht. Also wird es nur eine Frage des Wartens sein, bis es ein Schiff gibt, das Sie mitnehmen kann.«

Täglich fühlte er sich etwas kräftiger. Er durfte sich aufsetzen, mit Krücken herumgehen. Er schrieb einen Brief an seinen Vater, seine Frau, seinen Sohn. Täglich fragte er nach Neuigkeiten über die Kämpfe an der Front und ob die Region nördlich von Lucca jetzt in Händen der Alliierten war, doch die Antworten waren immer unsicher. Er sehnte sich danach, Sofia zu schreiben, traute sich aber nicht. Wenn da noch immer die Deutschen in ihrer Region waren und sie erhielt einen Brief von einem englischen Piloten, dann könnte das ein Todesurteil sein.

Und so wartete er ungeduldig darauf, dass etwas geschah. Mitte Februar wurde er zum Hafen von Civitavecchia und auf ein englisches Schiff mit dem Ziel Portsmouth gebracht. Die Reise war lang und beschwerlich, feindliche Schiffe waren zu umfahren, und dann ging es durch die Stürme im Golf von Biskaya. Er wurde in Portsmouth direkt ins Krankenhaus gebracht, wo sein Bein operiert wurde. Erneut schrieb er seinem Vater und seiner Frau. Und Anfang März erhielt er eine Antwort, doch nicht von seiner Familie.

> *Sehr geehrter Mr Hugo,*
> *ich habe mir die Freiheit genommen, Ihnen zu schreiben, da es im Augenblick kein Familienmitglied in Langley gibt, um Ihren Brief zu beantworten.*
> *Ich möchte sagen, dass ich froh und erleichtert darüber bin, dass Sie sicher zurück in England sind und nicht in einem ausländischen Krankenhaus. Ich wünschte, dass Sie stärker und auf dem Weg der Besserung wären, bevor ich Ihnen die Nachricht mitteile. Ihr Vater verstarb vor zwei Monaten. Seine Brust wurde immer schlechter,*

und während der brutalen Kälte Anfang Januar bekam er eine Lungenentzündung. Ich glaube, die Sorge darüber, dass Sie als vermisst gemeldet wurden, hat zu seinem Tod beigetragen. Es tut mir leid, dass er es nicht mehr erlebt hat, Sie wohlbehalten und auf dem Weg nach Hause zu wissen. So sind Sie nun offiziell Sir Hugo Langley, obwohl ich nicht denke, dass Ihnen das irgendwelchen Trost beschert.

Man redet davon, dass sich das Armeeregiment schließlich aus Langley Hall zurückziehen wird. Gott sei Dank dafür, obwohl ich befürchte, dass sie das Anwesen in einem fürchterlichen Zustand zurücklassen. Es sieht wirklich so aus, als würde der Krieg bald vorbei sein. Das erscheint kaum noch möglich, nicht wahr, nach so vielen Jahren der Entbehrung und Sorge?

Ich werde mich erkundigen, ob Sie Besucher empfangen dürfen, und möchte fragen, ob ich mir die Freiheit nehmen und Sie besuchen kommen darf? Im Augenblick wird das Reisen nicht sehr eingeschränkt. Ich werde Ihnen etwas Gutes zu essen mitbringen. Ich denke, Sie brauchen Stärkung, nachdem Sie sich so lange versteckt hatten. Der Koch hat Wunder mit unseren beschränkten Essensrationen bewirkt und dazu mit dem, was das Anwesen bietet, obwohl ich mich wirklich darauf freue, das Ende von Kaninchenpastete zu sehen.

Nun, ich werde Sie nicht länger ermüden, hoffe aber auf einen baldigen Besuch.

Hochachtungsvoll
Elsie Williams, Haushälterin

Hugo faltete den Brief zusammen, in seinem Kopf schwirrten die Gedanken. Er lächelte liebevoll bei der Erinnerung an Mrs Williams. Als er aufgewachsen war, da war sie Elsie, ein neues Dienstmädchen, ein freches junges Ding, das sehr nett zu ihm war, nachdem seine Mutter gestorben war. Dann, Jahre später, hatte sich die alte Haushälterin zur Ruhe gesetzt und Elsie hatte ihren Platz eingenommen. Sie war immer freundlich und fröhlich, so erinnerte er sich an sie. So ein Kontrast zu Soames, dem Butler – steif, streng und humorlos.

Dann schweiften seine Gedanken zu seinem Vater und er fragte sich, ob er irgendwelche Trauer empfand. Sein Tod kam nicht unerwartet und sein Vater war immer ein zurückgezogener Mensch gewesen, der vor Zuneigung oder jeder Art von Nähe zurückwich. Pflicht, Ehre, das Richtige tun – das war seinem Vater wichtig. Und jetzt war er nicht mehr. Hugo versuchte, sich als Herrn des Anwesens zu sehen. Sir Hugo Langley. Es kam ihm so unwirklich vor. *Wie Sofia lachen würde,* dachte er. *Wenn doch nur …*

Ein paar Tage später kam Elsie Williams zu Besuch. Sie sah noch immer mollig und fröhlich aus, mit einem frischen Gesicht und einem jungen Aussehen für ihr Alter, als hätte ihr der Krieg überhaupt nichts anhaben können. Sie brachte einen Korb voller guter Dinge: Kalbfußgelee, Wildpastete, selbst gemachten Holunderwein und ein Glas Erdbeermarmelade vom Vorjahr. Sie lachte, als sie diesen Schatz hob. »Wir haben alle unsere Zuckerrationen für einen Monat gespart, um sie zu machen«, sagte sie. »Mein Gott, was hatten wir letztes Jahr für eine Ernte. Ich habe der Köchin geholfen, all die Erdbeeren zu sammeln. Ich habe sie in letzter Zeit ziemlich oft unterstützt, da wir kein Küchenmädchen mehr haben. Ich habe gar nicht gewusst, wie sehr ich das Kochen mag.«

»Das ist sehr gut von Ihnen, Elsie«, sagte er. »Obwohl ich mich entschuldigen muss. Ich sollte Sie Mrs Williams nennen.«

»Nur wenn Sie wollen, dass ich Sie Sir Hugo nenne«, entgegnete sie. Dann wurde ihr Ausdruck ernst. »Es tut mir leid, die Übermittlerin schlechter Nachricht wegen Ihres Vaters zu sein. In Wahrheit ist es mit ihm schon seit ein paar Jahren bergab gegangen. Und es hat ihn auch sehr bekümmert, das Haus von einer Menge Rüpel besetzt zu haben.«

»Einer Menge Rüpel?«

»Das Armeeregiment. Sie sollten sehen, was sie aus dem Anwesen gemacht haben. Ich glaube, das hat Ihrem Vater fast das Herz gebrochen. Sie wissen, wie stolz er auf das Haus und das Grundstück war.«

Hugo merkte, dass es ein anderes Thema gab, was sie noch gar nicht angesprochen hatten. »Und meine Frau und mein Sohn? Sie haben sie gar nicht erwähnt.«

»Das kommt daher, weil sie schon eine Weile aus dem Haus sind«, sagte sie.

»Aus dem Haus? Wo sind sie denn?«

»Das kann ich Ihnen nicht sagen, Sir. Sie hat Ihnen einen Brief hinterlassen, ich fand aber, es steht mir nicht zu, ihn zu öffnen. Sie hat Ihrem Vater gesagt, dass sie weggehen würde, doch er hat mir nie erzählt, wohin. Vielleicht war sie nervös, so nah an der Südküste, als diese Bomben und V2-Raketen kamen. Sie wirkte nicht sehr glücklich und es war schwer, sie zufriedenzustellen.«

»Und mein Sohn? Ist er auf der Schule?«

»Nein, Sir. Er hat bis zuletzt die Dorfschule besucht. Ihr Vater war sehr entrüstet. Er wollte, dass Teddy auf dieselbe Internatsschule ging, auf die Sie geschickt wurden, doch Mrs Langley wollte das nicht. Sie sagte, sie sei schon ohne Ehemann und wollte nicht auch noch ohne Sohn sein.«

»Das kann ich verstehen«, sagte er. »Na gut, wenn ich nach Hause komme, dann löst sich hoffentlich alles auf. Und wenn der Krieg vorbei ist, dann können wir noch immer eine Schule für Teddy auswählen.«

»Glauben Sie wirklich, dass es bald vorbei ist?«

»Ich bin überzeugt davon«, sagte er. »Die Deutschen weichen überall in Europa zurück. Wir haben sie im Griff, Elsie. Es ist nur noch eine Frage der Zeit.«

»Gelobt sei der Herr dafür«, sagte sie, »und dass er Sie sicher nach Hause gebracht hat. Ich war so besorgt um Sie, Mr Hugo. Als wir das Telegramm erhielten, dass Sie vermisst wurden, nun, da haben wir das Schlimmste befürchtet. Und was für eine gute Nachricht, als Sie schließlich schrieben, dass Sie am Leben sind.«

»So gerade«, sagte er. »Ich hatte extremes Glück. Dass die amerikanischen Truppen mich mitten in einem deutschen Konvoi fanden und – was noch wichtiger war – feststellten, dass ich noch am Leben war. Das war fast ein Wunder.«

»Sie müssen einen Schutzengel gehabt haben«, sagte sie. Und Hugos Hand legte sich instinktiv auf seine Brusttasche.

Im April durfte er nach Hause. Die Beete waren mit Primeln übersät. Es gab Narzissen und Krokusse, die in den Gärten der Hütten blühten, und die Obstbäume waren voller rosafarbener und weißer Blüten. Als das Taxi die Auffahrt nach Langley Hall heraufkam, sah er, was Elsie meinte mit dem Zustand, in dem die Rüpel das Anwesen zurückgelassen hatten. Schwere Armeefahrzeuge waren überall auf dem Südrasen geparkt, ihre Reifen hinterließen tiefe Löcher in dem vormals makellosen Gras. Der Nordrasen war aufgepflügt worden und dort wuchs jetzt Gemüse. Das Haus hatte einen neuen Anstrich nötig, und einige Fenster waren mit Sperrholz vernagelt. Er stieg aus dem Taxi und ging die Stufen zur Eingangstür hinauf. Sofort trat ein Wachtposten hervor, um ihn aufzuhalten.

»Oy, was denken Sie, wohin Sie gehen?«, wollte er wissen.

»Wohin ich gehe?« Hugo betrachtete ihn abfällig. »Ich bin Sir Hugo Langley und das ist mein Haus.«

»Nicht dieser Teil davon, Kumpel«, sagte der Mann. »Im Augenblick ist es Eigentum der Regierung Seiner Majestät und des East Sussex Regiments. Ihr Teil ist der Flügel dort drüben.«

Hugo schluckte seine Wut herunter. »Ich dachte, Sie sollten ausziehen.«

»Das tun wir. Sie wollten uns rüber nach Frankreich schicken, aber anscheinend können sie uns dort nicht brauchen. Kommen gut ohne uns klar. Also denke ich, dass wir bald nach Hause gehen.«

Als Hugo weggehen wollte, rief der Mann: »Und wo sind Sie gewesen? Hatten Sie eine schöne Zeit an der Riviera?«

»Hab Bombenangriffe geflogen. Auf Malta seit 1941, dann in Italien, dann im Krankenhaus für drei Monate, wo sie mein Bein repariert haben.«

Der Mann richtete sich auf und salutierte. »Tut mir leid, Sir. Ich hatte die Uniform nicht gesehen. Ich habe es nicht gewusst.«

Hugo ging um das Haus und durch den vormaligen Dienstboteneingang hinein. Es fühlte sich falsch an, auf diese Weise in sein eigenes Haus zu schleichen. Er ging herum, erkannte Möbelstücke, doch alles schien unwirklich, weil nichts an seinem Platz stand und ihm keiner der Räume vertraut erschien. Auf dem Tisch in dem Raum, der jetzt offenbar als Aufenthaltsraum diente, fand er den Brief, der an ihn adressiert war.

Lieber Hugo,
während ich das schreibe, weiß ich nicht, ob Du
lebst oder tot bist. Sie sagen, Du würdest vermisst.
Ich muss glauben, dass es tot bedeutet. Ich habe
hier pflichtbewusst gewartet, doch jetzt muss ich

an mein eigenes Glück und das unseres Sohnes denken. Ich habe jemanden kennengelernt. Er ist amerikanischer Major. Ein wunderbarer Mensch, der gern lacht und tanzt und mir wieder das Gefühl gibt, lebendig zu sein. Ich gehe mit ihm nach Amerika, sobald sie für mich einen Platz auf einem Schiff finden. Ich habe Deinen Anwalt beauftragt, die Scheidungspapiere vorzubereiten. Ich gebe gern zu, dass die Schuld bei mir liegt, damit es keinen Makel an Dir oder Deiner vornehmen Familie gibt.

Es hat nie richtig geklappt, oder? Ich sah die spaßige, kreative Seite an Dir, als wir zusammen in Florenz Studenten waren, doch als wir zurück nach England kamen, da hast Du versucht, wie Dein Vater zu sein – steif und langweilig und korrekt –, und ich hatte niemals das Gefühl, nach Langley zu gehören. Es war einfach nicht die Art Leben, die ich mir gewünscht habe. Und der arme kleine Teddy, so einsam und immer gehänselt von den Dorfjungen. Ich will auch für ihn ein besseres Leben.

Bitte vergib mir. Ich wünsche Dir das Beste, Brenda

Hugo starrte lange auf den Brief. Zuerst spürte er Empörung, dass ihn seine Frau mit einem Amerikaner betrog. Doch dann überwog Freude. Wenn Sofias Mann nicht zurückkehrte, dann wäre er frei, sie zu heiraten. Sobald der Krieg endete, würde er reisen können, er würde zurück nach Italien fahren und sie nach Hause bringen. Er setzte sich sofort an den Schreibtisch und schrieb ihr einen Brief.

Einundvierzig

Hugo

Frühling 1945

Die Wochen vergingen und es gab noch immer keinen Brief von Sofia. Hugo sagte sich, dass das Postsystem in Italien einfach noch nicht wieder richtig funktionierte. Vielleicht war ihr Brief in der Post verloren gegangen. Er würde bis zum offiziellen Kriegsende abwarten und ihr dann erneut schreiben. Oder noch besser, selbst hinüberfahren und sie überraschen.

Doch dann erhielt er Besuch von Mr Barton, dem Familienanwalt.

»Es tut mir leid, dass wir uns unter solch erschütternden Umständen treffen müssen«, sagte er. »Soweit ich verstehe, wollen Sie die von Ihrer Frau gewünschte Scheidung nicht anfechten?«

»Das werde ich nicht«, sagte Hugo.

»Dann lässt sich die Sache einfach erledigen. Doch der Tod Ihres Vaters hat die ernste Angelegenheit der Erbschaftssteuern aufgeworfen. Es tut mir leid, dass sie angesichts der Größe und des Wertes des Anwesens recht umfangreich ausfallen.«

»Was meinen Sie mit ›recht umfangreich‹?«, fragte Hugo.

»Fast eine Million Pfund.«

»Eine Million Pfund?«, wiederholte er. »Woher soll ich diese Menge Geld bekommen?«

»Wenn Sie es nicht aufbringen können, dann befürchte ich, dass das Anwesen verkauft werden muss.«

»Aber das ist monströs«, sagte er aufgebracht. »Ungerecht.«

»So funktioniert das Gesetz, befürchte ich.«

»Könnte etwas von dem Land zum Bebauen verkauft werden?«

»Möglich. Doch ich bezweifle, dass es genügend einbringen würde.«

»Ich werde es irgendwie hinbekommen«, sagte Hugo. »Ich werde kein Haus verkaufen, das sich seit fast vierhundert Jahren im Familienbesitz befindet. Ich werde sehen, ob ich ein Darlehen erhalte, um auf dem hinteren Feld des Anwesens Häuser bauen zu lassen. Die Menschen werden nach dem Krieg neue Häuser brauchen.«

Doch langsam musste er sich der Realität stellen. Keine Bank war bereit oder in der Lage, ihm Geld zum Hausbau zu leihen, und niemand wollte ein Stück Land so weit entfernt vom nächsten Bahnhof kaufen. Das Regiment zog sich aus Langley Hall zurück und hinterließ Schäden am Haus und dem Anwesen. Hugo ging mit Elsie Williams, der Haushälterin, durch die jetzt verlassenen Räume. Überall fand sich Verfall und Zerstörung. Die Männer hatten die Statuen angeschossen und die Tapeten abgerissen. Sie hatten sogar Garderoben als Pissoir verwendet – die Böden waren beschmutzt und verrottet. Das Dach war undicht und in die Decken der oberen Etage war Feuchtigkeit eingedrungen. Der Hauptboiler funktionierte nicht mehr. Gute Möbel waren planlos in kleine Räume gestapelt worden, wo sich der Holzwurm über sie hergemacht hatte.

»Es ist hoffnungslos, nicht wahr?«, fragte er Elsie.

Ausnahmsweise einmal konnte sie ihm keine optimistische Antwort geben. Sie wirkte, als würde sie selbst mit den Tränen kämpfen. Spontan legte er ihr eine Hand auf die Schulter. Sie lächelte zu ihm auf.

Später kam der Brief an Sofia ungeöffnet zurück – »Empfänger unbekannt. Zurück an Absender« war auf den Umschlag gestempelt. Er sagte sich, dass sie womöglich erfahren hatte, dass ihr Ehemann noch lebte, und zu ihm gegangen war. Ein Happy End für sie. Er bemühte sich, das zu glauben. Doch er wollte zurück nach San Salvatore, um es selbst herauszufinden. Es dauerte nicht lange, um festzustellen, dass es unmöglich war. Der Krieg in Europa war mit der deutschen Kapitulation am 7. Mai offiziell beendet, doch Europa lag im Chaos und zivile Reisen waren nicht erlaubt. Hugo war ausgemustert worden und deshalb jetzt Zivilist. Er wandte sich an alte Freunde in der Luftwaffe, ob sie mehr herausfinden konnten, doch keiner von ihnen war in der Nähe von San Salvatore stationiert. Schließlich schrieb er dem Bürgermeister, und diesmal erhielt er eine kurze Antwort:

Signora Bartoli lebt nicht mehr in diesem Ort.
Sie wurde gesehen, wie sie mit einem deutschen
Offizier davonfuhr, und seitdem hat man nichts
mehr von ihr gehört.

Diese Nachricht gab ihm den Rest. Er wandte sich an seinen Anwalt.

»Nun gut«, sagte er. »Verkaufen Sie das Haus.«

Später in jenem Sommer stand Hugo vor Langley Hall und blickte auf, als die letzten Möbelstücke herausgetragen wurden. Die Bediensteten waren bereits gegangen. Er fühlte sich schrecklich allein, fast so, als wäre er gestorben. In Wahrheit wünschte er, in jenem Frühling gestorben zu sein. Warum war er zwischen den toten Deutschen entdeckt worden, um nun all diesen Schmerz zu erleiden? Es ergab keinen Sinn.

Elsie Williams kam mit einem Koffer aus dem Dienstboteneingang. Er beobachtete, wie sie zu ihm kam, ihr Gesicht nicht fröhlich in diesem Augenblick, sondern stoisch und entschlossen, das Kinn hoch erhoben. Er bedauerte, dass sie irgendwo anders zur Arbeit gehen und er sie niemals wiedersehen würde. Während des Sommers hatte er sich auf ihre vernünftigen Entscheidungen und Einschätzungen einer Landfrau verlassen, auf ihr sonniges Gemüt.

»Es tut mir so leid, dass das geschehen musste, Sir Hugo«, sagte sie, als sie bei ihm war. »Es ist einfach nicht fair, nach allem, was Sie durchgemacht haben.«

»Da haben Sie recht, Elsie«, erwiderte er. »Es ist nicht fair. Doch andererseits ist schon seit Langem nichts mehr fair, oder? All die Burschen, mit denen ich geflogen bin und die brennend abgestürzt sind. All die armen Schweine, die beim Abendessen in ihren Häusern saßen und von Bomben in Stücke gerissen wurden. Und die armseligen Gestalten in den Konzentrationslagern. Niemand von ihnen hatte den Tod verdient.«

Sie nickte. »Da haben Sie recht.« Es folgte eine lange Pause, dann sagte sie: »Ich habe gehört, dass Sie bleiben wollen.«

Er seufzte. »Die Schule hat mir eine Unterkunft im Pförtnerhäuschen angeboten, wenn ich hier Kunstlehrer werde. Da ich im Augenblick keine andere Möglichkeit habe, scheint es das Beste zu sein. Zumindest bis ich wieder auf die Beine komme.« Er blickte auf den erbärmlich kleinen Koffer, den sie trug. »Was ist mit Ihnen, Elsie? Wohin gehen Sie? Es gibt doch keinen Mr Williams, oder?«

Sie lachte. »Oh nein, Sir. Das ist nur Konvention. Das wissen Sie doch. Haushälterinnen und Köchinnen werden aus Respekt ›Mrs‹ genannt. Und wohin ich gehe, da bin ich mir nicht so sicher. Ich denke, dass ich eine andere Anstellung finden werde, obwohl man hört, dass viele der großen Häuser geschlossen oder abgerissen werden. Aber ich komme schon klar.«

»Sie haben keine Familie, oder? Ich meine mich zu erinnern, dass Sie eine Waise waren, als Sie zu uns kamen.«

»Das stimmt, Sir. Ich habe keine Familie. Ich weiß nicht einmal, wer meine Familie war.«

Hugo sah sie an und spürte starkes Mitleid. Da stand sie, hinausgeworfen in die Welt, ohne einen Platz, zu dem sie gehen konnte, und sie beschwerte sich nicht, sondern stellte sich stoisch ihrer Situation. Er öffnete den Mund und war überrascht, sich sagen zu hören: »Wissen Sie, Elsie, Sie könnten auch hierbleiben.«

Sie wirkte überrascht, dann schüttelte sie den Kopf. »Hierbleiben? Oh nein, Sir. Die Schuldirektion hat recht klar zu verstehen gegeben, dass sie ihre eigenen Mitarbeiter anstellen.«

»Ich meinte bei mir«, sagte er.

»Bei Ihnen? Im Pförtnerhäuschen?« Sie lächelte nervös. »Ich glaube nicht, dass da Platz wäre, zum einen, und Sie brauchen gar keine Bedienstete.«

Er spürte, wie er rot wurde. »Ich habe das falsch ausgedrückt. Was ich meinte, ist, dass Sie und ich immer gut miteinander ausgekommen sind. Sie sind eine freundliche und anständige Person. Und in letzter Zeit habe ich es zu schätzen gelernt, Sie in meiner Nähe zu haben. Sie waren mir ein großer Trost. Und Sie haben keinen Ort, an den Sie gehen können, und ich habe auch niemanden. Wenn wir heiraten, dann würde das die Dinge für uns beide lösen.«

»Heiraten, Sir?« Erstaunt riss sie die Augen auf, dann schüttelte sie den Kopf. »Das würde doch niemals klappen, oder? Ich bin ein ganzes Stück älter als Sie. Sie sind doch kaum älter als, was denn, vierunddreißig?«

»Fünfunddreißig«, sagte er.

»Und ich bin fast zweiundvierzig, Sir.«

»Das ist gewiss keine unüberwindbare Kluft.«

»Ich glaube nicht, dass Sie bei etwas so Wichtigem eine übereilte Entscheidung treffen sollten, wo Ihnen so viel entgegengeworfen wurde und Sie erst einmal über die Enttäuschung hinwegkommen müssen, nachdem Mrs Langley Sie verlassen hat. Und ich würde es auch nicht wollen, dass Sie ein solches Angebot machen, weil Sie Mitleid mit mir haben.«

»Ich habe kein Mitleid mit Ihnen, Elsie«, sagte er. »Tatsächlich beneide ich Sie. Sie scheinen auch aus der trostlosesten Situation das Beste zu machen. Ich glaube, Sie sind genau das, was ich im Augenblick brauche. Natürlich sehen Sie in mir vielleicht nicht gerade die beste Partie …«

Da errötete sie. »Ich habe Sie immer für sehr attraktiv gehalten, Mr Hugo. Tatsächlich hatte ich sogar ein Bild von Ihnen auf meinem Zimmer, als ich jünger war.« Sie machte eine Pause und trat unbeholfen von einem Bein aufs andere. »Doch dann ist da auch noch die Frage der Klasse. Sie sind ein Baron, ein Aristokrat, und ich bin eine Bedienstete. Denken Sie nur an das Gerede.«

Hugo legte ihr eine Hand an die Schulter. »Ich habe das Gefühl, als würde der Krieg diese Dinge verändert haben. Keine weiteren Klassenunterschiede. Und überhaupt, wen stört es, wenn man redet? Lassen Sie sie reden. Ich glaube, wir wären glücklich genug, oder etwa nicht?«

»Ich habe Sie immer sehr gerngehabt, Mr Hugo«, sagte sie. »Und die Möglichkeit, mein eigenes Zuhause zu haben, nicht unter dem Dach von jemand anderem zu leben – nun, das ist sehr verlockend, muss ich zugeben. Sie sollen aber nichts tun, was Sie später bedauern werden.«

Da lächelte er sie an, legte ihr einen Finger unter das Kinn. »Kein Bedauern, Elsie, das verspreche ich. Und um Gottes willen, stellen Sie diesen verdammten Koffer hin, damit ich Ihnen einen Kuss geben kann.«

ZWEIUNDVIERZIG

JOANNA

Juni 1973

Eine Woche später bereitete ich mich widerwillig darauf vor, nach Hause zu fahren und die Auktion für mein Gemälde zu besuchen, als der Mann vom Postamt zu Renzo und mir kam. »Ich habe einen Telefonanruf von dem Altenheim erhalten, wo Vater Filippo wohnt«, sagte er. »Anscheinend geht es schnell bergab mit ihm und er würde gern mit Signor Bartoli und der jungen Dame aus England sprechen.«

Verwirrt fuhren wir mit Renzos Alfa Romeo zu der nahen Stadt. Das Heim war ein schönes, modernes Gebäude, das ein wenig abgelegen vom Stadtzentrum lag. Wir wurden von einer jungen Nonne mit frischem Gesichtsausdruck zu Vater Filippos Zimmer geführt. »Er ist sehr schwach«, sagte sie, »und hat Schmerzen. Sein Verstand wandert vielleicht, doch ich hoffe, dass Sie ihm Frieden geben können, bevor er geht.«

Tatsächlich wirkte der alte Mann fast durchsichtig, wie er unter der weißen Decke lag. Er hatte die Augen geschlossen. Renzo sagte sanft: »Vater, ich bin es, Renzo Bartoli. Ich bin gekommen, wie Sie es gewünscht haben, und ich habe auch die junge Dame aus England mitgebracht.«

Der alte Priester öffnete flatternd die Augen. »Das ist gut«, sagte er. »Ich will, dass ihr meine Beichte hört, bevor ich sterbe – du und die junge Dame, da es sie betrifft. Ich bin verantwortlich für den Tod deiner Mutter und des Engländers. Ich habe sie verraten und es lag all die Jahre auf meinem Gewissen.«

»Wie konntet Ihr das getan haben, Vater?«, fragte Renzo sanft.

»Ich musste abwägen, was das Beste war«, sagte er, während sein Atem fahrig ging. »Der deutsche Kommandant kam zu mir. Er sagte, er hätte den Verdacht, jemand im Dorf versteckte einen englischen Piloten. Er würde uns alle hinrichten lassen, jeden Mann, jede Frau und jedes Kind, bis jemand gestand. Sofia hatte mir bei ihrer Beichte von dem Engländer erzählt. Ich weiß, das Siegel der Beichte ist heilig, doch es ging um so viele Leben, so viele unschuldige Leben gegen ihr eines. Ich sagte ihm, was ich wusste, doch ich flehte ihn an, Sofia zu schonen und mich stattdessen zu nehmen. Er akzeptierte das nicht. So gab ich ihm mit dem schwersten Herzen deine Mutter, Renzo, damit andere leben konnten. Ich habe seitdem niemals gewusst, ob ich das Richtige getan habe oder nicht.«

»Ihr habt getan, was Ihr für das Richtige gehalten habt, Vater«, sagte Renzo. »Dazu gibt es keine richtige Antwort.«

»Das ist wahr. Doch zugleich … Diese süße junge Frau. Wie sehr habe ich all die Jahre um sie geweint und gebetet, dass sie nun ein Engel im Himmel ist.«

»Ich bin mir sicher, dass sie es ist.« Renzos Stimme brach.

»Und die junge englische Dame. Die Deutschen haben auch ihren Vater mitgenommen. Es tut mir leid.«

»Doch er entkam, Vater«, sagte ich. »Er kam nach Hause und hat erneut geheiratet und ich bin seine Tochter.«

»Dann ist das gut.« Er lächelte schwach. »Dann ist doch etwas Gutes geschehen.« Seine Lider schlossen sich flatternd.

Renzo beugte sich vor und küsste ihm die Stirn. »Gehet in Frieden, Vater. Da ist nichts, das vergeben werden muss.«

Ein erleichtertes Lächeln trat auf das Gesicht des Priesters. Wir brauchten eine Weile, bis wir bemerkten, dass er nicht mehr atmete.

An jenem Abend saßen Renzo und ich auf der Terrasse. Diesmal tranken wir ein Glas Limoncello nach einem Gericht, das er für mich gekocht hatte – Muscheln in einer Sahnesoße, Bistecca alla fiorentina und einen Mandelkuchen mit Gelato als Nachtisch. Ich fühlte mich zufrieden – zufriedener, als ich mich seit Jahren gefühlt habe.

Die fernen Hügel waren in rosafarbenes Zwielicht getaucht. Irgendwo weit weg läutete eine Glocke. Ansonsten war alles still.

»Dann gehört das alles jetzt dir«, sagte ich und zeigte zu den Weinbergen und den Olivenhainen. »Du bist reich!«

Er sah sich um. »Ja, ich denke, das bin ich. Doch jetzt, wo ich die Wahrheit kenne, glaube ich, dass ich das Land zurückgeben muss, das mein Vater nach dem Krieg genommen hat – das Land jener tapferen Männer, die bei dem Massaker getötet wurden. Das ist nur richtig, denkst du nicht?«

»Ja«, stimmte ich zu. »Ich glaube, dass es auf jeden Fall richtig ist.«

»Ich habe noch immer die Weinberge und die Olivenpresse«, sagte er. »Ich wäre nicht gerade arm.« Er sah mich direkt an. »Du wohl auch nicht, wie es scheint.«

»Nein, du hast recht. Ich habe das noch gar nicht verarbeitet.«

»Du könntest das Haus eurer Familie zurückkaufen. Du könntest die Herrin von Langley Hall werden.«

Für einen Moment blitzte ein Bild vor mir auf. Ich sah mich, wie ich zu Miss Honeywell sagte: »Es tut mir leid, doch Sie müssen zum Semesterende weg sein. Ich kehre zurück, um hier zu leben.« Dann lachte ich. »Es ist witzig, mein ganzes Leben habe ich eigentlich davon geträumt. Ich war davon angetrieben, es zu schaffen, damit ich meinem Vater das Haus zurückkaufen konnte. Und jetzt ist er tot und ich kann mir nicht vorstellen, die Herrin des Anwesens zu sein. Ich weiß noch nicht genau, was ich tun will.«

»Joanna«, sagte er langsam. »Du hättest nicht bleiben müssen. Du hättest mit dem englischen Anwalt nach Hause gehen können. Du hast ihn aber fortgeschickt und ihm gesagt, dass du für Ermittlungen bleiben musst. Ich habe mich gefragt, ob das bedeutete, dass du nicht weggehen wolltest.«

»Du hast recht«, sagte ich. »Ich will nicht gehen. Ich mag es hier. Ich mag es, bei Paola zu sein und das Kochen zu lernen und zu fühlen, dass ich jemandem etwas bedeute.«

»Und ich?«, fragte er. »Bist du zum Teil auch deshalb hiergeblieben, weil du mich nicht verlassen willst?«

»Ja«, sagte ich vorsichtig. »Ich glaube, das stimmt.«

Er beugte sich zu mir, legte mir eine Hand unter das Kinn und zog mein Gesicht näher. Dann küsste er mich intensiv und voll Verlangen. Als wir uns voneinander lösten, lachte er unruhig. »Es ist ein Glück, dass wir auf einer Terrasse sind, wo wir beobachtet werden können, sonst weiß ich nicht, wohin das noch geführt hätte.«

»Ich bin eine ehrenwerte junge englische Dame«, erwiderte ich. »Ich erwarte, dass man mir anständig den Hof macht.«

»Natürlich, meine Dame.« Er lachte, während er mich verliebt ansah.

Ich blickte ihn an, plötzlich von einem Gedanken erfasst. »Du könntest zurück nach London, um deine Ausbildung zu beenden, und dann dein Restaurant eröffnen.«

»Wir könnten dein Langley Hall in ein Hotel und Restaurant verwandeln«, sagte er.

»Wir?«

»Bin ich zu schnell? Vielleicht nur als Geschäftspartner, du verstehst.«

»Aber warum England? Da regnet es zu viel. Du könntest dein Restaurant hier eröffnen, wie du es dir einmal erträumt hast. Du könntest dieses Haus in dein Traumrestaurant verwandeln. Stell dir vor, wie die Gäste hier auf deiner Terrasse sitzen und die Aussicht bewundern, bevor sie das Essen genießen.«

»Ich müsste zuerst nach England zurückkehren, um meine Ausbildung zu beenden«, sagte er. »Und du solltest deine Prüfung bestehen. Und dann, wer weiß?«

Er beugte sich vor und nahm meine Hand. Wir saßen nebeneinander auf der Terrasse und sprachen kein Wort, während die Sonne hinter die westlichen Hügel sank und nacheinander die Lichter in der Welt angingen, die vor uns ausgebreitet lag.

Anmerkung der Autorin

Das Dorf San Salvatore findet sich auf keiner Karte. Es existiert nur in meiner Fantasie, obwohl es auf toskanischen Bergdörfern basiert, die ich besucht habe. Die deutsche Gotenstellung nördlich von Lucca existierte.

Danksagungen

Pier-Raimondo und Cajsa Baldini waren wunderbare Gastgeber in der Toskana und so freundlich, mein Manuskript zu lesen und Vorschläge zu machen. Penny und Roger Fountain waren perfekte Gastgeber in Lincolnshire und fanden dort Weltkriegsmuseen, wo ich mir einen Blenheim-Bomber ansehen konnte und Experten fand, die meine Fragen beantworteten. Sie besuchten sogar eine Flugshow, um für mich Fotos eines fliegenden Blenheim zu machen.

Hat Ihnen dieses Buch gefallen? Möchten Sie informiert werden, wenn Rhys Bowen ihr nächstes Buch veröffentlicht? **Dann folgen Sie der Autorin auf Amazon.de!**

1) Suchen Sie auf Amazon.de oder in der Amazon App nach dem eben gelesenen Buch.
2) Klicken Sie auf den Namen der Autorin, um auf die Autorenseite zu gelangen.
3) Klicken Sie auf den »Folgen«-Button.

Noch schneller gelangen Sie zur Autorenseite, indem Sie diesen QR-Code mit Ihrem Smartphone oder Tablet scannen:

Wenn Sie dieses Buch auf einem Kindle eReader oder in der Kindle App lesen, wird Ihnen automatisch angeboten, der Autorin zu folgen, sobald Sie die letzte Seite des Buches erreicht haben.

Druck:
CPI Druckdienstleistungen GmbH
im Auftrag der
Zeitfracht Medien GmbH
Ein Unternehmen der Zeitfracht - Gruppe
Ferdinand-Jühlke-Str. 7
99095 Erfurt

Zeitfracht Medien GmbH
Ferdinand-Jühlke-Straße 7
99095 Erfurt, Deutschland
produktsicherheit@kolibri360.de